比较文学与世界文学名家讲堂

王向远 主编

含英咀华

葛桂录教授讲中英文学关系

葛桂录 著

中央编译出版社

作者简介

葛桂录(1967—),江苏泰州人,毕业于南京大学,文学博士。现为福建师范大学文学院教授、教学名师、博士生导师、博士后合作导师;比较文学与世界文学专业博士点学科负责人,文学院副院长;福建省优秀青年社会科学专家。兼任中国比较文学学会理事、中国比较文学教学研究会副会长、中国外国文学教学研究会常务理事。

主要研究领域为中外(中英)文学与文化关系,发表学术论文90余篇,出版《雾外的远音:英国作家与中国文化》、《他者的眼光:中英文学关系论稿》、《中英文学关系编年史》、《跨文化语境中的中外文学关系研究》、《经典重释与中外文学关系新垦拓》、《中英文学交流史》、《比较文学之路:交流视野与阐释方法》等著述10余种。

《比较文学与世界文学名家讲堂》前言

"比较文学与世界文学"学科，顺应改革开放的时代潮流，在上世纪最后二十年开始起步发展，到现在为止的三十多年时间里，已经有了丰厚的知识产出和思想建树。它的异军突起，是当代中国一道引人瞩目的学术文化景观，是中国走向世界、世界走进中国的鲜明印证，也是当代中国学术文化繁荣的一个重要表征。

三十多年的学科建设和学术发展史已经表明，要在人文研究及文学研究中建立世界观念和视野，要把中国文学置于世界文学背景下加以考察和研究，要把外国文学放在中国文化立场上加以审视和阐发，要连接中外文学，要打通文学研究与其他学科的壁垒，要把细致微观的实证研究与高屋建瓴的理论建构相结合，那必然会走向比较文学与世界文学。

在这里，"比较文学"与"世界文学"两者相辅相成、互为依存。"比较文学"是学术观念、研究范式与研究方法，"世界文学"则是学科资源与研究视野。它在贯中外、跨文化、通古今、越科界的学术视阈与研究方法上的优势，使其无可替代地成为当代中国学术文化中最有时代性、最有包容性、最有创新性的高端学科之一。

事实上，近二十年来，中国的比较文学不仅在中外文学关系史研究等方面生产了大量的新知识，而且逐步建立了既有中国特色又具有理论普适性的学科理论系统，逐步完善了比较诗学、中西比较文学、东方比较文学、翻译文学等分支学科，在学术成果的质与量上已居世界各国之首，还全面进入了大学中文系、外文系文学专业的课程体系，从而使中国比较文学成为当代世界比较文学的重心和中心，代表着世界比较文学兼收并蓄、超越学派的第三个发展阶段。

收在这套《比较文学与世界文学名家讲堂》的作者，在当代中国比较文学学术史上，是继季羡林、乐黛云等老一辈学者之后的第二代学人。这些作者固然只是第二代学者中的一部分，却有相当的代表性。他们现年多在四十五至六十五岁之间，从学术年龄上说大体属于中壮年，都是各大学的教授、博士生导师和学术带头人，大都在1980年代后走上比较文学与世界文学之道，1990年代后崭露头角或脱颖而出，进入20世纪后的十几年里，更成为我国比较文学与世界文学学术界的中坚力量。他们有幸拥有了可以安心治学的环境，赶上了数字化、信息化的新时代。既抬头看世界，又埋头务笔耕，既坚持学术的严谨，也保持思想的活跃，充分展示了中国学者的文化立场，充分发挥了中国学者的学术优势和想象力、思考力、创造力，取得了与时代要求相称的成果。这些成果不仅是个人学术履历的证明，也是对中国学术文化史上的一份奉献，更成为新时代"国人之学"即"国学"的重要组成部分。

《比较文学与世界文学名家讲堂》二十卷，选题上以比较文学与世界文学的学科理论为主，以讲述和示范学术方法为要，涉及比较文学与翻译文学基本理论、比较诗学、东方文学及东方比较文学、西方文学及中西文学关系、世界文学总体研究等方面。各卷均按一定的范围和主题，将作者有原创性、有特色的成果收编起来，将大学讲堂搬到书本上来，以读者为听众，以写代"讲"，以言代"堂"，深入浅出，以雅化俗，汇集中国比较文学第二代学者中的代表人物，以使五指成拳、十指合掌，形成大型丛书的规模效应，得以占书架之一角，入读者之法眼，从一个侧面展示近年来中国比较文学的新进展和新成果。而且，不同作者及著作之间也可以相互显彰、相互映照、相互补充，读者也可以在异中见同、同中见异，在参读和比照中领略五彩缤纷的文学世界和世界文学，得窥比较文学殿堂之门径。

《比较文学与世界文学名家讲堂》的编辑出版，得到了北京师范大学的资助和中央编译出版社的支持，编者和作者深表谢意！

愿"讲堂"满座，愿比较文学与世界文学学术事业更加繁荣！

王向远

2014 年 4 月 20 日

自 序

文学交流是推动人类文学发展的强大动力。文学发展历程告诉我们：一种文学不论多么丰富，多么优秀，当它孤立存在的时候，不可能发挥它的全部魅力，当它与异域文化接触碰撞之后，它会赢得更多的欣赏者，赢得再生的机缘，赢得四射的魅力。

鲁迅早在《由聋而哑》一文中就说过："有许多哑子，是并非喉舌不能说话的，只因为从小就耳朵聋，听不见大人的言语，无可师法，就以为谁也不过张着口呜呜哑哑，他自然也只好呜呜哑哑了。……于是精神上的'聋'，那结果，就也招致了'哑'来。"①由此推想，设若不进行文学交流，不吸取异域文学的滋养，就有可能变成无可师法的"聋子"，进而就是精神上的"哑子"，失去了对外交流的话语权，还可能成为思想上的"矮子"。吕叔湘先生也曾在《文明与野蛮》的中译者序言中说："文明是一件东拼西凑的百衲衣，谁也不能夸口是他'独家制造'；'转借'实为文化史中的重要因子。……只有不长进的民族才不肯向人家学习。"②

国际间的文化与文学交流不仅促进了文学的发展，而且对促进各国人民之间的互相了解，建立和谐世界具有重大意义。当然，国

---

① 鲁迅：《准风月谈·由聋而哑》，《鲁迅全集》第五卷，北京：人民文学出版社，2005年，第294页。

② [美]罗伯特·路威：《文明与野蛮》，吕叔湘译，北京：三联书店，1984年，第5—6页。

际文化与文学之间的影响与交流,并非纯然自发的活动,而是以各民族文化发展的主体需要为内在依据的。有了这种需要才会产生动力,才会排除困难和阻力去认识、钻研、介绍,进一步吸取异国文化对自己有用的部分。这种社会需要也不是任意的,它要从文化主体所处的历史地位、历史进程为客观内容,又要受各种外部条件如自然环境、商业交通、政治形势等因素的限制。不过无论如何,主体根据需求作出的文化选择,制约着交流的有无及其所取的方向、规模和程度。

改进与加强文化、文学交流的重要前提是文化对话。跨文化对话有一种镜子效应,把陌生文化当作一面镜子,在双方的对话中更好地认识自己,看到自己的不足。法国研究希腊哲学的学者、汉学家弗朗索瓦·于连在其所著《迂回与进入》里认为,研究他者,是认识自我的一种"迂回"方式。他之所以研究中国,并非因为对中国有特别兴趣,而是因为中国本身为西方人提供了一个与西方最相异的他者,给西方人提供了一个全然不同的角度来看西方自己。这就是说,研究中国,终极目的是为了更深切地了解西方本身。他说:"我最终接近的是希腊,事实上,我们越深入中国,越会导致回归希腊。""深入"中国是西方人回归希腊的一个有益的"迂回"。在此意义上,跨文化对话的目的,就是通过对方了解自己,经由迂回而进入自己。

对话双方能够在交流当中找到本国文化与文学创新发展的契机并实现互惠,是文学交流的理想结果。巴赫金认为,新意不是产生一个意识内部而是形成于两个意识的交锋之中,也就是说理论创新要表现在对话中善于出新。歌德说得好,"一个人不通外国语,他对于本国的文学也只能是懂得一半";一个研究学术的人,如果视野里不超出自己的门槛,他的造就也绝不会优越,为的是缺乏比较、切磋,而尤其是,缺乏整个心灵的陶养,忽略了学术的连续性和完整性，譬如治病的头痛医头，脚痛医脚，而忘记了他的基本脉理，作全盘的筹算和调整之故。①

中英文学交流史源远流长，精彩纷呈。如果追溯到14世纪英文作品里的中国印象，至今已有六百余年的历史。面对这数百年的中英文学文化交往史，哪些可以进入研究者的学术视阈？在拙著《中英文学关系编年史》的凡例中，我曾概括为这几个方面：1）中英双方早期文化交往史实；2）中国文学（文化）在英国的流播与评价，英国文学在中国文化语境里的译介和重要评论；3）英国作家笔下的中国题材及其中国形象的塑造，中国作家眼中的英国形象及其对英伦作家的题咏；4）中英作家之间的交往，英国作家在中国（中国作家在英国）的生活工作、游历冒险，等等。②这些鲜活生动的材料，均有助于我们追寻数百年来中英文学交流的行行足迹。

中英文学与文化交流这一研究领域是由我国那些学贯中西的前辈学者，如陈受颐、方重、范存忠、钱锺书等人开辟的。③笔者沿着前辈学者开拓的学术道路，通过《雾外的远音：英国作家与中国文化》（2002年初版，2014年增订版）、《他者的眼光：中英文学关系论稿》（2003年）、《中英文学关系编年史》（2004年）、《中英文学交流史》（2014年）、《20世纪中国古代文学在英国的传播与影响》（2014年）等著述，希求在跨文化的视野里，引导读者们充分领略中英文学交流色彩斑斓的历史画卷。

通过十多年来研习中英文学交流的学术实践，我有以下几点粗浅认识：

---

① 李振声编：《梁宗岱批评文集》，珠海：珠海出版社，1998年，第218页。
② 葛桂录：《中英文学关系编年史》，上海：上海三联书店，2004年，第1页。
③ 关于中英文学交流研究的学术史梳理，可参看拙文《中英文学关系研究的历史进程及阐释策略》，载《四川外语学院学报》，2006年第4期；《新华文摘》，2006年第22期。

其一，中英文学交流这一学术领域，均将文献资料置于重要位置，这是该方向课题研究最重要的基础。一般来说，在文史研究里面，非常讲究文献资料的提供。判定某部著述的学术意义，其中重要的一条就是看你是否给本领域、本学科提供了新资料、新文献？比较文学研究，特别是影响研究、中外文学与文化关系研究，当然离不开原始文献资料的搜集、鉴辨、理解与运用。因此，严谨的治学者均将文献资料的搜罗、辨别，当作第一等的大事情。许多研究思路与设想就出之于那些看似零零星星的材料中。比如，英国文学作品在中国翻译的初版本、序跋、出版广告、据作品改编的电影海报，近现代报刊杂志登载的评论文章，作家的旅行日记、信函等第一手文献资料，对梳理英国文学在中国的接受，具有举足轻重的作用。因而，立足于原典资料的悉心笆梳及由此而作的切实思考和探索，就成为本领域研究的前提。

其二，中英文学交流研究课题，一般可以在两个层面，即文化交流史，以及哲学精神与人类心灵交流史层面上展开。一方面，中英文学交流（如中国文学在英国的流播；英国文学在中国的接受），通常被视为一种独特的文化交流，其独特性表现在，通过文学作品这种媒介，展示异域文化的精髓。因而研究者们试图从不同角度出发来研究这种文学关系，探讨通过文学而引发的中英文化接触、文化冲撞、文化关联的诸种交流类型。在另一层面上，中英文学交流命题，从深层次上，是中英哲学观、价值观交流互补的问题，是某一种形式的哲学课题。比如，研究中国文化（文学）对英国作家的影响，说到底就是研究中国思想、中国哲学精神，尤其是儒道文化精神对他们的浸染和影响。

在以上这两个层面的学术语境中，中英文学交流学术领域大致形成三类稳定的研究课题。即（1）文学文本的跨文化译介与传播研究：包括英国文学在中国的译介与研究；中国文学在英国的译介与传播；英国汉学家对中国经典、中国文学作品的译介。(2)作家与异域文化及文学关系研究：包括英国作家与中国文化、文学关系研究；中国作家与英国文化、文学关系探讨。此类课题着重追寻作家对异域文学、文化的选择、取舍、评价、吸纳、消化、接受的轨迹和成果。(3)作家作品里的异域题材及异国形象研究：包括英国文学作品中的中国题材及中国形象；中国作家笔下的英国（英国人）形象。英国文学里的中国题材问题，所展现的是英国作家对中国的想象、认知，以及对自身欲望的体认、维护。英国作家中国题材创作背后体现的是中国形象问题。正是在这种对他者的想象与异域形象的描绘中，不断体悟和更新着自我欲望。

其三，总结中英文学交流研究著述，我们可以看到有四种阐释模式，从不同角度阐明中英两国文学、文化相遇的历史。这些模式有时并不依据因果关系来叙述史实，而是试图赋予这些史实以意义和价值。它们是研究者们看待历史事件的框架，决定着其对史实的不同阐释。不过，这些框架通过与历史事实之间的相互影响，又会得到调整与重构。这四种阐释模式为：1)现代性(Modernity)视角，包括中国文化(文学)在英国文学(文化)近代化(尤其是启蒙时期)中所起的作用；探讨英国文学的引进对中国本土文学现代性的形成与拓展产生何种作用，以及在某些具体问题上，中英作家、思想家的同步思考及其对文学现代性问题的启示，等等。2)他者(the Other)形象模式，特别适合于研究某国文学里的异域形象问题。比如就英国文学里的中国形象而言，我们可以看到，在英国作家笔下，中国有时是魅力无穷的东方乐土，有时是尚待开化的蛮荒之地，有时是世上唯一的文明之邦，有时又是毫无生机的停滞帝国。然而这些绝非事实的中国，而是描述的或想象构造的中国。中国对于英国作家的价值，是作为一个他者的价值，而不是自身存在的价值。3)译介学模式，即对跨文化译介中的误译、误释及其文化根源的探讨。误译无论是有意的(近代译介英国文学作品里较多,如哈葛德《迦茵小传》之译介就比较典型)与无意的(如吴宓等学衡派同仁以中国传统文化中的佳人形象译介华兹华斯《露西》组诗里的露西形象),均涉及如叶维廉教授所说的"文化模子"问题。自身的文化模子影响着对异己文化的理解,在文学翻译中是常见的现象。这里又有两种情况:受制于本土文化模子;缺乏对他者文化模子的了解。4)编年史模式,以线性时间为发展线索,展示中英文学(文化)双向交流的历史进程。此研究模式的基础是史料搜集和梳理工作,以及对这些史料的去伪存真,选择和分析。这方面可以借鉴西方传统史学理论,如德国史学大师兰克的客观主义史学理念。同时又有必要采用法国年鉴史学派等西方新史学的某些方法,如总体史、精神心态史的研究视野,还原产生文学交流现象的历史、社会、文化氛围。我们可以借鉴这些方法最大限度地逼近中英文学交流的现时性特征,将中英文学交流研究不断向前推进。

其四,中英文学与文化关系研究肇始于陈受颐在20世纪20年代末开始发表的相关著述。迄今为止国内研究者在本研究领域取得了令人瞩目的成绩,有些成果称得上是中外文学与文化关系研究与比较文学研究的经典著述,但为有益于学科建设和学术研究的健康持续发展,我们仍然需要在(1)文献资料的发掘整理;(2)文学关系原理与方法的研究及推广;(3)具体学术研究个案的深入考察,等诸方面花大工夫,取得大收获。

文献史料的搜集、鉴辨、理解与运用,是一切历史研究的基础性工作。中英文学双向交流文献资料的寻觅整理工作是中英文学关系史研究的基础学术工程。它有助于我们清晰地还原文学交互影响的历史进程,也是建构科学的方法论与良好学术风气的重要保证。同时关注文学交流史料的历史语境与评判标准,将史料学研究与学术史探讨及理论批评范式相结合,力求创造性地理解运用,发掘文学史料的潜在价值，揭示跨文化传播中的文学交流史料特点及其对现实的启迪意义。有鉴于此，笔者所著《中英文学关系编年史》（上海三联书店2004）就是一种初步尝试。如果所有国别文学关系史的研究均从史料搜集、资料编年开始，在此坚实基础上撰著国别文学交流史，则是一桩有重要意义的学术工程。只有先搞基础学术工程，才能正确地勾画出文学交流史历程行迹，使学术研究真正具有科学性、实证性。因此，追求原典性文献的实证研究仍是研究者不可懈怠的使命。笔者在撰著《中英文学关系编年史》的过程中深有体会。一些新史料的挖掘可以改变现有文学交流史、译介史的论断。

中英文学交流研究的拓展、创新离不开理论方法的提升与原理范式的研讨。某种新的理论思路有助于重新理解与发掘很多文学关系史料，而新的阐释策略又能重构与凸显中英文学交流的历史图景。衡量一部文学关系研究著述的重要学术意义，不仅看它是否给本领域本学科提供了哪些新资料、新文献？还要看你是否给学科内外提供了新的理论范式、新的解读策略。真正有重要意义的学术成果，不仅增加了本学科的学术积淀，而且也应该给学科外提供新的思路、方法、范型。当然，研究方法或理论范式的提出，与各种研究类型、研究对象的特征，密不可分，其有效性与普适性需要得到研究实践的反复验证。切实加强中外文学关系原理与方法论的研讨，推广成熟的研究范型，以期结出更多富有建设性的学术成果，是比较文学研究者共同努力的目标。

立根于原典性材料的掌握，从文学与文化具体现象以及具体事实出发，从个别课题切入，进行个案考察，佐之以相关的理论观照和文化透视，深入地探讨许多实存的、丰富复杂的文学和文化现象所内含的精神实质及其生成轨迹，从而作出当有的评判，是中英文学关系研究者们应该遵循的原则。只有善于通过每一个具体作家乃至一部部具体作品的过细研究，由此作出的判断和结论，才能摒弃凌空蹈虚、大而无当的弊端，而使我们的思考和探索确立在坚实可靠的科学基点上。因此，大力提倡对学术个案的细致考察，充分吸收中外古典学术资源、现当代文化资源，是未来研究者们持之以恒的工作目标。

目 录

《比较文学与世界文学名家讲堂》前言 …………… 王向远 1
自 序 ………………………………………………………… 1

亟待加强中外文学关系史料学研究 …………………… 1
中外文学关系编年史研究的学术价值及现实意义 …… 6
中国的英国文学学术史研究：视野与方法 …………… 25
明智：非理论的智慧 …………………………………… 33
文学因缘：王国维与英国文学 ………………………… 46
林纾与英国文学的译介 ………………………………… 68
威廉·布莱克在中国的接受 …………………………… 81
文学翻译中的文化传承
　　——以《学衡》杂志载华兹华斯译诗为例 ……… 100
中国古代文学西传英国的历史文化语境及价值意义 … 112
中英文学交流语境中的英国汉学三大家 ……………… 131
H. A. 翟理斯：英国汉学史上总体观照中国文学的第一人 …… 174
一个吸食鸦片者的自白
　　——德·昆西眼里的中国形象 …………………… 202

托马斯·卡莱尔对儒家政治的采撷与利用 ……………… 220

奥斯卡·王尔德对道家思想的心仪与认同 ……………… 237

托马斯·柏克小说里的莱姆豪斯 ………………………… 252

西方的中国叙事与帝国认知网络的建构运行
　　——以英国作家萨克斯·罗默塑造的恶魔式
　　中国佬形象为中心 ………………………………… 265

范存忠先生的中英文学与文化关系研究 ………………… 289

《曼德维尔游记》中译本序言 …………………………… 304

《跨文化语境中的中外文学关系研究》代后记
　　——研究中外(中英)文学关系的十年回顾与体会 …… 318

《雾外的远音：英国作家与中国文化》增订版自序 ……… 333

后　记 …………………………………………………… 342

亟待加强中外文学关系史料学研究[①]

中外文学关系史或交流史研究，首先属于史的范畴，而史料是一切历史研究的基础。坚实的史料基础决定了这一研究领域的成果意义与学术价值。傅斯年强调"史学的工作是整理史料"，而翦伯赞则强调"史料不等于历史"，即要对史料进行加工制造，这也是问题意识与研究观念或曰史识形成的过程。鲁迅也特别强调"史识"与"史料"的统一，史料需要史识的照亮，但史料的发掘与整理却是研究"入手"的基础。

因而，文献史料的发现与整理，不仅是重要的基础研究工作，同时也意味着学术创新的孕育与发动，其学术价值不容低估。应该说独立的文献准备，是独到的学术创见的基础，充分掌握并严肃运用文献，是每一个文学关系研究者必须具备的基本素养。

一般而言，在文史研究领域内，比较讲究文献资料的提供。由此推论，衡量一部文学关系研究论著的学术意义，其中的一个重要标准就是，看你给本领域本学科提供了多少新资料、新文献，进而引发多少新问题，展现多少"新的学术眼光"？20世纪初以来，我们各种新学科群的建立，往往得益于极其重要的新史料的发现及新问题的提出。

---

① 本文原载《跨文化对话》第24辑（江苏人民出版社，2009年12月版）。关于该问题的详细讨论，笔者曾以《中外文学关系的史料学研究及其学科价值》为题，刊于《跨文化对话》第29辑（三联书店2012年12月版），亦可参考。

当然，新材料的发现带有一定偶然性。研究者们更难将自己的研究工作全部寄于新材料的发现上。在新的思路下，有些资料，它会从边缘的、不受重视的角落，变成重要的、中心的资料。于是有些最常见、最一般、最现成的资料，当你用新的观念去阅读时，它便成了新资料，能够给别人提供新的东西，此即钱理群所谓"新的学术眼光"被激活的"新的史料"。

所以，要想构建中外文学关系史或交流史的框架脉络，尽可能大量阅读初始文献史料，感知文学交流场的脉动，这是无论如何绕不过去的一个步骤。可以说，只有通过翻阅各种各样的尘封多年的包括书刊、典籍、图片在内的原典材料，才能对文学交流场有所感悟。这种感悟是将各种散落的文学关系史料整合而成历史块状的黏合剂，它最终决定了研究者从史料文献的搜集中，生发出关于文学交流观念的可能性及具体程度。所以，文学交流史研究从史料升华为史识的中间环节就是这种"史感"。对我们研究者而言，史感的获得，只有通过对初始的文学关系史料的触摸才能养成。它是文学关系史料在研究主体的激活下获得的生命感：以历史沧桑感为基础，同时含有现实感甚至还会有未来感。史料正是因为在研究者的这多重感觉中获得了生命。史感与史料是一种互动关系，史料是史感的基础，史感赋予史料以生命。通过两者的有机互动，史料才能真正浸入研究者的主体世界，化为研究者精神主体的有机成分。这种"史感"的获得，是一个长期浸入史料之中，既艰辛又愉悦的过程。这样看来，对史料的翻检与整理并非一种枯燥乏味的苦差事，而是一个重构鲜活历史印迹的生命历程。

因而，呈现中外文学关系史复杂性与丰富性的途径之一，就是要特别重视文献或者史料对文学关系史研究和写作的意义。中外文学关系史研究领域的开展、成熟与它的"文献学"相关。中外文学关系史料的挖掘、整理和研究，仍有许许多多的工作要做，尤其是在史料学的建构上,才刚刚起步。这方面的工作如果无法跟进,在一定程度上会削弱中外文学关系史学科的"学术性"。中外文学关系史的研究和写作,有时往往受制于研究者的文学交流史观(比如对某个问题域的关注、特定阐释立场的设定),但是,文学关系史显然不是一部纯粹的文学交流观念史。对史料的充分重视和运用,将会改变中外文学关系史写作的基本面貌。关注文学关系史撰著的史学品格,有助于消解某些理论先行带来的历史虚空。

为使中外文学关系领域有可持续拓展的潜力与动力,加强史料学研究实属必要,它是其他专题性研究无法替代的。从史料学的建树来说,哲学、历史学、中国古典文学、中国现代文学等学科走在了前头。比较文学学科应该大力借鉴这些学科领域的优秀成果与成功经验,将史料学与学术史结合起来,企求为中国比较文学学术史增添新的内容,树立一种新的标格。

文学关系史料编排与阐释,其目标是尽可能接近或还原中外文学交流历程之面貌,揭示文学交流的历史规律及对现实的启发意义。所以,以原始资料为基础,则成了资料搜集过程中应该注意的首要问题。原始性是决定史料真实性的重要因素,而史料的真实性又是决定它的史学文献价值的首要因素。所谓史料是否真实,是想确证这份材料是不是原件?这份材料从史料学上说是不是原始资料?比如说,某人写的回忆录,单就这份材料而言,当然是原件;但是回忆录是一种事后的回忆资料,详略正常,偏误难免,从展现历史真实性的角度看,则很难称其为原始资料。有时,不经意的记载,或者更进一步说无意的记载,其史料的真实性更值得重视。

这就是说,史料的真实性(是否原件)与它的内容的真实性(历史事件)之间,关系很大。其中具有决定性意义的因素在于它们是否为原始资料或曰原典性材料,而成为我们叙述那些历史活动的最可靠的凭据。原始资料为什么值得特别重视,就是因为它在史料的原始性，以及反映的主体事实方面有绝对可靠性。

探讨文献史料的真实性，离不开史料具有绝对性与相对性并存的特点。对学术研究来讲，史料的相对性意义更加无法忽视。1）史料及其所涉及的历史事实的关系，决定了其真实性的程度与效用。2）史料所展示的历史内容的主体事实与派生事实之间，在真实性方面有差异。3）史料的学术价值具有可比性，反映同一问题的许多史料中，价值有大有小。4）课题也体现史料价值。

具体而言，文学关系史料学研究的基本任务是：（1）确定文学关系史料的来源，弄清楚历史文献的材料依据和作者写作的具体情况。（2）确定文学关系史料的可靠性，分析史料引用致误原因。（3）明确文学关系史料的价值。（4）对文学关系史料进行分析批评。（5）说明文学关系史料的利用方法。

总之，尝试进行文学关系史料学的研究，可以参照相关学科的史料学著述，确立跨文化语境中的中外文学关系史料学研究的基本框架。一方面总体论述，梳理跨文化传播中的文学关系史料特点，归纳中外文学关系史料研究整理的成就，明确文学关系史料学研究的原则与意义，论证文学关系研究的文献史料价值，总结中外文学关系史研究的史料类型，探讨中外文学关系史料学的阐释策略。另一方面，分别查考各类文献里的文学交流史料，比如中外史书、中外交通史及古书抄本里的文学关系史料，总集、别集、丛书中的文学关系史料，域外汉籍、佛典道藏、海外汉学著述中的文学关系史料，传记、年谱、日记中的文学关系史料，报纸、刊物中的文学关系史料，工具书、索引、资料汇编中的文学关系史料，等等。另外，尚可对中外文学关系史研究的史料整理与检索，做些必要的基础性工作。

应该说，借助史料，触摸历史，重建现场，展现中外文学交流的原生态面貌，是本领域研究者的一个学术理想。因而，中外文学交流史料的"田野调查工作"实属必要,它对揭示文学交流原生态面貌是不可或缺的。在深厚史料基础上的文学关系史是一面历史的镜子,借此钩沉思想,提炼经验,指导现实,昭示未来。正是学术研究的这种历史纵深,文学交流史的意义才能凸显。

中外文学关系编年史研究的学术价值及现实意义①

一、为何要关注编年史的著述方式？

我在《中外文学关系研究的七个历史维度》②一文中，曾特别强调文学关系研究的史学特征，即用严谨的史学方法搜集整理材料，用学术史、思想史的眼光来解释这些材料，用历史哲学的方法来凸显这些材料的观念内涵。其中，我把编年史的史述方式看作是文学关系史著述的高级形态，其编写策略是在立足于文献史料基础，而力求达到史料学、学术史、思想史的三合一。

那么，中外文学关系为何要优先借鉴史学研究方法？

文学关系研究，在比较文学学科内部，属于影响研究范畴，因而不少著述在讨论相关交流现象时，多采用传播—影响研究方法。放送者、媒介者、接受者是必然关注的几个重要节点。也有些学者借鉴传播学方法，讨论文学交流问题。

美国著名政治学家、传播学家拉斯韦尔（Harold D. Lasswell, 1902—1978）提出一个传播模式，这就是所谓的"拉斯韦尔公式"：谁（who）——说什么（what）——通过什么管道（what channel）——对

---

① 本文原载《山东社会科学》，2012年第1期。
② 这七个历史维度是：1.文献史料基础；2.史料的历史语境揭示；3.中西传统史学及西方新史学批评方法的借用；4.思想史的高度；5.学术史的评判；6.编年史的史述方式；7.历史哲学的启示。

谁说(whom)——取得什么效果(what effect)。从传播要素上看，涉及传播者——讯息——媒介——接受者——效果等五要素。从分析研究对象看，涉及控制研究——内容分析——媒介分析——受众分析——效果分析等。此公式显示了早期传播模式的典型特征，或多或少想当然认为传播者具有某种打算影响接受者的意图，因此把传播主要看作一种劝服性过程。这一模式假定传播活动是单向的和有意图的，任何讯息总是有效果的，但这无疑助长了过高估计传播(特别是大众传播)效果的倾向。

在文学关系研究领域中，采用这种传播模式大致上能够勾勒文学交流的信息传输轨迹，但问题是处于历史语境中的文学交互关系，远比这复杂得多。因而，这种传播学方法可以作为我们考虑具体问题的初始路径，进一步思考时要吸纳史学批评方法，以处理众多特殊而复杂的文学关系问题点，目的是使我们的研究对象充满生机，并提高这一研究过程的有效性。尤其是当前学术研究有些浮躁，基础不稳，急功近利，为创新而趋新的情势下，方法论更是不容忽视的现实话题。这也是中外文学关系研究发展到一定阶段，并且需要进一步向前推进的时候，不能不提出的问题。

中外文学关系研究，是文学史而不是文学批评课题。文学史研究更注重史学品格。史学品格最起码要求概念明晰，论证严密，单纯依赖灵感与才气显然不够。中外文学关系研究作为一个史学命题，要讨论特定时空下由历史、地理、民族、社会、经济等诸多因素促成的人文风貌(交流情境)，需要许多实证材料，不能想当然。文学关系史研究者，如果缺乏史学训练，而加之喜欢做各种新理论的引用与分析，容易失之于虚。

文学关系编年史乃文学交流史的有机组成部分，顾名思义就是文学关系的编年历史，它要展示不同时代立体交叉而又流动的文学交流图景。文学关系编年史，类似法国年鉴学派主张的"长时段"研究。长时段研究不同于注重危机、突变和偶然事件的短时段研究(专题探讨),强调结构、群体无意识和缓慢的演进。研究一个时代的心态、经济结构或文学思潮,需要全史在胸,并有相对严整的可供操作和验证的理论设计。只有通过认真搜集与审慎处理各种文献史料,才能对现有理论框架质疑或修正,以期更符合关系史的实际状况,对目前文学关系研究的共同思路有所推进。学术前辈所确定的仪轨,奠定了各学科的研究基调。但这会使整个研究难以超越当事人的历史回忆,忘记了当事人的证言必须验证,容易偏听偏信。用某种理论解释文学关系史的复杂现象,本就有很大的局限;用这种理论眼光编撰文学关系史,那弊端就更大。

因而,文学关系史研究,必须大处着眼,突出其整合功能。借助于"编年史"框架,学术史与文学关系史、思想史才能够关联并相得益彰。

同时,注重历史学研究及著述方式,也有助于学科的可持续发展。因为,比较文学学科在严格意义上,很难说有什么自己独特的研究方法与理念,唯一需要的要有自觉吸收与包容消化其他学科领域研究观念与方法的能力。因此,比较文学学科要成长,必须充分关注其他学科领域的历史与现状。如文史(诗史)互证的方法,中国传统人文学科(古典文学)已比较成熟(体现在学术评价标准——专业标准上,为专业从业人员所自觉遵守,并通过研究生培养加以传承)。而比较文学学科正需要这样的观念启蒙。再如史料学、资料库的建构问题,哲学、历史、文学(中国古典、现代文学),已做得比较充分,比较文学学科刚刚起步或开始关注。当然,在资料的汲取方面,比较文学从业人员好比游牧民族。低端的,是当"虫子",四处慢慢采集;中端的是当"蝴蝶",飞来飞去多面采集花粉,在一定领域内,也能酿造自己的花蜜。但高端的应该创建自己领域的资料库(史料学),这与其说是一个基础工程,不如说是改变自身(学术)形象的必由之路。由游牧民族变成城市居民,有自己专业领域的生产、消费群体,学科才能有立锥之地。如果没有类似的学科建设的切实举措，所谓学派建构、与国际接轨等，不过是一个理想，同样也难以得到国内文学研究界同道的首肯。

文学研究的思路或路径一般有两种重要方式（以萝卜研究打一个比方）：1）历史（萝卜生长的植物学、土壤学分析）；2）哲学（萝卜的类型：形状、糖分、营养学分析）。理想的是两者兼顾，实现文史哲的三合一。但是，对一个学者的成长来说，应该是历史路径优先（史料的搜集、考辨，目录学与学术史知识的积累）。因为，先从历史角度进入，会养成一种客观、科学的视角，再转到哲学（文艺理论）层面，会带有批判式的眼光，去看一种理论的来龙去脉，对理论也不会太盲从。假如先从哲学（理论）层面切入，就形成了一种看问题的思维定势（只看到西瓜，丢了大量的芝麻，而这些芝麻的存在，恰恰是学术原动力的发端），不能再回到历史的考辨场面。于是随着思维的飞升、膨胀，痴人说梦（从业者所谓的"智性的操练"）。然而，当某段时期的学术生态受制于功利主义的诱惑时，研究主体对历史的关注就会大打折扣，姑且不论后现代主义思潮对历史的质疑与颠覆。拓展学术空间，靠资料与观念，而前者必须领先，否则会偏离历史，成为历史的负担。只有从史料走入历史现场，感知交流的心动与疑虑。

二、编年史类的著述，是学术研究的基础建设工程

在一般人文学者眼里，没有人怀疑史料的重要性，但史料工作的学术地位不高，认为史料工作简单而费力、有用而不讨好，只不过是服务于具体的专题研究工作。这样，在片面强调理论创新、多快好省制造成果的学术生态中，史料建设之类的基础工程得不到应有的重视。学者刘福春在思考新诗史料工作为何很难吸引更多的人并形成一支专业队伍时，总结过三点原因：1）史料工作细碎，需要积累，时间长，很难见成效；2）成果出版困难，工作见效慢；3）出

版的史料成果学术地位不高或没有学术地位。但是，正如刘福春所提示的那样，"史料工作"自古就是"研究工作"的一部分，从汉代的朴学，到清代的乾嘉学派，目录、版本、训诂、考据、校注、辨伪、辑佚、考订等都是重要学问。史料工作应该有其独立的学科地位，有其研究范围、治学方法和独立的学术价值。有了一支专业队伍，以"发掘"与"求真"为特征的史料工作才有可能进入"研究"层次。没有翔实的史料占有，研究工作很难游刃有余。①

编年史类的著述，是学术研究的基础建设工程，也是我国人文学科前辈学者治学的优良传统。它既是学科发展到一定阶段的产物，也是学科进一步可持续拓展的重要基础。因为它能使大量原本纷繁复杂的中外文学与文化交流史料，经过系统的整理编排，呈现清晰可辨的脉络，为研究者深入探讨某一时段的文学与文化交流问题搭建一方宽阔的时空平台。

任何学术研究的结构，如同建筑工程，可分为基础设施和上层结构两个方面。基础设施是各类专题研究赖以进行的基本条件，具有相对的、长期稳定的特点。对这一研究领域而言，文学与文化关系基本史料的搜集、鉴辨、审查、理解和运用，就是中外文学关系研究的基础工程。我国比较文学学者的优秀学术研究成果均是建立在资料实证基础之上的。因此，文学关系史料的编年研究，是其他专题性研究所无法替代的。

文献史料的发现与整理，不仅是重要的基础研究工作，而且也意味着学术创新的孕育与发动，其学术价值不容低估。独立的文献准备是独到的学术创见的基础，充分掌握并严肃运用文献，是每一个文学关系研究者必须具备的基本素养。

顾炎武有所谓"取铜于山"之说。西哲笛卡尔亦说："拼凑而

---

① 刘福春：《艰难的建设》（史料卷导言），载谢冕等著《百年中国新诗史略》（《中国新诗总系》导言集），北京：北京大学出版社，2010年，第398—399页。

成、出于众手的作品,往往没有一手制成的那么完美。我们可以看到,由一位建筑师一手建成的房屋,总是要比七手八脚利用原来作为别用的旧墙设法修补而成的房屋来得整齐漂亮。"①"单靠加工别人的作品是很难做出十分完美的东西的。"②钱锺书也说过:"对经典第一手的认识比博览博士论文来得实惠",要有"第一手认识"③,就是要直接面对作品原著与原始材料,发现真正属于自己的东西。

原始性是决定史料真实性的重要因素,而史料的真实性又是决定它的史学文献价值的首要因素。弄清史料的真实性(是否原件)与它的内容的真实性(历史事件)之间的重大关系。其中具有决定性意义的因素在于它们是否为原始资料或曰原典性材料,而成为我们叙述那些历史活动的最可靠的凭据。原始资料之所以值得重视,就在于它在史料的原始性,以及反映的主体事实方面有较高的可靠性。而编年史著述的史学意义最高的标准就是保持历史的真实,这些都需要原始资料的支撑。

我在《中外文学关系的史料学研究及其学科价值》④一文中,提及史料搜集的必要性及路径,其中特别提到有些新资料并非刚刚挖出来的,而是在新的思路、新的问题视域下,这些资料就会从边缘的、不受重视的角落,变成重要的、中心的资料。读常见书,挖掘常见材料里的潜在史料价值,不失为一种研究方略。其实,史料之有无价值和价值大小,主要看人们的需要和远见卓识。同样一件史料,放在不同的研究者手中,得出的结论和获得的研究成果也不完

---

① 笛卡尔:《谈谈方法》,王太庆译,北京:商务印书馆,2005年,第11页。
② 笛卡尔:《谈谈方法》,王太庆译,北京:商务印书馆,2005年,第12页。
③ 1981年10月24日信,见牟晓朋、范旭仑编《记钱锺书先生》,大连:大连出版社,1995年,第105页。
④ 葛桂录:《中外文学关系的史料学研究及其学科价值》,收入拙著《跨文化语境中的中外文学关系研究》(上海三联书店,2008年),又载《比较文学研究》(中华文化研究集刊第八辑,上海古籍出版社,2009年)。

全相同。这说明史料文献的独立准备不仅要有一种"废寝辍食，锐意穷搜"（鲁迅《〈中国小说旧闻钞〉再版序言》）的精神与意志，还要有文学关系史的史识眼光。

　　因而，要想构建文学关系史的框架脉络，尽可能大量阅读初始文献史料（包括中古、近代、现代的史料），这是无论如何绕不过去的一个步骤。就外国文学在中国的接受而言，举凡外国作品在中国翻译的初版本、译本序跋、出版广告、据作品改编的电影海报，近现代报刊刊载的重要评论文章，作家的旅行日记、信函、交游录、自传等均在搜集汇总之列。

　　正因为编年史是一个基础性的重大学术工程，文献的广泛调查和准确使用是做好编纂工作的首要前提。也就是说，在进行了文献资料的独立准备后，随之而来的工作就是对这些材料所处的历史语境进行综合考察，目的是展开史料辨析，发掘史料的具体内涵。因此，历史语境里的史料辨析在编年史编撰中是很重要的一环。只有了解历史语境，才能在丰富多样而性质复杂的历史文本中，准确地分辨出真正属于文学关系史的那些资料，把它们遴选出来，经过加工写入交流史著述之中，以全面、深刻地反映文学关系史曲折起伏的演变过程，而不至于因为某种批评观念的过分介入，而在材料的发掘选择上留有遗憾。

　　德国史学大师兰克（Leopold von Ranke，1795—1886）开创了一种语言文字的批评方法，从语言文字方面着手，追寻史料形成的来源，批评史料可信的程度，这是极富科学精神的史学方法，从而迎来19世纪西方史学黄金时代的到来。科学的治史方法成为一时风尚，史学家自信能搜集到所有的史料，自信能解决历史上所有的问题，这种乐观心态背后体现的是一种求真欲望。兰克也特别关注文献的辨伪问题。他通过细心研究前人的历史著作，认为乐于引用权威的作品其实都是不可信的，真正负责任的研究必须利用原始档案和文献。兰克在其成名作《拉丁和条顿民族史》的序言中写作了他最著名的一句话："历史指定给本书的任务是：评判过去，教导现在，以利于未来。"在利用文献的过程中，兰克发展出一整套史料批判的方法，即采用"外证"与"内证"相结合的方法。"外证"法即通过史料表现的形式，如语法、体例等是否合乎史料生成年代的规范来确定史料的真伪，通过不同著作、不同版本的互相校勘，使史料真伪毕现；"内证"法是通过对那些不同人所著内容相同的史料进行参照分析，结合对撰述人的身世、性格、心理等各方面的考察，确定史料的可信度。兰克史学思想的核心"如实直书"信念及其随之而来的一整套史料批判方法，标举的是一种客观主义观念，对中国产生深刻影响。傅斯年（"史料即史学"，与兰克史学"形似"）、陈寅恪（与兰克史学"神似"）等即是代表。

陈寅恪对运用史料的原则和方法有其深刻的理性认识，可资借鉴：

1）解释应用史料必须重视历史背景。古代遗留下来的材料是片段分散的，必须放在当时历史语境中，进行综合连贯研究。这样做又必须防止穿凿附会，把现代人的思想和处境强加到古人身上，注重历史材料的"时代性"特质。

2）官修和私家著述，详辨慎取，不可片面误信。私家著述易流于诬妄，官修之书，其病多在讳饰。

3）史料真伪的相对性。陈寅恪说："以中国今日之考据学，已足辨别古书之真伪。然真伪者，不过相对问题，而最要在能审定伪材料之时代及作者，而利用之。盖伪材料亦有时与真材料同一可贵。如某种伪材料，若迳认为其所依托之时代及作者之真产物，固不可也。但能考出其作伪时代及作者，即据以说明此时代及作者之思想，则变一真材料矣。"[①]

[①] 《冯友兰中国哲学史上册审查报告》，陈寅恪《金明馆丛稿二编》，上海：上海古籍出版社，1986年，第248页。

傅斯年也主张透过文学、宗教、学术、艺术以及语言的具体接触史,看这些文化大链条,究竟如何环环相扣的,从而揭示史料的历史语境。这方面可以借鉴比较历史学和语言学的方法,以推动学术的进步。

史料由语言所示。而对历史上语义的流变要格外留心,对古、今、新、旧各义的区分及通、专、泛、特各种指称的辨别要特别注意,并加以辨析。发掘潜藏在各语言现象背后的历史、文化、宗教、哲学、政治与文学等深刻的内容。要具备疑古、求实精神,重视辨别史料的真伪。

一般而言,对历史语境的揭示越清晰,史料所包蕴的内涵就越具体、越丰硕。因而,对文献史料的搜集、鉴辨、理解与运用,是中外文学关系研究首当其冲的基础学术工程。力求广泛而全面地占有史料,尽可能将史料放在它形成和演变的整个历史进程中动态地考察,分辨其主次源流,辨明其价值与真伪。将文学关系史料的甄别贯穿于关系编年史写作的全过程之中。

与此相关的问题是,历史语境不仅是文学关系事件发生的时空条件,也包括当时人对这些文学交往现象的解释与评判。这就是说,中外文学关系史,不仅是所谓客观的历史,也是一个在不断地进行自我读解、自我建构的一个观念的历史、解释的历史。

蒙田说过:"更需要做的是对解释作出解释,而不是对事物作出解释。"对于中外文学关系史来讲,其研究对象并不仅仅是历代留下来的文学关系现象材料,也应包括这些现象在当时所产生的观念背景。这种观念体现出特定时代特定区域对文学关系、文化交流诸种看法(即解释),与文学关系史一样,也是双边或多边文学关系考察的对象。

在历史学视野里,从"事件"到"历史",就是要经过当事人与当时人的"记忆"这一环。历史事件是史学研究的基本客体,史学家也把从零散事件中总结规律作为研究的主要目标。如果说"事件"一词包含了历史学家对研究对象客观性的肯定与探索。那么"记忆"一词则向读者传达了强烈的主观意识。关于一个事件的历史记忆,在不同时代呈现出截然不同的价值取向。承载历史记忆的文本,历史地传递着这一变迁的轨迹与深植其中的意义、价值。文本的叙事离不开其赖以产生的时代与文化。作为一个历史事实,经由书写而形成文本,而文本与语境的结合又引发历史的重构。以文本形式出现的事件,已不再是一个单纯的历史事件,它更多地表现为一个被叙述的符号,成为历史文化表征。在此过程中,逐渐由"事件"走向"历史"。

与此相似,在编年史的叙述框架里,由"史料"到"编年史",中间也存在一个"历史观"问题。也就是说,文学关系编年史并非简单地堆积一个一个的文学交流史事件,也不是如会计一笔一笔登记下来的流水账那样。流水账要求笔笔如实,但是仅仅如实记录还不够,把它们联系起来加以估量,算清它们的来龙去脉,才能看出这一总账的意义。因此,文学关系编年史的著述,心中离不开历史总账的宏大背景,就是说著述者心中有一个乐观的前提,即人类的文化思想只有在打破封闭并不断交流中,才能不断发展、进步与提高,永无止境。这样一种历史观是支撑学术探究的动力。

更进一步讲,文学交流观和文学关系史观是决定文学关系史范型的核心因素。而决定这些观念的最基本的出发点,那就是对文学交流本质和特性的认识。文学交流的特质之一是一体化的趋向:互通有无、求同存异、互动认知,虽说文学(文化)关系背后是国家民族关系的考量。其间不排除意识形态的制约(20世纪尤重),但是国家民族利益的考量会排在前列,这就决定了文学(文化)关系研究离不开许许多多特定的历史语境,因为,国家利益在不同历史时期是变动不居的。在这一点上,任何理论观念(含意识形态)的先入之见,都会有违文学关系的历史本相。后现代主义思潮认为,历史(遗产、资料、史料)也是人为的再造。著名历史学者杜维运在其《史学方法论》增写版自序里，称后现代主义的这些荒谬之论、过激之说，是"由于后现代主义者不知史学方法"所致："不知自文献错综复杂以重建过去的史学方法，自然要宣布历史死亡了；不知史学家精确的叙事与解释的史学方法，自然认为历史与虚构的文学作品无异了；不知设身处地地理解历史的史学方法，自然认为史学家无法进入历史之中了。"①

当然历史发展并非直线向前，往往会以进两步退一步的步伐前进。历史上出现的那些交流事件及其观念，如果只是作为一个一个的成绩，那就是死了的东西，把它们读来读去只是与死人打交道。借助于黑格尔提出的辩证法思想，要把它们联系起来变成活的东西。只有这样的交流历史，才能有益于今天鲜活的文学交流图景，因为今后的文学交流时空也是过往关系史的必然发展。

三、编年史著述的传统与创新

古代世界各国的史书，大体采用三种体例：以年代为中心的历史编年体，以人物为中心的历史传记体，以事件为中心的历史叙述体。公元前6世纪，古希腊就出现了一些充满神话色彩的城市编年史。为西方传统史学确立了一种范型的修昔底德（Thucydides，约前460—前396），非常注意搜集史料，尤其重视第一手原始资料。他那种注重第一手资料、强调辨伪的历史批判方法为19世纪德国史学大师兰克所青睐，并被"客观主义"史学家们奉为圭臬。

塔西陀在其《编年史》中运用连续时间的观念来解释罗马帝国从共和到帝制的转变。欧洲教会史学中第一位重要的编年史家朱理亚·阿非利加那（Julius Africanus，约180—250）著有《编年史》（Chronographia）。他首次比较明晰地运用线性的时间解释框架。线

---

① 杜维运：《史学方法论》，北京：北京大学出版社，2006年，第3页。

性时间框架的最终形成使历史学家从此能给每一个人物与事件一个较准确的时空位置，使读者培养一种清晰的时间概念，从而按照线性时间逻辑思考事件之间的联系。他的努力应该说使历史学向精确性迈出的一大步。

15世纪结束以前，（英国）中世纪寺院编年史消失取而代之的是城市编年史的兴起。编年史作为一种保留史料的形式非常有效，但它仍然是一种写作者缺乏思考力和组织能力的原始历史叙述形式。编年史的存在说明：中世纪关于历史连续性的思想已经沉入了人们的潜意识。

中国史书编年的体裁，两千年前就有《竹书纪年》、《春秋》、《左传》等，到了北宋司马光编《资治通鉴》进一步推陈出新，使此体臻于极致。南宋朱熹又加以创新，以尝试编年纲目体，这样既年代清晰，又重点突出。

编年体是中外古代史书的一种著述体例。当代学者在从事文学史（文学交流史）专题的编撰时，很少关注此种著述形式。而采用纪传体及纪事本末体的著述方法，开展一个个专题研究工作，如某作品、某思潮在异域的流传为线索。后两种著述体例，其好处便于以文学关系史的基本元素——作家作品或交流事件为中心，集中探析，钩玄提要，也便于在阐释和评价作家作品及交流事件的过程中，表达研究者的观点和看法，凸显研究者的个人史识。它们的不便之处，是研究者疏于在各种文学交流现象之间建立整体的历史联系，因而难以形成清晰的交流史线索，也不便于凸显由这些相互关联的文学关系史实所昭示的文学交流发生和发展的规律性。同时由于看不清整体的历史联系，在专题著述时容易出现"以论带史"或"以论代史"，理论观念（特别是身份政治学）先行，如归化与异化解释翻译问题；后殖民主义解释文学中的异域题材及异国形象问题。这样文学交流史实只不过是这些观念的注脚。

就文学关系编年史而言，尽管相关的著述屈指可数，但并非一片空白。相关专题研究著述及学位论文所附录的"作家交往大事年表"、"作品译介与传播编年概要"、"著作汉译目录"、"作品英译系年"、"文学交流大事记",都为文学关系编年史的著述提供了资料基础与信息来源。而某些报纸期刊的目录汇编、相关文学关系史料汇编、文学交流书目汇辑以及某些文学年鉴等,也为编年史的写作提供不少帮助。相关学科(如哲学、历史学、中国文学)的编年史著述,在史料搜集及考订方法、编年体例及具体内容设置等方面,都为我们从事文学关系编年史研究提供很多有益的学术经验。对研究者而言,如果从以上这些编年资料里获得了新的学术话题,他就有可能逐渐意识到此类著述的优势,并会尝试一些专题性(某时段、某课题)文学编年史的写作工作,同时又会进一步深化原有的一些专题论著写作水平。这样,编年史作为古已有之的史学著述方式,加上已有的文学编年资料的整理及专题研究的深入,文学关系编年史的写作时机逐渐成熟。

传统的编年史著述,是一种以纪年为主体的历史记录方式。特点是以时间为经、以事件为纬来记载历史事件。有利于读者按照事件发展的先后顺序了解历史事件,便于了解历史事件间的互相联系;但是不便于集中描写人物、事件,一个人物、事件分散在不同的年代,读者不易了解其全貌。

那么,如何在充分发挥编年史长处的同时,尽量弥补其短处。有以下四点考虑:

其一,以编年为主体,结合纪传体(交流史上的重要人物)、纪事本末体(一个文学交流事件的始末概述),后两者均可采用页下注的形式出现。

欧洲传统的史书著述体裁有"纪年"(annual)、"编年史"(chronicle)、"史纪"(historia)等三种,它们之间的界线并不太严格。纪年(年鉴)是一种言简意赅地记述重要事件的体裁,它的价值在于记录事件及其发生时间以确保其原始性、准确性和可靠性。编年史侧重对历史的追溯和整理,它经常来自"纪年",关注的不仅仅是数据和资料,还有事件与事件之间的联系。这样,年序常常因为部类章节的格局而被打破。当然,年序依然是最基本的间架,却时而被"夹叙夹议"或大块文章所冲散。史纪是一种重视不同事件之相互关系、讲究语言修饰的纪事。与编年史注重时序相比,史纪注重叙说。从上述三种体式的具体运用来看,它们明显没有中国传统纪传体、编年体那么"泾渭分明",西方现当代编年体史书对传统的继承亦即诸种史传体式的融通很常见。①

其二,借鉴法国年鉴学派关于长时段、中时段、短时段的时段理念,通过时间段的设置,以揭示文学交流历程的时代特征、阶段性特征和年度热点事件的特点。具体以年月为基本的编年单位(短时段),如干年度构成一个交流的阶段(中时段),若干阶段构成一个交流的时代(长时段)。在这些时段的划分及解说中,体现文学交流史的史识。

其三,文学交流史一般会以作家与作品的流播为关注的重点。作品的译介、传播及影响等,往往得到足够重视,而作家的本国与异域交游及其所思所言,通常关注不够。而作家(汉学家)的思想及交游,可以帮助我们更深入地理解文学交流的主体立场与观念形成的文化氛围,因而与此相关的文学交流信息要受到特别关注。也就是说,通过关注各时段重要的文学思潮、批评观念、文化政策、文艺活动、文化经典的撰写、出版和评论,用编年的方式将中外文学交流进程及与之密切相关的中外思想文化交流的变迁一并展现在读者面前。因为时代观念的影响是无孔不入的,而对时代风习的反感焦虑,就是一种观念的撞击。这样,与某个时代的一般知识、人文信仰相关联,文学交流史上那些无法找到具体史料、暂时无法确认

---

① 参见方维规:《编年史刍议——简论十八卷本〈中国文学编年史〉的体例创新》,《社会科学论坛》(学术评论卷),2007年第6期。

的影响关系，就可以在这种大时段的氛围场域里获得解释，在文学交流史、关系史的描述中，显得特别重要。这就能充分发挥编年史著述的学术价值与现实意义。

其四，是编年的文学关系"史"，还是文学关系（史）的编年？前者在著述时会突出"史"的意义。在"编年"基础上作进一步的理论阐释，用"文学交流史"的观念统摄具体的编年史料。后者在编写时就会注重史料的考订和编年，编著者不希望"史"评来影响甚至约束读者的思考空间，完全是以丰富翔实的第一手资料按年月（日）编排而成，这样做或许叫做"文学关系史长编"更合适。我们觉得，在此基础上，引进学术史、思想史的语境，并对相关编年信息条目之间建立可资考证的关联，简要提示解释某些问题，这些"点睛之笔"或许能为读者提示进一步的思路空间。

四、编年史著述的价值与意义

其一，还原文学关系历史时空的面貌。

鲁迅先生讲到文学研究要"知人论世"时说："分类有益于揣摩文章，编年有利于明白时势"，并拿古人年谱，近世人时有新作的事，证明大家已经省悟这个道理。（《且介亭杂文·序言》）明白时势，就是希望能够最大限度地还原文学交互历史的场景，这是编年史著述体例的长处。试图展现中外文学交流的原生态面貌，是本领域研究者的一个学术理想。因而，中外文学关系史料的"田野调查工作"实属必要，它对揭示文学交流原生态面貌是不可或缺的。

文学交流史是在特定的地域空间和一定的时段氛围中展开的。在文学交流研究领域内，专题探讨的时空意识一般会选取某些问题的着眼点（如作家或汉学家；重要文本的译介传播；作品里的异域题材）为坐标，对文学交流历程的把握注重大体判断。其优势在于对时空背景及文化传统的描述能够言简意赅，有利于突出自己的观点，也便于初学者的理解与接受。

　　与专题研究相比，编年史在展现文学交流历程的复杂性、多元性方面获得了极大的自由。专题史的写作，往往在材料的选择与阐释中丢弃了好多"例外"，因而不容易看出思想史意义上的交流轨迹。采用编年体著述，更能展开具体而丰富多彩的历史流程。可以发现在同时代里的不同信息相向而视，历史的张力得以显现，历史的空间得以还原。将一个交流事实放在历史时段中看，它的起因、内涵及与周边社会文化的内在联系，才能辨别及合理解释。正如陈世骧《法国唯在主义运动的哲学背景》所说："一株奇异生物的长成，不但表现自己本身的形色，而同时映射着一个特殊的季节，和一片变性的土壤。它放送的气息，代表着四周的氛围。"①受到跨文化交流洗礼过的文学事实，即如这样一株奇异的生物，蕴藏于其中的多重气息，置于编年史语境中才能昭然若揭。

　　陈冲在《文学自由谈》2010年第6期载文强调文学作品的生活质感：一个文学作品要被称为好作品，生活质感不是终极标准，而是入门的门槛。为什么一些曾经被经典的散文，今天会大大贬值？首先因为它们的生活质感很差。为什么那些以"今儿个真高兴"冒充"反映当前农村现实生活"的垃圾会被人嗤之以鼻？首先就因为它们的生活质感很低俗。为什么那些先锋作品总人人觉得像一棵棵无根之本？首先就因为它们太依靠从西方横移过来的哲学理念，而生活质感却不过关。

　　对学术研究而言，历史感就是一种质感，离开了历史语境的梳理、分析与体悟，任何宏大理论的演绎与套用，只能让人抓不住那些活生生的质朴感，最终会失去学术的生命力。

　　要想构建中外文学关系史的框架脉络，只有通过翻阅各种各样的包括书刊典籍图片在内的原始材料，才能对文学交流场有所感

---

① 陈世骧：《陈世骧文存》，沈阳：辽宁教育出版社，1998年，第104页。

悟。这种感觉决定了从史料文献的搜集中，生发出关于文学交流观念的可能性及具体程度。文学史研究从史料升华为史识的中间环节是"史感"。"史感"是在文学史史料的触摸中产生的生命感，这种感觉应该以历史感为基础，同时含有现实感甚至还会有未来感，文献史料正是因为在研究者的这多重感觉中获得了生命。

其二，从学科发展史来看，文学关系编年史是在对传统的文学交流史写作（特别是以某种文化批评观念为导向的交流史著述）进行反思的基础上进行的。在中国古代文学研究领域，傅璇琮先生主持编撰的《唐五代文学编年史》（辽海出版社，1998年）体现了学界对于文学史的反思与探索，他"觉得文学编年史将对整体研究起一种流动关照和综合思考的作用。这也是对于长时期以来文学史著作体例所感到的一种不足。"（自序）同样，文学关系编年史能够在一定程度上弥补某些文学交流著述因观念先行而带来的缺憾，在时空交汇点上，呈现出多姿多彩的文学交流图景，而且，伴随着立体交叉的排比、罗列，一些被隐藏的文学交流史实、现象得以显露。对文学关系研究领域而言，编年史著述因其丰富而开放的史料储藏，有助于填补学术空白和提升中外文学关系史研究的层次，有可能为中外文学关系史学科的成长开拓新的研究领域，催生新的研究课题。

也就是说，从这些文学关系史料及重要文化现象的编年中，我们会发现许许多多以往较少关注的"为什么"，这就能引发一个个新的富有生命力的研究课题，因为它有历史质感的支撑。编年史著述的出现，会尝试改变以往某些文学交流专题著述简单的叙述模式（尤其是以某种理论预设为叙述模式），突出"历史"在文学交流研究中的地位，促使文学交流史研究的沉潜深入，真正揭示出对现实及未来有启示意味的文学发展规律来。在文学关系史料实证的基础上，进一步展示时空背景下文化生态的变化、人文思想的波荡以及文人集团的社会心态等。进而从史料的搜寻考据，进入对交流史演进的文化史批评层面。

编年史的体例虽然也有它自身的局限，但它的好处就在于迫使学者重新回到第一手资料中去，通过对文学史的原始资料的发掘、整理、钩沉、辑佚，占有尽可能详尽、完备同时又尽可能准确、翔实的文学史料，在此基础上，通过对这些文学史料的甄别和选择、比照和胪列，构造一个"用事实说话"的文学史的逻辑和秩序。这种文学史的逻辑和秩序，不是靠观点来"黏合"史料，而是靠史实之间的联系建立起来的，史家的观点和评价，就隐含在这些史实及其所建立的关系之中。

　　其三，学术性与工具性相结合，既保证了所有的编年内容都有据可查，又有助于准确地把中外文学交流史发展进程，将编年史视作文学交流史研究的一种视角和方法，发挥其在多国文学关系研究方面的优势，其多重功能将给中外文学交流史研究者提供诸多便利。

　　编年史类著述在资料取舍方面，严格按照传统史料学、文献学的选材标准处理。编录内容包括：1) 中外双方早期文化交往史实；2) 中国文学在外国的流播与评价，外国文学在中国文化语境里的译介和重要评论；3) 外国文学笔下的中国题材及其形象塑造，中国文学背景中的外国形象构造；4) 文学交流的重要媒介，如中外作家之间的交游、互访，重要学术期刊、出版机构、学术团体、学术活动、教学研究机构、图书版权交易等有助于中外文学关系互动交流的平台。

　　同时，编年史著述并非简单的资料汇编，而是力求进入交流史的历史现场，将编年史、学术史、思想史与史料学等结合起来，拓展学术空间，使之更有引用价值及参考意义，诸如在1) 确定文学关系史料的来源，弄清楚历史文献的材料依据和作者写作的具体情况；2) 确定文学关系史料的可靠性；3) 明确文学关系史料文献的价值；4) 说明文学关系史料的利用方法等方面，对读者有所帮助。

　　其四，梳理相关史料并编年呈现，数百年来中外文学双向交流的行行足迹历历在目,这既为今后进一步认知与接受外国文学资源提供往日的经验与教训,也为中国文化(中国文学)走出去的国家战略,提供切实的历史图景和可行的路径,因而有良好的社会效应。也可以说,史料编年的目的即如孔子所言"温故而知新",或曰史学传统所谓的"鉴往知来,品评得失"。黑格尔对历史的看法,就贯穿着对现在认知的目的。他说过:"这些历史的东西虽然存在,却是在过去存在的,如果它们和现代生活已经没有什么关联,它们就不是属于我们的,尽管我们对它们很熟悉;我们对于过去事物之所以发生兴趣,并不只是因为它们在一度存在过。历史的事物只有在属于我们自己的民族时,或是只有在我们可以把现在看作过去事件的结果,而所表现的人物或事迹在这些过去事件的连锁中,形成主要的一环时,只有在这种情况之下,历史的事物才是属于我们的。单是同属一个地区和一个民族这种简单的关系还不够使它们属于我们的,我们自己的民族的过去事物必须和我们现代的情况、生活和存在密切相关,它们才算是属于我们的。"①可以说,求真辨伪,以史为鉴,是任何学术研究的重要目标。

其五,以编年史的眼光和方法来研究具体的问题,是一种值得推广的研究思路。一些专题性文学交流史论文,如果建立在资料搜集编年的基础上,就能够看清文学影响与接受的具体脉络,并能获得了与以往不同的见解。笔者当年所撰写的关于英国作家布莱克、华兹华斯、狄更斯在中国传播与接受的系列论文,都是在资料编年的基础上完成的。也就是说,我们提倡编年史著述的学术意义,更多的是提示大家注意在讨论具体的交流史课题时,不能忽视课题资料搜集整理的"编年史"思路。

---

① 黑格尔:《美学》第一卷,朱光潜译,北京:商务印书馆,1991年,第346页。

中国的英国文学学术史研究：视野与方法[①]

一、学术史研究三调：文献、学术、思想

学术史研究——试以中国的英国文学学术史研究为例——离不开三个核心词：文献、学术、思想，也构成学术史研究的三个层面：(1)有史料的学术史；(2)有思想的学术史；(3)有学术的思想史。在此研究框架里，文献史料学、学术史与思想史形成一个交互作用的阐释网络，互为关联，目标是最大限度的发挥学术史研究的学术传承及现实启示价值。以史为鉴、他者之镜的意义才得以充分显现。

（一）有史料的学术史

学术史的基础是文献史料的搜罗考订与编年整理，即首先应在文献层面上予对象(学术成果、学术机构、学人，等等)的学术理论批评以整体性逻辑还原。遵循前辈学者与学界时贤所确立的学术规范，充分借鉴中西学术研究里的历史分析与"推源溯流"等传统研究方法，特别注重中国语境里英国文学研究的原典性文献的搜集、

[①] 本部分内容是笔者承担的2009年度国家哲学社科重大招标课题《新中国外国文学研究60年》(首席专家陈建华教授)的子项目《新中国英国文学研究60年》导论第一、二部分。其中第一部分的节略稿刊于《中国社会科学报》2014年1月3日。

整理及评述。尽可能将这些研究成果放在它形成和演变的整个历史进程中动态地考察，分别其主次源流，辨明其学术价值与理论空间。先进行研究成果的编年汇总，然后进行统计学意义上的分析论证，从发表数量与研究内容（可显示各阶段关注的热点与重点问题）、研究角度与理论方法的应用（可发现各时期主流学术风气的变化规律）等诸方面，系统客观地展示外国文学研究在中国文化语境中的演变历程。

也就是说，从百年英国文学研究的演化谱系出发，去陈述相关学者及其理论成果为学术研究贡献了什么，及其赖以贡献的知识学背景又是什么？这势必要求在文献学层面下苦功。这方面每一个学术史研究的从业者均能克己敬业，并出现了一批不错的成果。我们现在亟待推进的是采用文献学、历史、传记、接受研究方法，花费大精力从事个案（作家、作品）的目录资源学研究实践。编撰一批外国作家读本、学习指南之类的著述，参照《剑桥文学指南》（上海外语教育出版社已引进英文版出版42种）、《理解〈动物庄园〉：问题、来源和历史文献学生指南》（John Rodden 编著）等文献整理方式，对相关作家的最新成果作全面介绍，构成了解某作家作品研究的最新必读书目文献。这样的学术史成果以重要批评文献的编撰为基础，进而在政府重大科研项目经费的资助下，花费大精力编订某某作家全集，收录迄今所有被发现的作品，包括学术评价类文字，对照多个版本（原著、译著），对每个文本做详细的比对、校勘、注释，成为某外国作家研究最权威的文献资源。

有史料的学术史，解决的是学术史研究中"知其然"的问题，讨论的是学术的演进历程。如果说学术史研究追求的是史、论结合，那此层面在方法论意义上侧重于"史"，构成了点（作家、作品研究）与线的学术史。

（二）有思想的学术史

从"有史料的学术史"到"有思想的学术史"，要经过"同情之理解"与"批判之阅读"两个步骤。它展示的是一个面、一个时代的学术风貌。在方法论上是史论结合的阐释模式。所谓"同情之理解",就是要将他们的批评成果放置到具体的历史和思想语境去理解,理解的是"历史的要求"与"思想的认知"如何?"批判之阅读"就是要站在新的历史要求与思想认知层面,立足于社会发展与文化交流语境,审视他们文学批评的得失与利弊,揭示其包蕴在研究对象之上的思想附加值。这种思想附加值一是文学现象本身即存有,依靠研究深挖得以显现;一是研究者阐释立场的展示,是观念投射的结果。这就进入学术史研究"知其所以然"的层面,讨论的是思想(学术思想、社会思潮)的演进史。

(三)有学术的思想史

如果说,"有史料的学术史"主要采用的是文献学的方法,旨在陈述对象"是什么";"有思想的学术史"采用的则是发生学的方法,重在追问对象"为什么"。那么,"有学术的思想史"则采用的思想史的方法。

学术史课题必须要放置到思想史语境才能得到有效和深入的阐释。思想史的方法能够帮助我们理解中国的英国文学研究所展示的思维方式、价值观念、想象逻辑及情感特质,如何凸显在人们的精神生活中,并思考在不同时代环境与文化氛围中,人们所作出的对外国文学经典及思潮观念的一系列选择。在具体研究中首先根据批评文本的论证逻辑归纳和分析批评的内容、策略、特征和意义,然后从文本语境拓展至思想史语境,由内到外,层层"深挖",以期揭示批评家对外国作家评述及"声望"利用的深层次原因,从而在思想史语境中深刻理解其学术史价值。这是一个从学术史到思想史再到学术史的阐释和认知过程。

这就形成了一个多面体(立体)的学术史研究层面。体现的更多是他山之石、他者之镜的功效。我们所提倡的英国文学学术史研究中的中国立场、中国观念，才得以突出体现。当然，中国立场、中国观念，并非是以中国之是非为是非的思维模式，而是在跨文化交流层面上，借助他者（英国文学）看自身文化发展的时空向度，以展示出我们自己的文化价值观念及其演变轨迹，关注点是中国当下的社会发展，以及与传统文化比较的参照系。借此建立一个学术史研究的公共文化空间，站在公共知识分子的学术视角与秉持的社会责任感基础上，提炼英国文学学术研究进程所展示出来的先进文化价值，增进对大众的启蒙功效。展示的是学术史研究的"知其所以不然"。在横向参照中，思考研究对象（英国文学）为何不是这样？或者反过来说中国文学为何不是那样？对其学术研究史的梳理，更在于让我们突破自身习以为常的思考方式，提供"别样地思考"的独到视角，更好地发掘英国文学及中国文化自身的有效价值资源，改变当代中国在自我建构上受挫的某些处境，在文化交流中，培植自身文化的繁殖力与适时性。正是在此碰撞反思、沟通交流中，思想观念得以传递，人类优秀文化精神的正能量得以扩散。冯友兰先生说过，历史的继承应体现为"抽象的继承"。中国的英国文学研究，并非是外国某些理论话语在中国的试验场，最终意义上是中英思想的碰撞交汇，以促成中英文学思想的交流互补。将中国的英国文学研究史理解为中国人文学界在社会变革和学术转型中实现世界性与现代性的过程，这应是学术史研究的最终目标所在。

二、关于英国文学学术研究史的初步思考

在目前国内的外国文学领域，学术史研究已经成为关注热点。其中最重要的两个标志是中国社科院陈众议研究员主持的"外国文学学术史研究大系"项目和国家社科基金重大课题"新中国外国文学研究60年"的立项研究。陈众议作为"外国文学学术史研究大系"的执行主编，在"总序"中指出"学术史研究也是一种过程

学,而且是一种相对纯粹的过程学。不具备一定的学术史视野,哪怕是潜在的学术史视野,任何经典作家作品研究几乎都是不能想象的。"①并特别提出了当前外国文学研究的主要问题:在后现代主义解构思潮下,绝对的相对性取代了相对的绝对性,许多人不屑于相对客观的学术史研究而热衷于空洞的理论。学术史研究则是对后现代主义颠覆的拨乱反正,是重构被解构的经典,重塑被抛弃的价值。2004年由中国社会科学院外国文学研究所设计启动的"外国文学学术史研究工程"计划,"意味着我国的外国文学研究已开始对解构风潮之后的学术相对化、碎片化和虚无化进行较为系统的清算"②。这指出了外国文学学术史研究大的背景和意义所在。而且,学术史研究"也是一种行之有效的文学研究方法,更是一种切实可行的文化积累工程,同时还可以杜绝有关领域的低水平重复。每一部学术史研究著作通过尽可能竭泽而渔式的梳理,即使不能见人所未见、言人所未言,至少也能老老实实地将有关作家作品的研究成果(包括有关研究家的立场、观点和方法)公之于众,以裨来者考"③。陈众议不仅十分明确地阐述了当前研究外国经典作家学术史的重要意义和价值,也提供了值得认真参考的研究方法。④

中国文化语境里的英国文学研究史,在概观其历史发展进程和学术得失的同时,重在讨论特定时期的中国文化因素(特别是政治意识形态、传统的解读方式)如何影响与制约英国文学研究的客观化及成果表述,造成了哪些误读、误释或创造性阐释?立足于中英文学交流史的研究路径及展示出来的观念形态有何普遍价值?根据学界认可的理解策略,异质文学之间的互读研究,基本上是以"不正确

---

① 陈众议:《塞万提斯学术史研究》,南京:译林出版社,2011年,总序第2页。
② 陈众议:《塞万提斯学术史研究》,南京:译林出版社,2011年,总序第2—3页。
③ 陈众议:《塞万提斯学术史研究》,南京:译林出版社,2011年,总序第5—6页。
④ 另外经典作家学术史研究的写法还可以参考谈瀛洲:《莎评简史》,上海:复旦大学出版社,2005年,何宁:《哈代研究史》,南京:译林出版社,2011年。

理解的形态"进行的。那么，英国文学在中国的研究历程，既折射出中国不同时期的特定文化需要与意识形态诉求，也显示出英国文学在异域文化背景中的接受变异特征。

当然，英国文学学术史课题研究的定位，并非只是英国文学研究成果的资料汇编、综述式的平面展示，而是力求在中外文学交流的宏大背景中，展示不同时期英国文学进入中国的历史现场，将该课题领域的学术研究史，与中国的英国文学学科发展史，以及中国人文思想界的观念史，还有传统学术研究的史料学等结合起来，在体现中国学者以自身的思想文化模子，"重演"（借用英国历史哲学家柯林武德的话语概念）英国文学的行行足迹的同时，拓展英国文学研究在中国的学术空间，使之不仅有学术史的参照意义，也启发研究主体要秉持有学科建构与人文关怀的自觉意识。

学术史研究的思路定位决定着研究的方法视野。中国自古以来就具有学术史研究的传统。梁启超的《中国近三百年学术史》就论述了清代学术变迁与政治的影响、清初各学派建设及主要学者成就和清代学者整理旧学的总成绩这三个大问题。他提出编撰学术史的四个必要条件："第一，叙一个时代的学术，须把那时代重要各学派全数网罗，不可以爱憎为去取。第二，叙某家学说，须将其特点提挈出来，令读者有很明晰的观念。第三，要忠实传写各家真相，勿以主观上下其手。第四，要把各人的时代和他一生经历大概叙述，看出那人的全人格。"① 该书以"论"说"史"，以"史"证"论"，史论结合的实证方法很值得我们借鉴。同时，还可以借鉴西方新史学的方法论和研究理念，综合运用接受传播学理论、文本发生学理论、比较文学跨文化研究、现代性观念、年鉴史学、观念史、微观史学、西方新文化史、文化传递中的误读、误释理论，试图对百年来中国的英国文学研究，做出比较详尽的历史考察和深度的文化

---

① 梁启超：《中国近三百年学术史》，北京：东方出版社，2004年，第55页。

阐释。

中国的英国文学学术史研究，希望能从学术转型与文化转型、传统学术与现代学术的关系角度，对英国文学研究的时代转型进行观照，阐释其动因、范式与内在机制。同时，针对研究中存在的问题，重点从方法论角度展开研究，包括主体意识与科学态度问题、理论资源的移植与误读误用问题、多学科交叉与学科素养培育问题、强调学术规范与活跃学术思维问题等。同时，从学科建设角度对英国文学研究进行定位，重点关注进入高校课堂的英国文学研究、专门人才的培养、专门的学术团体（全国英国文学研究会）、研究期刊和专门的研究机构等。也尝试从学理高度对新世纪的英国文学研究的发展趋势加以展望，对今后的英国文学研究（课题的设定、角度的选取、研究策略的设立）提供帮助，以引起研究界的关注讨论。

另外，关于英国文学的评介研究，对英国文学在中国的广泛传播有何影响？对中国学术研究的现代转型有何推动？对中英文学交流的持续开展有何启迪？中国视角对英国文学研究的利弊问题？英国文学研究的历程，对构建中国的英国文学学科史的意义价值，对英国文学研究的人才培养有何启示作用？中国与英语国家的英国文学研究，在关注重点和角度、层面上有所不同之处，如何理解分析？中国式的英国文学经典是如何造就的？这其中经过了怎样的文化过滤和转换？与中国的政治意识形态、主流文学传统，以及中国译介者和研究者的眼光和视野，有何具体联系？这一连串的问题，也是英国文学学术史研究推进的路径。

同样，英国文学研究的主体意识、研究热点与研究者的个体生存、学术生态环境、学术评价机制、国家主管部门的项目资助导向等诸种因素的关系，也成为我们进一步考量的内容。借此思考中国的域外文学研究，其特有的身份属性如何妥善把握？本土与他者的关系如何互动，才能获得一种互证互补的兼容态势？而这些对研究者们设定选题、拓展研究空间、评述角度的取舍、学术心态以及成果出版诸问题，有何影响？这些也是我们在客观梳理英国文学在中国研究的百年历程时，拟关注的重点与难点。

小而言之，立足于梳理中国的英国文学学术研究史，着重分析中国学界关于英国文学评述的经验成就、视野方法、问题模式及阐释立场。

1）提出中国的英国文学评论史研究的总体框架，从整体角度勾勒英国文学研究在中国的百年进程，构建该领域研究的历史脉络与逻辑框架。

2）拓展中国学者评论英国文学的研究领域。在知识史的视野里，特别关注那些为学界同仁所忽视的研究内容，并可讨论影响中国评述英国文学学术成果的其他环节，如大学教育、报刊书局、学位论文选题、学术团体及学术活动、课题立项指南等。

3）转变中国学者涉及英国文学评述史的研究范型。在点、线、面式的涉及知识体系角度的综述评价基础上，增加中国语境、历史重演现场、文化交流、学科建构、跨文化比较、学术转型等诸多诠释维度，这是该领域研究进一步拓展的学术趋势，也是我们研究有待期望的目标。

4）反思英国文学研究之中国视角与中国经验，以及中国研究者身份立场与研究对象的互动关系，提出中国研究英国文学必须有一种时间向度的研究观念，将中国的英国文学研究史理解为中国人文学界在社会变革和学术转型中实现世界性与现代性的过程。

总之，中国的英国文学学术史研究是一个亟待开垦的研究领域。这要求我们立足于中国的英国文学研究实践，在跨文化交流视野中，综合运用有效的实学研究方法，踏实地从事该课题的研究工作，总结中国的英国文学研究的特点及经验教训，以进一步促进中英文学与文化之间的相互理解和交流。

明智：非理论的智慧[①]

一

我在前年于浙江大学召开的"世界文学经典与跨文化沟通国际学术研讨会"[②]上发表了题为《思想史语境中的文学经典阐释：问题、路径与窗口》[③]的大会主题演讲，其中曾说过："文本细读是从事文学研究的重要基础，那我们凭借'什么'去对文本加以'细'读，并写出具有专业色彩的文章？可能首先想到的武器就是理论方法。"

理论方法特别是当代西方各种新理论新方法果真有放之四海而皆准的神奇功效吗？对那些擅长套用某种理论方法解读中外文本的著述，我心存疑虑。最近重读陆建德教授的《麻雀啁啾》[④]，其中有一篇《明智——非理论的智慧》，是关于亚里士多德《尼各马科伦理学》的书评，颇受启发，因为它有力支持了我的疑虑，对我关于思想史语境解读文学经典的倡议也是一个鼓舞。此次演讲我同样以

[①] 本文系笔者于 2012 年 11 月 3 日在福建师范大学研究生科技节"博导论坛"所作的演讲，刊于《大学生 GE 阅读》第 11 辑，中国传媒大学出版社，2014 年 1 月版。

[②] 本次研讨会于 2010 年 11 月 7—8 日在浙江大学召开，会议成果编有论文集出版。

[③] 该文刊于《福建师范大学学报》2012 年第 3 期，获得中国外国文学教学研究会优秀科研成果一等奖（2012 年）；福建省第十届哲学社科优秀成果三等奖（2013 年）。

[④] 陆建德：《麻雀啁啾》，北京：三联书店，1996 年。

《明智：非理论的智慧》为题，一则表达对陆建德先生的敬意，二则借此大力倡导这种"非理论的智慧"，因为这是一种"明智"的选择。

陆建德先生评英国史学家汤普森《共有的习惯》而作的文章《习惯的力量》（收入他的文集《高悬的画布——不带理论的旅行》）中，曾提到哈代小说《卡斯特桥市长》第一章写了一个卖掉妻子的场景，这是主人公亨查德在醉酒后发生的行为。如何分析这一细节，我们以往首先想到的或许就是女权主义批评话语，亨查德因而被严厉谴责。不过，根据史学家劳伦斯·斯通的调查研究，"买卖妻子"这种英国下层社会常有的事，在相当长一段时期内，实质上是使离婚合法化的一种仪式。汤普森《共同的习惯》也提供了不少史料，表明出售妻子有一套不成文的程序。首先，所有交易都是公开进行的，有的甚至事前张贴布告，地点都是集市等公共商业中心。交易那天，丈夫在妻子脖子上或腰间系一条缰绳，手执缰绳把妻子牵进场内。成交后卖方把缰绳交给买方，作为"交付"的象征。要怒斥这一交易现象，再容易不过。但汤普森不同意那些非得把自己的姐妹说得可怜兮兮才觉得过瘾的女权主义者。他说，交易因婚姻破裂而进行，假如这样的习俗使公开离婚和再婚成为可能，很多当事人是乐于被出售的。这表明当时无所不在的教会对性行为的监督已经有所放松（比较霍桑的《红字》），而世俗政权（包括法庭）也较为宽容，对这类行为予以默认。汤普森强调的是当时被买卖的妻子的独立性和活力。女方同意交易，一般都为了使婚姻状况朝着对自己有利的方向发展，她们甚至还是交易的积极推动者、参与者。尽管她们身上系着缰绳，她们还是会和围观者高声交谈，毫无惧色，有的还挥舞手帕作欢庆状，发出大笑。拍卖虽然公开，买主却往往早就内定的，他就是女方的情人或非法同居者。当时有报道说，成交后女方与买主开开心心地离去，而"交付"（deliver）一词确有予以自由，由一方转交另一方照看的意思。在集市上真正受辱的反而可能是手执缰绳的男方,他被戴了绿帽子,还非得在大庭广众之下履行"走形式"的职责。华盛顿·欧文《见闻札记》描写的强悍女子,并非纯系"男权社会"的虚构。很多妇女可能是家里的强者。汤普森引用了一首民谣:"丈夫如果不从,她破口大骂,像一只好斗的公鸡,给了她的老家伙,许多次狠狠的打击。"当时的一幅图画:负责照管婴儿的丈夫正在偷喝啤酒,此举被妻子看到,她拎起一只鞋子往他头上打去。陆建德先生在这篇题为《习惯的力量》的文章中,对此作了详尽解说,值得仔细关注。如此,我们对诸如《卡斯特桥市长》里的类似情景,就要作历史语境(包括社会风习)的分析与评述。①

因而,我在前述演讲内容中提倡:从文学现象(文本)的历史(思想史)语境,而非从模式(理论)着手开展工作,跳出"理论方法+文本批评"的解读框架。也就是说,慎重使用各种理论话语及其推导出的结论,因为它们并非放之四海而皆准。

海德格尔晚年编辑自己的著作全集时写下这样一句题词"Wege-nicht Werke"(道路,而不是著作)。这里的"道路"用的是复数,他所能做的就是不断探索。在他看来,学习哲学就是踏上爱智慧的思想之路。哲学(爱智慧)永远"在路上"。哲学不是知识(结论),而是思考(过程)。不是定型的智慧,而是探求智慧的路径。爱智慧的快乐,不在于"有智慧"的结果,而在于永远的探求和追问的过程之中。毕达哥拉斯首先称呼自己为"爱智慧者",而不自称为"智者"。柏拉图《理想国》中要求执政者是一批"爱智慧者",而非任何的"哲学家"(智者)。重视过程,甚于看重结果。人不能抓住真理(好比人不是上帝一样),只是在不断追求真理的路上。这才是一种人生行动的"智慧"。

---

① 陆建德:《高悬的画布——不带理论的旅行》,北京:三联书店,2011年,第218—236页。

这启示我们如何对待诸种理论：爱各种理论在其推导"过程"中存在的智慧，而不必执著于诸理论的"结论"。喜欢"过程"（智慧之爱），这是爱智慧的表现，而将理论当作"智慧之学"，则是非明智的。因而，要善于做一个爱智慧(φιλόσοφος)的明智之人。

为何要关注理论话题？我想：1)并非仅仅为了写文章(伪功利主义意识)；2)更非为了吓唬人而搬用晦涩难懂的概念术语；3)亦非为了赶时髦，加入"旷然大空"式的中国当代话语概念的大合唱。明智的做法是：了解认知某种理论批评方法的逻辑与历史的出发点、路径、目标，以及警惕在使用过程中极易出现的话语概念的泡沫化趋向。在此过程中：1)训练自己的理解、认知与评判能力，即提高所谓"理论水平"；2)把握文学、历史、知识、信仰、思想之间的语境联系，逐步形成讨论问题的历史主义方法论；3)达到知识、学问、人生伦理、世界观之间的互通关联，培养个体生存的经验主义立场；4)获得参透人生的智慧："有所为，有所不为"，"执着而不痴顽"，"成就自己，不伤害，不拖累别人"，或者说"知识增进道德，学问滋养灵魂。"

二

理查德·罗蒂认为当代社会"以理论取代明智"的愿望十分强烈。

"明智"（Φρόνησις）——多数英译者用 prudence(审慎、精明、节俭)来解释——是亚里士多德《尼各马可伦理学》[①]第六卷"理智德性"中提出的一种"完整的人"的德性，即"实践的智慧"。

[①] 亚里士多德:《尼各马可伦理学》，廖申白译注，北京：商务印书馆，2008年，下述引文均出自该译本。

亚里士多德的实践观与柏拉图的理念论不同。亚氏指出,"明智是一种同善恶相关的、合乎逻各斯的、求真的实践品质。"明智是理智的最高状态,即如节制是欲望的最高状态一样。"明智是一种德性而不是一种技艺。"明智"也要考虑具体的事实。因为,明智是与实践相关的,而实践就是要处理具体的事情。""明智显然不是科学。……明智是同具体的东西相关的,因为实践都是具体的。"亚氏在此说,科学(如数学一样,是抽象出来的)不是处理具体的事务,明智则同具体的东西相关。

这就是说,明智来自实践,经验尤其宝贵。在人的社会生活里,"有经验的人比有理论的人占先。明智是实践。理论与实践两者都为必要,但更重要的还是经验。"17世纪上半叶,笛卡尔把几何学的推理与演绎法应用于哲学,在其独重方法的知识体系里,"明智"难有立足之地。文学批评、文学研究面临被贬为自然科学的奴婢的危险,征兆即是对理论和方法的极度尊崇。20世纪以来充斥着独尊方法的时代迷信。各种理论与方法的诱人之处不言而喻。

英国批评家伊恩·瓦特曾抱怨,他的学生一心企盼一劳永逸地掌握一把理论或方法的钥匙,凭它开启一切文学作品的奥秘。这是唯科学主义(数学是科学的典范,数学的知识由抽象而来)的副产品。正因为相信的是科学的理论,不必有积极的个人投入,随风俯仰的墙上芦苇应运而生。

英国文学研究专家黄梅在《"反科学"的批评?》(这是关于D. H. 劳伦斯文论选《灵与肉的剖白》的书评)一文中也说:"进入二十世纪以来,西方的文学批评似乎越来越像科学论文了。各种'主义'的文论不论其理论内容如何,大抵都渗透着某种令人肃然起敬的科学风格或精神,变成有一套术语(其中不少是从其他学科借来的),有自己的操作程序的专业化活动。局外人听专家们津津乐道地议论什么'语序轴'、'语谱轴'、'能指'、'所指',不免瞠目结舌,不知所云。近年来现当代西方文论的风云东渐,虽远未成排山倒海之势，也还是有点压力的。……我们仿佛偷食了'智慧'的禁果，都纷纷对自己早先赤身裸体的状况羞愧不已。"①而劳伦斯则直言不讳地强调文学和人生的关系，旗帜鲜明地顽强抵制唯理主义和"科学化"。因为，批评所关心的正是科学所冷落的那些价值，衡量一部作品的标准是它对我们真挚而生机勃勃的情感产生何种影响而不是别的什么。黄梅说要特别珍重劳伦斯与种种科学化的"主义"唱反调的声音："因为，如果太深地陷入貌似科学的术语的循环中而不能自拔，没有一点透视的眼光，忘记了这一切的本源和老根，恐怕难免会掘掉自身赖以存在的根基。就如太注意衣裳的样式加工，特别是邻居人家的新衣服，却忘记了自己衣服下那个血肉的身躯。"②这个"根基"其实对应的就是生活（创作、评论等）的常理。

非理论的智慧（明智），也就是要多一些常理之言。理论批评方法，存在有悖常理之处。所谓"常理"，一是体现为"真知灼见"（历史语境里的真知）；二是有巨大的道德力量（人类社会里的伦理道德）。对后者（精神道德）的强调，更为必要，因为当前许多本不需要讨论的"常理"，都成了"要，还是不要"的"问题"。爱因斯坦就深知科学的昌盛可能只会带来精神的贫乏和人伦的衰败。他说："用专业知识教育人是不够的。通过专业教育，他可以成为一种有用的机器，但是不能成为一个和谐发展的人。要使学生对价值（社会伦理价值）有所理解并且产生热烈的感情，那是最基本的。他必须获得对美和道德上的善有鲜明的辨别力。否则，他——连同他的专业知识——就更像一只受过很好训练的狗，而不像一个和谐发展的人。为了获得对别人和对集体的适当关系，他必须学习去了解人们的动

---

① 黄梅：《"反科学"的批评?》，收入其所著《不肯进取》，沈阳：辽宁教育出版社，1996年，第51页。

② 黄梅：《"反科学"的批评?》，收入其所著《不肯进取》，沈阳：辽宁教育出版社，1996年，第54页。

机、他们的幻想和他们的疾苦。"①

美国著名妇女学者帕格利亚也非常"痛恨批评理论：它是精英的心智游戏，扼杀了教授和学生的灵魂。"她说当今的文学理论大而无当，几乎到了可笑的地步，就像一只河马学跳舞，笨拙沉重，处处出错。理论家们使整整一代年轻人丧失了欣赏艺术的能力，面对这灾难性的局面，热爱艺术、尊重学术的人应该为捍卫理想敢作敢为。②这也是回归"常理"的呼声。

非理论的智慧(明智)，或许应该是研习理论之后的目标。诚如爱因斯坦援引剧作家乔治·萨维尔所说："教育就是把学到的知识全部忘掉后剩下的东西。"——这就是选择与批评的眼界和能力，它们来自于研读理论批评方法之后，所训练出来的对历史与现实问题的理解、认知与评判能力。但这种眼界与能力应该用之于解决实际问题——文学的、生活的、心灵的，而且尽量符合"常理"。

王佐良先生在《伯克莱的势头》一文中提到一个以研究乔伊斯小说为专长的 20 世纪学者，也回到了 18 世纪约翰逊博士的传统的"常理"立场，并赞赏这种回归："在各种理论之风不断吹拂的当前，回到约翰逊的'常理'观是需要理论上的勇气的，但又是符合文学批评上的英国传统的。"这常理并非纯凭印象，而是掺和着人生经验和创作甘苦，掺和着每个人的道德感和历史观，因而这些批评具体而又不限于技术小节，有创见而又不故弄玄虚，看似着重欣赏，实则关心思想文化和社会上的大问题。③

弗吉尼亚·伍尔芙在第一本《普通读者》的代序里，引用了约翰逊博士在《格雷传》中的这段话："我很高兴能与普通读者产生共

---

① 爱因斯坦：《培养独立思考的教育》，收入《爱因斯坦文集》第三卷，许良英编译，北京：商务印书馆，2010 年。
② 参见陆建德：《麻雀啁啾》，北京：三联书店，1996 年，第 175 页。
③ 王佐良：《心智的风景线》，北京：三联书店，1991 年，第 210—211 页。参见陆建德：《麻雀啁啾》，北京：三联书店，1996 年，第 166—167 页。

鸣，因为在所有那些高雅微妙、学究教条之后，一切诗人的荣誉最终要由未受文学偏见腐蚀的读者的常识来决定。"①普通读者的常理未被文学偏见败坏。当前，要尊重普通读者就必须抑制一下使批评术语"科学化"的冲动，少蹈空谈玄。伍尔芙的文学批评文字之所以耐读，就是因为她没有忽视普通读者的常理，仿佛是出于本能，得到什么收获就写出什么收获，把眼光定位于文学写作与文化事件，从阅读角度写评论，挖掘到的东西也就特别和"普通读者"这个称谓接近，普通读者喜爱，专家学者看重，因而具有鲜活的生命力。

法国作家缪塞有句名言："我的杯很小，但我用我的杯喝水。"伍尔芙文学批评文字的切入点独特，是全盘衡量，反复掂量，由此及彼加以比较再比较之后的结果。这就形成了她喝水的杯子（文学评论的路径），也写成了英国文学批评史上最有特色的富有亲和力的文章。

伍尔芙在批评文字中展示出的就是"非理论的智慧"。在《我们应该怎样读书？》一文中，她说："你要做的就是遵循自己的直觉，运用自己的判断，得出自己的结论。"这里，"直觉"来自于生活的丰富体验、文学的（创作或阅读）经验，也即形成自己的切入点、问题点、关注点。"判断"来自于逻辑思维能力（从杂乱理出头绪）、相关批评思路的涵养。"结论"是审慎而合于"常理"的，且是从阅读中获得的"最深刻、最广泛的欢愉"。②

这种"欢愉"在于我们看到的是一个能够促进我们思考的、首尾连贯的各个不同的世界。伍尔芙通过她那灵动精妙的文字告诉我们这些"普通读者"：在阅读《鲁滨逊漂流记》时，大家似乎被带

---

① 弗吉尼亚·伍尔芙：《普通读者》（代序），《普通读者Ⅰ》，马爱新译，北京：人民文学出版社，2003年，第1页。

② 弗吉尼亚·伍尔芙：《我们应该怎样读书？》，《普通读者Ⅱ》，石永礼、蓝仁哲等译，北京：人民文学出版社，2003年，第246页。

上了一条宽阔的大道,书中一个事件接一个事件地发生,层次分明,有条不紊。然而对笛福故事至关重要的海阔天空和紧张历险对于简·奥斯丁的故事却毫无意义。后者的世界出现在客厅之中,呈现在人物的交谈之中,这些交谈就像一面面镜子映照出人物的个性。即或我们熟悉了简·奥斯丁笔下的客厅以及客厅中人物的交谈所呈现的东西,一旦当我们转向哈代的世界,我们马上置身于荒原沼泽之中,头上繁星点点。在这里我们心灵的另一面呈现出来:在孤独寂寞中出现的阴暗一面,而不是在相依相伴中呈现的轻快一面。在哈代的世界里我们的联系不在于人际之间,而是面对大自然和命运。尽管这些作家笔下的世界千差万别,但每一个世界都是完整的,首尾连贯的。每一个世界的创造者都认真地遵循了自己的视野所决定的规则,不管他们会给我们带来多么大的紧张感,他们绝不会像某些二流作家那样,使一本书里出现两种不协调的东西。①

文学批评要回到文本(并非新批评的"文本自足论")所展示的不同世界中去,以帮助读者恢复(历史的或现实的)常识与记忆,本质上行使的还是一种启蒙工作,而此工作正是后现代文化批评所要着力消解的。各种理论、概念术语的过度搬用,对文学批评而言,就会造成背离常识,抹杀记忆的"退步"的权力(理论自身的控制力)景观。

三

我在关于《思想史语境中的文学经典阐释》的学术演讲中,就从反思"理论+文本"阐释策略的弊端为切入点,结尾表明:"立足于基本文献上的对文学经典的思想史考察,可以得出属于自己的独

---

① 弗吉尼亚·伍尔芙:《我们应该怎样读书?》,《普通读者Ⅱ》,石永礼、蓝仁哲等译,北京:人民文学出版社,2003年,第247页。

特而合理的解释，由此才能生发出有生命力的学术研究成果。思想史语境中的文学经典阐释，是朝着有生命力的学术研究进发的重要路标。"这一解读路径，也就是提倡要力求恢复文学批评的常理。王佐良先生说在到处吹拂各种理论之风的时候，这种恢复"常理"的主张是需要理论勇气的。欧美主流理论批评家已经展示出巨大的理论勇气，我们需要的只是拿来，而不是视而不见，甚至掩盖。选择的背后就遇见权力话语的考量，这正是当代西方文化批评理论影响的结果。

明智：这是一种高级智慧，但不是立足于（某种）理论之上的，是建基于具体的批评实践，试图揭示人生常理的智慧或方法。对历史上的文学（思想）现象而言，即要弄清楚"其所欲"及"我所欲"。比如，关于19世纪席卷欧洲的拜伦热。我在一篇题为《拜伦的世界主义，与世界的拜伦主义》的学术札记中，有如此的分析：

1) 拜伦反对狭隘民族主义，承继启蒙主义的世界主义理想；对抗的是自己的母国（英国），而被后者视为异类，诋毁驱逐。这是贵族（世界公民）与中产阶层（民族利益）的对抗。

2) 世界（欧洲、中国）眼中的拜伦，秉承的是民族主义理想（因其助希腊民族独立这一具体行动）；对抗的是压制母国发展的外来列强及在母国的帮凶，争取的是中产阶级（资产者）的集团利益。

3) 在社会历史发展过程中，贵族意识与平民（中产者、资产者）意识的最重要差别是：世界公民观念的有无。贵族（思想精英、哲人）因其不必（不想）考虑自己的经济个人利益，而心想世界（全球），心智的成熟、眼光的拓展，是其特色。但其观念设计的理想化色彩比较明显，重在规划未来，启蒙人生，在一定的现实处境中就会遭受打击（不解或歧视），这是堂吉诃德式的遭遇，也是边沁穆勒功利主义哲学（最大多数人的最大幸福）观念的遭遇。贵族对贫民有一种悲悯的拯救意识，亦如上帝所示的自由平等意识。

4) 中产者（资产者），是贵族所鄙视的非利士人，见利忘义（利己主义）。在上升时期，他们会鼓动贫民反抗贵族，在得利之后，反过来加倍地欺压愚弄处于社会底层的贫民。如果这个社会阶层与官僚体制结合，即官僚资本主义（所谓官商勾结），会造成整个社会层级的板滞，社会矛盾日积月累，无法化解（俗称"烂透了"），贵族思想精英们（利他主义）的启蒙行为即能发挥应有的作用，目前表现为一批"80后"的悲情呼吁。

另一则读书笔记《为何"胜利"是可悲的?》里，提及了贵族精英的力量问题：

> 西方小说之暴露哲学的背后是广阔无边的人道主义思想底线，在我们作家笔下，暴露文学则是宣示革命（变革）的合理性。雨果《九三年》写西穆尔登决定处死郭文，因为后者作为镇压叛乱的革命军将领，私自释放了贵族叛乱头子朗德纳克，而朗德纳克本可以逃脱，是为救大火中的三个孩子而被捕的。作为革命军督军的西穆尔登，执行革命指令，处死了自己的学生郭文："他脸上流露出一种可悲胜利的痛苦。当雅各在黑暗中摔倒天使又乞求天使祝福时，他脸上大概就是这副吓人的微笑。"（《旧约·利未记》第32章：雅各在夜间与天使摔跤，但不知是天使，天亮后请求祝福。）为何脸上流露出的是可悲胜利的痛苦？"可悲"的是什么？是善（道德）的丧失。这是革命军要打倒的贵族精神。朗德纳克狱中告之郭文："这里就有一位贵族，就是我，您好好看看。他是个怪人，他相信天主，相信传统，相信家庭，相信祖宗，相信父辈的典范，相信忠诚与正直，他对君主尽忠尽责，他尊重古老的法律，他相信美德与正

义。"贵族就是比较"相信",比较"肯定"。在革命时代,贵族守住的是人性价值的底线。雨果在思考革命的合理性如何,特别是与基本的人道准则冲突的时候。这是西方经典作家的伟大之处。

在雨果对法国革命进行思考之前,即有一个名叫埃德蒙·伯克(1729—1797)的爱尔兰人不为标语口号和党派之争所吸引,沉浸于思想的世界中,著有《法国革命感想录》(1790),让法国大革命这一政治事件,接受思想的砥砺。面对法国争取自由的斗争他喜忧参半。他钦佩法国民众摧枯拉朽的力量,但这种来势猛烈的热情,若是偶然的喷发倒也罢了,如果它所暴露的是法国人身上某种固有的根性,那么法国人还不配享受自由。①阿诺德曾称赞伯克在身不由己的热情压倒的时候,仍能保持一种自我怀疑的精神。写过《九三年》的雨果,其身上可贵的也正是这种自我怀疑的精神,所以才能出现一种"可悲胜利的痛苦"。这是一种历史的质感。

写作要有生活的质感,同样,评论也要有学术的质感。这种质感就体现为一种"明智",一种实践的智慧。这也是区别应景之作与经典作品的标准。我在一篇文章中这样说:

> 对照萨克斯管音乐《回家》的旋律,再听歌曲《常回家看看》那样对情感的单向度演绎,明显感到后者缺少生活的质感,是观念的硬贴。前者是经典名曲,后者只能是应景之作。《泰坦尼克号》主题曲《爱无止境》(My Heart Will Go On)听多了也感觉有些为文造情。《斯卡布罗集市》(Scarborough Fair)则

---

① 参见陆建德先生的文章《伯克的遗产》(收入其所著《麻雀啁啾》,北京:三联书店,1996年,第29—46页),以及《伯克论自由》、《伯克的悖论》、《〈法国革命论〉——另一种声音》(收入其所著《破碎思想体系的残编:英美文学与思想史论稿》,北京:北京大学出版社,2001年,第191—214页。)

是为情造文的经典，被 Sarah Brightman 演绎得如天籁之音、塞壬之歌。再如，让一个不曾离开过父母的孩子写"亲情"类似的作文，不会感人，会很空洞，只能堆砌一些从书本、写作词典上搬来的"好词好句"，也不能让孩子自己有什么触动，即便孩子和父母关系很好。朱自清的《背影》之所以感人，是因为那是一个有缺憾的父爱，是一个儿子多年以后在愧疚与对父亲的理解中，感悟出来的情感，是真实的，也是动人的，是名篇，体现出的却是真实的普通的人之常情。因而，只有在将来孩子离开父母外出求学、打工而分别之后，孩子才切身感受到了缺失，才会发现真正的情感。求真，是人类文明比较重要的结晶之一，真是存在于细节里。这些一味地出现的虚假表达，弄得人心灵蒙尘了。

以某种理论方法过度套用文本的分析路径，可以说是学术研究上的虚假表达，也会导致对文学评论求真心态的丧失。怎么办？就学科专业而论，其处理就是文本分析的比较文学视野。我将之概括为：所谓比较文学的视野，体现的是一种语境式（context）分析问题的方法，也就是要把一个研究对象，放在一个坐标系中，加以纵横考察（历史演变及系统异同），在此过程中体会不同文化背景中相似文学现象的多种可能性，以达到既理解他人也认知自己，并合作共存的目标，在人格层面上则有利于培养理智包容的开阔襟怀，安身立命的博雅格局。这种比较文学视野可以涵养出三种能力：1）看问题的广阔视野；2）沟通各学科知识信息的习惯；3）独立思考的能力。——而这些均与深刻意义上的素质教育——认知（知性思维）、选择（立体思维、比较思维）、评判（逻辑思维）的能力素质——紧密相连。有了这种能力，大概即离"明智"的状态不远了。

文学因缘：王国维与英国文学[①]

在近代中外文学交流史上，有一批文献值得我们充分关注，这就是王国维于20世纪初在其主编的《教育世界》杂志上为我们介绍的几位欧洲作家的传记材料。正是这批传记材料，让中国读者最先而且比较集中地了解和认识了欧洲的几位文学大师，进而为20世纪中欧文学交流史写下了精彩的第一页。这批重要文献包括以下几篇文学传记：

《德国文豪格代希尔列尔合传》，载1904年3月《教育世界》甲辰第2期（总70号）"传记"栏；

《格代之家庭》，载1904年8—9月《教育世界》甲辰第12、14期（总80、82号）"余录"栏；

《脱尔斯泰传》，载1907年2—3月《教育世界》丁未第1、2期（总143、144号）"传记"栏；

《戏曲大家海别尔》，载1907年3—4月《教育世界》丁未第3、5、6期（总145、147、148号）"传记"栏；

《英国小说家斯提逢孙传》，载1907年5月《教育世界》丁未第7、8期（总149、150号）"传记"栏；

《莎士比传》，载1907年10月《教育世界》丁未第17期（总159号）"传记"栏；

[①] 本文原载澳门《中西文化研究》，2009年第2期。

《倍根小传》，载1907年10月《教育世界》丁未第18期（总160号）"传记"栏；

《英国大诗人白衣龙小传》，载1907年11月《教育世界》丁未第20期（总162号）"传记"栏。

以上这些关于西方文学家的传记材料具有重要的历史文献价值和开拓性的学术价值。它涉及四位英国作家，即莎士比（现通译为莎士比亚，下同）、倍根（培根）、白衣龙（拜伦）和斯提逢孙（斯蒂文森）；三位德国作家，即格代（歌德）、希尔列尔（席勒）和海别尔（黑贝尔）；一位俄国作家，即脱尔斯泰（列夫·托尔斯泰）。这些西方文学家传记因刊载时多未署名，故以往的王国维研究者多未涉及。后经谭佛雏先生详尽考定，确定这批材料无疑为王国维前期有关诗学的佚文（包括撰述、节译与综编）。①陈鸿祥《王国维年谱》②从译名的使用、文章的风格、论述的观点判断这批材料系王国维根据国外有关文学史、文学评论编译而成。笔者遵从此说，着重把王国维的这批西方作家传记材料，放在早期中外文学交流史上，确立其文献价值和学术意义，并简述与其美学思想形成之关系。限于篇幅，本节仅讨论王国维关于英国文学家的介绍文字。③

一、"英国近代小说家中之最有特色者"斯蒂文森

在王国维1907年介绍斯蒂文森（Robert Louis Stevenson，1850—

---

① 谭佛雏校辑：《王国维哲学美学论文辑佚》，上海：华东师范大学出版社，1993年，第1—27页。

② 陈鸿祥：《王国维年谱》，济南：齐鲁书社，1991年。

③ 王氏关于歌德、席勒、黑贝尔、列夫·托尔斯泰，以及在其他著述中涉及古罗马作家阿普列尤斯、法国作家卢梭的介绍内容，可参看拙著《跨文化语境中的中外文学关系研究》（上海三联书店2008年版）里的相关分析（第115—136页）。

1894)之前,中国读者只有通过 1904 年佚名翻译的《金银岛》得以对这英国著名小说家有些了解。《金银岛》(又名《宝岛》)是斯蒂文森的第一部长篇小说,最初在杂志上连载,1883 年出了单行本。小说情节奇异,悬念跌出,扣人心弦,开创了以探宝为题材的先河,反响极大。这部小说翻译成中文后同样在我国读者中传诵一时。其后,也就是 1908 年,林纾、曾宗巩合译了斯蒂文森的另一部著名作品《新天方夜谈》(商务印书馆)。王国维的这篇《英国小说家斯提逢孙传》以相当大的篇幅介绍,即便在今天看来也极其详细到位。因而他为我们最早全面认知斯蒂文森,立有首创之功。

此传一开头就是一段美文,像一组电影镜头,引出了传主"斯提逢孙":

> 讨南洋极端之萨摩阿岛,有阿皮阿山,赫然高耸。登其顶,则远望太平洋之浩渺,水天一色之际,遥闻海潮之乐音,近而有椰子之深林,掩蔽天日,中藏一墓,华表尚新。呜呼!是为谁?是非罗巴腕·路易·斯提逢孙之永眠地耶?

出生于爱丁堡的斯蒂文森自幼身体羸弱,曾到意大利和德国等地疗养,并长期在法、美居住。最后定居于萨摩亚岛,因患脑溢血去世后即葬于该岛一座山丘上。斯氏一生从事过散文、游记、随笔、评论、小说、诗歌等多种写作活动,尤以冒险小说著称,但直到 20 世纪 50 年代才被推崇为具有独创性的作家,并确立其在文学史上的地位。

王国维早在 1907 年就在这篇传记中给予了斯蒂文森以极高的评价。传文中首先指出斯蒂文森是"英国近代小说家中之最有特色者也",说其"生而羸弱,病而濒死者屡","然每感物激情,耽艺术而厌俗事,慕古人之称雄于文坛,窃自期许"。又讲他"常多疾苦,无以自遣，乃从事漫游"，而且"每观事物，全用哲学者之眼，而以滑稽流出之，如山间之涌出清泉，毫无不自然之处也"。传文中不断提及小说斯蒂文森生活创作的诸多优长，如最得意描述少年恋情："斯氏最注重之人生为少年时代，描写少年时爱情之真直，乃其最得意笔也。"有一股乐观积极的心态："彼身体虽弱，然不健全之感情，于其诸作中，毫不现之。虽其书草于病床呻吟之间，然能快活有生气，笔无滞痕，娱生喜世之趣，到处见之，宁非一大奇耶？盖彼为一种之乐天家，不独爱人生，且亦知处之之道，故其作品皆表出秀美，成一种之幻想福音，有娱人生之趣味焉。"作品中鲜明的浪漫式自由之风格："斯氏之作小说时，有一定主义，其为彼之生命者，自由是也。彼之作品，形式极非一律，其描写之现象甚多，其构想极奔放，而置道德于度外，随其想象，而一无拘束。①故其所述，无非出海、说怪、行山、入岛、涉野、语仙、见鬼、逢蛮人而已。剑光闪处，必带血腥，美人来时，多成罪恶，或探宝于绝海之涯，或发见魔窟于五都之市，皆离其现实，而使之乘空想之云而去者也。而空想所至，不免荒唐不稽，遂置道德于度外矣。"王国维对此怀着一种欣赏态度，因为"小说家之爱自由者往往如此，盖不如此则易落恒蹊也。"

传文中介绍了斯蒂文森的诸多重要作品，称"Treasure Islands（即《金银岛》）为其得名之第一著作，青年之读物恐无出其右者"，又说《黑箭》（*The Black Arrow*）"实其平生第一杰作也"。其后着重评论了斯蒂文森的文学创作特色：

> 斯氏行文，极奇拔，极巧妙，极清新，诚独创之才，不许他人模效者也。彼最重文体，不轻下笔，篇中无一朦胧之句，

---

① 即如所谓"阅世愈浅，则性情愈真"的"主观之诗人"。

下笔必雄浑华丽，字字生动，读之未有不击节者。所尤难者，彼能不籍女性之事物以为点染。自来作家惟恐其书之枯燥无味，必籍言情之事实，绮靡之文句，以挑拨读者之热情。斯氏不然，其文之动人也，全由其文章自然势力使然，可谓尽脱恒蹊矣。

其每作一书，想象甚高，着眼极锐，尤善变化无复笔，其自言曰："欲读者称快不绝，不勉试以种种之变化，不可得也。"故其所作，无不各有新性质。人方把卷时，皆作规则思想，及接读之，乃生例外，且例外之中更有例外，令人应接不遑焉。如结茅于山巅，开轩四望，则有海有峰，有花有木，忽朝忽夜，忽雨忽岚。又如观影灯之戏，忽火忽水，忽人忽屋，忽化而为风，忽消而为烟，令见者茫然自失。

世之作者，有专饰文字而理想平凡者，斯氏异是。文字之鲜艳华美，虽其天才之要素，然只足鼓舞人之优美感情而已，其价值不全在此。盖彼更能观察人生之全面，于人世悲忧之情，体贴最至。其一度下笔，能深入人间之胸奥，故其文字不独外形之美，且能穷人生真相，以唤起读者之同情，正如深夜中蜡炬之光，可照彻目前之万象也。

以上文字从三个方面论及斯氏创作特色：1）行文上的奇拔、巧妙、清新、雄浑和动人；2）运思方面的"想象甚高，着眼极锐，尤善变化无复笔"；3）创作意图及效果方面，则能"观察人生之全面"，体贴"人世悲忧之情"，"深入人间之胸奥"，"以唤起读者之同情"。

在文学史上，斯蒂文森被称为英国新浪漫主义作家。新浪漫主义产生于19世纪80年代，由于人们对于困扰他们的现实普遍产生不满和厌倦，读者也不满于反映平凡生活的老套小说，而把兴趣转向新奇浪漫的故事。于是，以斯氏为首的一批作家，开始采用浪漫传奇和哥特小说形式，创造出一批受读者欢迎的新浪漫作品。这些小说不仅文笔优美，故事动人，而且充满朝气，启发了读者的想象，使他们逃开平庸的日常生活，进入陌生而美妙的幻想天地。而斯蒂文森的创作中集中了两种很少同时并存于一个作家身上的素质，即既是一个追求艺术形式美的文学家，又是一个会讲故事的小说家，因而成为这一文学流派最重要的作家，奠定了他在文学史上的杰出地位。同样，王国维在这篇传文中也颇为精到地总结了斯蒂文森在文学史上的重要地位：

> 要之，斯氏实十九世纪罗曼派之骁将，近代自然派之所以隆盛者，皆彼之功也。氏虽传斯科特（即司各特）之脉，然较彼仍有更上一步者，……其性格之描写，为所享近代写实派影响之心理分析之笔……。而在诸家之中，独放异彩者，则斯提逢孙是也。其文学性质，虽不敢曰推倒一世，然自为新罗曼派之第一人，其笔致之雄浑，思想之变幻，近世作者中实罕其匹。呜呼！谓非一代之奇才耶！

这里，传文由近代欧洲文学流派之嬗递发展，来论述斯氏"新罗曼派"的特色，曰"笔致之雄浑，思想之变幻"，也颇可与《人间词话》的有关论说参照比析。

二、"描写客观之自然与客观之人间"的莎士比亚

介绍引进莎士比亚并不始于王国维。1840 年，林则徐派人将英国人慕瑞所著《世界地理大全》（*The Encyclopaedia of Geography*，1834 年初版于伦敦），译成《四洲志》，这是近代中国最早介绍世界

史地的著述之一。该书第十三节谈及英国的情况时,就讲到沙士比阿(即莎士比亚)等"工诗文、富著述"。后来,莎士比亚的名字就伴随着外国来华传教士的介绍而逐渐为中国读者所知。清咸丰六年(1856年),上海墨海书院刻印了英国传教士慕维廉所译《大英国志》,其中讲到伊丽莎白女王时代的英国文化盛况时也提到了儒林中"所著诗文,美善俱尽"的"舌克斯毕"(即莎士比亚)等"知名士"。光绪八年(1882年)北通州公理会刻印的美国牧师谢卫楼所著《万国通鉴》中也提到"英国骚客沙斯皮耳者(即莎士比亚),善作戏文,哀乐罔不尽致,自候美尔(现通译荷马)之后,无人几及也。"①其他一些英国传教士编译的著作,以及清末中国驻外使节或旅外人士,如郭嵩焘、曾纪泽、张德彝、戴鸿池和康有为等,也都在有关著述中提到过莎士比亚。1904年出版的《大陆报》(The Continent)第十号在"史传"栏刊载《英国大戏曲家希哀苦皮阿传》。同年,商务印书馆出版了林纾翻译的英国兰姆姐弟的《英国诗人吟边燕语》,该书序中说"莎氏之诗,直抗吾国之杜甫,乃立义遣词,往往托象于神怪。"②不过,以上这些关于莎士比亚的内容均极其简略,只有到了王国维笔下,莎士比亚就能较全面地为中国读者所了解和认识。

王国维在《莎士比传》中详细交代了莎士比亚的婚姻家庭、伦敦岁月、创作过程等基本情况,并高度评价其"学识之博大","性情之温厚闲雅","不独为诸人所尊敬,且为诸人所深爱",还征引约翰逊的话来评价莎士比亚:"彼才既跌宕,又思想深微,想象浓郁,辞藻温文,更助以敏妙之笔,于是其文遂如长江大河,一泻千里,

---

① 戈宝权:《莎士比亚在中国》,《莎士比亚研究》(创刊号),杭州:浙江人民出版社,1983年,第332页。

② 陈平原、夏晓红编:《二十世纪中国小说理论资料》(第一卷),北京:北京大学出版社,1997年,第139页。

不可抑制。盖彼之机才，实彼之性命，若稍加以抑制，与夺其性命无异。若以其所长补其所短，亦复充足而有余也。"

在介绍莎士比亚的创作情况方面，该传记载亦详。文中将莎氏创作分为四个时期，介绍其第一期"所作多主翻案改作，纯以轻妙胜。"因为传主"尚未谙世故"，"故与实际隔膜，偏于理想，而不甚自然。"而进入第二时期后，因"渐谙世故，知人情，其想象亦届实际"，所以本时期"专作史剧，依其经验之结果，故不自理想界而自实际界，得许多剧诗之材料。"剧作风格则"大抵雄浑劲拔"。第三时期，"莎氏因自身之经验，人生之不幸，盖莎氏是时既失其儿，复丧其父，于是将胸中所郁，尽泄诸文字中，始离人生表面，而一探人生之究竟。故是时之作，均沉痛悲激。"而至第四时期，作者"经此波澜后，大有所悟，其胸襟更阔大而沉著。于是一面与世相接，一面超然世外，即自理想之光明，知世间哀欢之无别，又立于理想界之绝顶，以静观人海之荣辱波澜。"所以，本时期的作品"足觇作者之人生观"："诸作均诲人以养成坚忍不拔之精神，以保持心之平和，见人之过误则宽容之，恕宥之；于己之过误，则严责之，悔改之，更向圆满之境界中而精进不怠。"因"含有一种不可思议之魔力"，而"左右人世"。

传文中的这些解说，基本上展示了莎剧创作各时期之重要特征，且精炼到位，对中国读者全面把握莎剧创作特质大有助益。传文中还列出了莎士比亚所有剧诗（史剧、喜剧、悲剧）和叙事、抒情诗的英文篇名、年代，其中部分篇名按此前出版（1904年商务版）的林纾、魏易合译的《英国诗人吟边燕语》里的中文译名标注。这同样让20世纪初的中国读者对莎氏作品先有了一个必要的概要了解，尽管此时尚无一篇莎剧的正式中文译本。

在列出莎氏全部作品篇名之后，传文中又提到了莎士比亚的"四大悲剧"：《鬼诏》（即《哈姆莱特》）、《黑瞀》（即《奥瑟罗》)、《蛊征》(即《麦克白》)、《女变》(即《李尔王》),指出"盖惟此四篇实不足以窥此大诗人之蕴奥",表明认识莎士比亚,只有通过深入全面地阅读莎氏作品,才能真正体会其艺术魅力:

> 盖莎氏之文字,愈嚼嚼,则其味愈深,愈觉其幽微玄妙。又加拉儿氏①曰:"人十岁而嗜莎士比,至七十岁而其趣味犹不衰"。盖莎士比文字,犹如江海,愈求之,愈觉深广。故凡自彼壮年所作之短歌集,以求其真意者,或据一二口碑以求莎氏之为人,或据一己之见以解释其著作,皆失败也。当知莎氏与彼主观的诗人不同,其所著作,皆描写客观之自然与客观之人间,以超绝之思,无我之笔,而写世界之一切事物者也。②所作虽仅三十余篇,然而世界中所有之离合悲欢,恐怖烦恼,以及种种性格等,殆无不包诸其中。故莎士比者,可谓为"第二之自然"、"第二之造物"也。

这段文字既指出了读莎翁文字"犹如江海,愈求之,愈觉深广",那种常读常新,愈读愈深的感觉;也涉及如何正确赏鉴大诗人

---

① 即卡莱尔(Thomas Carlyle,1795—1881)。其第一部著作《席勒传》,更视歌德为圣人。他说"在歌德眼里就像莎士比亚眼里一样","现实界的自然之物即为超自然之物",莎翁《哈姆莱特》等名剧,与歌德《浮士德》里的人物,都是"作者赐给我们"的"一切玄妙奥秘的揭示,人世物相的本来面目"。(韦勒克《近代文学批评史》第三卷,上海:上海译文出版社,1997年,第120页)这些论说,与王国维小传所说莎翁"以超绝之思,无我之笔","描写客观之自然与客观之人间"等相近。作为歌德的崇拜者,王国维从卡莱尔那里找到了认识莎翁的镜子。

② 王国维《人间嗜好之研究》(原刊《教育世界》第146号,丁未二月下旬[1907年4月]):"若夫最高尚之嗜好,如文学、美术,亦不外势力之欲之发表。……若夫真正之大诗人,则又以人类之感情为其一己之感情。彼其势力充实不可以已,遂不以发表自己之感情为满足,更进而欲发表人类全体之感情。彼之著作,实为人类全体之喉舌,而读者于此得闻其悲欢啼笑之声,遂觉自己之势力亦为之发扬而不能自己。"

的作品问题；更提出要把"描写客观之自然与客观之人间"的莎士比亚，与那些"主观的诗人"区别开来，因而实开《人间词话》区分"主观之诗人"与"客观之诗人"之先河，构成王氏美学思想的重要内容。

"第二之自然"、"第二之造物"，亦即歌德所谓"拿一种第二自然奉还给自然"，"显得既是自然，又是超自然"。（歌德《〈希腊神庙的门楼〉发刊词》）康德也曾言及"第二自然"之艺术表达方式。他说："想象力（作为创造性的认识功能）有很强大的力量，去根据现实自然所提供的材料，创造出仿佛是一种第二自然。"此"第二自然"的创造，既"要根据类比规律，却也要根据植根于理性中的更高原则。"（康德《判断力批判》）以此形成"超越自然"的审美意象。此亦即王国维后来所谓既"合乎自然"又"邻于理想"的"意境"（境界）。与"第二自然"说法相关的是"第二形式"说。王国维在《古雅之在美学上之位置》（1907年）中首次区分"第一形式"与"第二形式"，并宣称"一切之美皆形式之美也。""而一切形式之美又不可无他形式以表之，惟经过此第二形式，斯美者愈增其美。""自然但经过第一形式，而艺术则必就自然中固有之某形式，或所自创造之新形式，而以第二形式表出之。""虽第一形式之本不美者，得由其第二形式之美（雅）而得一种独立之价值。"（《静安文集续编》）这里，"第二形式"与康德所谓"第二自然"的表达方式相当。①

在王国维看来，像莎士比亚之类的"客观之诗人"能"以超绝之思，无我之笔，而写世界之一切事物"，便可创造"第二之自然""第二之造物"。这里，王国维所谓的"无我"，即叔本华的

---

① 参见佛雏：《王国维诗学研究》，北京：北京大学出版社，1999年，第99—117页。

"纯粹无欲之我"。对"无我之境"的追求缘起于王国维美学思想发生的最初阶段,与之相对应的"有我之境"则出现于《人间词话》之中。《人间词话》手定稿第三则有云:"有有我之境,有无我之境。……有我之境,以我观物,物皆著我之色彩。无我之境,以物观物,故不知何者为我,何者为物。(此即主观诗与客观诗所由分也)。古人为词,写有我之境者为多,然未始不能写无我之境,此在豪杰之士能自树立耳。"后来,在定稿时王国维删除了"此即主观诗与客观诗所由分也"一句。可以看到,起初王国维相信"有我之境"、"无我之境"这对概念,与另一对概念"主观诗"、"客观诗"之间,可能存在着某种内在的本质联系,所以在手定稿中加以类比。定稿时删除了后一对概念,或许对两对概念间的联系有所疑虑。①

在《人间词话》中,"有我之境"、"无我之境",亦与另一对概念"造境"(理想派)、"写境"(写实派)关系密切。这后一对概念之间的关系亦难以分割。《人间词话》手定稿第二则即云:"有造境,有写境,此理想与写实二派所由分,然二者颇难分别,因大诗人所造之境必合于自然,所写之境必邻于理想故也。"《人间词话》第五则亦强调"理想"与"自然"的相互制约关系:"自然中之物,互相关系,互相限制。然其写之于文学及美术中也,必遗其关系、限制之处。故虽写实家,亦理想家也。又虽如何虚构之境,其材料必求之于自然,而其构造,亦必从自然之法则。故虽理想家,亦写实家也。"

在王国维眼中,作为"大诗人"的莎士比亚,其一生的创作即印证了"造境"与"写境"之融合特征。前引小传中莎翁创作四时期表现出来的艺术历程,正好说明了"理想与写实二派"之"颇难分别"的关系。

---

① 参见佛雏:《王国维诗学研究》,北京:北京大学出版社,1999年,第99—117页。

三、"语语皆格言"的培根

英国散文大家培根(Francis Bacon，1561—1626)的名字最早为中国人所知晓，大约也是始于1856年英国传教士慕维廉译的《大英国志》。其中说"儒林中如锡的尼、斯本色、拉勒、舌克斯毕、倍根、呼格等，皆知名士。"此后较早介绍培根的中国人是王韬。早在19世纪70年代，他就写了《英人倍根》一文。文中写道："其为学也，不敢以古之言为尽善，而务在自有所发明。其立言也，不欲取法于古人，而务极乎一己所独创……盖明泰昌元年，倍根初著格物穷理新法，前此无有人言之者，其言务在实事求是，心考物以合理，不造理以合物。"(王韬《瓮牖余谈》卷二)这篇短文准确地介绍了培根的生平事迹，说明了他的哲学的重要特征，一是归纳逻辑为基础的唯物主义，一是反对偶像崇拜，不为古人和古来载籍所囿。文章还具体说明了培根的思想对各个学科发展所起的重大作用和在社会上的广泛影响。传教士办的《万国公报》则从1878年起一连九期连载了慕维廉所撰《格物新法》，介绍了培根的科学理论产生的时代背景、主要内容与时代价值，着重介绍了培根代表作《格致新法》一书(今译《新工具》)。①

王国维在1907年刊载的《倍根小传》，也无疑是我国最早比较详细介绍英国这位科学哲学与散文大家的文字材料。这篇文字介绍了传主的出生、家庭、求学、入政界、罢官乡居、潜心著述及实验科学等，颇为简明扼要。比如，传文中介绍培根"惟以性好奢华，享用多逾分，故负债山积，进退维谷。幸受知于权门爱萨克伯。"

---

① 参见楼宇烈、张西平主编：《中外哲学交流史》，长沙：湖南教育出版社，1998年，第418页。

培根所受于伯爵甚多。"后伯有异志，为倍根所觉，力谏不从，遂绝交。……时爱萨克伯国事犯事件起，女皇震怒，倍根虽为之斡旋无效，终处死刑。至宣告伯悖逆之文，亦成自倍根手，盖倍根受女皇之命而作者也。"爱萨克伯，即伊丽莎白女王的宠臣埃塞克斯伯爵。此传对培根的言行稍有袒护。论及培根之为人，其思想与人格比较复杂。诗人蒲伯称之为人类"最智慧，最聪敏，但最卑鄙的一个。"他曾为埃塞克斯伯爵的亲信。十年后伯爵失宠，最终走上断头台，据说培根对他的叛卖起了助纣为虐之效。

《倍根小传》也介绍了培根的巨著《学风革新论》（即《伟大的复兴》）共六篇，其中第二篇《新机关论》（即《新工具》）阐述尤详，特别对该篇所倡导的归纳法研究方法的实质有所评析：

> 倍根因始定归纳论法，乃倡导学风革新，故大博盛誉，且得若干实利。实则彼之说，太偏于实用，彼盖纯以厚生利用为诸学问之目的者也。彼之言曰："知识者，实力也"，是一语最能表其所持之意见。彼之意盖以为知自然（即造化）之理，即得利用之力者也。

传文进而指出：

> 倍根非大思想家也，乃大应用家也，大修辞家也。彼之论说，殆皆以绝妙之词，表白极大之常识者也。至其学识之博大精核，虽一代之巨子亦不能与之争。

培根虽被称为"大应用家"，提倡实用价值的科学，但非常崇敬拉丁古文学，而对近代英语，以为"是等近世语，早晚必随书籍以共亡。"所以每写完一本书，"必译之为拉丁文，盖恐英语亡后，其书亦随之湮没也。"可惜他寄以希望的拉丁文著述,除了《新工具》外,后世人关注无多。

培根作为散文家在文学史上的成就主要在一本《随笔》,对此《倍根小传》亦有标示。不仅如此,小传还将之与我国的随笔做比较,来突出培根散文的独特风格,可谓开中外散文比较之先河:

> 要之,倍根之所以为后世俗人所重,皆由于彼之"Essays"之故,是书总计五十八篇,极有文章家之真价值,义即"随笔"是也。然与近世所谓之 Essays(论文)迥异其趣,与我国所谓随笔,亦迥不相同。盖我国所谓随笔,乃随笔书之,无所谓秩序者也。是篇则字字精炼,语语圆熟,条理整然不紊,在在可称之为散文之诗。至其辞藻之美,比喻之巧,无一字之冗,极简净之致,犹其次也。故有人曰:"倍根语语皆格言也,敷衍彼一句,即可成为一大篇。"是语诚然。倍根之文,可代表当时秾丽散文之极致,虽以彼之冷静圆熟,犹不免有几分美文之病,是可见当时诗的时世影响之大矣。

此段文字论及培根散文风格:"字字精炼,语语圆熟,条理整然不紊","辞藻之美,比喻之巧,无一字之冗,极简净之致","语语皆格言"均为精到之论。

众所周知,培根是一个语言大师,他在文学史上以其清晰、准确又有雄辩力量的散文为新文风提供了范例。他在《新工具》中"市场偶像"一节就是谈语言不精确之弊,而且认为这个问题最为"麻烦"。

《学术的推进》(王国维译为《学问发达论》)中也多次论及语言问题,其中讲到:"人们猎取的与其说是内容,不如说是辞藻,与其说是有分量的内容,有价值的问题,有道理的立论,有生命力的发明或深刻的见解，不如说是精美的文辞，完整干净的文句，委婉跌宕的章法，以修辞比喻来变化或美饰其文章。"①

同样我们也知道，随笔这一形式并不始于培根。它在欧洲文学中的创造人是法国的蒙田。蒙田每篇随笔都很长，培根则不同，几乎每篇均集中紧凑，言简意赅，甚至写得像一连串的名言警句，内容上也不尚空谈，对社会和人情世故体会颇深，形诸文字时，又以其科学头脑使随笔一律布局谨严，议论脉络清楚可寻，既闪耀着智慧，又间带些诗情画意。②以上这些关于培根散文的特质，我们现在可从任何一本文学史著述轻易获知，然而在20世纪初，王国维即在《倍根小传》中明确简练地提出，其先导意义不容忽视。

四、"主观之诗人"拜伦

据现有资料，梁启超是译介拜伦给中国读者的第一人。1902年，梁启超在其创办的《新小说》第2号上，首次刊出英国拜伦（Lord Byron）的照片，称为"大文豪"，并予以简要介绍。后又在其小说《新中国未来记》（《新小说》杂志连载）中译了拜伦《渣阿亚》（Giaour，即《异教徒》）片断和长诗《哀希腊》中的两节。继梁启超以后，拜伦后一首诗又有马君武（《哀希腊歌》）、苏曼殊（《哀希腊》）、胡适（《哀希腊歌》）等多种译本。此外，苏曼殊在1906年翻译、1909年出版了国内第一部拜伦诗选，并在诗选的《自序》中描述了拜伦背井离乡的忧愤和帮助希腊独立的义举。当时拜伦的诗特别引人注目，是与中国近代民族危亡的社会现实有关系。梁启

---

① 王佐良、何其莘：《英国文艺复兴时期文学史》，北京：外语教学与研究出版社，1995年，第420页。

② 王佐良、何其莘：《英国文艺复兴时期文学史》，北京：外语教学与研究出版社，1995年，第428—431页。

超就通过笔下人物黄克强之口说道:"摆伦最爱自由主义,兼以文学的精神,和希腊好像有夙缘一般。后来因为帮助希腊独立,竟自从军而死,真可称文界里头一位大豪杰。他这诗歌正是用来激励希腊人而作,但我们今日听来,倒好像有几分是为中国说法哩。"(《新中国未来记》第四回)这以后,鲁迅在1907年写下了著名的《摩罗诗力说》,对"立意在反抗,指归在动作"、"不克厥敌,战则不已"的摩罗诗派的领袖人物拜伦有比较系统的介绍与评述。同年,王国维在11月出版的《教育世界》杂志162号上发表《英国大诗人白衣龙小传》,则对拜伦的生平及创作特征做了比较详细的介绍和评价,而成为当时引进介绍拜伦的先驱者之一。

王国维在这篇小传中首先交代了传主的幼年生活、家庭状况、初恋交游、欧陆漫游、客死希腊的整个生命历程。如叙述其母"执拗多感,爱憎无常,激之则若发狂,尝寸裂己之衣履。"拜伦"即育诸其母之手者,故其闲雅端丽之姿,与不羁多感之性,亦略似其母。又其母子间亦常不相能。其母盛怒时,不论何物,凡在手侧者,皆取以掷子。子愤极,每以小刀自拟其喉。故每当争论后,母子互相疑惧,均私走药肆中,问有来购毒药者否。其幼时之景况,盖如此也。"又叙传主"自幼性即亢傲,不肯居人下。故在小学中,一意读书,且好交游,不惜为友劳苦伤财。其后彼游意大利时,每岁用费四千镑,其中一千镑,专为友人费去。"通过这些早年生活细节,有助于凸显传主的独特个性。

这篇小传对传主的文学创作也有简要介绍。如称《查哀尔特·哈罗德漫游记》(即《恰尔德·哈洛尔德游记》)"为其一生中最鸿大之著作","罗哈德漫游中之主人,盖隐然一白衣龙之小影也"。也提到拜伦《东方叙事诗》、《曼夫雷特》、《唐璜》(文中译为《丹鸠恩》)等重要诗篇。传中还说拜伦"素不喜诗歌,轻视美文,诋毁文士,即于其己之所作亦然",而看重"作诗以外之本领",继而引出助希腊独立并病死他乡的结局。

王国维在小传中对拜伦的秉性为人、言谈举止、性格性情、情欲情感及创作特性等,还有一段精彩评论,特别值得关注:

> 白衣龙之为人,实一纯粹之抒情诗人,即所谓"主观之诗人"是也。其胸襟甚狭,无忍耐力自制力,每有所愤,辄将其所郁之于心者泄之于诗。故阿恼德①评之曰:"白氏之诗非如他人之诗,先生种子于腹中,而渐渐成长,乃非成一全体而发生者也。故于此点尚缺美术家之资格。彼又素乏自制之能力,其诗皆为免胸中之苦痛而作者,故其郁勃之气,悲激之情,能栩栩于诗歌中。"此评实能得白衣龙之真像。盖白衣龙非文弱诗人,而热血男子也,既不慊于世,于是厌世怨世,继之以詈世;既詈世矣,世复报复之,于是愈激愈怒,愈怒愈激,以一身与世界战。夫强于情者,为主观诗人之常态,但若是之甚者,白衣龙一人而已。盖白衣龙处此之时,欲笑不能,乃化为哭,欲哭不得,乃变为怒,愈怒愈滥,愈滥愈甚,此白衣龙强情过甚之所致也。实则其情为无智之情,其智复不足以统属其情而已耳。格代之言曰:"彼愚殊甚,其反省力适如婴儿。"盖谓其无分别力也。彼与世之冲突非理想与实在之冲突,乃己意与世习之冲突。又其嗜好亦甚杂复。少年时喜圣书,不喜可信之《新约》,而爱怪诞之《旧约》。其多情不过为情欲之情,毫无高尚之审美情及宗教情。然其热诚则不可诬,故其言虽如狂如痫,实则皆自其心肺中流露出者也。又阿恼德之言曰:"白

---

① 阿诺德(Matthew Arnold,1822—1888)是19世纪后期英国最重要的文学批评家。他赞同歌德所说"拜伦一旦思考就成了孩童"。他尊拜伦为"第二的大诗人",是继莎士比亚之后英国诗歌中"最大的自然力量,最大的原生能力。"([美]韦勒克《近代文学批评史》第4卷,上海:上海译文出版社,1997年,第208页)

衣龙无技术家连缀事件发展性格之伎俩，惟能将其身历目睹者笔之于书耳。"是则极言其无创作力，惟能敷衍其见闻而已。观诸白衣龙自己之言则益信，其言曰："予若无经验为基础，则何物亦不能作。"故彼之著作中之人物，无论何人，皆同一性格，不能出其阅历之范围者也。

该段评论为我们勾画了大诗人拜伦作为"主观之诗人"的鲜明形象："胸襟甚狭，无忍耐力自制力"。此类"纯粹之抒情诗人"，"每有所愤，辄将其所郁之于心者泄之于诗"，故而"其诗皆为免胸中之苦痛而作者"。同样正因如此，诗人自身的"郁勃之气，悲激之情"，能栩栩如生地展示在诗作之中。此类诗人又具备一种特立独行的个性和热血男子的炽热情感，他们"不慊于世，……以一身与世界战"。同时也因为此类诗人"强情过甚"，而"其情为无智之情"，所以他们的心态类乎孩童，即如歌德所言"其反省力适如婴儿"。然而，正是这种特点造就了其诗作具有某种强烈的冲击力。王国维对此颇多欣赏："然其热诚则不可诬，故其言虽如狂如痴，实则皆自其心肺中流露出者也"。相对于"不可不多阅世"的"客观之诗人"来说，像拜伦这样的主观诗人并不以阅历丰富见长，所以"彼之著作中之人物，无论何人，皆同一性格，不能出其阅历之范围者也。"传中特别注意到了拜伦一生中对立互补的两个侧面：一方面独尊个性，情绪易于昂扬亢奋；另一方面又情感脆弱感伤而细腻。其实，这又何尝不是浪漫主义者常见的两个侧面。当然，王国维传文中的这些评价并非无懈可击，重要的是王氏通过拜伦阐述了其关于"主观之诗人"的美学思想。

《人间词话》第17则云："客观之诗人，不可不多阅世。阅世愈深，则材料愈丰富，愈变化，《水浒传》、《红楼梦》之作者是也。主观之诗人，不必多阅世。阅世愈浅，则性情愈真，李后主是也。"

《人间词话》中唯一被明确指出其为"主观之诗人"的是后主李煜，其"阅历愈少而性情愈真"。性情真莫如赤子。第十六则有云："词人者，不失其赤子之心者也。故生于深宫之中，长于妇人之手，是后主为人君所短处，亦即为词人所长处。"第十八则亦云："尼采谓'一切文学，余爱以血书者。'后主之词，真所谓血书者也。"可见作为"主观之诗人"的李煜，是王国维最为"倾倒喜爱"的词人之一。

王国维对所谓"赤子之心"的理解，接近于作为"纯粹之抒情诗人"的浪漫大诗人拜伦的情感特征。如上所述，此类诗人特点在强于感情，弱于理智。"其反省力适如婴儿"，但其诗歌"皆自其心肺中流露出"。王国维在其著作中明确称之为"主观诗人"的也只有拜伦和李煜二人。对"主观诗人"的强调，也促使王国维关注并提出了以主观感情的表现为特征的"有我之境"说。

五、"生百政治家，不如生一大文学家"

无法断定王国维是否有意为之，上述均刊于1907年《教育世界》的英国著名作家传记，在选择上恰好包括了诗人、散文家、戏剧家、小说家等四种文学家类型。这种对英国文学的关注早在1904年王国维接编《教育世界》后，即开辟"小说"专栏，以"家庭教育小说"为名，连载长篇作品《姊妹花》①。此小说为18世纪英国感伤主义作家奥立维·哥尔德斯密斯（1728—1774）的《威克菲尔德的牧师》，描写主人公穷牧师普里姆罗斯自述其家庭被乡村地主欺压的种种悲惨遭遇，有浓郁的感伤情怀的描写。连载前有一段编者

---

① 连载于《教育世界》第69—89号，甲辰正月上旬至十一月上旬（1904年2月—12月）。

的话:"是书为英国哥德斯密所著。原名《威克特之僧正》(*The Vicar of Waketield*),一千七百六十六年出版。文人词客,争相宝贵。今日本学校,多假为课习英语之用,其身价可想见。惟译本视原书章节略有变易,文字陋劣,不足传达真相,阅者谅焉。"①

在刊载小说最后一节的《教育世界》上,还附录了《葛德斯密事略》,其中有从哥尔德斯密斯的为人秉性说到行文风格:"葛德斯密之为人,志薄而行弱。尝厌尘世束缚之苦,而悲戚不已。静则思动,动则思静,故萨嘉烈(按即萨克雷)评之曰:葛德斯密,惟悬想明日,追悼往日,而忘却今日者也。其性质若此,故其为文也,哀怨悱恻,流丽优雅,能为当日后世所爱抚。"又"以毕世穷愁,阅历深透,故于世态人情之微,能发挥无遗。"而这部家庭教育小说《姊妹花》即"可谓善描人生之真相者矣。"

王国维在此欣赏小说要关注人情世态,揭示人生的真相,这与梁启超"小说改良社会"的文学观是相呼应的。确实因受梁启超鼓吹"小说界革命"的影响,王国维在其主编的《教育世界》上不断加强对西方小说的译介。后来,又通过《教育世界》"传记"栏译介了欧美诸领域代表人物传记,而尤使他倾心仰慕的,则是那些"足以代表全国民之精神"的西方大文学家,如古希腊的荷马、意大利的但丁,英国的莎士比亚、德国的歌德等。写于1904年的《教育偶感》,当中有一段话说得非常明白:

> 今之混混然输入我中国者,非泰西物质的文明乎?政治家与教育家坎然自知其不彼若,毅然法之,法之诚是也。然回顾我国精神界则奚若?试问我国之大文学家有足以代表全国民之

---

① 据相关学者考察,此小说系"编者"(王国维)将日译"陋劣"的小说转译成中文,是因为原著文字"流丽优雅",日本学校多为英语课本范文,作者"毕世穷愁","阅历深透","善描写人生真真相"。参见陈鸿祥:《王国维传》,北京:人民出版社,2004年,第195页。

精神，如希腊之鄂谟尔、英之狭斯丕尔、德之格代者乎？吾人所不能答也。其所以不能答者，殆无其人欤？抑有之而吾人不能举其人以实之欤？二者必居一焉。由前之说，则我国之文学不如泰西；由后之说，则我国之重文学不如泰西。前说我所不知。至后说，则事实较然，无可讳也。

在王国维眼里，虽然无法肯定"我国之文学不如泰西"，但"我国之重文学不如泰西"是不争的事实，而大文学家"足以代表全国民之精神"。因此，在同一则"偶感"中王国维进一步申言：

生百政治家，不如生一大文学家。何则？政治家与国民以物质上之利益，而文学家与以精神上之利益。夫精神之于物质，二者孰重？且物质上之利益，一时的也；精神上之利益，永久的也。前人政治上所经营者，后人得一旦而坏之，至古今之大著述，苟其著述一日存，则其遗泽且及于千百世而未沫，故希腊之有鄂谟尔也，意大利之有唐旦也，英吉利之有狭斯丕尔也，德意志之有格代也，皆其国人人之所尸而祝之，社而稷之者，而政治家无与焉。何则？彼等诚与国民以精神上之慰藉，而国民之所恃以为生命者。若政治家之遗泽，绝不能如此广且远也。①

王国维认为，政治是短暂的，物质上的利益是一时的，唯有精神上的利益才是永久的。那些流传千百世的文学经典及其作家，在西方那样被传颂，被崇拜，而我们却对此视而不见，漠然置之，还谈得上什么教育！在《教育世界》"改章"之初推出的第一篇文学家传记《德国文豪格代希尔列尔合传》开头即大声疾呼："呜呼！活

---

① 《教育偶感》四则之四，《遗书》第5册，原刊《教育世界》第81号，甲辰七月上旬(1904年8月)。

国民之思潮、新邦家之命运者，其文学乎！"结尾面对这两位"与星月争光"的德国作家，心生感慨："胡为乎，文豪不诞生于我东邦！"

无独有偶，东渡日本的鲁迅，亦主张"别求新声于异邦"。1907年在所著《摩罗诗力说》的结尾也慨叹："今索诸中国，为精神界之战士者安在？"1913年写成的《儗播布美术意见书》中，亦称美术（文学艺术）为"国魂之现象"，"若精神递变，美术辄从之以转移。此诸品物，长留人世，故虽武功文教，与时间同其灰灭，而赖有美术为之保存，俾在方来，有所考见。"①

《三十自序之二》中，王国维坦陈在1906年前后思想发生困惑时说自己"疲于哲学有日矣"。标明这是"此二三年中最大之烦闷，而近日之嗜好所以由哲学而移于文学，而欲于其中求直接之慰藉者也。"②

王国维曾极力争取包括文学艺术在内的"纯粹美术"的独立地位与不朽价值。他甚至将文艺尤其是诗歌提到与哲学同等的高度，指出两者"所欲解释者皆宇宙人生上根本之问题，不过其解释之方法，一直观的，一思考的，一顿悟的，一合理的耳。"（《奏定经学科大学文学科大学章程书后》，见《静安文集续编》）因此，文学艺术作为"国魂之现象"，能给"国民以精神上之慰藉"，国民则"恃以为生命"。正是自觉地认识到了文学有"如此广且远"的生命力，西方文学家身上所体现出的那种精神力量与文学启示，王国维才大量绍介包括英国作家在内的西方文学家，因为他们可做中国精神界的良师益友。

---

① 鲁迅：《鲁迅全集》第八卷《集外集拾遗补编》，北京：人民文学出版社，2005年，第52页。

② 王国维：《王国维遗书·静安文集续编》第三册，上海：上海古籍出版社，1983年，第611页。

林纾与英国文学的译介[1]

林纾(1852—1924)之所以在20世纪中国文学史上占有一席之地,主要是因为他与王寿昌、魏易、陈家麟、曾宗巩等人合作,先后翻译了185种[2]外国文学作品,属于小说的有163种,其中英国作品占大多数,史称"林译小说",康有为就有"译才并世数严林"之誉。这样一个典型的传统旧式文人,目不识西文,足不出国门,在从事翻译事业之前对域外历史文化、风俗人情的了解极为有限。因此,林纾进行的翻译,是由一个通晓外语的口译者述说情节,他"耳受手追",在作出记录的同时对作品加工润色,成为以"译述"为特色的"林译小说"。林纾能够凭借其深厚的传统文学修养和丰富的文学艺术想象力,自觉地将"笔录"与"创作"合二为一,为20世纪初的中国文坛提供了一份独特的滋养,这尤其明显体现在他所译介的英国小说作品中。下文主要以林译《撒克逊劫后英雄略》和狄更斯小说,论析林纾在对英国文学译介的重要贡献。

---

[1] 本文部分内容原载《淮阴师范学院学报》,1999年第1期。
[2] 关于林译作品统计,目前有三种说法:据马泰来考订,林译作品185种(见《读书》,1982年第10期《林纾翻译作品全目》);据郑振铎1924年考订,成书共有156种,其中已出版的132种,刊载于《小说月报》(第6卷至第11卷)尚未出单行本10种,尚存于商务印书馆未付梓的14种(见郑振铎《林琴南先生》);据《中国翻译家词典》,共170余部(271册)其中英国作家作品最多(93种),依次是法国(25种),美国(19种),俄国(6种)。重要的世界名著占40多种,均出自莎士比亚、狄更斯、司各德、笛福、欧文、大仲马等世界著名作家。

一、林译《撒克逊劫后英雄略》[①]

林纾翻译司各特小说三种,均为第一次被介绍到中国来,它们是:《撒克逊劫后英雄略》(*Ivanhoe*,现译为《艾凡赫》上下卷),1905年11月由上海商务印书馆出版、《十字军英雄记》(*The Talisman*,1825)上下册,1907年3月由上海商务印书馆出版、《剑底鸳鸯》(*The Betrothed*,1825,现译为《未婚妻》)上下卷,1907年11月由上海商务印书馆出版。这三种都被认为是林译中较好的译本,其中尤其以《撒克逊劫后英雄略》(以下简称《撒略》)影响最大。有人认为"在那些可以称得较完美的四十余种翻译中,如西万提司的魔侠传,狄更司的贼史,孝女耐儿传等,史各德之撒克逊劫后英雄略等,都可以算得很好的译本。"[②] "尤其劫后英雄略,是他(司各特)的小说中最流行的一种,在中国也最受欢迎。"等等。

林译此书,意在鼓励、增强青年人发奋进取,保家卫国的雄心,译本与原文出入并不太大。茅盾在商务印书馆编译所标点此书时,指出译者"文笔之跌宕多姿,也得原书风格之一二"。该译本对现代作家影响较大。[③]

《撒克逊劫后英雄略》被认为是林译小说里的佼佼者,应与以下三个方面原因相关:

[①] 本部分关于林译《撒略》的分析,笔者指导的硕士毕业生孙建忠曾参与讨论。

[②] 郑振铎:《林琴南先生》,见钱锺书等《林纾的翻译》,北京:商务印书馆,1981年,第14页。

[③] 郭沫若就说过:"林译小说中对于我后来文学倾向上有一个决定的影响的,是Scott的 *Ivanhoe*,他译成《撒克逊劫后英雄略》。这本书后来我读过英文,他的误译和省略处虽很不少,但那种浪漫主义的精神他是具象地提示给我了。我受Scott的影响很深,这差不多是我的一个秘密,我的朋友似乎还没有注意到这一点。我读Scott的著作也并不多,实际上怕只有 *Ivanhoe* 一种。我对于他并没有什么深刻的研究,然而在幼年时印入脑中的铭感,就好像车辙的古道一般,很不容易磨灭。"(《郭沫若文集》第6卷,第114页)

首先，译本的好坏与林纾的工作态度密切相关。林纾译这3部作品分别在1905年和1907年，正是他翻译事业的黄金时期。钱锺书在《林纾的翻译》一文中，以民国二年（1913年）译完的《离恨天》为界标把林纾的翻译分为两个时期。前期的作品是比较精美的，感情真切，文字生动，令人爱不释手。此阶段的译作绝大多数都有自序或旁人序，有跋、《小引》、《达旨》、《例言》、《译余剩语》、《短评数则》，有自己或旁人所题的诗、词，在译文里还时常附加按语和评语。以《撒略》为例，书首有译者自序，在序中林纾津津有味地谈到了本书的"八妙"，又将作者司各特比附中国的史家司马迁与班固，使这篇序文成为研究林纾思想的重要论文。林纾在译述过程中，经常会忍不住技痒，用外国小说里的文字比较中国的传统文学。从这些评语和按语中可见译者对翻译工作的郑重和认真的态度。

其次，林纾对本书的改造和保留。林纾是一个不懂外文的翻译家，译文中误译、漏译、删改、增补的地方很多。尽管如此，他却能够从基本内容和整体风格上把握原作的特点。而且在"意译"的风气中，除了因据人口译而有差错和删改外，林纾一般都能将作者原名列出，书中人名地名绝不改动一音，连《撒略》中的"Lady"都被毫不必要地翻译成了"列底"，后面加注"尊闺门之称也"。郑振铎提到沈雁冰先生曾对他说："撒克逊劫后英雄略，除了几个小错处外，颇能保有原文的情调，译文中的人物也描写得与原文中的人物一模一样，并无什么变更。"[①]林纾对原著的最大改动是对文本持续的、零碎的缩减，这种小的省略到处都是，但翻译的语言基本上还是忠于原著的。译著的章节与原著一一对应，并没有进行增加和删节。至于原著中人物和地点的名称、比喻、笑话等也经常被直接翻

[①] 郑振铎：《林琴南先生》，见钱锺书等《林纾的翻译》，北京：商务印书馆，1981年，第14页。

译过来，有时加上注解便于中国读者理解。小说名 *Ivanhoe* 改为更有中国传统文化意味的《撒克逊劫后英雄略》。略、传、述等都是中国史家的笔法，林纾用中国的语调译述，比起生硬地直译为《艾凡赫》更能激起中国读者的阅读欲望。林纾在翻译《撒略》时随时对一些错综复杂的句式进行了压缩和改造，用尽量经济、直接的方法传递信息。

第三，《撒克逊劫后英雄略》的原著(*Ivanhoe*，《艾凡赫》)原本就是名著，这也是该译本获得成功的原因之一。中世纪是个遥远而古老的时代，留下的记载很少，人们心目中的中世纪是富于浪漫色彩的"尚武"时代，常常和骑士的冒险联系在一起，司各特正是通过《艾凡赫》把这样一个活生生的时代呈现在读者眼前，不只有中世纪人们生活的简陋质朴的环境，还有紧张激烈的骑士的比武、绿林好汉的林中聚会、惊心动魄的城堡围攻战，使读者目不暇接，获得了许多真实的感受。《艾凡赫》出版于1819年，是司各特生病期间完成的，也是他最著名的一部作品。这是他第一次撇开苏格兰背景，改用他最喜爱的英格兰历史和传统——"狮心王"理查德和罗宾汉，这两个人物在英格兰可谓家喻户晓。司各特通过他们以及他们辉煌而传奇的骑士生活，向读者展现了一个十分生动而又浪漫的故事。该书出版后，立即不胫而走，成了司各特最畅销的一本书，正如作者在本书的导言中所说，它"获得了极大的成功，可以说，自从作者得以在英国和苏格兰小说中运用他的虚构才智以来，他这才真正在这方面取得了游刃有余的支配能力。"[①]

二、文学因缘：林纾眼中的狄更斯

作为中国近代著名文学家和翻译家，大规模介绍西方文学到中

---

① 司各特:《英雄艾文荷》导言，上海：上海译文出版社，1996年，第14页。

国的第一人，林纾之真正认识西方文学的妙处，也是在接触狄更斯之后，因而在其所有译作中，最重视的也正是狄更斯的小说。林纾在魏易的帮助下，从 1907 至 1909 年间共翻译了狄更斯的五部小说：《滑稽外史》（*Nicholas Nickleby*, 1839）、《孝女耐儿传》（*The Old Curiosity*, 1841）、《块肉余生述》（*David Copperfield*, 1850）、《贼史》（*Oliver Twist*, 1838）、《冰雪因缘》（*Dombey and Son*, 1848）。①这几部译作被公认为林纾所有翻译作品中译得比较理想的小说。中国读者正是通过他的译品，才最早认识了英国这位久负盛名的伟大小说家。

人所共知，林纾是一个不懂外文的翻译家，他在对狄更斯作品的译介中，误意、漏译、删改、增补的地方很多。尽管如此，他却能够从基本内容和整体风格上把握原作的特点，特别是狄更斯小说中那漫画式的夸张和满含揶揄的幽默，能被他心领神会并出色地再现出来。不仅如此，林纾碰到他心目中认为是狄更斯原作的弱笔、败笔之处时还能对其适当改造、加工和润色。钱锺书先生也曾举《滑稽外史》中两段译文为例，指出林纾"往往是捐助自己的'谐谑'，为迭更斯的幽默加油加酱。""林纾认为原文美中不足，这里补充一下，那里润饰一下，因而语言更具体，情景更活泼，整个描述笔酣墨饱。"②这样的添改从翻译角度看尽管有"讹"的一面，但另一方面也可以看出林纾对狄更斯作品译介的感情投入之多、用心体会之深。

我们从林纾为狄更斯译作而写的序跋中更可以清晰地看出，他对狄更斯小说的特点及其作用的理解是相当准确的，并且自觉或不自觉地以中国传统文学作品为理解的参照系。正是在这种比较中林

---

① 这些小说现在分别通译为《尼可拉斯·尼古尔贝》、《老古玩店》、《大卫·科波菲尔》、《奥列佛·退斯特》、《董贝父子》。

② 钱锺书等：《林纾的翻译》，北京：商务印书馆，1981 年，第 25—26 页。

纾发现了中西文学之间在文学观念、创作方法、结构技巧等方面存在着诸多差异;更为难得的是,他真诚地赞赏以狄更斯小说为代表的西方近代文学的许多优点,批评中国传统文学的一些不足;特别是这些序跋中所提出的现实主义小说理论,对五四时期小说理论和小说创作的现代化起过很大作用;还有在序跋中表现出的对狄更斯作品溢于言表的称许,也说明了狄更斯在林纾心目中的崇高地位。

首先,林纾从狄更斯作品中体会到小说的功用应该是揭露社会弊病,促进社会改良。在《贼史·序》中他说:"迭更司极力抉摘下等社会之积弊,作为小说,俾政府知而改之。……顾英之能强,能改革而从善也。吾华从而改之,亦正易易。所恨无迭更司其人,如有能举社会中积弊著为小说,用告当事,或庶几也。呜呼!李伯元已矣。今日健者,惟孟朴及老残二君。果能出其绪余,效吴道子之写地狱变相,社会之受益,宁有穷耶?"①

这里,林纾从文学与政治现实的密切关系出发,明确把小说视为改良社会的工具,认为社会的丑恶和政治的腐败可以改良,不必从根本上改革社会制度。这与梁启超"小说改良社会"的文学观是相呼应的。在《块肉余生述·序》中林纾也说:"英伦半开化时民间弊俗,亦皎然揭诸眉睫之下。使吾中国人观之,但实力加以教育,则社会亦足改良,不必心醉西风,谓欧人尽胜于亚,似皆生知良能之彦,则鄙人之译是书,为不负矣。"②由是观之,林纾译书的目的是很明确的。在《译林·序》中,林纾更明确地将著译同开启民智、维新改良结合。他说:"吾谓欲开民智,必立学堂,学堂功缓,不如立会演说,演说又不易举,终之唯有译书。"③这种对小说与民智密切关系的看法也是当时知识阶层的一种共识。严复、夏曾佑在

---

① 林纾:《贼史·序》,见上海商务印书馆,1908年《贼史》。
② 林纾:《块肉余生述》前编序,见上海商务印书馆,1908年《块肉余生述》前编。
③ 林纾:《译林》序,载《译林》,1901年第1期。

《本馆附印说部缘起》中就说："且闻欧、美、东瀛，其开化之时，往往得小说之助。"所以译小说的宗旨则"在乎使民开化，自以为亦愚公之一畚，精卫之一石也。"①

上文所引《贼史·序》中，林纾还把狄更斯这样的暴露社会积弊的小说家和中国的谴责小说家联系起来，由此也可看出林纾对狄更斯作品确有某些本质的认识。他真诚而急切地希望中国也能出现像狄更斯一样的揭发社会弊端，使政府和读者知而改之的小说家，这些都表明林纾自觉地从"救国"、"改良"的角度，充分肯定了小说的社会作用和时代使命，从而对当时及其后的文坛产生了不小的影响。

其次，林纾从狄更斯的小说创作中也看到了我国传统文学作品与西方近代小说的明显差异，认为小说的笔触应从传统的达官显贵、英雄豪杰、才子美人中，伸入下层社会的普通人中间去。这里也并不像梁启超那样要求小说只写政治，而是把小说的描写对象扩大到与政治未必直接有关的那些领域；也不像梁启超那样，把小说单纯地作为政治传声筒，而意识到小说是对社会人生的写照，尤其是对下等社会的写照，以使读者认识生活，受到启迪。

在《孝女耐儿传·序》中林纾把狄更斯小说的人物和题材与中国文学作品的人物、题材做了比较，并高度评价了狄更斯"扫荡名士美人之局，专为下等社会写照"的优点。他说："中国说部，登峰造极者无若《石头记》。叙人间富贵，感人情盛衰，用笔缜密，著色繁丽，制局精严，观止矣。其间点染以清客，间杂以村妪，牵缀以小人，收束以败子，亦可谓善于体物；终竟雅多俗寡，人意不专属于是。若迭更司者，则扫荡名士、美人之局，专为下等社会写照。"并说："余尝谓古文中序事，惟序家常平淡之事为最难著笔。""今迭更

---

① 几道、别士：《本馆附印说部缘起》，载《国闻报》，1897年10月16日至11月18日。

司则专意为家常之言,而又专写下等社会之事,用意著笔为尤难。"同时批评司马氏《史记》:"以史公之书,亦不专为家常之事发也。"①应该说,林纾确实较为准确地把握了狄更斯小说的人物和题材特征。从这个角度出发,他对《红楼梦》《史记》的批评也是有道理的。同时,他对狄更斯的倾心折服也溢于言表。在《孝女耐儿传·序》中认为天下文章叙悲叙战以及宣述男女之情都比较容易,但"从未有刻划市井卑污龌龊之事,至于二三十万言之多,不重复,不支厉,如张明镜于空际,收纳五虫万怪,物物皆涵涤清光而出,见者如凭栏之观鱼鳖虾蟹焉;则迭更司者盖以至清之灵府,叙至浊之社会,令我增无数阅历,生无穷感喟矣。"②林纾在此高度评价了狄更斯能以深刻而犀利的笔触揭示社会现实的阴暗面,而激起读者对小说中丑恶现实的愤慨和痛心。

林纾对狄更斯小说创作特点的总结和倡导,对我国传统的现实主义创作方法的革新具有启发意义,这也正是我国传统文学创作方法在外国文学影响下,在近代特定历史条件下即将开始革命的信号。

再次,林纾从狄更斯创作中还发现生活阅历对作家写好小说非常重要。他在译《滑稽外史》时,曾产生疑问,即狄更斯为何能于下等社会之人品刻画无复遗漏,笔舌所及情罪皆真呢?后来他阅读相关材料,才知狄更斯出身贫贱,也是伤心之人,故对社会底层人物生活特别熟悉,因此作品中的善恶之人亦是生活中所有。林纾甚至认为,《滑稽外史》中的老而夫(现通译拉尔夫)或许造就狄更斯的亲属,只因凌蔑既深便将他写进书里,以报复对自己的虐待,而赤里伯尔兄弟(现通译奇里布尔兄弟)则为世间不多见之好善者,很有可能有恩于狄更斯之人,写其或为报恩。所以,称此书是阅历有

---

① 林纾:《孝女耐儿传》序,见上海:商务印书馆,1907年《孝女耐儿传》。
② 林纾:《孝女耐儿传》序,见上海:商务印书馆,1907年《孝女耐儿传》。

得之作。

因此,林纾说:"不过世有其人,则书中即有其事。犹之画师虚构一人状貌印证诸天下之人,必有一人与像相符者。故语言所能状之处,均人情所或有之处。"同时,林纾还认为小说创作可以社会生活真实素材为基础进行合理的想象和虚构,使之醒人耳目。他写短篇小说《庄豫》就是如此。自谓"生平不喜作妄语,乃一为小说,则妄语辄出。实则英之迭更与法之仲马皆然,宁独怪我?"所谓"妄语",即想象与虚构之言。林纾此处论及了小说创作的一般特点。这里也表明林纾的文学创作也受到了狄更斯的不少影响。

最后,林纾对狄更斯小说的艺术手法,如人物性格描写、结构布局安排等,也给予很高的评价,并认为狄更斯小说等西方文学作品可与我国《左传》《汉书》《史记》和韩愈之文等媲美。

关于人物性格描写。我国古代小说虽也有以性格描写见长的不少作品,但更多则属于以故事情节曲折离奇取胜的所谓情节小说。林纾从狄更斯小说看到应以写人、写人物性格为主。《冰雪因缘·自序》说:"此书情节无多,寥寥百余语可括东贝家事,而迭更斯先生叙致二十五万余言,谈诙间出,声泪俱下!言小人,则曲尽其毒螫;叙孝女则直揭其天性;至描写东贝之骄,层出不穷,恐吴道子之画'地狱变相'不能复过。"①此处之意就是说,应该像狄更斯那样在人物性格安排上下工夫,不必过多注意故事情节的复杂曲折,这实际上为我国小说创作提出了一条更符合小说艺术特点的发展道路。

关于结构布局安排。林纾对狄更斯《块肉余生述》的小说结构安排颇为欣赏,认为此书"思力至此,臻绝顶矣。"并说"古所谓锁骨观音者,以骨节钩联,皮肤腐化后,揭而举之,则全具锵然,无一屑落者;方之是书,则固赫然其为锁骨也。"又说"迭更司他著,

---

① 林纾:《冰雪因缘》序,见上海:商务印书馆,1909年《冰雪因缘》。

每到山穷水尽，辄发奇思，如孤峰突起，见者耸目；终不如此书伏脉至细，一语必寓微旨，一事必种远因。手写是间，而全局应有之人，逐处涌现，随地关合；虽偶尔一见，观者几复忘怀，而闲闲著笔间，已近拾即是，读之令人斗然记忆。循编逐节以索，又一一有是人之行踪，得是事之来源。综言之，如善奕之著子，偶然一下，不知后来咸得其用，此所以成为国手也。"①《块肉余生述·续编识》亦称此书"前后关锁，起伏照应，涓滴不漏。"②林纾在此指出，《块肉余生述》在小说结构上属于"锁骨观音式"，即小说情节环环相扣，主干与枝节相连，而又突出主线，成为贯串全书的动脉。这种结构方式显然与《儒林外史》式的结构不同。《儒林外史》的结构诚如鲁迅先生在《中国小说史略》中说："全书无主干，仅驱使各种人物，行列而来，事与其来俱起，亦与其去俱讫，虽云长篇，颇同短制。"此种结构方式在近代"谴责小说"中比较普遍，如《官场现形记》《文明小史》《负曝闲谈》即为代表。从长篇结构艺术的角度看，这些小说的结构方式有待改进。林纾正是针对近代"谴责小说"结构普遍松散的特点，而大力推崇狄更斯小说的结构艺术，颇见用心。

《冰雪因缘·序》中林纾亦曾比较其所译司各德与大仲马之文绵褫或疏阔，"读者无复余味"，而"独迭更司先生，临文如善奕之著子，闲闲一置，殆千旋万绕，一至旧著之地，则此著实先敌人，盖于未胚胎之前，已伏线矣。惟其伏线之微，故虽一小物一小子，译者亦无敢弃掷而删节之，防后来之笔，旋绕到此，无复以应。……呜呼！文字至此，真足以赏心而怡神矣！"③而且还与我国《左

---

① 林纾：《块肉余生述》前编序，见上海：商务印书馆，1908年《块肉余生述》前编。
② 林纾：《块肉余生述》续编识语，见上海：商务印书馆，1908年《块肉余生述》后编。
③ 林纾：《冰雪因缘》序，见上海：商务印书馆，1909年《冰雪因缘》。

传》《史记》比较，称"左氏之文，在重复中能不自复；司氏之文，在鸿篇巨制中，往往潜用抽换埋伏之笔而人不觉。迭更氏亦然。虽细碎芜蔓，若不可收拾，忽而井井胪列，将全章作一大收束，醒人眼目。有时随伏随醒，力所不能兼顾者，则空中传响，回光返照，手写是间，目注彼处。"①并且"左、马、班、韩能写庄容不能描蠢状，迭更司盖于此四子外，别开生面矣。"②

林纾还认为《冰雪因缘》高于《块肉余生述》，就在于作者能在不易写生处出写生妙手，有更丰富的想象力。他自己也常为书中人物所感动。比如董贝之女芙洛伦丝最能让他感动。当译至董贝父女重聚时的情景，林纾抑制不住自己的感情，不觉在译文中夹入"畏庐书至此，哭三次矣！"

林纾翻译的狄更斯小说，不仅感动了他自己，也感动了林译小说的读者们；不仅为他本人特别喜欢，也为我国现代作家爱不释手。

我国现代许多著名作家均受过林译小说的重要启示，并在幼年、少年、青年时代都曾有过喜爱林译小说的阶段，当然，林译狄更斯小说更是他们的渴求之物。比如，冰心从11岁起就迷上林译小说，只要手里有点钱，便托人去买林译小说来看，后来进中学和大学，能读小说原文，甚至也觉得《大卫·考伯菲尔》还不如林译《块肉余生述》那么生动有趣。③她在《童年杂忆》一文中也说过："(少时)我还看了许多商务印书馆出版的'说部丛书'，其中就有英国名作家狄更斯的《块肉余生述》，也就是《大卫·考伯菲尔》，我很喜欢这本书！译者林琴南老先生，也说他译书的时候，被原作的情文所感动而'笑啼间作'。我记得当我反复读这本书的

---

① 林纾：《冰雪因缘》序，见上海：商务印书馆，1909年《冰雪因缘》。
② 林纾：《滑稽外史》评语，见上海：商务印书馆版，1907年《滑稽外史》。
③ 冰心：《我与外国文学》，载《外国文学评论》，1981年第3期。

时候,当可怜的大卫,离开虐待他的店主出走,去投奔他的姨婆,旅途中饥寒交迫的时候,我一边流泪,一边拿我手里母亲给我当点心吃的小面包,一块一块地往嘴里塞,以证明并体会我自己是幸福的。有时被母亲看见了,就说:'你这孩子真奇怪,有书看,有东西吃,你还哭!'"①

或许冰心的母亲没读过或不喜欢读狄更斯小说,因此也就难以理解一个小孩子为其感动而流泪的心理。而张天翼的母亲则是眼泪直流着,给自己的孩子说林译《孝女耐儿传》的。张天翼在《我的幼年生活》一文中回忆了这段难忘的情景,并说读了许多林译小说如《滑稽外史》等以后,就在其影响之下写了些滑稽小说。②艾芜也在读了林译《贼史》后,感到与先前读的两军陷阵、义侠杀人的中国旧小说不同,而为其中的人物遭遇"悄悄堕泪了,且感着如此流泪是快畅的。"③辛笛同样回忆说,他少年时在父亲书房中东翻西检,找到了商务印书馆出的林译小说,顿然发现在四书五经之外,还另有一番天地。而林译《贼史》《块肉余生述》都让他感动不已,并促使他在30年代后期下决心研究这位19世纪的英国现实主义大师。④宗璞也说过她8岁读的第一本外国小说即是《块肉余生述》,并成为她的一个特殊朋友,后来更深为作品中的人道主义精神所感动。人道主义精神是西方优秀文学中最根本的东西,源于普遍的同情心,大悲大悯,若无这同情心,只斤斤于一部分人的利益,当然也感动不了广大读者。⑤确实,狄更斯作品为我国读者所深

---

① 冰心:《童年杂忆》,见《冰心论创作》,上海:上海文艺出版社,1982年,第8页。
② 张天翼:《我的幼年生活》,载《文学杂志》,1933年第2期。
③ 艾芜:《墨水瓶挂在颈子上写作的》,见郑振铎、傅东华主编《我与文学》,上海生活书店,1934年。
④ 辛笛:《我和外国文学》,载《中国比较文学》,总第三期。
⑤ 宗璞:《独特性作家的魅力》,载《外国文学评论》,1990年第1期。

深感动而流泪的正是这样一种人道主义精神，并成为后来我们能够普遍接受狄更斯的一个重要原因。

钱锺书先生曾说过翻译在文化交流里所起的是一种"媒"和"诱"的作用，"它是个居间者或联络员，介绍大家去认识外国作品，引诱大家去爱好外国作品，仿佛做媒似的，使国与国之间缔结了'文学因缘'。"[1]林纾所翻译的狄更斯小说正是中英文学之间的一种"文学因缘"。他对狄更斯小说艺术的深切体会及其高度评价，展现了在他心目中具有很高地位的狄更斯形象，这与他翻译的五部狄更斯作品一起，对我国新文学作家产生了不可忽视的影响。

---

[1] 钱锺书等：《林纾的翻译》，北京：商务印书馆，1981年，第25—26页。

威廉·布莱克在中国的接受[①]

本·琼生在评价同时代的威廉·莎士比亚时曾说:"他不属于一个时代,而属于所有的世纪。"后世证明,此言未虚,莎士比亚确实是说不尽的。英国文学史上另一个威廉在世时及后后多年却远没有这么幸运,然而他终究是不朽的。这位天才诗人就是布莱克(William Blake,1757—1827)。他不仅生前潦倒不得志,默默无闻,而且被人多方责难,被视为疯子,死后也被人遗忘了好几十年。他的确不属于他所处的那个时代。然而伟大的诗人绝不会被时光淹没!布莱克自己也讲过:"时代总是相同,但天才常出于时代之上。"(Ages are all equal, but genius is always above the age.)这句话表明了他的自负,同样也是最有力的预言。果然,后来的史文朋(Swinburne,1837—1909)"发现"了他的天才,在其《布莱克评传》(*William Blake, a Critical Essay*)中,称他是当时唯一的诗人,足以和古代的大诗家媲美。这样看来,布莱克既不幸又幸运。说他不幸,因为他是悄悄走进他的天国的,临死时,唯有寡妻和数友为他送行;幸运的是,经过史文朋等人的一声提倡,他的声名便洋溢于世界文坛。他弃世90年后,也走进了中国,并在不同时期、不同方面受到很多的推崇与赞美。人们说:"像勃莱克这样的伟大人物,我们除了像孩子对着慈母一般的系恋以外,简直找不到一个适当的言辞来赞美,来形容,来崇拜他"(邢鹏举,1929);称他为"英国革命浪漫主义诗人的伟

[①] 本文原载《外国文学研究》(人大复印资料),1998年第5期。

大先驱"（袁可嘉，1957）；是"全部英语诗史上最重要的诗人之一"（王佐良，1979）；也是"现代主义的预言者"（张炽恒，1988）。

一、神秘诗人的魅力：20世纪上半叶布莱克在中国的接受

或许布莱克在天国会感谢周作人的，因为是周作人第一个把他领到了中国。1919年周作人在《少年中国》一卷八期上发表了《英国诗人勃来克的思想》一文，首次介绍了布莱克诗歌艺术的特性及其艺术思想的核心。文中说，布莱克是诗人、画家，又是神秘的宗教家；他的艺术是以神秘思想为本，用了诗与画，作表现的器具；他特重想象（Imagination）和感兴（Inspiration），其神秘思想多发表在预言书中，尤以《天国与地狱的结婚》（*The Marriage of Heaven and Hell*）一篇为最重要，并第一次译出布莱克长诗《无知的占卜》的总序四句：

> 一粒沙里看出世界，
> 一朵野花里见天国。
> 在你掌里盛住无限，
> 一时间里便是永远。

这是我们现在一提起布莱克就首先会想到的名句警言。除此而外，周作人在文中还翻译出布莱克的一些短诗，如《迷失的小孩》、《我的桃金娘树》、《你有一兜的种子》、《无知的占卜》组诗第1—10节等，让中国读者初次领会到了这位神秘诗人作品的特质

和魅力。①周作人首次对布莱克思想的介绍，让当时人开了眼界。田汉在《新罗曼主义及其他》中说："周作人先生介绍英国神秘诗人勃雷克的思想，真是愉快。"并安排人写文章介绍布莱克诗歌艺术的一些继承者。同时田汉也译出了布莱克那四句意味深长的话："一沙一世界，一花一天国。君掌盛无边，刹那含永劫。"②

值得一提的是，布莱克刚踏进中国不久，就成为我们的诗人歌咏的对象。徐蔚南在《小说月报》上发表了一首题为《勃莱克》的诗，在此援引如下：

> 伟大的勃莱克呵！
> 我看你的 Life-Mask：
> 眉头皱着，眼儿瞑着，口儿闭着，
> 这正表象你彷徨于想象的世界！
>
> 你负了孤独的运命行了你自己的道！
> 你如亚当样的弃了衣衫在山野里逍遥！
> 你如小儿样的大哭大笑！
> 哦！粗野和纯朴是你唯一的道！
> 神圣事业在互爱！
> 万物在永远界里发光辉！
> 你们胸中有我在，
> 你们又在我胸内！
> 哦！这是你心情底真髓！

---

① 周作人：《英国诗人勃来克的思想》，《少年中国》一卷八期，1919年12月。另外，周作人在《欧洲文学史》（1922年商务版）和《艺术与生活》（1926年群益版）中也曾论及到布莱克。

② 田汉：《新罗曼主义及其他》，《少年中国》一卷十二期，1920年6月。

你说:"孔雀底傲慢,神底光荣!
山羊底贪欲,神底恩宠!
狮子底忿怒,神底知识!
女儿底裸体,神底事业!"

哦!这是你的伟大呀!
这是你的力呀!
这是你的深呀!
你越了时代,破了周围,
创造了你永远的勃莱克呀!①

由此可见,诗人对布莱克的崇拜之情是溢于言表的。诗中引号里的四句话出自布莱克的《地狱的箴言》,徐蔚南借此揭示出布莱克"力之美"的独特风格。尽管当时布莱克的作品绝大多数没有翻译过来,但通过徐蔚南的诗篇和以上周作人的介绍,已在读者心目中树立了一个不同寻常的诗人形象。

随着布莱克百周年忌日的到来,中国介绍布莱克也进入第一个高潮期。1927年的《小说月报》18卷8号刊有布莱克像,并发表了赵景深和徐霞村的两篇纪念文章。赵景深在其文章《英国大诗人勃莱克百年纪念》中简介了诗人的生平与创作情况,突出了他作为神秘诗人的一面,称他天生一双神秘的眼睛,能够看见别人所不能看见的东西,同时惟其他有窥看幻象的天赋,他的诗歌才都穿上了幻想的衣裳。赵文还介绍了布莱克生前不为人所知的悲哀,以及诗人彼此了解,绝对自由的恋爱观,并在文中译了几首诗歌。②徐霞村的文章《一个神秘的诗人的百年祭》也指出布莱克的诗和画充满了神

---

① 徐蔚南:《勃莱克》,《小说月报》13卷2号,1922年。
② 赵景深:《英国大诗人勃莱克百年纪念》,《小说月报》18卷8号,1927年。

秘的想象和异象，是英国第一个象征派艺术家；作为一个喜欢创新的艺术家，他终能给予艺术以解放，给予艺术以无限。①这一期《小说月报》还刊载了《关于勃莱克研究书目》，收录了1863年至1927年有关布莱克研究的重要英文书目23种，涉及作品集、传记、批评理论等，其中1925—1927年的研究著述就有10种，这在展示国外布莱克研究成果的同时，也为我国研究这位伟大的诗人提供了必要的参考书目。另外，赵景深除了在本期《小说月报》上发表纪念文章外，还在1927年的《北新半月刊》第二号上翻译了英国批评家弗里曼（John Freeman）一篇纪念布莱克的文章，又在《文学周报》288期上写了一篇《诗人勃莱克百年纪念》，此文主要论及布莱克的叙事诗歌《彭威廉》（William Bond）。这首诗写主人公同时爱着贵妇和贫女，因迟疑不决，极感烦闷，也使贫女晕倒致病，后良心发现，重新回到贫女身边，觉得婚姻当以爱情为准绳。文中对诗作的象征形象作了精到的分析，认为这首反映布莱克恋爱观的诗篇或许是诗人自己的写照。

　　为纪念布莱克，徐祖正也在1927年的《语丝》上分三期发表长文《骆驼草——纪念英国神秘诗人白雷克》。文中首先称布莱克"是富于独创精神深挖到真正浪漫精神源泉的神秘诗人"。接着分析了英国的民族性和诗人出生前后英国动荡的社会政局，并联系诗人与时代精神的关系，指出诗歌艺术与道德宗教一样，实是国民觉醒运动真正的渊源。文章纪念诗人而先放谈政治，特别强调英国浪漫诗人不把全部精神投入政治运动不一定是轻视政治。在谈到纪念对象时，徐祖正着重从人道精神、崇尚自然和关心性爱问题三方面讨论了布莱克作为浪漫主义先驱者的成就，认为布莱克是人道精神真正的体会者，因为如果"革命不在人道主义上建立的只是自相残杀争权夺利，幻变无常的乱局面，宗教不从爱心上出发只有硬化的形

---

① 徐霞村：《一个神秘的诗人的百年祭》，《小说月报》18卷8号，1927年。

骸徒然阻障人性自然的发达。这是 Blake 在诗中给我们的暗示。"又说布莱克成名的诗集《天真之歌》所展现的诗风，可以称为华兹华斯《〈抒情歌谣集〉序言》的序言，因为其中把"回到自然"这个观念表白得最明白。对于布莱克的性爱观，徐文认为这与他的神秘论思想有密切关系，追求的是不加束缚的创造的爱，反对占有欲的"自私之爱"。徐祖正这篇纪念文章关注时局（比如文中提到孙中山为求中国之统一的努力），也具体述及了布莱克的思想观念和诗艺风格，对我们了解和把握布莱克颇有帮助。①

1927年9月5日上海的《泰晤士报》也刊发一篇来自伦敦的电讯，报道了英国纪念布莱克的情况，称现在人人都承认他的作品是天才的产物，许多文学会社和智识团体研讨他的作品与生平，一些报章杂志把他的诗画文章当作作文的材料，为这位奇异的幻想者与艺术家建立的纪念碑也落成揭幕了。英伦对布莱克的纪念活动引起了中国文学家的注意。梁实秋读了《泰晤士报》这篇电讯后写了《诗人勃雷克———百周年纪念》一文，着重对布莱克诗里的幻想和诗里的图画两个问题提出了自己的看法，可以说这是中国学者对布莱克第一次发表自己的保留意见。梁实秋首先批评了一些诗人与批评家对布莱克的趋炎附势的一味夸称，指出一般所谓诗人与批评家是不够力量对布莱克评头论足的，关于布莱克诗中的幻想，梁实秋认为"勃雷克的幻想总算是丰富强健极了。他的这种幻想的精神（Visionary Spirit）是很难能可贵的，但是说句唐突的话，勃雷克的想象的质地，不是纯正的冲和的，而是怪异的病态的。……勃雷克看见的东西，我们在生热病的时候也可以看得见。病态的幻想，新鲜是新鲜的，但究竟是病态的"。关于布莱克诗中的图画，梁实秋说："有诗才的人，同时兼擅绘事，永远是一件危险的事。危险，因

---

① 祖正：《骆驼草——纪念英国神秘诗人白雷克》（上、中、下），分别载1927年《语丝》，第148、150、153期。

为他容易把图画混到诗里去,生吞活剥的搬到诗里去。……勃雷克诗里的图画成分,不但是多,而且是怪的。……在这一点,真不愧是浪漫的先驱。"最后,梁实秋指出:"我们五体投地的佩服他的天才,但是要十分的惋惜,他没能把他的不羁的幻想加以纪律,没能把他的繁丽怪僻的图画的成分,加以剪裁。在这百年的忌辰,我们赞美他的诗的完美之处,我们更愿在他的诗的不完美处体会出可以进而至于完美的法门。"①梁实秋对布莱克的这种评价,是符合他强调理性、秩序、节制的古典主义文学观的。他在《文学的纪律》文中曾指出:"文学的研究,或创作或批评或欣赏,都不再满足我们的好奇的欲望,而在于表现出一个完美人性……。文学的活动是有纪律的、有标准的、有节制的。……在理性指导下的人生是健康的常态的普遍的。在这种状态下所表现出的人性亦是最标准的;在这标准之下所创作出来的文学才是有永久价值的文学。所以在想象里,也隐隐然有一个纪律,其质地必须是伦理的常态的普遍的。"②我们明白了梁实秋这些有关文学的观点后,也就容易理解他对布莱克接受过程中那些与众不同的看法了,他强调的是想象力的限度。

总之,借助于1927年布莱克的百年忌辰,我国学者发表的这些纪念文章在对英国和世界纪念布莱克活动作出较大反响的同时,也为布莱克在中国的接受造了声势。1928年的中国文坛又有一场火药味甚浓的笔墨官司。这次论战的主题是:布莱克是浪漫主义者还是象征主义者?论战的一方是哈娜,以《民国日报》副刊《文艺周刊》为阵地;另一方是博董,以文学研究会创办的《文学周报》为阵地。论战的起因是哈娜在《文艺周刊》四期至八期发表的长文

---

① 梁实秋:《诗人勃雷克——百周年纪念》,《文学的纪律》,均见其所著《文学的纪律》,上海:新月书店,1928年初版。另外,对布莱克诗歌艺术颇有微词的不只是梁实秋一人。费监照在《新月》第二卷六、七号合刊上一文也指出布莱克在诗里"创造神仙世界,拿影像欺骗读者的心灵,引诱他们到达蓬莱瀛洲里去。"

② 同上。

《白莱克的象征主义》，引起博董的异议。博董在《文学周报》307期发表文章《勃莱克是象征主义者么》，援引厨川白村《近代文学十讲》等三种著作，认定布莱克属于浪漫主义者，并区分了布莱克诗歌中的象征（即"本来的象征"）与象征主义的象征（即"情调象征"）两者之间的差异。此文得到了哈娜的回敬与辩驳。博董又写了《浅薄得可笑的哈娜》一文坚持己见。针对哈娜在《文艺周刊》上接连不断的反批评，博董也在《文学周报》上相继写了《三论勃莱克》、《哈娜的译诗》、《再抄一点书赠给哈娜》、《勃莱克确是浪漫主义者——示可怜的哈娜》等文章，①提供了数种中外著作做例证，说明布莱克决非象征主义者。这一场两人之间拉锯式的论证，尽管现在看来并不值得，因为论题的是非再清楚不过，但在当时通过这好几个回合的笔战，至少让人们了解了作为修辞手法的"象征"与作为文学运动的"象征主义"之间的区别，弄清了所谓文学上的一种主义，有哪些必要的因素，同时也促使人们进一步去注意与了解布莱克。

在我国介绍布莱克的第一个高潮期中，特别要提的是一篇长达三万五千字的论文，这就是邢鹏举写的《勃莱克》。这篇文章在1929年《新月》月刊第二卷八、九、十号上连载，代表了当时引进介绍布莱克思想、诗画艺术的最高水平，即便到现在仍有很大的参考价值。此文用诗一般的语言称赞布莱克的许多诗集都是美不胜收的杰作。对于布莱克的魅力，邢鹏举说："我们平心静气的论起勃莱克来，只觉得他那种伟大的精灵，还不时地挑拨着我们的心弦，起了一种不可思议的共鸣作用。他好像是个光芒万道的北斗辰星，我们看得见，可是抓不住他。"文章接着指出，布莱克是一个多方面才能的艺术家，能用纯粹想象的力量，把诗、画、音乐建立在同一基础之上，他从想象的世界里，体会出最微妙的快乐和最敏锐的感觉

---

① 博董这些文章发表在1928年《文学周报》第322—325期上。

的象征。而他的诗，完全是生命的宣言、心灵的妙曲、抒情的意想。"勃莱克的诗，完全是一种心声，从它的内容看来，似乎过分抽象，不过它的形式却是十分具体的；它的热情是一种幻象的热情，它的感觉是一种思想的感觉，它的美德是一种意境的美德。在这种诗的世界里，人们的原来的性格和天赋的能力，都赤裸裸地在那里表演活剧。像勃莱克这样的诗人，谁赶得上和他并驾齐驱？"邢文也详细剖析了布莱克关于想象、自然、人生的观念，并指出布莱克解释宇宙的唯一方式，便是从神奇的想象出发，参透了艺术的美质、自然的象征和人生的神秘，他把诗的天才、真的现实和爱的活力，都送到伟大的永恒界去，此即使布莱克所创设的"艺术的宗教"。文章的最后总结认为，布莱克绝对不是一个疯子，确是一个伟大的诗人，他用艺术造成了人类的福音，他首创了"人生乐园"，他发现了"永恒境界"；他一方面是个时代的落伍者，一方面也是个时代的先驱者。对于这样一个伟大的人物，诅咒便是赞美，怀疑便是崇拜，排斥便是拥护，根本是多余的。①总而言之，刑鹏举在这篇长文中对布莱克作了相当高的评价，对其思想观念作了透彻的分析，对其诗歌作品作了深刻的感悟，作者能够把握住布莱克复杂思想的核心和诗画艺术的精髓，无论如何称得上是布莱克的一个知音。

这一时期也有其他著作论及到了布莱克，如腾固在《唯美派的文学》中把布莱克称为近代唯美运动的先锋，认为他用了神秘的金锤，打开了美的殿堂；②林慧元译的《英国文学史》则把布莱克称为浪漫主义的先驱者，他比华兹华斯先能用简单的言语来表现诗人的

---

① 刑鹏举：《勃莱克》（上、中、下），分别载于1929年的《新月》月刊第二卷八、九、十号。后出单行本，收入徐志摩主编的《新文艺丛书》，上海：中华书局，1932年4月初版。

② 腾固：《唯美派的文学》，上海光华书局，1927年7月初版。

深思。①布莱克作品的译介除散见于介绍文章中以外，还有不少见于各种刊物书籍。如文学研究会编《诗》月刊 2 卷 1 期发表 C. F 女士译《鸟儿》；《文艺月刊》4 卷 4 号发表了赵罗蕤、陈梦家译《白雷克诗选》；《文讯》6 卷 7 期发表郑川原译《布莱克诗三首》等等。

当然，谈及布莱克诗的翻译，我们不能不提到徐志摩。布莱克有一首非常有名的诗：The Tiger，周作人在《英国诗人勃来克的思想》一文中曾说过布莱克的这首诗非常单纯优美，无法翻译。1931年《诗刊》第二期上发表了徐志摩翻译的题为《猛虎》的这首名诗。《猛虎》一诗的翻译，是徐志摩的得意之作。他自认为体会到了原诗的精神，也表述了原诗的力量，同时在译诗中也展现了自己的诗风，并且以此诗的标题为自己诗集《猛虎集》的题名。这一选择本身就表明了徐志摩对布莱克的认同与接受。在布莱克早期的两部诗集中，《天真之歌》的典型意象是羔羊，温顺柔和；《经验之歌》的典型形象则是老虎，激昂愤慨。前者对人生充满着单纯天真美好的幻想，后者则暗示着人生中暴烈可怖的一面。布莱克这一对人生看法的变化也启示了徐志摩对人生本质的认识，这从《猛虎集》与其早期诗集《志摩的诗》中形象的比较就能看出。另外，布莱克这首诗的象征艺术同样吸引了徐志摩，这在徐氏《地中海》、《石虎胡同七号》等诗中有所展示。徐志摩还对布莱克象征艺术的"神秘性感觉"辩护过，并引用布莱克《天真的占卜》中的诗句来阐明自己信奉神秘主义的观念。②以上说明布莱克在徐志摩所借鉴的西方诗人中占有不可忽视的地位。

综上所述，从 1919 年周作人首次介绍布莱克以来，民国时期布莱克在中国读者心目中基本上是以一个神秘诗人的形象出现的。其

---

① F. S. Delmer：《英国文学史》，林惠元译、林语堂校，上海北新书局，1930 年印行。

② 徐志摩：《曼殊斐尔》，《小说月报》第十四卷第 5 期，1923 年 5 月。

中除了梁实秋等人根据自己的文学观，批评了布莱克没有将自己的幻想加以纪律外，大部分介绍性纪念性和研究性文章都对布莱克以很高的评价。邢鹏举那篇长文尤为突出，该文让我们真正窥见了布莱克这位神秘诗人的秘密及其独特魅力。而徐蔚南用诗表达了对布莱克的崇敬之情，徐志摩也用译诗及自己的诗篇表现了布莱克在他心目中的位置。当然，这一时期布莱克的许多诗篇尚未得到译介，很大程度上影响了普通读者对其诗歌艺术魅力的欣赏理解程度，所幸的是，这在建国以后得到了解决。

二、杰出的进步诗人：20世纪下半叶布莱克在中国的接受（上）

建国初期，我们的外国文学研究在"学习苏联"的口号下翻译了苏联以及其他各国进步作家的文章和论著。对布莱克的介绍研究也不例外。1955年10号《译文》发表了英国评论家阿诺德·凯特尔的文摘《过去文学的进步价值》。文中谈及布莱克的名诗《伦敦》时说，该诗"是资产阶级社会的一幅丑恶图画，……它使我们更深刻了解资本主义的性质，引起我们的深切的愤怒，这样就把我们在精神方面组织起来，使我们更有力量参加摧毁资本主义的工作。"并认为布莱克著作博大精深，"只有在社会主义或共产主义实现若干年后，我们才能充分了解这位伟大诗人的全部遗产。"[①]1956年中山大学编的《文史译丛》创刊号上登载的译自苏联大百科全书的《英国文学概要》之中，也把布莱克看作是与反动势力对抗的民主作家。1959年10月翻译出版的苏联文学史家阿尼克斯特的《英国文学史纲》中同样认为布莱克借助象征手法来表现他深刻的进步民主思想。

1956年"双百"方针的提出，在外国文学研究领域内初步形成

---

① 阿诺德·凯特尔：《过去文学的进步价值》，《译文》，1955年9月。

了一个欣欣向荣的局面。加之1957年又适逢布莱克诞生二百周年，世界和平理事会号召全世界人民纪念这位杰出的诗人兼画家，这样我国对布莱克的介绍和研究也受此影响，并进入第二个高潮时期。1957年发表了卞之琳《谈威廉·布莱克的几首诗》和袁可嘉的《布莱克的诗》这两篇文章，人民文学出版社也出版了《布莱克诗选》。布莱克于是作为一个杰出的进步诗人形象为我国读者广泛接受。

　　卞之琳的文章发表于1957年7月号的《诗刊》杂志，同期发表的还有卞之琳翻译的布莱克的五首诗，即译自《天真之歌》的《欢乐笑》、《扫烟囱孩子》和译自《经验之歌》的《扫烟囱孩子》、《老虎》、《一棵毒树》。卞之琳在文章中指出了作为进步诗人的布莱克创作的诸方面，可以作为当时我国接受布莱克的一个概括。文中说，布莱克"一贯站在人民一边，同情民主和自由的要求；同情民族解放、妇女解放；同情被压迫的国内劳苦大众，同情被作为奴隶贩卖的黑人；他一贯支持革命，拥护和平，反对战争——统治阶级野心家发动的侵略战争和为了镇压人民解放运动、民族解放运动而进行的血腥战争；他支持美国人民和法国人民的被迫进行的武装斗争；他反对专制暴政，反对一切'国王和教士'，反对一切'吞食者'，反对资本主义发展所带给劳动人民日益加重的剥削和压迫；他认为'人类的全部事业'应当是'文艺（文化）和一切公有'。虽然他没有脱出基督教精神的传统，可是他表现的主要是人道主义，他还表现了一种乌托邦式的社会主义倾向。……他明白表示过在'刀剑的战争'消灭以后的新社会里还应有'思考斗争'"。[①]文中分析布莱克作品时更在多处紧密联系我国当时的社会建设情况。比如在分析《老虎》一诗时说"贯穿全诗，诗人用了他常爱用的铁匠的形象。开头（第二节）讲怎样到海角天涯寻觅火种，制造老虎的眼睛以及其他，在我们今天也就令人想得起我们献身于社会主义建设的矿

[①] 卞之琳：《谈威廉·布莱克的几首诗》，《诗刊》，1957年7月号。

藏勘探队千山万水去探宝的壮举；到后来讲掌心里把握住'孩子的雷霆'也不由不令我们想起为了造福社会而控制原子能的气魄。而从诗里可以感觉到创造也就是一种斗争。"卞之琳最后指出，布莱克这些诗"直到今天，在我们建设社会主义，支持人民解放民族解放的斗争，保卫世界和平的努力当中，也还是能起它们的艺术教育作用、鼓舞作用。"而且认为那些诗之所以有长久价值，正是因为它们直接间接反映了自己时代的现实和理想，甚至还配合了自己时代的政治任务。[①]现在看来，卞之琳对布莱克诗篇的分析不免有附会之嫌，然而却充分展现了那个时代我国轰轰烈烈地进行社会主义建设，保卫世界和平的盛况，从中也可以看出布莱克为什么会在中国大受欢迎的原因。

袁可嘉的长篇论文《布莱克的诗——威廉·布莱克诞生二百周年纪念》发表在1957年的《文学研究》上，其基本观念与卞之琳一文相似，着重从思想性角度论述了布莱克诗歌作品的几个主要方面，如反对侵略战争；歌颂美国、法国革命；抨击统治阶级（资产阶级和贵族地主阶级）、教会和礼教；革命的人道主义；以及作为进步诗人的局限性等。文章结合作品详细分析了布莱克诗中深刻的人民性和现实主义手法的特点，并特别强调了进步诗人的人道主义思想问题，认为"布莱克诗歌中的人道主义有两方面的基础。作为一个开明的基督教徒，他相信耶稣是慈爱的化身，因此提倡平等博爱，肯定人们生活和欢乐的权利。这是一般的人道主义，在八十年代所作的《天真之歌》中有卓越的表现。另一方面，作为一个进步诗人，布莱克对当时英国不人道的社会进行了猛烈的抨击，要求消除战争、贫困的社会根源；这就发展为革命的人道主义，在九十年代所作的《经验之歌》中有集中的表现。"袁可嘉认为布莱克的进步诗歌到《四天神》达到登峰造极的程度，最后指出布莱克不愧是英国

---

① 卞之琳：《谈威廉·布莱克的几首诗》，《诗刊》，1957年7月号。

革命浪漫主义诗歌的伟大先驱。①

1957年8月,《布莱克诗选》由人民文学出版社出版,所选绝大部分是布莱克的一些抒情诗气味较浓的短诗。其中收入《诗的素描》(查良铮译)18首、《天真之歌》(袁可嘉译)19首、《经验之歌》(宋雪亭译)23首、《杂诗选》(黄雨石、宋雪亭、查良铮译)27首,以及《断简残篇》、《嘉言选》(黄雨石译)等。诗选中还有布莱克自己作包括"天真之歌"和"经验之歌"初版封面在内的插图七幅。袁可嘉在译序中同样强调了布莱克诗作画品表现出的人道主义精神和对现实社会批评的内容,指出布莱克《诗的素描》的问世标志着要求干预生活的革命浪漫主义运动的兴起,而人道主义的博爱思想与信奉上帝的唯心思想在《天真之歌》中的结合,隐伏着布莱克思想中的长处和弱点,《经验之歌》中则正面表现出了对于英国社会的抨击,而《天使与魔鬼》这首诗则反映出深刻的革命性思想。袁译序也指出布莱克晚年倒退一步以革命人道主义回到一般人道主义的倾向,其标志是越来越多地宣传"忠恕之道",但这又并非其思想的主流。

1960年《江海学刊》也发表了范存忠的重要文章《英国浪漫主义的先驱——威廉·布莱克》,这可以说是为中国介绍和研究布莱克的第二个高潮期画上了一个完满的句号。范文也是把布莱克作为英国进步浪漫主义作家看待的,指出布莱克在内容与形式方面都是最富于独创性的,其作品中出现的神话式的巨人形象以及人化的自然力量,实开欧洲文学史上"巨人主义"的先河,而作为一个"探索者",布莱克既探索资本主义社会的奥秘,也探索揭露这个社会的艺术,在他探索性的作品中,他引导读者背弃黑暗现实,为追求美好的理想而斗争,因而也就成为英国第一个进步浪漫主义者,与后

---

① 袁可嘉:《布莱克的诗——威廉·布莱克诞生二百周年纪念》,《文学研究》,1957年第4期。

来的拜伦、雪莱并驾齐驱。①

由上可见，与民国时期布莱克在中国的神秘诗人形象不同，新中国成立后的五六十年代，布莱克在读者心目中是作为一个杰出的进步诗人的形象出现的，这着重是从思想方面对布莱克的高度肯定，尤其重视诗人作品中深刻的人民性思想、人道主义思想特别是革命的人道主义思想，以及现实主义的表现手法，等等，且一致认为布莱克是英国进步浪漫主义的伟大先驱，同时对布莱克诗作在思想与艺术方面的所谓局限性作了批评。《布莱克诗选》的出版也是这位诗人进入中国的旅途中一件值得纪念的事情。当然，这一时期我们对布莱克作品的思想阐述并非无懈可击，从艺术性角度对其作品的深刻分析则远远不够，而这正是下一阶段布莱克研究中的重要内容。

三、魔鬼的智慧：20世纪下半叶布莱克在中国的接受（下）

80年代后，布莱克在中国的接受进入了一个新的历史阶段。人们更着重从艺术性的角度去展现布莱克诗作的独特魅力，并创造地运用多种现代批评方法，深刻剖析其诗歌中丰富的哲理内涵，特别是对其后期作品中的非理性因素以及神话体系的文化意蕴作了探讨，从而促进我们去关注和理解布莱克思想的复杂性、深刻性和超越性。

在这一时期，首先值得注意的是王佐良写的一篇长文《英国浪漫主义诗人的兴起》。作者着重细读原作，在论述时尽量从作品本身内容出发，努力将作品内容和艺术手法结合起来分析，并指出艺术手法不但不能不研究，而且研究了更可理解内容。这种对作品艺

---

① 范存忠：《英国浪漫主义的先驱——威廉·布莱克》，《江海学刊》，1960年第1期。

术形式的自觉重视,能让我们更清晰具体把握外国作家作品。文中论及布莱克时把他称为整部英国诗史上的第一流大诗人,认为20世纪西方的文学研究的重要成果之一,正是对于他的重新发现和阐释。作者还特别分析了布莱克诗中不同属性的形象与形象的连接迭嵌的"现代"手法,指出这正表现了布莱克想象力的飞腾。在总结布莱克创作进程时,王佐良指出,布莱克创作的中心思想仍是对法国革命的双重反映。一方面,他歌颂革命在摧毁旧制度时所表现出来的猛烈力量,把革命志士当作天国派来的使者加以欢迎;另一方面,他对于替这场革命铺平道路的以伏尔泰为代表的崇理性、重智慧的哲学思想却又深为厌恶,因此在诗中又特别强调本能、感情和想象力的重要性。最后文章对布莱克的评价也非常中肯:"无论就内容上的尖锐性和表现上的有力与美丽来说,他的短诗都是前无古人的,而他的长诗,连形式都是一种独创,其深刻的内容是在今后若干年内都会有人去发掘的。毫无疑问,布莱克是全部英语史上最重要的诗人之一。"①

王佐良这篇长文中对布莱克的切合实际的评价,为新时期的布莱克研究作了良好的铺垫。从80年代初期到中期的几篇文章,如牛庸懋的《略谈布莱克的两首诗》、冯国忠的《从〈天真之歌〉到〈经验之歌〉》、蔡汉敖的《介绍一位自学成才的诗人威廉·布莱克》等,②对布莱克及其作品的评价多承续以往的学术观点,也为我国读者在时隔20多年后再接受布莱克起了一种桥梁作用。而杨苡翻译的《天真与经验之歌》于1988年由湖南人民出版社出版,这也为我国了解与研究布莱克提供了帮助。

1988年《读书》杂志刊载张德明的文章《魔鬼的智慧——谈

---

① 王佐良:《英国浪漫主义诗歌的兴起》,《外国文学研究集刊》(第2辑)。
② 牛庸懋文载:《河南师大学报》,1982年第5期,冯国忠文载《读书》,1984年第5期,蔡汉敖文载《山西师大学报》,1986年第4期。

"在地狱里采风"的布莱克》,可以说也是中国深入理解与接受布莱克的第三阶段到来的重要标志。文中指出布莱克的主要兴趣是想凭借一系列他自称为"先知书"的散文诗和长诗,把"宗教神秘主义、社会批评、感官的强度和哲学的思辨奇妙地熔于一炉"。他的一部预言式的奇书《天堂与地狱的婚姻》是其思想的"真正诞生地和秘密",它为诗人构建神秘的象征主义体系奠定了思想基础。这部散文诗集的基本思想命脉就是从善恶观入手展开对传统的以理性为基础的价值观的批判。在他看来,衡量善恶唯一的标准是行动,有为即善,无为即恶。而这一基本思想在诗人创作的以《先知书》为总题的系列预言式长诗中,用象征符号的形式表达出来了。诗人在这些长诗中用象征的符号体系来阐释当代历史事件,努力找到其中隐含的个性结构,揭示出人类的命运前途。在《伐拉,或四天神》中,诗人则企图建立一个体系更完整的神话模式,对人类历史和个体心理史作一个更系统的描述。①

布莱克诗歌之所以难以理解,还有一个原因是诗中有浓厚的非理性因素,从这一点看来,布莱克的诗歌精神不自觉地预言了现代主义的诞生。张炽恒的文章《布莱克——现代主义的预言者》对这一问题作了很好的阐述。文中指出,现代主义诗人叶芝、艾略特以及黑色幽默小说家冯尼古特均受到过布莱克的深刻影响。他诗中的"非理性"虽然与现代主义主张的非理性不同,但其本质都是对以前的宗教、哲学和艺术的传统的背叛。《天真与经验之歌》就是布莱克显示出"非理性"特征和运用象征手法的代表作。《先知书》中的系列作品也有明显的非理性因素和异化现象。《四天神》中的一些诗行运用通感手法也颇合意象派追求追求直接性的原则。因而,"他为自己狂放不羁的天性所驱,为自己的非理性的宗教哲学观所驱,真

---

① 张德明:《魔鬼的智慧——谈"在地狱中采风"的布莱克》,《读书》,1988年第4期。

诚地沉浸在自己的'神秘'的用象征的手法创造的天地里。正是这种非理性和真诚,使他的思维、情感经常陷入混乱之中;也正是这种非理性的真诚,使全体现代派诗人,在他那儿获得了启示和灵感。……他的创作实践,以其超越时代的精神,预言了现代主义的诞生。"①

进入 90 年代后,有关布莱克的介绍与研究呈现出多方面拓展的趋势。1990 年,吴富恒主编《外国著名文学家评传》出版。在这套评传的第一卷里收入了老安撰著的《布莱克》。②尽管其篇幅并不长,但却是除了 20 年代邢鹏举《勃莱克》以外,仅有的关于这位伟大诗人的评传。评传中对布莱克的生活经历、思想信念、创作实践及其创新突破等方面,均有比较详细的介绍,还认为我们研究布莱克时必须把诗人的思想放在他所处的历史、社会和文化背景中去考察;还必须把布莱克的诗歌视为一个整体,以相同的尺度加以衡量。

在阐释布莱克作品方面,《名作欣赏》1994 年第 1 期发表了题为《〈病玫瑰〉的创造性阅读》的译文。该文用形式主义、心理分析、原型和道德——哲学几种批评方法,阐释了布莱克名诗《病玫瑰》的不同侧面,提供了创造性阅读的多种可能性,从而对我们运用新方法研究传统作品在方法论上具有指导性意义。丁宏为的《重复与展示:布莱克的〈塞尔〉与〈幻视〉》涉及了布莱克思想的深层面,论述也非常有深度。文章通过对诗人这两篇早期作品的细读分析,并联系诗人思想及其他作品,指出《幻视》应视为《塞尔》主题的接续与展开,从而否定了西方评论界有关这两首诗的流行观

---

① 张炽恒:《布莱克——现代主义的预言者》,《外国文学评论》,1989 年第 4 期。
② 见吴富恒主编:《外国著名文学家评传》第一卷,济南:山东教育出版社,1990 年。

点。①杨小洪的论文《布莱克〈伦敦〉探微》则用现代批评方法对这首诗做了详细剖析,着重从语言的歧义性与表现的多义性、语象的反逻辑性与潜在的阐释模型、性的觉醒及其挑战、血腥的割礼和生命的枯萎等几个方面揭示了《伦敦》一诗的深层意蕴。②他在《布莱克〈经验之歌〉的系统结构》一文中,也借鉴系统论方法对布莱克诗作进行探讨,揭示出了这些诗篇中的意象——象征子系、叙事子系、社会角色子系等意蕴颇深的层面结构,并对《伦敦》中的历史场景也作了精到的剖析。③胡建华的文章《布莱克的"人类灵魂的两种对立状态"》也论述了布莱克心目中的"全人"形象。④以上这些文章都为我国的布莱克研究向纵深拓展做了许多有效的工作,也为今后我们更深刻地理解和接受布莱克诗中那种"魔鬼的智慧"积累了经验。

经过布莱克在中国近 80 年的接受历程,如今我们对这样一个浪漫主义先驱诗人有了较为真实而全面的了解。我们再不会把他视为疯子,对其作品中的神秘思想也能作比较客观的评价,并且探入到其复杂思想的核心层面,这也正是我们今后认识与理解布莱克的重要方面。与莎士比亚一样,布莱克也将是说不尽的,他更属于未来的世纪,恰如他自己所说的那样:"天才常高出于时代之上。"

---

① 丁宏为:《重复与展示:布莱克的〈塞尔〉与〈幻视〉》,《外国文学评论》,1993 年第 1 期。

② 杨小洪:《布莱克〈伦敦〉探微》,《杭州师院学报》,1995 年第 4 期。

③ 杨小洪:《布莱克〈经验之歌〉的系统结构》,《外国文学评论》,1996 年第 3 期。

④ 胡建华:《布莱克的"人类灵魂的两种对立状态"——从〈天真与经验之歌〉到〈天堂与地狱结婚〉》,《外国文学》,1996 年第 3 期。

文学翻译中的文化传承

——以《学衡》杂志载华兹华斯译诗为例①

正如当代翻译理论所指出的那样,文学移译中,译者的中介参与具有特殊的意义。他固然可以复制出忠实于原作的译本,同时他还可以出于自己的主观意愿,故意表现出对原作的背离,使译作具有独立于原作之外的精神气质与文化品格,此即所谓的"创造性叛逆"。②最突出的表现是译者自觉地按照本国文化的精神来诠释原作的文化精神,使译语文化"吞并"原作文化,将外来文化归化为本国文化,这样的创造性叛逆,已超出单纯的文学译介范畴,而表现出译者在认识异域文化的同时,又进行着本民族文化传统的"自我重构"。虽然它的方式是"移花接木",但译者承传文化传统的自觉意识,对本民族文化建设的作用是不可忽视的。

一

在中国现代翻译史上,尤能体现出这一文化"自我重构"精神的,当推《学衡》诸公。而实际上,这一精神又是与新文化运动中《学衡》同仁所秉持的文化理念有着密切关系。可以说,外国文学

---

① 本文原载《外语教学》,1999 年第 4 期。
② 参见谢天振:《文学翻译:一种跨文化的创造性叛逆》,见《比较文学新开拓》,重庆:重庆大学出版社,1996 年。

译介对新文化建设者们的世界眼光与现代意识有不可忽视的催生作用。从20世纪初梁启超倡导"诗界革命"，率先在诗歌领域引进西方诗歌的思想价值，以引发国民的革命精神到新文化运动中全面倡导"欧化国语的文学"，再从文学翻译自觉向西方文学靠拢，进而促成文学创作的模仿与欧化，这期间一个突出的趋势是认同外国文化，忽视本民族文化传统的重构，因此文学翻译多为外国文化精神所吞没。这样的一边倒是与新文化主流的文化选择相一致的。

当然，民族传统的回应并非不存在，尽管在欧化的巨大声势中显得不够和谐，但它始终作为一股潜流对欧化起到一定的制衡作用。文学翻译中对"中国化"风格的探求即是如此。在白话兴起之前，译诗几乎运用了中国古典诗歌的所有样式：骚体、古风体、五七言体、词及散曲等，这些译诗力图借旧格律装新材料，使外来文学就范于本民族的表达方式，以不失文化回应的姿态。不仅如此，某些译作已出现了文化归化的倾向。如最早翻译19世纪英国诗人华兹华斯诗歌的陆志伟，就译出了华氏的《贫儿行》及《苏格兰南古墓》，发表在1914年的《东吴》杂志上。其中《贫儿行》译文采用了我国传统七言歌行体的形式，明显受到白居易《琵琶行》的启发，甚至译作中某些句子亦化用白诗原句，所反映的主题也颇有中国古典诗歌的人文思想色彩。《苏格兰南古墓》译文采用的是我国传统五言古诗形式，其行文之间也展现出中国传统吊古伤怀诗的意蕴，带有了某些中国情调。因此从陆氏的译作不难看出借助归化之力，本国的文学传统可以在译作中再生。这对二十年代在"欧化国语的文学"大力倡导之时，仍固执地以文言翻译西方诗歌，藉此昌明国粹的《学衡》诸公来说，无疑是实践意义上的先导，但二者又有认识上的差异。前者更多地出于传统的无形驱使，"知其然"地利用现成的文学传统，而后者则清醒地"知其所以然"地发扬传统，是处于东西方文化碰撞中立足民族文化"自我重构"的自觉要求，它与《学衡》诸公在新文化运动中，坚持"昌明国粹，融化新知"

的国际视野及确立文化主体性的民族眼光是一致的。因此，他们的译介实践尤带有文化建构的动机，我们不妨撷取《学衡》首增"译诗"栏时所刊登的华兹华斯一诗的八首译作，见微知著，以明就里。

二

为与"昌明国粹，融化新知"的办刊宗旨作桴鼓之应，吴宓主持《学衡》时，于1925年首次刊登出一组译诗。原诗为华兹华斯《露西组诗》第二首，译者为贺麟、张荫麟、陈铨等。"编者识"曾云"原诗以首句为题，正合吾国旧例，诸君所译，题各不同，亦自然之势，今因贺麟君之译先列，故以贺麟君首句用作本篇之总题。"题为《威至威斯佳人处僻地诗》。为便于分析，兹将华氏原诗及八首译作抄录如下[①]：

> She dwelt among the untrodden ways
> Beside the springs of Dove,
> A maid whom there were none to praise
> And very few of love.
> A violet by a mossy stone
> Half-hidden from the eye!
> Fair as a star, when only one
> Is shining in the sky.
> She lived unknown, and few could know
> When Lucy ceased to be;
> But she is in her grave, and, oh
> The difference to me!

---

① 载于《学衡》，1925年3月第39期。

(一)佳人处僻地(贺麟译)

佳人处僻地,地在鸧泉旁。称颂乏知己,爱慰少情郎。罗兰傍苔石,半露半蹒藏。

晶明如紫微,独灿天一方。罗敷生无闻,辞世曷凄凉。谒冢吊芳魂,彼我隔渺茫。

(二)彼姝宅幽僻(张荫麟译)

彼姝宅幽僻,径荒无人迹。旁迤德佛泉,泉水流不息。落落无称誉,亦鲜相爱忆。

紫罗依苔石,艳姿半潜匿。皎洁若明星,独照长空碧。索居世相遗,长逝罕知时。丽质眠孤坟,嗟我有殊悲。

(三)佳人在空谷(陈铨译)

佳人在空谷,空谷旁灵泉。幽芳徒自赏,春梦更谁怜。苔石紫罗兰,俗眼浑不识。

美丽如明星,孤星照天际。绝色无人知,莫知其终极。黄土掩佳人,郁陶思往昔。

(四)绝代有佳人 幽居在空谷(顾谦吉译)

有美性幽独,自傍鸳溪宿。不为世俗怜,几人问寒燠。譬如石边菊,莓苔隐游目。

亦若灿烂星,天半自孤煜。芬芳世不知,零落依草木。彼美已长眠,我心亦倾覆。

(五)女郎陌巷中(杨葆昌译)

女郎陌巷中,幽居邻清泉。不曾逢人誉,更少得人怜。一朵紫罗兰,半为苔石掩。

艳丽拟明星,太空独闪闪。露西生无闻,露西死孰知。今已入泉下,嗟哉与我歧。

(六)兰生幽谷中(杨昌龄译)

兰生幽谷中,傍有爱神泉。零落无所依,孤影少人怜。紫罗傍苔石,欲掩已外延。

忽如迢遥星,照耀黄昏天。悲彼芬芳姿,湮没百草丛。花亡人归墓,缥缈不相逢。

（七）德佛江之源（张敷荣译）

德佛江之源,江滨尽荒路。彼女居其间,无人相爱慕。娇艳紫罗兰,苔石半掩护。

皎皎如孤星,光华独流露。露西生无闻,垂亡少眷顾。彼今在墓中,对予殊异趣。

（八）美人居幽境（黄承显译）

美人居幽境,侧傍鸽之泉。孤高绝颂誉,并少人爱怜。有如紫罗兰,半露苔石边。

清美一粒星,独明向中天。露西昔在无人识,罕有知其谢尘缘。而今彼已眠青冢,噫噫与我相殊悬。

尽管编者将顾谦吉以下译诗视为"偏于意译",而实际上八首中除张敷荣译诗近于原作之意,其余七首皆经译者再度诠释。他们不仅以中国传统的五言体（黄承显译诗五、七言并用）作为传译原诗的语言形式,而且将华氏笔下孤栖幽独的女郎露西与中国传统诗歌中极富古典比兴意味的"佳人"形象加以迭合,使译本无论文本形式还是意蕴内涵上都与原诗拉开了距离。

首先,译作舍弃原诗本文的语言形式,将它转换成汉语古诗的语句形式,如原诗"A violet by a mossy stone / Half-hidden from the eye! / Fair as a star, when only one / Is shining in the sky",英语表达追求精确,主语、介词等都不可缺少,而汉语古诗则可以省略。以张荫麟所译为例,"紫罗依苔石,艳姿半潜匿",以汉语动词"依"换去英语介词"by",同时将原句观看者的"眼睛"(from the eye)隐去,让物（紫罗兰）作为"半潜匿"的主动者,这样就变名词性的原句为汉语的主谓句,变原句知性的静态陈述为汉语的感性动态描写,使花依苔石的摇曳之姿更具视觉的生动联想。再如后二句,张译为"皎洁若明星,独照长空碧"。原文主语当为上句的"A violet"(紫罗兰),而译句主语省去,按照汉语古诗的阅读习惯来理解,这两句既可指人,又可指花,这样言简意丰意蕴益浓,可以给人更多的美感联想。同样,原诗参差错落的篇章结构也被转换成句式齐整、韵调谐稳的五言体,充分展示中国传统诗歌的形式美感。而这些并非原诗所有,而是它脱胎于另一语言格局中所焕发的新风采。是译者秉承本国文学的审美经验,以汉语诗歌的语言(思维)模式来归化原诗语言(思维)模式的结果。

而且,因为文学文本不同于一般文本,它的语句、语篇诸形式所透出的气息,往往造就出一种超乎语言表达以上的艺术特征,亦是构成作品意义的有机成分。① 所以八首译作对原诗文本形式的归化,也直接影响着译本中国化气蕴与品格的生成。

三

与形式层面相比,译者对原诗的文化归化更值得深究。我们知道,《露西组诗》为华兹华斯游历德国所作,借赞美与哀悼"露西"以抒写诗人的幻灭感。对此,《学衡》"编者识"中已有阐明:"(组诗)均叙女郎露西 Lucy 之美而伤其死","露西"实子虚乌有","盖威至威斯理想之所寄托,初非欲传其人,亦非悼亡自叙也。"很显然,"露西"乃是人生理想的幻化,"她"的无人赏爱、"她"的美丽可人,"她"的香消玉殒,令"我"感到别样的况味,形象地隐指诗人孤芳自赏式的理想及其幻灭。这种借文学女性形象表现某种情感寄托,可以说是中外文学中共有的现象。中国古典诗歌中"香草美人"传统即是如此。我们可以追溯到屈原的楚辞,"惟草

---

① 参见葛中俊:《翻译文学:目的语文学的次范畴》,《中国比较文学》,1997年第3期。

木之零落兮,恐美人之迟暮"①、"惟佳人之独怀兮,折芳椒以自赴"②,屈原率先以一己之生命情怀与淑世激情,建立"佳人不偶"与"士不遇"的同构关系,使佳人形象成为士人介入社会与政治的特定话语。表现他们极高洁的理想和极热烈的感情,在怨怼与自恋中,调适着入世的怀想和被世弃的幽怨。于是,男女之情、孤处避世、叹群俗之汶汶等都成为他们特定的话语方式。借此,他们既可寄托对理想之境的执迷,又形象地树立了一套人文价值系统。遂使最具中国古典悲剧气质的"佳人"形象从审美层面进入了传统人文思想的建构中,具有了特殊的文化功能。而且它通过后人的继承③,造就了我们阅读者的"能力模式"。当诗人表现女性风华绝色而无人赏爱,我们必会联想到一种握玉怀瑾而时乖命蹇的人生境遇;而她们"芳心空自持"的冷寂,也自然让我们感到衷情难通的苦闷与自恋孤高的无奈。同样,当译者以这样的"能力模式"去诠释重现原作时,原作就被本国传统的强势归化了。《学衡》所载的华兹华斯《露西》之二的八首译作,无论是以"佳人"指代"露西",还是在原作的基调上渲染怨世与自恋,都是译者这种"能力模式"的结果,也即文化归化的结果。这就使译作具有了独立于原诗的、在中国文化语境中生成的文学精神与文化品格。译者不是接近了我们与外国文化的距离,倒是让我们又亲近了自己的文化传统。这样的译介,实际上已超出了一般的文学翻译活动,而把译作纳入了民族文学之中,成为一种目的语文学而非源语文学。④

这也是译诗中出现许多我们熟悉而原作没有的传统意象的缘由。以陈铨所译"佳人在空谷"为例,此诗若不说明是译作,我们

---

① 屈原:《离骚》。
② 屈原:《悲回风》。
③ 曹植《杂诗·南国有佳人》、李白《古风·美人出南国》等皆远祧屈子。
④ 参见葛中俊:《翻译文学:目的语文学的次范畴》,《中国比较文学》,1997年第3期。

很难看出其原来面目。原因即在于,陈铨除了保持原诗中一些意象,又借助于上述的"能力模式"对原诗中的意象进行了内涵上的转换,或干脆植入中国传统诗歌中"香草美人"意象及特定的语汇。例如,同样也是虚拟的女性,"露西"的内涵与"佳人"的内涵是相差甚远的;原诗中"She dwelt the untrodden ways"中"无人践踏的路"与译诗中"佳人在空谷"的"空谷"相比,虽然都是指女性幽栖之处,但后者更为我们熟悉,更容易激发我们的审美经验。如杜甫《佳人》诗云:"绝代有佳人,幽居在空谷。自云良家子,零落依草木。"(杜诗虽描写战乱中为夫所逐之弃妇,但沿用"香草美人"的传统意象,故而后人以为有比兴寄托,表"放臣之感"。)陈铨则将杜诗首二句并为"佳人在空谷",顾谦吉译作中"绝代有佳人、幽居在空谷"及"零落依草木"皆直接借取杜诗原句。再如陈铨译诗中增加的"俗眼"、"幽芳"、"春梦"等,这些原诗没有的意象,在译诗中渲染出了浓郁的中国情调。所以这些作为译语,它们所唤起的美感与联想,早已超出了原诗语符传递出的信息,而作为文学意象,它们积淀着民族文化精神,译者借它们传达原诗之意时,即已在驱遣着一连串的文化符号,启动着丰厚的文化底蕴,进行着传统的价值重构。

由此可以得出这样的结论:《学衡》所载这几首译诗的中国化趋向,充分说明文学翻译中对外来文学的文化归化,同样可以传承传统文化。当然,这还要取决于译者,作为由原作本文到译作文本的重构者,他们对民族文化所赋予的"能力模式"是予以发挥,还是有所遏制?究其所由,重要的不在于他们的个人偏好,而在于他们所持据的文化理念。

四

作为新文化主流的反对者,《学衡》诸公是以明确的文化归化意识介入现代翻译文学的。依主持《学衡》的吴宓所言:"翻译之业,实谓以新材料入旧格律之绝好练习地也","近年吾国人译西洋文学书籍,诗文、小说、戏曲等不少,然多用恶劣之白话文及英语标点等,读之者殊觉茫然而生厌恶之心。盖彼多就英籍原文,一字一字度为中文,其句法字面,仍是英文","故今欲改良翻译,固在培养学识,尤须革去新兴之恶习惯,除戏曲小说等其相当之文体为白话外,均须改用文言"。不仅如此,他还指出"欲求译文有精彩,须先觅本国文章之与原文意趣格律相似者,反复熟读,至能背诵其若干段,然后下笔翻译"。①此数语可谓《学衡》杂志的翻译总纲。其首增"译诗"栏时,即借陈铨等人的译作实践了他们的译介宗旨。

陈铨是战国策派的代表,在文化观念上与学衡派一样同持民族主义立场,因而他的译介主张与吴宓的观点颇有相通之处。陈铨对中德文学关系素有研究,通过对德译汉诗的全面考察,他认为"顶有趣味"的是"自由的改译",对这些已不是中国的,"乃是德国的抒情诗",陈铨看到的不只是"新的格调、新的内容",而是译诗中"所表现的整个的情绪,就完全变更了"。②比如,同样是表现人与自然的关系,中国原诗所表现的是静观自然、消除自我,而德国译者则凭籍自然,表现自我,这是双方文化传统中的自然观差异使然。"整个情绪的变更"正是德译者将中国文化归化为德国文化的结果。吴宓所谓先觅本国意趣相类者熟记于心,然后翻译,其结果

---

① 吴宓:《论今日文学改造之正法》,《学衡》,1923年3月第15期。
② 陈铨:《中德文学关系》"中国抒情诗与近代德国作家"一节,沈阳:辽宁教育出版社,1997年,第112—126页。

不正是自觉借传统的"能力模式"去"吞没"原作的"情绪",进行文化归化吗?所以吴陈二人为代表的所谓"现代文化的保守主义"者,他们不是将文学翻译作为移植西来思想之具,亦非促成民族文学对外来文学的一时模仿,而是超越了政治或功利的目的,落在借融化新知、昌明本国文化传统,确立民族主体性的长远理想上。正如陈铨论译介德国文学时所言:"不是用德国的精神来熔铸中国的材料,乃是用中国的精神来熔铸德国的材料"①。这不仅是眼光逼仄的国粹派们办不到的,甚至也是提倡全面欧化的文化激进派们所望尘莫及的。

学衡派的译介理想与他们的文化理念息息相关。他们"以欧西文化之眼光,将吾国旧学重新估值",所借重的"欧西眼光",不同于激进派们所持据的近现代西方思想,而是"博采东西,并览古今",更倾向于古希腊、罗马、印度文化思想,以探究传统中最有普遍性与永恒性的人文价值。这一文化理念源于欧仁·白璧德新人文主义思想的影响。白氏对西方近代文化弊端的洞察,以及融汇人类传统文化精髓建立新人文思想体系的博大视界,为亲炙白氏思想的吴宓及其他《学衡》同仁,纠正新文化运动在对现代的追求中一味西化、否定传统的偏蔽之举,强调文化的连续性与传统的有效价值,提供了新式的学理依据。然而在以现代为价值取向的时代氛围中,学衡派对新文化建设的方向性批评,尤其是重构传统文化、确立民族主体性的意见,并未受到新文化主流的接纳,反而受到多方斥难。②这就好比"佳人"空有丽质而为众人所弃。其实"佳人"形

---

① 陈铨:《中德文学关系》"中国抒情诗与近代德国作家"一节,沈阳:辽宁教育出版社,1997年,第2页。

② 如鲁迅先生在《估〈学衡〉》一文中写道:"夫所谓《学衡》者,据我看来,实不过聚在'聚宝之门'左近的几个假古董所放的假毫光,虽然自称为'衡',而本身的称星尚且未曾订好,更何论他所衡的轻重的是非。"见《鲁迅全集》第1卷,北京:人民文学出版社,1982年,第377页。

象中与现代文化精神无法相融的古典人文内涵，与《学衡》诸公不合时宜的文化选择及在其时的文化处境多少有些相仿之处，似乎译者们对"露西"形象归化时，也融入他们自己的情绪，莫非"佳人"就预示了他们与新文化主流抗衡，而在此后的几十年间一直被边缘化的命运？直到今天，我们才得以去发掘他们那些精审的思想及其当代意义。

应该说，学衡派同仁在纠新文化运动之偏时，未使没有令人误解而生畏之处。比如他们在文学翻译中借文化归化而追认传统中最普遍的人文价值，极易与现代意义的文学精神相悖。而用文言译诗，"总期以吾国文字，表西来之思想，既达且雅，以见文字之效用……固无须更张其一定之文法，摧残其优美之形质也"，①则更易让人以复古派目之。其实，《学衡》诸公并非不容白话，而是反对尽弃文言。因为一国的语言，乃是"民族特性与生命之所寄"，文言不破灭，传统文化才得以托命。②他们并非要为现代人的思想表达平添文字障碍，而是看重文言所支撑的文化传统，因为文言作为传统文化的象征，在新文化人的抨击中渐于消顿，正被"欧化的国语"所取代，③保存文言，无疑保住传统的血脉，现代与传统的连续方才有所维系。所以在白话兴起，译界如胡适，刘半农诸人皆不复用文言时，学衡派遂与时好相逆，大倡其文言，以昌明国粹。

事实证明，如果提倡新文化运动者能从这些方向性批评中有所汲取，就不至于出现过分流俗化的倾向。当今天的译者提出介绍外

---

① 见《学衡》杂志简章，《学衡》，1922年第1期。

② 为推进现代文言文学，吴宓主编《学衡》杂志11年、《大公报·文学副刊》6年期间，旧体诗词为此二刊的重要内容。

③ 胡适在《五年八月四日答任叔永书》说："文言绝不足为吾国将来文学之利器"。他提出中国文学的革命运动，是语言文字文体的大解放。之后的新文化运动者纷纷将目光投向他们认为适于表达冲决一切禁锢的西洋语言文字，如傅斯年就主张"宜用西洋文的款式、文法、词法"以造成"超于现在的国语，欧化的国语"。

国文化的目的不是为介绍而介绍,应该借归化之途提高本国文化时,①不由使我们想起当年吴宓等人早已提出这样的主张。虽然时隔数年,但我们进行民族文化"自我重构"的任务却是一样的无可回避,回顾《学衡》所载的这八首译诗,也许能给我们一些启示。

---

① 参见许渊冲:《诗词·翻译·文化》,《北京大学学报》,1990 年第 5 期。

中国古代文学西传英国的历史文化语境及价值意义[①]

一、英国汉学的发展历程与中国古代文学西传英国的语境

一般认为,比之欧洲其他国家如法国,英国汉学起步较晚。不过英国汉学自《曼德维尔游记》(*The Travels of Sir John Mandeville*, 1357)所代表的游记汉学时代,至今已有六百余年的历史。回顾这六百余年的汉学发展史,我们发现其中呈现出具有显著差异性特征的几个时间段,据此将其细分为四个特征鲜明的时代:游记汉学时代(14至17世纪)、传教士、外交官汉学时代(17世纪末至19世纪初)、学院式汉学时代(19世纪上半叶至20世纪中叶)和专业汉学时代(二战后至今)。

(一)游记汉学时代(14至17世纪)。13、14世纪成吉思汗率大军西征,英王始听说中国。此后如《曼德维尔游记》、《英吉利民族的重大航海、航行、交通和发现》(*The Principal Navigations, Voyages, Traffiques, and Discoveries of the English Nation*, 1599)和《游记》(*Pergrinacāo*, 1614)等都是此时段的代表之作。

(二)传教士、外交官汉学时代(17世纪末至19世纪初)。从早

[①] 本文是笔者主持的2007年度教育部哲学社会科学重大课题攻关项目子项目《20世纪中国古代文学在英国的传播与影响》总论第二、三部分。合作者为笔者指导的博士毕业生冀爱莲副教授、王丽耘副教授。

期欧洲耶稣会士如利玛窦(Matteo Ricci,1552—1610)等人汉学研究著作的英译本出版到19世纪初英国新教传教士马礼逊(Robert Marrison,1782—1834)、米怜(William Milne,1785—1822)、麦都思(Walter Medhurst,1796—1857)、艾约瑟(Joseph Edkins,1823—1905)等英国本土传教士展开的中国语言研究、语言字典编撰及中国文学作品介绍，都属于此时期的汉学研究成果。19世纪初，英国开始向中国派遣传教士。1807年，新教教徒马礼逊被伦敦传教会派至中国传教。1824年，马礼逊回英国休假，带有他千方百计搜集到的一万余册汉文图书，后来全部捐给伦敦大学图书馆，为后来伦敦大学的汉学研究打下了基础。他沿用意大利耶稣会传教士利玛窦援儒入耶的传教策略，学汉文，读汉书，编纂华英字典，创办杂志。为培养在中国的传教人才，他还创建了英华书院，成为第一位在中英文化交流中产生重大影响的传教士。马礼逊虽以传教为主旨，但他作为交流的媒介，必须熟悉交流双方的语言、文化。为此，他将许多中国典籍翻译成英文，推进了中国文学西传的速度，加深了英语世界读者对中国文学的了解。

马礼逊之后的米怜、毕尔(Samuel Beal,1825—1889)、韦廉臣(Alexander Williamson,1829—1890)、麦都思、艾约瑟、理雅各(James Legge,1815—1897)等人都是以传教士的身份来华的，他们的使命都是在中国传播基督的福音。这些传教士虽然在中学西传上建立了不可磨灭的功勋，但囿于使命的约束，他们始终站在帝国强势的立场上，来审视中国文学。这一特点在外交官身份的汉学家身上也有体现。斯当东爵士(Sir George Leonard Staunton,1737—1801)、多马·斯当东(George Thomas Staunton,1781—1858)、德庇时(John Francis Davis,1795—1890)、威托玛(Thomas Francis Wade,1818—1895)、梅辉立(William Mayers,1831—1878)、翟理斯(Herbert Allen Giles,1845—1935)等知名的汉学家都以外交官的身份在中国居住过。尽管他们在汉学界名噪一时，对中国文化的西传功勋卓著，但工作身份的特定性，其研究成果往往自觉不自觉地充当了殖民者藉以进行海外侵略的工具。从对中国文学译介的策略看，传教士和外交官身份的汉学家尽管存在个体的差异，关注的对象也有所不同，但都表现出对英国主流文学意识的趋同。无论是马礼逊、理雅各、艾约瑟还是外交官出身的德庇时和翟理斯，他们的诗歌翻译都遵从维多利亚诗歌工整的韵律规则。

理雅各以对中国四书五经的翻译享誉汉学界。就《诗经》的译本来看，他曾出版三个译本，一个译本是在1871年的散文体译本，由伦敦新教会香港分会出版，1876年理雅各和他人一起对原版译文予以修正，出版了《诗经》的韵体译文。该书由伦敦忒鲁布纳公司（Trubner）出版印行。1879年，理雅各应穆勒（Max Muller，1823—1900）的邀请，选取《诗经》中宗教意味较为明显的114首诗歌，出版了《诗经》的节译本。该书编入穆勒主编的《东方圣书》(*The Sacred Books of the East*) 第三卷，牛津大学出版社（Oxford University Press）出版印行。穆勒是德裔英国的东方学家，牛津大学教授。研究方向主要是印度的宗教与哲学，尤其是佛教，他翻译出版了大量的佛教经文。理雅各《诗经》的第三个译本明显是对穆勒宗教热情的一种附和。就译文的质量来看，理雅各的散体译文明显高于韵体译文。理雅各的散体译文按照原文的字义逐句翻译，不仅保留了原文的叠韵的修辞格，意义的传达也明确传神。韵体的译文就没有这一特点了，有些句子为了押韵，不得不用意译的方式进行处理，而且打乱了原文句子的顺序。李玉良认为："（韵体）译文的准确性较首译本（散体译本）有所降低。"①参看理雅各的生平资料，可以发现1871年，理雅各尚在香港，随后便经日本、美国返回英国。1875年被聘为牛津大学首任汉学教授。1871年版的《诗经》译本出版于中国，不必受英国诗学传统的羁绊，但1876年的理雅各作为基督圣体学院

---

① 李玉良：《〈诗经〉英译研究》，济南：齐鲁书社，2007年，第57—58页。

(Corpus Christi College)①的特聘教师，必须按照英国宗教文化的传统来行事，为此他用韵文翻译了《诗经》。韵体的使用与英国文坛维多利亚诗歌的主流传统相吻合，藉此可以保证译文在精英文化界的传播。这是英国传教士时期汉学家的共性特征。

（三）学院式汉学时代（19世纪上半叶至20世纪中叶）。最早可追溯到1823年由英王乔治四世赞助，乔治·斯当东等创立的学术研究机构——不列颠爱尔兰皇家亚细亚研究会（Royal Asiatic Society of Great Britain and Ireland），简称英国皇家亚洲文会。成为英国汉学学科研究起步的标志。②1837年，伦敦大学在多马·斯当东③倡议下设立第一个中文讲座，这也是英国大学设立的第一个中文讲座。④1858年，皇家亚洲文会吸收在华英侨艾约瑟（J. Edkins）等18人所创办的上海文理学会（Shanghai Literary and Scientific Society）为皇家亚洲文会

---

① 基督圣体学院为牛津大学的一个分院，理雅各被聘为汉学教授一职的薪金是由该院提供。该院创办于1352年，由基督圣体会（Guild of Corpus Chrisi）和圣母玛利亚会（Guild of the Blessed Virgin Mary）创办，该院的任务主要是培养牧师。参看熊文华：《英国汉学史》，北京：学苑出版社，2007年，第56页。

② 乔治－托马斯·斯当东（George Thomas Staunton，1781—1859），与科尔布鲁克（Henry Thomas Colebrooke）在英王乔治四世的赞助下，共同创立不列颠爱尔兰皇家亚细亚研究会（英国皇家亚洲学会），其主要任务正如次年宪章所声明的那样：调查科学、文学、艺术和亚洲的关系。为了给亚洲学会建立一个图书馆，斯当东还捐献了三千卷图书，大致相当于250本图书。其所译《大清律历》（1810），是清朝刑法的删节译本，附有内容充实的前言，享誉学界。此外，还著有《中国丛说》（1822）、《1816年英国使节团赴北京活动记事》（伦敦，1824）等书，开了外交官研治汉学的先河。乔治·斯当东曾为马嘎尔尼爵士的见习侍童，印度公司在广州的专员，后升行长，英国早期汉学家。1816年随阿美士德使团到北京。1823年起为英国下院议员，在中英关系的发展中起着权威作用，1840年主战。留有随马嘎尔尼使华日记、随阿美士德使华日记及回忆录，皆未发表。

③ 即乔治—托马斯·斯当东。1792年其父随英国特使马嘎尔尼伯爵来华，多马斯当东作为伯爵的侍从一同东来。来华途中，从华籍翻译学习汉语，后成为使团中唯一能操官话与乾隆对话的英国人。

④ 但1843年任课教授去世后即中止，1873年起正式恢复。在伦敦大学担任中文教授的先后有毕尔、道格斯、文书田、禧在明、瑞思义、卜道成等。

北华分会,联合在华人士更好地开展对中国的研究。虽然最初该会的主要研究对象为印度,但1824年发表的该会宪章声明中明确表达此机构的研究目的为"调查科学、文学和艺术与亚洲的关系"①。1834年该会创办会刊《英国皇家亚洲文会会刊》(The Journal of the Royal Asiatic Society of Great Britain and Ireland),首刊上即有P. P. 索姆斯研究中国商代花瓶的论文发表。此会刊在1900年提出的办刊方针中主张"对人类知识无明显贡献之文一概不予刊登"②。

除了学术机构外,更为重要的事件是英国各大学在19世纪相继设立了汉学讲座教授教席,促使英国学院式汉学的进一步发展。1876年传教士理雅各在牛津大学就任首任汉学讲座教授(1876—1897),为从此开创了牛津大学的汉学研究传统。③。1877年传教士毕尔就任伦敦大学汉学讲座教授,1888年前外交官威妥玛④任剑桥大学首任汉学讲座教授,成为汉学学科在英国正式成立的标志。

汉学研究逐步进入学院教学,在学院学术传统的影响下汉学研究所做出的结论变得更为严谨、客观与理性。但此时期担任教职者均为曾经的传教士或外交官,多有来华工作或生活的经历,学院办学方向也还局限于培养宗教、外交或贸易方面的来华后继之人,真

---

① Stuart Simmonds & Simon Digby: *The Royal Asiatic Society: its History and Treasures*, London: E. J. Brill, 1979, p. 3.

② Ibid. p. 34.

③ 今天在牛津的中国研究图书馆里,仍然挂着王韬给理雅各的信,以及理雅各上课时的黑板手迹。牛津大学聘任的第四任汉学讲座教授是陈寅恪。可惜他取道香港时,适逢战争爆发,不能赴任,但牛津一直虚位以待到战争结束,又专门接陈赴英治疗眼疾,终因疗效不佳,而未能正式就任。

④ 威妥玛早年就学于剑桥大学,1841年随英国军队参加鸦片战争。先后任英国驻华使馆汉文副使、汉文正使。1817年起任英国驻华公使。1883年退职回国。1888年任首任中文教授时,将掠得的大量汉文、满文图书赠与剑桥大学。1867年他编著的汉语课本《语言自迩集》采用了1859年自己首创的,用拉丁字母拼写汉字的方法,为后人沿用,世称"威妥玛式拼音法"。翟理斯后来改进此法,用于自己所编的《华英字典》中,于1892年出版,世称"威妥玛—翟理斯拼音法"(Wade-Giles romanization)。

正对中国文化感兴趣并主动研究中国文字的学生并不多见。1899年继威妥玛任剑桥大学汉学教授的翟理斯,曾于他汉学教学满十年的1908年,这样回答英国财政委员会关于是否在伦敦组建另一所东方学院的调查问题:"我在剑桥十年,仅有一个学文学的学生,我教过许多学口语的学生,有商人、传教士等,但学文学的仅此一人,我怀疑牛津是否有上这么一个。"①历任伦敦大学、剑桥大学和普林斯顿大学汉学教授的杜希德(崔瑞德,D. Twitchett,1925—2006)在其1961年就职伦敦大学汉学讲座教授的演说辞中也批评了此现象,他认为在19世纪占据英国汉学讲座教席的都是退休的传教士和外交官。他们不曾受过严格的学术训练,也不曾有过充分的时间来从事研究教育。杜希德举了伦敦大学前汉学教授毕尔和道格拉斯为例,中国佛教学专家毕尔教授,成就与同时期欧洲学者相比毫不逊色,但他同时是繁忙的教区祭司;道格拉斯(R. K. Donglus,1838—1913)教授,1903—1908年任伦敦大学汉学教授,是一位前驻华领事官员。他从事工作繁多,暂不论其水平,但他的活动中心可以肯定是在兼职的大英博物馆。②

另外,要注意此阶段除了学院开展的汉学活动外,还有一批业余从事汉学研究的汉学爱好者的研究成绩斐然。这一点德国汉学家傅海波(G. Herbert Franke)在《欧洲汉学史简评》一文中谈得很清楚,他提到一类非专业人士对汉学领域的冲击。他定义到:"非专业人士中的绅士—汉学家,即'不必为一份工资而工作,或仅在业余

---

① 财政委员会论伦敦东方研究院的组建,财政委员会委派的研究在伦敦组建东方研究委员会证词会议记录本,伦敦:皇家文书局,1909年,第142页,转引自[加拿大]许美德(Rufh Hayhoe):《英国的中国学》,《中国文化研究集刊》(第三辑),第473页。

② C. f. Denis Twitchett: Land Tenure and the Social Order in T'ang and Sung China, An Inaugural Lecture in School of Oriental and African Studies, University of London in 1961. London: Oxford University Press, 1962.

时间做汉学研究'的人员"①。傅海波认可并归于此列的有获得女王诗歌奖的阿瑟·韦利、第一个把《周礼》译为西方文字的毕欧（Edouard Biot，1803—1850）及译注两唐书的法国学者戴何都（Robert des Rotours，1891—1980）。此外还有很多主要专业不是汉学，但为汉学做出不小贡献的学者如北京钦定的物理学家布雷特奈德（Emil Bretschneider，MD，1833—1901）、德国驻东京大使冯·居里克（Robert H. van Gulik，1910—1967）、英国生化学家李约瑟（Joseph Needham，1900—1995）等。汉学家傅海波的这一"绅士—汉学家"提法也为我们接下来的分段增强了合理性。韦利曾在他发表于1940年的《欠中国的一笔债》（Our Debt to China）一文中用"有闲"概括这一群体的特征（men of leisure），他说："我们与中国的关系迎来了一个大转折：之前去中国的英国人都为政治目的，他们不是教士、士兵、海员、商人就是官员；但大约就在这个时候，出现了另一个访问中国的阶层——有闲阶层，他们的目的只是急于多了解一些这个世界，像诗人、教授或思想家。……到中国的目的并非传教、贸易、做官或打仗，而是老老实实地交友与学习。"②当然，需要指出的是此处讨论的"业余汉学爱好者"界定，只是汉学发展学术史上的划分，并不代表其汉学贡献与地位的评价。

　　传统汉学时期的汉学家主要是传教士和外交官，都有旅居中国多年的经历。他们谨遵欧洲的学术传统，努力用英帝国主流的文化

---

①　[德]傅海波著，胡志宏译：《欧洲汉学史简评》，张西平编：《欧美汉学研究的历史与现状》，郑州：大象出版社，2006年，第112页。

②　Arthur Waley. "Our Debt to China". *The Asiatic Review*，July 1940，36（127）：554. 原文如下："A great turning-point in our relations with China had come. Hitherto all the English who visited that country had done so for political reasons，either as missionaries，soldiers，sailors，merchants or officials. About this time quite another class of visitor began to arrive—men of leisure merely anxious to know more of the world；poets，professors，thinkers. …who had come not to convert，trade，rule or fight，but simply to make friends and learn，…"

美学观译介中国文学，旨在传播基督的福音或为大英帝国的殖民政策服务，带有较强的实用性，功利化色彩较为严重。刘正在《图说汉学史》中谈及英国早期汉学的发展状况时道："早期英国汉学的研究风气并不浓厚，自上而下以培养经商和外交的通中国话的实用汉学家或领事馆汉学家为基本走向。"①张弘在《国外汉学史》的英国汉学发展部分中也说："19世纪英国的汉学研究，比之其他国家，商业和外交气息更为明显。"②急功近利的职业化追求约束了汉学研究者的视野，他们大多将自己的精力集中在语言的学习上，对其他学科的研究明显欠缺。多数译作谨遵当时盛行的维多利亚文学传统，注重文学的整饬美，诗歌译介中严格要求押韵。

（四）专业汉学时代（二战后至今）。二战后，英国出现了一批受过汉学专业训练的汉学家，他们没有传教士或是外交官的背景，他们学习汉学起于对东方的兴趣，他们研究汉学为的是了解世界文化遗产的一部分，他们从事汉学教学为的是开启求学者对中国文化的兴趣之门而不是简单培训求学者的口语使其能顺利在华出任外交官、传教士或是商人之职。这批汉学家我们称之为专业汉学家，他们有着汉学出身且毕生从事与汉学相关的研究与著译工作。古斯塔夫·哈隆（Gustav Haloun,1898—1951,汉名霍古达）出生于捷克，早年在德国，1938年后来到英国从事汉学研究。他1939年出任剑桥大学第四任汉学教授，成为英国汉学史上第一位学者出身的汉学讲座教授受聘者③。他采用正规的中国学研究方法，致力于中国古代典籍

---

① 刘正：《图说汉学史》，桂林：广西师范大学出版社，2005年，第89页。
② 何寅、许光华：《国外汉学史》，上海：上海外语教育出版社，2002年，第153页。
③ David Hawkes: "Chinese: Classical, Modern and Humane, An Inaugural Lecture delivered before the University of Oxford on 25 May 1961", David Hawkes: *Classical, Modern and Humane Essays in Chinese Literature*, John Minford & Siu-kit Wong ed. Hong Kong: the Chinese University Press, 1989. p. 7.

如散佚的诸子著作的复原工作与中国哲学中的具有个人特性的问题的研究。西蒙（Ernst Julius Walter Simon，1893—1981，汉名西门华德）是英国另一位外来的专业汉学家，他1936年始在英国伦敦大学亚非学院任教，10多年后获得汉学讲座教席，他在中国文法、中国语言学、中国语音学、汉藏语比较研究及汉语学习工具书和教科书编写等方面为英国的汉学研究开辟了方向。

继这两位外来的专业汉学家之后，英国学院式汉学培养出来的青年学者葛瑞汉（Angus Charles Graham，1919—1991）、雷蒙·道森（Raymond Dawson，1923—2002）、杜希德（D. Twitchett，1925—2006）、霍克思（David Hawkes，1923—2009）及后来的伊恩·麦克莫兰（Ian McMorran，1936—）、杜德桥（Glen Dudbridge，1938—）、伊懋可（Mark Elvin）也逐步成长起来，再加上来自莱顿但在英国从事汉学研究的龙彼得（Pier van der Loon，1920—2002）①，构成了英国专业汉学家的杰出代表。可以说正是他们从理雅各、韦利等汉学前辈手中接过汉学薪火并把之引入专业汉学的殿堂，正是这批专业学者促成了"力求科学地重新认识中国的倾向日益增强"②。

可以说，20世纪下半叶，英国汉学家的身份结构出现了较大的变化，原先以传教士为主的汉学研究群中加入了一些对汉学感兴趣的学者，且逐渐成为英国汉学研究的主流。大学纷纷开设汉学课程，研究汉学的专刊数量与日俱增。汉学研究机构不再依附于教会或政府部门，出现了一批学养深厚的教师和学员，学科发展出现了

---

① 龙彼得虽然受业于莱顿大学中文系，不能算是英国学院式汉学自己培养出来的人才。但他毕业后大多数时间在英国从事汉学研究，1972—1987年更是牛津大学第七任汉学教授，故而称他是英国的专业汉学家应该没有大的出入。与龙彼得情况相反的是青年时代受教于伦敦大学亚非学院的西里尔·白之（Cyril Birch），因其长年在美国加州从教，故此处无法列入。

② 黄鸣奋：《近四世纪英语世界中国古典文学之流传》，《学术交流》，1995年第3期，第128页。

规模化和专业化的特点。①这些现象的出现标志着英国汉学由传教士时期向学院性汉学的转变。现代知名的汉学家如大卫·霍克思（David Hawkes, 1923—2009）、李约瑟（Jeseph Needham, 1900—1995）、葛瑞汉、杜德桥（Glen Dudbridge, 1938—）等都是学院派汉学家的代表。学院派汉学家与前期汉学家不同，他们不再依附于政治或宗教，在学术研究上具有相对的独立性。他们从事汉学不再受制于官方身份的约束，主要依赖自己的学术颐养从事汉学研究。从学术的角度而不是从政治或宗教的角度入手，容易使中英间获得沟通和认知，使中英文化间的交往逐渐平等化、正常化。

学术界认为，英国汉学的转型时期应以1945年为界，原因是自本年伊始，英国官方政府对国内的中国研究先后进行了五次调研，形成了五个重要的报告。这些报告为中国学的发展提供了方向，推动了英国汉学的发展。第一个报告是1947年由斯卡伯勒爵士（Earl Scarborought）领导的东方、斯拉夫、东欧、非洲研究委员会（Inter-departmental Commission of Enquiry on Oriental, Slavonic, East European and African Studies）发表的《斯卡伯勒报告》（The Scarborough Report）。该报告促成英国政府于1947至1952年间为东方学和斯拉夫研究拨专款资助。1961年，威廉·海特爵士（William Hayter）负责的调查小组发表了著名的《海特报告》（The Hayter Report），该报告建议设立更多的教学职位，东方研究的领域也应该由语言扩展到经济、社会、法律等方面。1986年彼得·帕克（Peter Parker）发表了《帕克报告》（The Parker Report），1993年，霍德—威廉斯（Richard Hodder—Williams）起草的《霍德—威廉斯报告》（Hodder-Williams Report），1999年英格兰高等教育资金委员会中国评估小组（HEFCE Review Group on Chinese Studies）发表了《中国学研究回顾》（Review

---

① 此处资料参看熊文华：《英国汉学史》，北京：学苑出版社，2007年，第113页。

of Chinese Studies)的报告。①依据这些报告,可以看出官方对东方学研究的重视与资助,尤其是在汉学教育方面,这为学院派汉学家队伍的成长壮大提供了有利条件。这些报告成为英国传教士汉学向学院派汉学转型的标志。

英国汉学研究的学院化虽然出现在20世纪50年代,但汉学转型的萌芽早在20世纪初就出现了。前引阿瑟·韦利《欠中国的一笔债》一文中,即描述过这一新出现的趋向。其中提到的那些人,如迪金森(Goldsworthy Lowes Dickinson,1862—1932)②、罗素(Bertrand Russell,1872—1970)③、楚辅彦(Robert Travelyan,1872—1951)④等,既非传教士、也非外交官,他们来中国没有官方使命,没有政治家的身份,完全以学者的姿态到中国交游、学习。他们是中英交流史上第一批与中国学人相处得较为融洽的学者。迪金森提携过许多中国学子,陈源(陈西滢)、张东荪、张君劢、徐志摩等都曾受惠于他。罗素初到上海,好客而急求救国之道的中国主

---

① 有关五个报告的资料参看何培忠:《当代国外中国学研究》,北京:商务印书馆,2006年,第190—198页。

② 迪金森访问中国是在1912年,在中国漫游了大半年,先后到过香港、上海(在上海还见到了孙中山)、宜昌、北京、到山东登泰山、访孔庙,1913年夏天从天津经海路回国。这次出访他还访问了日本和印度。参见葛桂录:《雾外的远音》之"约翰中国佬的来信——静观迪金森对中国文化的理想观念"一节内容,银川:宁夏人民出版社,2002年,第307—323页。

③ 1920年10月12日,罗素应梁启超的邀请来华。先后到上海、杭州、南京、汉口、长沙、北京等地作讲演,赵元任任其翻译。从该年的11月至次年的3月罗素在北大开设了五个系列讲座。1921年7月罗素经日本回国。参见冯崇义:《罗素与中国——西方思想在中国的一次经历》,北京:三联书店,1994年,第91—158页。

④ 楚辅彦,英国古典派诗人、翻译家,他和布卢姆斯伯里集团走得很近。1912年随福斯特、迪金森一起访问中国、日本、印度。他是一个反战主义者,对后世影响较大。代表诗集有 *Mallow and Asphodel* (1898), *The Bride of Dionysus a music-Drama and Other Poems* (1912), *The Death of Man* (1919) 等,译作有 *Translations from Latin Poetry* (1949), *Translations from Greek Poetry* (1950)。

人就深情地希望罗素做孔子第二,为中国指点迷津,谋治国安邦之大计。摒弃了帝国优越的霸权意识,这些学人开始用平和的眼光看待中国。韦利拜师于迪金森门下,是剑桥大学古典文学的高材生,他对中国的兴趣最早即源于迪金森的启蒙。

一部英国汉学史同时也是一部中英交流史。程裕祯曾言简意赅地概括:"我们研究海外汉学的目的,就是要充分利用历史的经验,促进这种人类间的相互交流"①。从词源学上分析,交流 communication 来源于拉丁语 commūnicāre,表示"分享 to share",其中的词根 commūnis 意即"共同 common"。Communication 因而蕴含了原始人类就所共有的物质或情感进行分享的一种良好愿望与交际冲动。汉学家承担的正是中英文学、文化交流的媒介角色,故而他们是比较文学与汉学领域研究者不可忽视的研究对象。

二、研究中国古代文学西传英国的学术意义及基本内容

我们知道,海外汉学的历史是中国文化与异质文化相互碰撞交流的历史,也是西方知识者认识、研究、理解、接受中国文明的历史。前文已提及,英国汉学自《曼德维尔游记》所代表的游记汉学时代起,至今已有六个多世纪的历史。参与其中的汉学家是西方世界借以了解中国与中国文学、文化的主要媒介,他们的汉学活动提供了中国文学、文化在英国流播的最基本资料。中英文学、文化交流的顺利开展无法绕过这一特殊的群体,"惟有汉学家才具备从深层次上与中国学术界打交道的资格"②。尤其随着二战后英国专业汉学时代的来临,英国学府自己培养的第一代专业汉学家成长起来,他

---

① 程裕祯:《汉学与人类间的文化交流》,任继愈主编:《国际汉学》(第六辑),郑州:大象出版社,2000 年,第 18 页。

② 方骏:《中国海外汉学研究现状之管见》,任继愈主编:《国际汉学》(第六辑),郑州:大象出版社,2000 年,第 14 页。

们对中国文化的解读与接受趋于理性和准确,在中国文化较为真实地走向世界的过程中做出了特殊的贡献。他们是献身学术与友谊的专业使者,是中国学术与世界接轨的桥梁。其中有如著名汉学家大卫·霍克思,他把自己一生最美好的时光交付给了他终生热爱的汉学事业,他一生大部分时间都用于中国文学文化的研究、阐释与传播工作。即使到晚年,他对中国与中国文化的热爱与探究之情也丝毫不减。2008 年 85 岁高龄的他与牛津汉学院原主任杜德桥(Glen Dudbrige,1938—)和现任卜正民(Timothy Brook,1951—)三人,一同专程从牛津乘火车赶到伦敦为中国明代传奇剧《牡丹亭》青春版的首演助阵。当晚的他非常兴奋,但回到牛津后就病倒了。2009 年春他拖着病体接待中国前驻英大使傅莹女士的拜访,傅莹送给他的一套唐诗茶具又立时引起了先生的探究之心。几天后霍克思发去电邮指出这个"唐诗茶具"中的"唐"指的是明代唐寅而不是唐代的"唐",而茶具上所画是唐寅的事茗图,并就茶具所印诗作中几个不清楚的汉字向傅莹讨教。霍克思对中国文化的熟悉与研究为人折服!他是理性解读与力图准确传播中国文学与文化的英国第一代专业汉学家代表,是英国专业汉学的奠基人与中坚力量。

因此,海外汉学家是比较文学与汉学领域研究者不可忽视的研究对象,他们在中国文化走向世界的过程中发挥着特殊的作用。季羡林早在为《汉学研究》杂志创刊号作序时就提醒世人注意西方汉学家的至关重要,"所幸在西方浑浑噩噩的芸芸众生中,还有一些人'世人皆醉,而我独醒',人数虽少,意义却大,这一小部分人就是西方的汉学家。……我现在敢于预言:到了 21 世纪,阴霾渐扫,光明再现,中国文化重放异彩的时候,西方的汉学家将是中坚人物,将是中流砥柱。"[①]季老还指出"中国学术界对国外的汉学研究一向

[①] 季羡林:《重新认识西方汉学家的作用》,季羡林研究所编:《季羡林谈翻译》,北京:当代中国出版社,2007 年,第 60 页。

是重视的,但是,过去只限于论文的翻译,只限于对学术论文、学术水平的评价与借鉴。至于西方汉学家对中西文化交流所起的作用,他们对中国所怀有的特殊感情等则注意还不太够。"①近三十年后,海外汉学研究学者张西平在其《在世界范围内考察中国文化的价值》一文中仍然强调这样一个事实:"从事中国典籍的翻译和外传工作的,主要是由各国的汉学家所完成"②。

汉学家将中华文化作为自己的学术研究对象,并精心从事对中华文化的翻译、阐释和研究,而他们的研究在其本国学术界也相继产生了不小的影响,中国文化与中国文学在他们的刻苦努力下逐渐走向了异域他国。通常汉学家不仅对中国文化怀着极深的感情,而且具有深厚的汉学功底,是向西方大众正确解读与传播中国文化时最可依赖的力量。尤其是专业汉学家以学术本身为本位,其研究与译介中国文学与文化本着的也是一种美好的交流之心,最终致力的也是促成中英文学的交流事业。

本书正是试图立足于中英文学交流史的语境,研讨20世纪中国古代文学在英国的传播与影响,以凸显英国汉学的重要特征及主要成就。撰著本书所采纳的研究路径,即通过翔实的文献资料的搜罗梳理及分析,力图还原所讨论的研究对象生存的历史语境,对这些英国汉学家一生所从事的主要汉学活动进行客观历史性描述,旨在总体性把握与整体性评价在20世纪中国古代文学西传英国的进程中,汉学家们所做出的诸种努力及其实际效果。

前文已述,英国汉学史也是一部中英文学交流史。而文学交流史研究,首先属于史的范畴,史料是一切历史研究的基础。坚实的史料基础决定了这一研究领域的成果意义与学术价值。傅斯年先强

---

① 季羡林:《重新认识西方汉学家的作用》,季羡林研究所编:《季羡林谈翻译》,北京:当代中国出版社,2007年,第60页。

② 张西平:《在世界范围内考察中国文化的价值》,《中国图书评论》,2009年第4期,第85—91页。

调"史学的工作是整理史料",而翦伯赞则强调"史料不等于历史",即要对史料进行加工制造,这也是问题意识与研究观念或曰史识形成的过程。鲁迅也特别强调"史识"与"史料"的统一,史料需要史识的照亮,但史料的发掘与整理却是研究"入手"的基础。

因而,文献史料的发现与整理,不仅是重要的基础研究工作,同时也意味着学术创新的孕育与发动,其学术价值不容低估。应该说独立的文献准备,是独到的学术创见的基础,充分掌握并严肃运用文献,是每一个文学交流史研究者或汉学研究从业人员必须具备的基本素养。

而呈现20世纪中国古代文学在英国传播影响复杂性与丰富性的途径之一,是重视文献或者史料对文学传播史或汉学史研究和写作的意义。中英文学交流史或英国汉学史研究领域的发展、成熟与它的"文献学"相关,中英文学交流、汉学关系史料的挖掘、整理和研究,仍有许许多多的工作要做。本书在这方面作了诸多努力。

本书首先回顾了20世纪以前英国汉学的发展与中国文学在英国的传播状况,通过追溯英国汉学的发端与中国文学西渐的开始,以及英国汉学的拓展与中国文学介绍的深入,为20世纪中国古代文学在英国的传播与影响提供一个汉学史的参照系。

在此基础上,从总体上概述了中国古代诗文、话本小说在20世纪英国的翻译、评述及影响情况,对英国汉学史上某些重要的中国诗文、小说译本作了详尽的考辨与评述。同时重点关注英国汉学三大家翟理斯、阿瑟·韦利、大卫·霍克思在中国古代文学西传英国过程中所起到的巨大作用。

英国汉学家翟理斯所著之《中国文学史》是最早的中国文学史之一。该文学史初版于1901年,作为一部早期的文学史,从文学史写作角度而言,存在许多不足与缺陷,然与此同时,却也不乏闪光点,因此呈现出了驳杂、参差不齐的面貌。在英语世界,翟氏《中国文学史》一版再版,直至20世纪70年代。事实上,翟理斯晓畅的文风不仅使他的作品在英语世界中成为畅销书,大量的关于中国的著作也使其影响力上至达官方政府。①而对中国文学的见解则皆源于其所在汉学领域的成就。当然,其时欧洲文学史写作的大背景也是促成这部文学史诞生的主要机缘。因此,从总体着眼,可以说翟氏《中国文学史》是当时汉学领域的既有成果与欧洲文学史写作的总体环境下的产物。因此,从中英文学交流角度而言,该文学史具有重要的桥梁作用,是这一时期中英文学交流的阶段性总结。

我们将从三个方面讨论这部文学史的重要意义:其一主要阐释翟氏《中国文学史》产生的条件。19世纪以来英国乃至整个欧洲汉学的阶段性发展、翟理斯自身的经历及教育背景等皆成为了其文学史写作的影响因素。同时通过与草创期国人自著之文学史的相互参照,较为深入地揭示了其独特的面貌。其二深入翟氏《中国文学史》内部,从文学史写作的相关理论出发,从内在结构上揭示这一文学史中暗含的前瞻性因素。其三结合翟氏《中国文学史》写作的外部条件及其自身因素,进一步阐释翟理斯观照中国文学的角度,即立足于了解中国文化的目的来选择相应的中国文学。是英国汉学功利性特点与翟理斯自身兴趣相结合的产物。

作为当代知名的汉学家之一,阿瑟·韦利以其译述的宏富而著称于世。他的汉学研究涉猎文学、哲学、宗教等领域,中国古典文学的译介尤为突出。20世纪30年代,韦利的诗歌译文就以单行本的方式在中国出版,张元济称其为"吾国韵文西传之代表"。②40年代初,吕叔湘在《中诗英译比录》一书中,就其迻译之文与诸位译家对照,详细分析其译法的得失。80年代后,韦利的译作越发受到国

---

① 可为之证明的事件包括:蔡元培先生就庚子赔款一事至英国商谈时,便会见了翟理斯,试图通过翟氏的影响力促使英国政府允诺,见《蔡元培年谱长编》;又:中华民国政府曾于1922年向翟理斯授"二等大绶嘉禾章"。

② Herbert A Giles, Arthur Waley. *Select Chinese Verses*, Shanghai, The Commercial Press LTD.,1934, p. Ⅲ.

内译界的重视。但就学界的研究成果看，国内学界的研究多以单篇译本为研究对象，从翻译的视角入手分析其译文的优劣。诚然，译本是研究的基础，离开文本，研究就如无源之水、无本之木。但仅以某一文本为研究对象，忽视它与其他文本间的逻辑联系，忽视译者风格的发展变化，研究难免窥其一斑，有见树不见林之憾。再者，译本与文学创作相似，它是作家才情、胆识、判断能力的综合体现，时代发展、学科转型在文本中往往会留下鲜明的印迹，韦利的译本尤其如此。离开英国汉学转型的历史背景，研究不免流于表相，难以深入。作为英国汉学转型期的代表，阿瑟·韦利是以传统汉学的颠覆者形象荣膺英国文坛的。初涉翻译，他便摒弃传统汉学韵律体译诗的传统，采用散体翻译法，语言带有明显的汉语痕迹。译文的选择也以中国古代文化典籍为重。《诗经》、《楚辞》，以及唐前诗赋的翻译，都表现出他对中国道家哲学、佛教思想及民间巫术的倚重。此外，韦利还采用西方的叙事策略，为中国诗人李白、白居易、袁枚作传，打破了传统汉学以译介为主的单一研究模式。

对传统译介手法的扬弃，使韦利成为游离于当时主流汉学之外的一个边缘者。其犹太民族身份与性格的怪异加剧了他与英国传统汉学间的距离。为此他埋身于中日文学典籍的译介中，企图从中寻找心灵的皈依之所，尤其是中国古代文化虚静、隐逸的道家生活观对其影响至深，他甚至摹仿中国文人弃官归隐的方式生活。在他心里，古代中国是令人心驰神往的心灵圣殿。为了进一步把脉中国文化之精髓，他利用一切机会结交中国学人。丁文江、徐志摩、胡适、萧乾等都是其私交甚密的挚友。

通过上述策略，韦利努力摆脱传统汉学研究者的欧洲中心主义偏见，藉此寻求中英之间的平等对话。但其固有的文化身份使他与英国传统文化间始终保持着千丝万缕的联系。他虽然采用散体翻译的直译法，带有明显的异化倾向，但他注重译文的通畅，以此满足英国大众的阅读习惯，又表现出鲜明的归化意识。在其传记创作中,他沿用史传文学编年式叙事的模式来建构作品,但他以西方价值观为评判标准,对李白、白居易、袁枚存在诸多误读。

大卫·霍克思是英国现代最重要的汉学家之一,自上世纪40年代选择中文作为自己专业的那一刻起,他与汉学就结下了不解之缘。他的汉学翻译与汉学研究成果斐然,广涉中国诗歌、戏剧及小说各个文类。他所翻译的《楚辞》是欧洲首部完整的楚辞作品英译,出版当年即被列入"联合国教育科学文化协会中文翻译丛书之一"。他的《杜诗入阶》是西方读者学习汉语、了解中国诗歌以及中国诗人杜甫的最好读本之一。他的《石头记》更是英语世界第一部完整的《红楼梦》译本,一出版即受到广大读者的喜爱与拥戴。其译笔传神、流畅,不易企及,为中国古典名著在西方的传播作出了卓越的贡献。他晚年的《柳毅传书》英译则包含了改编、翻译与配乐工作,为中国戏剧的西传提供了宝贵的经验。他的汉学研究论文数量众多,散刊于《大不列颠及爱尔兰皇家亚洲学会会刊》、《亚洲研究》、《哈佛亚洲研究》、《伦敦大学亚非学院学报》、《美国东方学会会刊》、《中国季刊》、《太平洋事务》、《中国文学》等各大重要的海外汉学研究刊物,从楚辞、汉赋、唐诗宋词到元杂剧、清代小说,再到近现代作家作品,他都有独到的见解,为英语世界深入了解中国与中国文化可谓是鞠躬尽瘁。此外霍克思一生写下不少书评,重视海内外汉学研究学术前沿的把握,及时向西方世界评荐了解中国文化的优秀汉学著作,为促进中国文化的传播打开了另一个窗口。他的牛津生涯影响与启蒙了一代年轻人,引导不少后学走上了汉学研究之路,其中如闵福德、霍布恩已是现代英国两位汉学中坚。闵福德的《孙子兵法》、《聊斋志异》、《红楼梦》(后四十回)英译,霍布恩的苏格兰版《水浒传》等都已是汉学界知名的著译。霍克思毕生为传播中国文化而努力,目前关于他的研究多局限于他20世纪80年代完成的《红楼梦》英译本。2009年这位伟大的汉学家在牛津家中安然辞世,半个多世纪以来他孜孜不倦的汉学活动及其在中西跨文化交流中的巨大媒介作用，给我们留下了深深的思考。全面研究与评介霍克思，这项亟待开展的工作对我国古典文学的外传有极其重要的借鉴意义。

中国古代戏剧在20世纪英国的传播已成为一道文化风景呈现在中外文学、文化交流史上。不少来华英人、汉学家致力于戏剧作品翻译、戏剧理论研究，英国20世纪戏剧革新亦有不少中国古典戏剧因素，如彼得·谢弗尔《黑暗喜剧》运用灯光手法表现黑暗；英国戏剧革新代表戈登·克雷与梅兰芳的交往也颇有渊源。然而由于史料匮乏，中国大陆学者对它的研究还值得深入。本书在广泛占据国内外史料基础上从比较文学角度进行挖掘阐释，以期实现对中国古代戏剧在20世纪英国的传播接受进行系统探讨。

具体从三个方面讨论：其一概述中国古代戏剧在20世纪英国翻译情况，思考本时期英国学人翻译动机，并以文本细读方式研究译文，从考察其20世纪英国译文杂合度变化视角来探讨其文化信息传递过程。其二在占据英国学人研究中国古代戏剧史料基础上，以比较文学范式爬梳他们对中国古典戏剧的研究面貌，梳理经验主义学术传统下英国学人对中国古典戏剧史研究、文类研究、主题学研究及中国古典戏剧理论研究。其三则从中国古典戏剧与20世纪英国探索戏剧革新的契合因素和戈登·克雷对中国古典戏剧文化利用两个方面考察其接受情况。

总之，我们力图站在比较文学跨文化交流的立场论述中国古代戏剧在20世纪英国的译介、研究和接受等，呈现其传播和接受全貌，并试图挖掘其文化、社会、历史等根源。

中英文学交流语境中的英国汉学三大家①

一、英国汉学三大家的汉学历程

海外汉学的历史是中国文化与异质文化交流互动的历史,也是域外知识者认识、研究、理解、接受中国文明的历史。英国汉学自《曼德维尔游记》(*The Travels of Sir John Mandeville*, 1357)所代表的游记汉学时代起,至今已有六个多世纪的历史。参与其中的汉学家是西方世界借以了解中国与中国文学、文化的主要媒介,他们的汉学活动提供了中国文学、文化在英国流播的最基本资料。中英文学、文化交流的顺利开展无法绕过这一特殊的群体,"惟有汉学家才具备从深层次上与中国学术界打交道的资格"②。尤其随着二战后英国专业汉学时代的来临,英国学府自己培养的第一代专业汉学家成长起来,他们对中国文化的解读与接受趋于理性和准确,在中国文化较为真实地走向世界的过程中做出了特殊的贡献。他们是献身学术与友谊的专业使者,是中国学术与世界接轨的桥梁。

回顾英国汉学发展史可知,英国各大学在 19 世纪相继设立了汉

---

① 本文是笔者主持的 2007 年度教育部哲学社会科学重大课题攻关项目子项目《中国古典文学的英国之旅——英国汉学三大家年谱:翟理斯、韦利、霍克思》绪论部分。合作者为笔者指导的博士毕业生冀爱莲副教授、王丽耘副教授。

② 方骏:《中国海外汉学研究现状之管见》,任继愈主编:《国际汉学》(第六辑),郑州:大象出版社,2000 年,第 14 页。

学讲座教授教席,促使英国学院式汉学的进一步发展。1876年,传教士理雅各(James Legge,1815—1897)①在牛津大学就任首任汉学讲座教授,1877年传教士毕尔(Samuel Beal,1825—1889)就任伦敦大学汉学讲座教授,1888年前外交官威妥玛(Thomas Francis Wade,1818—1895)任剑桥大学首任汉学讲座教授。汉学研究逐步进入学院教学,在学院学术传统的影响下汉学研究所做出的结论变得更为严谨、客观与理性。但此时期担任教职者均为曾经的传教士或外交官,多有来华工作或生活的经历,学院办学方向也还局限于培养宗教、外交或贸易方面的来华后继之人,真正对中国文化感兴趣并主动研究中国文字的学生并不多见。1899年继威妥玛任剑桥大学汉学教授的翟理斯,曾于他汉学教学满十年的1908年,这样回答英国财政委员会关于是否在伦敦组建另一所东方学院的调查问题:"我在剑桥十年,仅有一个学文学的学生,我教过许多学口语的学生,有商人、传教士等,但学文学的仅此一人,我怀疑牛津是否有上这么一个。"②历任伦敦大学、剑桥大学和普林斯顿大学汉学教授的杜希德(崔瑞德,D. Twitchett,1925—2006)在1961年就职伦敦大学汉学讲座教授的演说辞中也批评了此现象,他认为在19世纪占据英国汉学讲座教席的都是退休的传教士和外交官。他们不曾受过严格的学术训练,也不曾有过充分的时间来从事研究教育。

  本书所编谱的三位汉学家均为中国古典文学的英国之行,作出过巨大贡献。在中英文学交流语境中理应得到我们的充分关注。

---

① 理雅各极具语言天赋,尤其长于拉丁文、希腊文。1837年入希伯利神学院(Highbury Theological College)接受神学训练,其间萌生来华传教志愿。1838年开始师从伦敦大学首任汉学教授Samuel Kidd学习汉语。受伦敦会(London Missionary Society)委派,1839年8月起航,翌年抵达马六甲,接管由首位来华新教传教士马礼逊(Robert Morrison)创办的英华书院(Anglo-Chinese College)及伦敦会的印刷所。教学传教之余开始研读中国经籍。

② 转引自[加拿大]许美德(Ruth Hayhoe):《英国的中国学》,《中国文化研究集刊》(第三辑),第473页。

汉学家在中国文学及文化的西传过程中扮演着重要的角色。19世纪下半叶至20世纪初，随着第二次工业革命的兴起，西方国家对海外市场开拓的需求打破了以往"传教士汉学"时代以传教为目的而研究中国文化文学的格局，经济上的实用目的由此亦成为主要驱动力之一，此种倾向尤以英国为甚。然而，这却又是一个英国汉学由"业余汉学"向"专业汉学"[①]转变的过渡时期，英国汉学在这一时期取得了较大的突破。不论是汉学家的人数抑或是汉学著述的数量皆有了很大的增长。继威妥玛后的第二任剑桥大学教授翟理斯（Herbert Allen Giles,1845—1935）便是这一时期最具代表性的汉学家之一。其于汉学领域的诸多研究成果与其所处的过渡期一样，上承既有汉学家如理雅各的汉学成果，下启韦利（Arthur Waley, 1889—1966）等新一代专业汉学家之研究领域，在英国汉学史上之地位可谓举足轻重。尽管他与后两者在相关问题上颇有争议，但恰好表明了英国汉学家对中国某些问题关注度上的一致性以及前后传承关系，这些特点也表现在其对中国文学的译介和研究上。翟理斯的汉学著作颇丰，其所观照的中国问题既涉及民族、思想等大课题，也对中国的各种习俗，诸如女性裹脚等颇为用心。这也许在很大程度上得益于其童年及少年时代所受之教育。1845年，翟理斯出生于英国牛津北帕雷德（North Parade, Oxford）的一个具有浓厚学术氛围的家庭之中。在父亲的熏陶下，他涉猎了拉丁文、希腊文、罗马神话等，并接触到了历史、地理、文学艺术等各类学科。这种开阔的视野一直延续到了他与中国相遇之后，幼年时代的艺术熏陶以及由此而形成的艺术品位与修养，使他很快与中国文学结缘并对此有了某种独到

---

① 这里的专业性仅就英国汉学自身而言，而并不包括同一时期的其他国家，如法国等。一般以为，就英国汉学总体研究水平而言，其专业性远远不如法国汉学。有些学者称这一时期的英国汉学为"后传教时期的英国汉学"，实际上，这一术语所要表达的内涵也就是传教士汉学向专业汉学的过渡期，因为紧随其后的便是"国际化、专业化和团队化的现代英国汉学"。参见熊文华：《英国汉学史》，北京：学苑出版社，2007年。

的鉴赏力。

在翟理斯时代的英国汉学界甚至是整个欧洲汉学界,文学的译介与研究始终处于边缘位置,而翟理斯则是译介中国文学较早也是较多的译介者之一。正如他在1884年初版的《古文选珍》序言①中所说的那样:"对于英语读者来说,想要寻找可以借以了解中国总体文学的作品,哪怕只是一点点,都只是徒劳。理雅各博士确实使儒家经典变得唾手可得,但是作家作品领域却依旧是一片广袤的处女地,亟待得到充分的开发。"②

在中英文学交流史上,翟理斯译介中国文学方面的成就举足轻重。他的文学类译著主要包括《聊斋志异选》(*Strange Stories from a Chinese Studio*,1880)、《古文选珍》(*Gems of Chinese Literature*,1884)、《庄子》(*Chuang Tzu, Mystic, Moralist and Social Reformer*,1889)、《古今诗选》(*Chinese Poetry in English Verse*,1898)、《中国文学史》(*A History of Chinese Literature*,1901)、《中国文学瑰宝》(*Gems of Chinese Literature*,1923)等。除此以外,他的其余汉学著述,如《中国札记》(*China Sketches*,1875)、《佛国记》(*A Record of the Buddhistic Kingdoms*,1877)、《翟理斯汕广纪行》[*From Swatow to Canton*(*Overland*,1882)]、《历史上的中国及其他概述》(*Historic China and Other Sketches*,1882)等,在内容上也涵盖了部分中国文学的内容。因此,在翟理斯的著作中,读者可以深深地感受到中国文化、文学的韵味。相对而言,英国汉学的功利色彩较强,翟理斯的汉学著述亦无法避免,不过那种流淌于其行文中的中国文学情趣则足以令人耳目一新。

《中国札记》是一本评介中国各种风俗、礼仪、习惯等方面的

---

① 这篇序言在1923年出版的《中国文学瑰宝》(散文卷)中予以保留了。

② H. A. Giles. *Gems of Chinese Literature*. London: Bernard Quaritch,15,Piccadilly. Shanghai: Kelly & Walsh,1884. preface.

著作，涉及的问题非常广泛。在该书序言中，翟理斯反驳了这样一种在当时欧洲广为流行的观点，即认为"中华民族是个不道德的退化的民族，他们不诚实、残忍，以各种各样的方式来使自己堕落；比松子酒带来更多灾难的鸦片正在他们中间可怕地毁灭着他们，并且只有强制推行基督教义才能将这个帝国从快速惊人的毁灭中拯救出来"①。并且以自己身处中国八年的经历来说明中国人是一个勤劳、清醒并且快乐的种族。②翟理斯此后的许多创作皆延续了该书所关注的中国问题，并着力纠正其时西方负面的中国形象，这成为他撰著许多汉学著作的最重要出发点。

在《中国札记》中，翟理斯已开始显现出对中国文学的兴趣。其讨论的话题中，便包括"文学"（literature）和"前基督时代的抒情诗"（Pre-Christian）。翟理斯以为当时的汉学家只是在诸如科学、历史及传记类著述中才稍微提及中国文学，这使得当时欧洲许多渴望了解中国文学的人失去了机会。③正是基于对中国文学英译现状的不满，翟理斯于此方面用力最勤，这在其后来的汉学著作里有充分体现。

翟理斯的许多著作皆于其结束了在华的外交官生涯回到英国后完成的，这也表明即便回到了英国，他始终保持着对中国的历史与现状的较高关注。至于其对中国现状知悉的途径则较为复杂，但可以肯定的是翟理斯在回到英国后仍旧与某些中国人保持着一定的联系，"翟氏与中国的优秀人物，如曾纪泽、孙中山、蔡元培等过从颇密。他自退休并返国后一直被英国外交部视为不可或缺的'中国

---

① H. A. Giles, *China Sketches* (preface), London: Trübner & Co., Ludgate Hill. Shanghai: Kelly & Co., 1876.

② H. A. Giles, *China Sketches* (preface), London: Trübner & Co., Ludgate Hill. Shanghai: Kelly & Co., 1876.

③ H. A. Giles, *China Sketches*, London: Trübner & Co., Ludgate Hill. Shanghai: Kelly & Co. 1876. p. 23.

通'；像鉴湖女侠秋瑾的《中国女报》、胡适的《尝试集》、落华生（许地山）在《小说月报》中的新诗《情书》，全都落入了远在英国翟氏的眼帘，并经他的生花妙笔，传达给了英语读者"①。

翟理斯的《历史上的中国及其他概述》分为三大部分，包括朝代概述、司法概述以及其余各种概述。在叙述周、汉、唐、宋、明、清等六个朝代的历史演变中，加入了一些中国文学译介的片段。如在"唐"这一章节中，翟理斯插入了《探访君子国》（*A Visit to the Country of Gentlemen*），即《镜花缘》的片段节译。由是观之，《镜花缘》起初并非作为小说来向西方读者介绍，更倾向于其史料上的文献价值，目的是由此窥探唐代的中国。宋代则选译了欧阳修的《醉翁亭记》，明朝选译了蒲松龄《聊斋志异》中的一篇短篇故事。这些文学作品大都被翟理斯作为史料或作为史书的一种补充，起了一个以诗证史的作用。

翟理斯的一些涉及中国的杂论也多将文学作为一种点缀，如《中国和中国人》（*China and the Chinese*，1902）、《中国绘画史导论》（*An Introduction to the History of Chinese Pictorial Art*，1905）、《中国之文明》（*The Civilization of China*，1911）、《中国和满人》（*China and the Manchus*，1912）等。这些著述涉及中国的宗教、哲学、文学、风俗习惯等的介绍，并将文学视为了解中国人性格、礼仪、习俗诸方面的一个路径。

1880年，翟理斯选译《聊斋志异选》（*Strange Stories from a Chinese Studio*）二卷在伦敦De Larue出版公司刊行，此后一再重版，陆

---

① 翟理斯原著、黄秉炜编撰《翟理斯汕广纪行》（注释本），上海：复旦大学出版社，2007年，引言第6页。该引言并未言明这些现代文学作品是如果进入"翟氏的眼帘"的，因此，笔者推测正是在与中国优秀人物的交往中了解到中国现状，中国的文学作品只是其中的一个小部分，因为从1923年《中国文学瑰宝》中可以看出，收入其中的作家多是与当时政治联系密切，如梁启超、袁世凯、秋瑾等，真正属于纯文学的作品很少。这也是英国汉学功利性较强的体现。

续增加篇目，总数多达160多篇故事。这是《聊斋志异》在英国最为详备的译本，也是翟理斯第一部真正意义上的中国文学译著。

1889年，第一个英语全译本《庄子：神秘主义者、道德家、社会改革家》(*Chuang Tzu, Mystic, Moralist, and Social Reformer*)出版，正如翟理斯所说的那样，在理雅各博士的儒家经典之外，他发现了另一片天地。《庄子》一书可以看作翟理斯对于两个领域的重视，即道家思想与文学性。也就是说，《庄子》之所以受到翟理斯的推崇，主要是因为庄子瑰丽的文风以及在这种文风中所体现出来的玄妙的哲学思想："……但是庄子为子孙后代们留下了一部作品，由于其瑰丽奇谲的文字，因此占据了最重要的位置。"①

如果说《古文选珍》是翟理斯对于中国文学散文的一种总体概述的话，那么1898年《古今诗选》(*Chinese Poetry in English Verse*)的出版则是他在诗歌领域的首次尝试。可以说，《古文选珍》与《古今诗选》两本译著的完成说明翟理斯对于中国文学的总体面貌已经有了较为全面的了解。而《中国文学史》作为英语世界的第一部中国文学史，是翟理斯对中国文学进行整体观照的结果，是了解其中国文学、文化观的重要载体，也是其时汉学中的文学研究成果水平的重要体现。翟氏《中国文学史》一书实际上是当时英国汉学发展过程中取得的一个阶段性成果的总结。以"中国文学史"为题，在英语世界中属于开山之作，不论其所涉及的内容为何，此书的发行及其在西方英语世界的传播便向英语读者们传达了一个信息：中国文学的一个总体概貌在英语世界开始呈现了。

作为翟理斯的后继竞争者，阿瑟·韦利(Arthur David Waley，1889—1966)的汉学生涯始于1913年，该年他应聘进入大英博物馆东方图片社工作，负责馆藏东方文献的搜集和整理工作。当时英国

---

① H. A. Giles, *Chuang Tzu, Mystic, Moralist and Social Reformer*, London: Bernard Quaritch, 1889.

主流汉学界依然以传教士、外交官为主。19世纪盛极一时的维多利亚时代①文学创作传统虽呈式微之势,但其重视道德修养、遵守已成规则的方式依然影响着汉学家的翻译。韦利开始关注中国诗歌,利用工作的空闲,将其翻译成中文。初涉翻译,他的翻译手法与传统汉学家的翻译方法便表现出明显的不同。韦利在1918年版的《170首中国诗》(One Hundred and Seventy Chinese Poems)一书的序言中,坦承自己的翻译法是直译而非意译的主要原因。韦利译诗背离传统的表现还有其对中国诗歌中意象与音节的遵从。他利用古英语民间诗歌中常用的跳跃性节奏(sprung rhythm),用突出的重音表示中国五言诗中的五个音节,藉此寻求诗歌的韵律效果。重音与音节的对应,容易将原诗的意象一一对应地表达出来,给人以焕然一新之感。再者,语言上追求通俗化的表达方式,与传统诗歌典雅的精英化语言也有明显的差异。

在童年时代,韦利便对东方文化产生了浓厚的兴趣,②1903年进入著名的拉格比公学(Rugby School)读中学,奠定了深厚的古典文学基础。1906年考入剑桥大学国王学院,师从当时知名的剑桥学者迪金森(Goldsworthy Lowes Dickinson,1862—1932)、G. E. 摩尔(G. E. Moore,1873—1958)等学习英国古典文学。他们开阔的视野,创

---

① 维多利亚时代指英国女王亚历山德拉·维多利亚(Alexandrina Victoria,1819—1901)登基直至1914年这一时段。她在位63年(1837—1901),这段时间是英国历史上的强盛时代,历史学家称为日不落帝国时期,1914年后,英国开始走向衰落。维多利亚女王一生履行君主立宪,生活严谨,工作认真,富有责任感,成为那个时代道德风尚的典范。

② 韦利的弟弟胡伯特·韦利(Hubert Waley)在回忆儿时擦铜器的经历时说,"古老铜器坚硬的朴素感深深吸引着他,记得当看到一块17世纪制作精细的浅层雕刻铜制纪念匾时,我倾向于嘲笑它的过分雕饰,而这恰是Arthur那时更喜欢的,这种倾向或许更早。"Hubert Waley:"Recollections of a Younger Brother",Ivan Morris,*Madly Singing in the Mountains,An Appreciation and Anthology of Arthur Waley*,George Allen & Unwin LTD,1970,p.124.

新进取的人文精神对韦利影响很大。迪金森还是鼓动韦利去中国的第一个人。①

韦利一生著译颇丰。1916 年由伦敦洛文兄弟出版社(Lowe Bros.)出版的《中国诗歌》(*Chinese Poems*)是韦利自费付梓的第一本翻译著作。1917 年 1 月,《一幅中国画》(A Chinese Picture)在《伯林顿杂志》(*Burlington Magazine*)上发表,这是他公开发表的第一篇论文。同年《伦敦大学东方学院学报》(*Bulletin of the School of Oriental Studies*)创刊号刊载了他的两篇译文,一篇为《唐前诗歌》("Pre. T'ang Poetry"),一篇是《38 首白居易诗》("Thirty-eight Poems by Po Chü—I")。

1920 年第 6 期的《新中国评论》,题为《〈琵琶记〉译注》("Note on The 'Lute-Girl Song'")。该文翻译了白居易《琵琶行》的序言,并对翟理斯的译文提出自己的修改意见。这是韦利在中国出版的第一篇翻译论文。翟理斯在《中国文学史》(*A History of Chinese Literature*)一书中只翻译了《琵琶行》的诗文,没有翻译白居易的原序。在韦利看来,序言是理解诗文的一把钥匙。为此,他在此文中将诗作的原序翻译出来,并对翟理斯译文中的一些误译之处提出了自己的看法。②

---

① 迪金森曾于 1913 年来中国旅行,到过香港、广东,在上海会晤了孙中山先生。他在扬子江上经历十天孤独的旅行,又乘很长时间的火车到达北京。停留几周后,便攀登东岳泰山,拜访在曲阜的第 76 代衍圣公孔令贻(字谷孙,1877—1919)。迪金森对中国文明顶礼膜拜,东方中国是他的两个文化理想之一(另一个文化理想是远古的希腊)。此前他曾受法国人西蒙(Eugene Simon)《中国城市》(*La Cité Chinoise*, 1890)的启发和激励而写成一本《约翰中国佬的来信》(*Letters From John Chinaman*, 1901),完全站在中国文明立场上批评西方文明,甚至认为自己"上辈子是一个中国佬"。1903 年他又以《一个中国官员的来信》(*Letters From a Chinese Official*)抗议义和团运动中,西方势力对中国事务的横加干涉,揭露了在此事件里西方国家的贪婪嘴脸。

② Arthur Waley, "Note on The 'Lute-Girl Song'", *The New China Review*, Vol. II, 1920, No. 6, pp. 591—597.

1922年3月,韦利编制的《大英博物馆东方图片及绘画分部藏品之中国艺术家人名索引》(An Index of Chinese Artists Represented in the Sub-department of Oriental Prints and Drawings in the British Museum)由博物馆董事会出版。1923年9月伦敦欧内斯特·本出版公司(Ernest Benn LTD.)出版了《中国画研究概论》(An Introduction to the Study of Chinese Painting)。绘画仅是韦利的职业,他的兴趣主要在东方古代文学的译介上。除中国文学外,韦利译介的另一主要对象是日本文学。1921年3月,译文《日本能剧》(The No Plays of Japan)由伦敦乔治·艾伦和昂温出版社(George Allen & Unwin LTD.)出版。1925至1933年完成的《源氏物语》全本的翻译,是英语世界中第一个完整的译本。此外,他还翻译过日本古代和歌,撰写过日本文化入门等书籍。1929年12月底,为了潜心于汉学译介与研究,韦利以健康为由,辞掉了大英博物馆的工作,他笔耕不辍,出版了大量译述著作,直至1966年6月去世。

韦利对传统汉学的颠覆表现在他对翟理斯、理雅各等传统汉学家译本的反驳上。1918年,就诗歌翻译方法的运用,韦利与传统汉学家翟理斯开始一场长达两年的笔战。事件起因于韦利《170首中国诗》的出版。在该书的序言中,韦利就自己采用的翻译方法介绍道:"人们通常认为,诗歌如果直译的话,就不是诗歌了,这也是我没将喜欢的诗歌全部译出之原因所在。但我依旧乐意选择那些译文能够保持原作风格的诗歌来翻译。就翻译方法而论,我旨在直译,不在意译。"[1]该文旨在强调译文对原文的遵从。1918年11月22日翟理斯在《剑桥大学评论》(The Cambridge Review)上发表的书评中认为韦利此言言过其实,并非所有的译文都正确[2];韦利坚持直译的

---

[1] Arthur Waley, One Hundred and Seventy Chinese Poems, London: Constable and Company Ltd. 1918, p.19.

[2] Herbert Allen Giles, "Review of A Hundred and Seventy Chinese Poems, Translated by Arthur Waley", The Cambridge Review, 22 Nov, 1918, p.130.

方法，翟理斯却认为严格意义上的直译几乎不可能①；韦利不用韵体译诗②，翟理斯坚持用韵体翻译，因为英国大众喜欢韵体诗，而且中国的诗歌都是押韵的，英文抒情诗若不押韵，是残缺不全的。③为了证明自己观点之正确，翟理斯就韦利翻译的《青青陵上柏》一诗做了详细的批评，而且逐行予以重译。文末还就韦利翻译的错误罗列如下：汉文没有标点，韦利译诗每句都使用标点；行文太过繁琐，原诗80字，韦利使用了129个单词168个音节；曲解原诗之处随处可见。④

对于翟理斯的指责，韦利颇为不满，为此以读者来信的方式对翟理斯的批评予以反驳，刊载于1918年12月6日的《剑桥大学评论》上。文中韦利借日本学者桂五十郎（Isoo Katsura，1868—1938）之言，为自己的译作一一辩护，并对翟理斯的《中国文学史》（*A History of Chinese Literature*）提出质疑。⑤

翟理斯随后将自己翻译枚乘的九首译诗发表在《新中国评论》1920年2月期上，文后附有韦利的译文。⑥随后又著文就韦利1919年5月31日发表在《政治家》（*The Statement*）上的《大招》一诗的

---

① Herbert Allen Giles,"Review of A Hundred and Seventy Chinese Poems,Translated by Arthur Waley",*The Cambridge Review*,22 Nov,1918,p. 131.

② 韦利在《170首中国诗》的序言中说明他不用韵文翻译的原因是英文的韵律不可能产生与原文一样的效果。再者，严格的格律必然会伤害原作语言的鲜活性和文本的文学性。Arthur Waley：*One Hundred and Seventy Chinese Poems*,1918,p. 20.

③ Herbert Allen Giles,"Review of A Hundred and Seventy Chinese Poems,Translated by Arthur Waley",*The Cambridge Review*,22 Nov,1918,p. 130.

④ Herbert A. Giles,"Review of A Hundred and Seventy Chinese Poems,Translated by Arthur Waley",*The Cambridge Review*,22 Nov,1918,p. 131.

⑤ Arthur Waley,"To the Editor of the Cambridge Review",*The Cambridge Review*,6 Dec,1918,p. 162.

⑥ 此文名为《公元2世纪前的一名诗人》，Herbert A. Giles,"A Poet of the 2nd Cent B. C",*The New China Review*,Vol. II,1920,No. 1,Feb,pp. 25—36.

译文提出质疑。①

韦利不满于翟理斯的挑剔，撰文以示回应。1920年，他就翟理斯《中国文学史》中白居易《琵琶行》一诗的翻译提出异议，以《〈琵琶记〉译注》("Note on The 'Lute-Girl Song'")为题，发表在《新中国评论》1920年第6期上。翟理斯只翻译了《琵琶行》的诗文，没有翻译诗作的原序。在韦利看来，序言是理解诗文的一把钥匙。为此，他在此文中将原序全文翻译出来，并对翟理斯译文中的一些误译之处提出了自己的看法，对翟理斯上文中批评的不满之处予以辩驳。②翟理斯认为《琵琶行》中的"客"是诗人自己，韦利根据该诗的序言、白居易的传记以及《旧唐书》及《新唐书》中相关的记载，认为诗中的主人是白居易，不是客；翟理斯认为翻译的过程叫"释义"更准确，但韦利觉得"释义"与自己的翻译工作相去甚远，尽管翻译不可能保留诗歌原有的特性，但他竭力把中国诗翻译成英国诗，而这点仅靠句末押韵是达不到的；翟理斯认为翻译应追求绝对准确，尤其是一些动植物的名字，韦利则认为鸟兽的名字不应过多追求一一对应，译者应该按照诗歌的风格来寻找合适的词语，因为诗人旨在译诗而不是编写自然史。③

翟理斯不甘示弱，《新中国评论》1921年第4期刊载了他的反驳文章《韦利先生与〈琵琶记〉》("Mr. Waley and 'The Lute Girl's Song'")④，文中就韦利的批评建议提出自己的主张。这场论争以

---

① 此文名为《一次再译》，Herbert A. Giles, "A Re-Translation", *The New China Review*, Vol. II, 1920, No. 4, August pp. 319—340.

② Arthur Waley, "Note on The 'Lute-Girl Song'", *The New China Review*, Vol. II, 1920, No. 6, Dec, pp. 591—597.

③ Arthur Waley, "Note on The 'Lute-Girl Song'", *The New China Review*, Vol. II, 1920, No. 6, Dec, pp. 596—597.

④ H. A. Giles, "Mr. Waley and 'The Lute Girl's Song'", *The New China Review*, Vol. III, 1921, No. 4, pp. 281—288.

《新中国评论》1921 年第 5 期上韦利的文章《'〈琵琶行〉'：韦利先生答翟理斯教授》（"'The Lute Girl's Song'：Mr. Waley's Reply to Prof. Giles"）告一段落。对"行"一词的翻译，韦利坚持自己的看法："翟理斯认为除了这首著名的诗歌外，'行'与'歌'没有关联，那么他难道没读过魏武帝（曹操）的《短歌行》及李白同名的模仿之作吗？那么古代（当然是唐前）的'君子行'、'从军行'、'秋胡行'、'东门行'、'孤儿行'又是什么？李白的《猛虎行》、《胡无人行》、《怨歌行》，杜甫笔下无数的'行'呢？"[1]韦利为文的语气没有上篇文章平和，翻译问题的探讨处于次要的地位，文末的语言表现出韦利对翟理斯为人刻薄的不满，言辞有些过激。"这场论争显然是一场闹剧，如果我是翟理斯教授，会因上演这场剧而害羞，优势显然在他那一方，因为他享誉全球，而我一无所有。"[2]

这场争论前后持续四年之久。虽然主要围绕具体诗作翻译的不同看法展开，但它是两人就诗歌翻译所持不同译法的一场较量。翟理斯力倡韵体翻译，韦利则认为散体翻译法效果更佳；翟理斯严格遵守英诗押韵的传统，韦利则对这一传统予以颠覆；翟理斯主张意译，韦利主张直译。翟理斯认为英国大众喜欢韵诗，韦利则认为散体诗才能保证诗歌的大众化。就两人争论的问题来看，不外乎直译意译、散体与韵体翻译法。这一问题在译诗界一直争论不休。至今就直译意译、韵体翻译与散体翻译孰优孰劣依然各执其词，难分高下。理论的争执仅是事情的表象，其实这场争论是传统汉学家与现代汉学家的一次对抗。翟理斯作为传统汉学的维护者，谨遵诗歌押韵的传统。韦利则以英美意象派为榜样，希望从中国诗歌的翻译中为英诗的发展寻找新的出路。但在传统汉学还占据主导地位的 20 世

---

[1] Arthur D. Waley, "The Lute Girl's Song", *The New China Review*, Vol. III, 1921, No. 5, Oct, p. 376.

[2] Arthur D. Waley, "The Lute Girl's Song", *The New China Review*, Vol. III, 1921, No. 5, Oct, p. 377.

纪20年代，韦利的争论尽管已初现锋芒，但还是有些力不从心。韦利最后将翻译问题置之一边，就翟理斯仰仗自己名望之大与一后辈学人一争高下的为人态度予以批驳，显然是韦利无奈之余的一种自我保护，但其处于劣势的情形不言自喻。但韦利并没因论战的失利放弃自己的译诗主张，《170首中国诗》的畅销就是对他译诗策略的极大肯定。

综合翟、韦之争，二人皆著名汉学家、汉诗英译大师，两人在《剑桥评论》，尤其是在《新中国评论》上关于译诗问题展开的争论，为西方汉学界瞩目。与19世纪末翟、理持续20余年的"道学大战"相比，20世纪初叶的这场争论参与者并不多（主要涉及翟理斯和韦利两人），持续的时间也并不是太长（4年左右），但是，这场争论亦有其独特的意义。首先，这场争论触及了汉诗英译的一个核心问题，即汉诗英译应该采用"诗体"还是"散体"？这是一个困扰着几代诗歌翻译家的重要问题，时至今日，人们对于这一问题仍然仁者见仁、智者见智，难臻一致。翟理斯是"以诗译诗"主张的积极提倡者和实践者，韦利则是以"散体译诗"主张的积极提倡者和实践者。两人主张的不同，使两人不可避免地陷入了这场纷争。然而，就是这场纷争让西方汉学界看到了诗歌翻译最真实的一面，也为后世诗歌翻译家提供了宝贵的经验和教训。其次，这场看似个人恩怨的是非纷争客观上促进了汉学，尤其是诗歌翻译的健康发展。在翟理斯所处的时代，汉诗英译完全是少数汉学家的专利。在一首首或是精彩纷呈或是平淡无味的译诗背后究竟隐藏着什么样的故事，诗歌翻译家究竟为此付出了多大的艰辛，又从中获得了多大的乐趣，普通大众不得而知，也无缘知晓。从这个意义上来说，这场纷争揭开了诗歌翻译的神秘面纱，把诗歌翻译的过程真真切切地摆在了大众面前。即便人们看不懂中文，人们一样可以从两人活力四射的文字中，感受诗歌翻译的魅力和艰难。如此公开地、大张旗鼓地讨论诗歌翻译问题，在20世纪初叶的西方汉学界虽然谈不上绝无仅有，但毕竟相当罕见。在对手猛烈的进攻面前，一切都变得无遮无拦，要真正做到立于不败之地，诗歌翻译者不仅应当做到知其然，而且要知其所以然。避重就轻不再是译者的最佳选择，扎扎实实地直面一切困难成了译者无可避免的选择，这从客观上保证了诗歌翻译的质量。再次，这场争论也有利于形成西方汉学界的批评之风。"生性好斗"的翟理斯再一次将他那种"怀疑一切"的作风展露得淋漓尽致。他像一只嗜血的困兽一样，不留情面地向对手发起猛烈的攻击，同时，也频频邀请对手指摘自己的错误。他不惧怕错误，更不惧怕批评，他甚至认为，唯有批评，汉学才会进步！在发现对手的错误时，他会穷追不舍；在发现自己的错误时，他也毫不掩饰。正因为如此，翟理斯无形中为汉学家树立了榜样，也引领了西方汉学界的批评之风。

萧乾在伦敦与韦利初次见面时畅谈甚久，首先谈及的即为韦利是否到过中国的问题。20世纪上半叶，英国人士想了解中国不必再通过干巴巴的书本，许多中国通都曾旅居中国，有的达十几年，甚至几十年。汉学界更是如此。英国汉学前辈翟理斯、理雅各、德庇时都曾在中国长期居住，韦利的师辈迪金森、罗素（Bertrand Russell, 1872—1970）等也曾访问过中国，与韦利同时代的瑞恰慈（I. A. Richards, 1893—1979）、燕卜荪（William Empson, 1906—1984）、阿克顿（Sir Harold Acton, 1904—1994）在中国待过好多年[①]。为此萧乾问及他在中国居住的时间。不巧的是，韦利真的是一个例外。

我问他在中国住过多久，他说根本没有过。我抑不住惊讶

[①] 以上人物与中国文化的关系，可参见葛桂录所著《雾外的远音——英国作家与中国文化》（银川：宁夏人民出版社，2002年）、《他者的眼光——中英文学关系论稿》（银川：宁夏人民教育出版社，2003年）、《跨文化语境中的中外文学关系研究》（上海：上海三联书店，2008年）等著述中的相关章节内容。

地说，多有趣的事呀！他说这怕是他周身唯一有趣的事。①

热衷于研究中国文学，却始终不愿踏足中国，看看现实眼里的中国样子，这是韦利的悖论。这也不难理解，韦利喜欢的是古典中国，那个礼仪之邦的诗化魅力在现代化的冲击下，自然已面目全非了，加之战争的硝烟一直弥漫着这个国度。与其看她满目疮痍的样子，还不如留一个理想的形象在心中。常人自是逃不过好奇之心，即便是遵循理想原则，也控制不住想去看看的冲动，韦利却是意志力很强的一个人，始终为踏足中国这片滋养他一生事业的沃土，由此看来，韦利是一位真正的理想主义实践者。他一生翻译的中国经典大都是古代文学，现代文学几乎不涉及。在他心中，中国最伟大的时代就是盛唐，为此他发誓一生不踏足中国。他要为心目中的盛唐中国留一个美好的印象，生怕现代轰隆隆的机器声及战争的硝烟毁坏他心中的那篇圣土。

作为韦利的弟子，新一代汉学家大卫·霍克思（David Hawkes，1923—2009）的汉学道路更为丰富多彩。霍克思对中国产生兴趣始自林语堂《生活的艺术》（*The Importance of Living*）②一书的阅读，那时他还是班克罗夫特中学（Bancroft's School）的学生。此书以浪漫的笔调向西方展现了中国人"完美生活的范本、快意人生的典型"，西方书评家Peter Precott的评价最为经典常为人所引用，他说："看完此书，我真想跑到唐人街，一遇见中国人，便向他行个鞠躬礼"。霍克思在战前即已读到此书，他非常喜爱，在他的各项兴趣中萌生了对

---

① 萧乾：《伦敦日记》，《萧乾全集》第二卷"特写卷"，武汉：湖北人民出版社，2005年，第219页。

② 《生活的艺术》是林语堂《吾国吾民》的姊妹篇，也是先生旅美后专事写作的第一部书。出版当年的12月即被美国"每月读书会"（Book—of—the—Month Club）选为特别推荐书籍，次年风行英国。它高居《纽约时报》畅销书排行榜第一名历时52周。

于中国的某种兴趣。①

二战期间,霍克思在牛津大学结束一年的新生学习后入伍服役,在英国皇家军队情报部门任文职工作,期间他接触到一些东方译著,尤其是韦利1942年节译中国古典小说《西游记》而成的英译《猴王》(The Monkey)进一步激起了他对东方事物的浓厚兴趣。②

在牛津就读期间,霍克思没有把眼光局限在汉学科所开设的中国典籍《四书五经》上,这一点可以从他在校期间所选的研究课题看出。当时西方学者多关注《诗经》,普遍认识到它作为中国文学源头的地位与作用,而对另一源头南方楚文化却没有足够的认识。针对此情况,霍克思另辟蹊径选择了楚文化代表作家屈原的作品《离骚》作为自己的研究课题,③开始了他最早的汉学研究活动。牛津学习期间霍克思同时下定决心,有机会要尽可能去中国一趟,亲身感受与学习真正的中国文化。

1948年1月,中国学者吴世昌到任牛津大学汉学科高级讲师一职,霍克思又积极向其学习唐诗,同时自学白话,试着阅读鲁迅的《彷徨》和中国第一部白话章回小说《水浒传》。期间,霍克思《离骚》英译工作也在悄然展开,半年后即告完成,可以说这是他最早的汉学翻译活动。

1948年的6、7月间,霍克思与牛津同学裘克安等结伴自离伦敦

---

① C. f. Connie Chan: "Appendix: Interview with David Hawkes", *The Story of the Stone's Journey to the West: a Study in Chinese-English Translation History*, Conducted at 6 Addison Crescent, Oxford, Date: 7th December, 1998, p. 300.

② 按:《猴王》三十章,相当于原书的三十回,虽有不少删节,但仍基本再现了原作的面貌。1942年伦敦阿伦与昂汶公司出版,次年即再版,至1965年共重版五次。期间还出过三个美国版,包括一个儿童版。1944年伦敦读者联合会另出新版,1961年收入企鹅丛书。具体参看张弘:《中国文学在英国》,广州:花城出版社,1992年,第246页。

③ C. f. Connie Chan: "Appendix: Interview with David Hawkes", *The Story of the Stone's Journey to the West: a Study in Chinese-English Translation History*, Conducted at 6 Addison Crescent, Oxford, Date: 7th December, 1998, p. 313.

80英里左右的南安普顿(Southampton)乘船出发经由香港前往中国。8月他顺利到达老北京大学,在时任北大教职的英国诗人兼文学批评家燕卜荪(William Empson)的帮助下,注册成为北大中文系的一名研究生。霍克思开始了一面学习汉语,一面旁听著名中国学者课程的忙碌学习生活。据霍克思回忆他曾旁听过俞平伯、罗常培、唐兰、林庚、王利器、赵西陆、游国恩、吴晓铃等先生的课程,这些课中他去得最勤的则是唐兰的金石文字学。对于中国古文字的这份兴趣与珍惜地下资料的那份苦心使他半个世纪后仍不忘就他在北大收藏的金石拓片求教于中国学者。①

霍克思1953年受聘任牛津中文讲师,1959年接替德效骞升任牛津第六任汉学讲座教授至1971年,也是第一位学者出身受聘的牛津汉学教授。1961年霍克思发表著名的汉学讲座教授就职演说辞《古典、现代和人文的汉学》(Chinese: Classical, Modern and Humane),领导牛津的汉学教学与研究工作达十年之久。他挣脱英国汉学的三大动机怪圈,抛开政治、经济、宗教等外部因素的干扰,真正把汉学当作一门学科来建设,真正把汉学视为一项学术来开展。牛津汉学讲座教授一席的受聘是霍克思汉学活动生涯的重要里程碑,不仅标志着霍克思的汉学研究已得到了西方汉学界的高度认可,他的专业汉学家身份由此确立;而且预示着他的汉学研究成果、理念与心得将影响牛津的同行并播撒到牛津学子心田,培养出下一代的汉学青年。

任职期间同时兼作牛津东亚文学丛书(Oxford Library of East Asian Literatures)的主编及牛津汉学院的主任,执掌牛津汉学的教学与管理工作达十年之久。作为牛津第一位以学者身份受聘汉学讲座教席的教授以及汉学科的主任,霍克思从学习年限、教师配置、教学内

---

① 参看邓云乡:《英国汉学家霍克思教授》,《云乡琐记》,石家庄:河北教育出版社,2004年,第449页。

容、教学目的、教学理念、语言学习、图书资料配备等方面对牛津汉学进行了一系列改革。牛津也因此迎来了它汉学教学中的专业汉学时代,为汉学专业人才的产生创造了良好的环境。同时,霍克思积极参与教学实践,他个人的执教经历将汉学研究的新理念及个人治学的严谨与虔诚传给了一代青年学子。在他的教育与影响下一大批受过扎实专业汉学训练的有志青年相继走上了汉学译研之路,牛津专业汉学乃至英国专业汉学因之储备了大量的后继人才。这些专业人才是中国文学作品介绍、研究与翻译的主力,他们的专业水准与汉学理念保证了中国文化不被过度歪曲或变形地西传。

20世纪60年代是英国汉学史的黄金期,霍克思抓住机会为英国的汉学建设出力。1961—1971年霍克思受美国学者启发,与同事创办牛津东亚文学丛书,自任主编,致力于东亚文学作品的全译。此丛书的宗旨是:为想要了解东亚文化但又不识其语言的学者们服务,为他们提供书的全貌,而不仅仅是印象或节译。"那种能为想要了解原作原貌的读者服务的译本,而不是那种专业性很强的学术研究译本,展现原貌的全译本值得一试。"①显然,这是一套由像霍克思《楚辞》译本一样,能为汉学研究服务的英译典籍作品组成的丛书。在霍克思任主编期间,这套丛书先后诞生了《中国汉魏晋南北朝诗集》(*An Anthology of Chinese Verse*: *Han*, *Wei*, *Chin and the Northern and Southern Dynasties*, 1967)、《李贺诗集》(*Poems*, Mar. 1970)、《战国策》(*Chan-Kuo T'se*, Mar. 1970)、《陶潜诗集》(*Poetry of Tao Chien*, June 1970)、《刘志远诸宫调》(*Ballad of the Hidden Dragon*, Oct. 1971)等一系列中国文学译作集。

霍克思属于英国第一批专业汉学家之列。1947年斯卡伯勒报告

---

① Connie Chan: "Appendix: Interview with David Hawkes", *The Story of the Stone's Journey to the West: a Study in Chinese-English Translation History*, Conducted at 6 Addison Crescent, Oxford, Date: 7th December,1998, p.323.

帮助英国学院式汉学培养出大量的受过严格正规汉学训练的本土专业汉学家,并吸引他们纷纷回到学院接过学院汉学教学的接力棒,霍克思就是其中的一员。后来的海特、帕克报告尤其是 1999 年的汉学研究回顾报告加强汉学研究中心或机构的建设,大力资助高校汉学教学立志培养汉学专家,体现出二战后英国汉学越来越强烈的专业性吁求。这一延续了近一个世纪的对专业性的强调是英国汉学的一大特征,也是英国汉学发展到一定阶段的必然产物。霍克思参与了英国专业汉学半个多世纪的建设过程,可以说,他是英国汉学史上专业汉学的奠基人与中坚力量。

　　小而言之,霍克思终其一生的汉学活动在中英文学交流中做出了杰出的贡献并产生了巨大影响。霍克思去世后,中国学界最快作出反应,在先生离世的第三天即 8 月 2 号,中国《红楼梦学刊》编委会集体发表了《沉痛哀悼霍克思先生》一文。中国学人感念霍克思这位"中国学界的老朋友",肯定他"为中国文学走向世界做出了重大贡献。"①

　　2010 年 4 月 15—16 日,霍克思去世不到一周年,香港中文大学翻译系和牛津大学中国研究院及牛津大学中国中心联合在香港中文大学行政楼的祖尧堂举行了旨在纪念大卫·霍克思的"文化交流:英译中国文学"国际会议(International Conference on Cultural Interactions: Chinese literature in English translation)。②

---

　　① 《红楼梦学刊》编委会:《沉痛哀悼霍克思先生》,《红楼梦学刊》,2009 年第 5 期。
　　② 会议共两天时间,主席为牛津大学荣誉教授刘陶陶女士(Dr Tao Tao Liu)和香港中文大学翻译系副主任黄国彬教授(Professor Laurence K. P. Wong)。会上除宣读霍克思讣文外,还有闵福德、刘陶陶、黄国彬、康大维和 Chloë Starr 等来自澳大利亚国立大学、牛津大学、香港中文大学、华盛顿大学及耶鲁大学的汉学专家宣读各自的霍克思研究论文。闵福德还在会上展示了霍克思生前的一些照片。参看刘春英:《香港中文大学纪行》,2010 年 10 月 25 日,http://blog.sina.com.cn/s/blog_62299a5d0100mx0g.html 及香港中文大学: International Conference Cultural Interactions: Chinese Literature in English Translations In Memory of David Hawkes, http://www.cuhk.edu.hk/cpr/pressrelease/100406 Programme.pdf。

二、汉学三大家的汉学特色及其地位贡献

之所以选择翟理斯、韦利、霍克思作为英国汉学三大家来编年研讨，是基于中国古典文学西传英国考虑的。韦利是继翟理斯之后，在欧美汉学界推动中国文学译介最为有力的汉学家，霍克思则是韦利之后，在欧美汉学界推动中国文学译介最为有力的汉学家。三位汉学家处于英国汉学发展的三个阶段，形成了各自的汉学译介与研究的特色。翟理斯作为外交官汉学的代表，能够站在学者角度，平和客观审视中国文学。后来英国汉学家克莱默·宾格（L. Cranmer-Byng, 1872—1945）则从诗人角度再译翟理斯的汉诗英译。其所翻译的译著《玉琵琶》（*A Lute of Jade*, 1909），副标题为"中国古诗选"（Selections from the Classical Poets of China），书的扉页上标有"献给 Herbert Giles 教授"。[①] 韦利一生未到中国，他以局外人心态，居高临下用自己的准则去审视，剖析中国文学的优劣。而在中国学习过的霍克思则以学者研究的心态，翻译中国古典作品的过程中注意借鉴中国学人的成果。

翟理斯身处西方文明鼎盛期，表明英国可以理解中国，因而他的韵体翻译代表了维多利亚时期的汉诗英译的特点。后来另一汉学

[①] 该书 1959 年重印版的编者是译者之子小宾格（J. L. Cranmer—Byng M. C.）。在该版前言中，小宾格声明父亲的这些译文称作 renderings，而不是译文，因为父亲不懂中文，这些译文是在他的朋友翟理斯（Herbert Giles）直译基础上修改而成。虽然如此，这些译文却深受读者喜爱，尤其是托马斯·哈代很喜欢这些译诗。小宾格还谈到中国诗歌和文字的特点：由于中文极为简约，诗歌的直译文读起来像电报；而中文里多为单音节词，虽然中国人听起来很悦耳，但翻译成英文非常困难。如果不妥善处理，就会给人单调乏味之感。为了让英文译诗更容易接受，译者采取了英文诗的模式翻译，但内容上贴近原文，尽力再现原诗的特色与风格。小宾格的父亲这样做，也许比简单模拟原诗更成功。他着力之处是先抓住原诗的精髓，然后融入自己对中国文化的理解，最后用英语诗歌的形式让原诗复活。也许就是这些特色让这个诗集五十年来久享盛誉。

家弗莱彻的《英译唐诗选》及《续集》(1925年)的翻译风格就是典型的"翟理斯式"的"韵体直译"。他们均长居中国多年,通晓汉语,译文均力求切近原文内容。韦利生活在西方文明衰落期,认为中国文化可以拯救西方,他对汉诗的自由体翻译则是忠实与流畅的最佳结合。霍克思身处中英交流的密切期,他认为好的翻译必然是建立在学术研究之上的,尤其是对文本所处的历史语境的社会化还原。在《译自中文》(*From the Chinese*,1961)一文中,霍克思对韦利翻译异域作品时注意为西方读者提供中文诗作创作的文化、政治、经济背景的做法极为欣赏。他赞叹到:"韦利先生似乎很早就意识到了,如果没有为读者建起理解这些诗作的心理框架,而只是单纯翻译异域的文本文字,这样做是不够的"①。"翻译与叙述相结合以刻画一个人物或一个时代,这是韦利娴熟掌握并巧妙运用的一种技巧。"②霍克思研究与译介中国文学旨在瞭望的是"亚洲尽头的另一个欧洲"。

他们三人均发自内心地喜欢中国文化,从而成为向英语国家读者推介中国文学特别是中国古典文学的闯将。正是通过他们对中国优美的诗歌及文学故事的迻译,提升中国在西方的地位,表明中国有优美的文学,中国人有道德承担感,有正常的人性,跟欧洲人是同样的人,有助于国际的平等交流。同时也让外国读者看到中国的重要性,使广为流传的有关中国的离奇谣言不攻自破,使普通人性在中国人身上重现,原来中西可以沟通并理解,并非像人们想象的那样异样与堕落。

翟理斯作为19世纪末20世纪初的英国汉学家,其在汉学领域的成就不仅推动了英国汉学的发展,同时也代表了这一时期英国汉

---

① David Hawkes:"From the Chinese",David Hawkes:*Classical,Modern and Humane Essays in Chinese Literature*,John Minford & Siu-kit Wong ed. Hong Kong:the Chinese University Press,1989,p.244.

② Ibid. p.245.

学的主要特点。实际上,19世纪末20世纪初的英国汉学正处于由"传教士汉学"向"专业汉学"①转变的过渡时期,翟理斯,也包括略早于他的理雅各,正是这一时期汉学家的代表,他们有着相似的经历:在华数十年,深深浸染于中国文化的方方面面,并于回国后在国内高等学府中担任汉学教授之职。尽管如此,二人在汉学研究的具体领域却有着较大的不同,理雅各的汉学成就主要在其对于中国经典的译介上,而翟理斯的成就在中英文学交流这一层面的意义更大些。从中国文学向外传播的角度来看,翟理斯的《中国文学史》则为中国学者提供了了解中国总体文学"第一次被纳入西方视野,被纳入世界文学系统中的形态"②的一个契机。再加上翟理斯在内容与形式方面都在一定程度上重视读者的接受因素,因此翟理斯在汉学领域的多数著作在英语世界中流传甚广,这些书籍也是一版再版。这些著作中,《中国文学史》是从总体上介绍中国文学的重要译作。

19世纪以来,随着英国海外殖民地的扩张,英国派往世界各地的传教士与外交官人数也激增,其中派往中国的许多传教士与外交官便成为了这一时期的主要汉学家,从最初的马礼逊到理雅各再到翟理斯,除此之外,尚有许多不知名的传教士汉学家或外交官汉学家。这些汉学家们的双重身份决定着他们拥有一定的在华经历,结束了在华的任职回国后,继续其汉学领域的研究。也就是说,他们的汉学研究地是在中国与英国本土两个地方进行的,因此有些学者也将其称为"学院派汉学"与"侨居地汉学"。③

---

① 张西平将西方汉学的发展历程分为"游记汉学"、"传教士汉学"、"专业汉学"三个阶段,可参阅张西平:《传教士汉学研究》,郑州:大象出版社,2005年。
② 李为民、桑农:《Giles的草创与郑振铎的批评——西方第一部中国文学史重议》,人大复印资料《文艺理论》,2000年第3期。
③ 王国强:《〈中国评论〉与西方汉学》,复旦大学博士学位论文,2007年,第13页。

从地域角度对英国汉学进行区分是研究这一时期英国汉学家的途径之一。"侨居地汉学"除了以专著形式初版的汉学成果以外[①],亦有另一种承载汉学的媒介即期刊[②],这些期刊为汉学家们提供了一个平台,他们的汉学观点往往最早出现在这些期刊上,汉学家间关于中国问题的论争也往往出现在这类期刊上,因此具有很大的汉学价值。尚未返国的在华汉学家构成了"侨居地汉学"的重要组成部分,而"侨居地"也是他们从事汉学研究的开始。"侨居地汉学"期刊的研究范围广泛,而与中国现状联系最密切的领域成为了汉学家们关注的重点,"侨居地汉学"期刊的研究范围广泛,而与中国现状联系最密切的领域成为了汉学家们关注的重点,"[③]虽然翟理斯的汉学家身份最终是通过其在剑桥大学担任汉学教授一职得以实现的,但是其汉学的起点与基础却是在他的侨居地即中国,这也是他日后汉学发展的重要源泉。翟理斯从1867年首次入华,先后在天津、台湾、宁波、汉口、广东、厦门等各地担任领事馆助理、代领事等职务。对于翟理斯来说,在华的所见所闻给他带来了一些先入为主的观念,这种观念遂成为了决定其汉学研究起始方向的最重要因素之一。

仅从《中国评论》与《皇家亚洲文会北中国支会》所反映的其时的"侨居地汉学"整体状况而言,当时的汉学研究存在着研究面大、实用性强的特点,因此可谓"杂而不专"。这点也体现在翟理斯

---

① 上海的英文出版业,如近代最为有名的上海别发洋行等。

② 汉学类期刊已然成为了这一时期汉学的一个重要组成部分,国内关于这些期刊的研究也在逐步推进,其中以《中国评论》(*China Review or, Notes and Queries on Far East*)的研究成果最多,如段怀清、周俐玲编著《〈中国评论〉与晚清中英文学交流》(广州:广东人民出版社,2006年)、王国强:《〈中国评论〉与西方汉学》(2007年复旦大学博士论文);而对《皇家亚洲文会北中国支会》、《中国丛报》等汉学刊物也有了一定的研究。

③ 王国强:《〈中国评论〉与西方汉学》,复旦大学博士学位论文,2007年,第78页。

的汉学著作中。也就是说,翟理斯无法摆脱他所处时代的整体汉学特点的束缚。但由于其特立独行的性情,也在一定程度上突破了这种界限的限制。在翟理斯的汉学生涯中,与许多汉学家进行了关于中国问题的论争,如关于《道德经》一书真伪的论争、关于中诗英译问题的论争以及一些中国古代词汇翻译问题的论争等。这些论争是了解这一时期汉学界焦点的指南,展现了该时期整体汉学所关注的对象并深化了汉学家们对该问题的认识。①

翟理斯返英后,其汉学著述仍旧不断,大量译著是在原有的基础上进行增删从而重新出版的。这些重新出版的论著在资料等方面更为丰富,但关于某些问题的观点则并未改变。在汉学领域涉猎范围的广泛也使得翟理斯在回国后声誉日盛,时人称其为"中国通",并且其声誉跨越了英国汉学界,在英国文化界中也具有一定的影响力。②

牛津大学的首任中文教授理雅各(James Legge)倾其一生之力,将儒家多部经典(包括书经、诗经、孝经、易经、礼记、论语、孟子、大学等)完整地译成了英文,结集为《中国经典》(*The Chinese Classics*)一书,这是英国汉学史上的重要之作;当然他也翻译了道家的经典《道德经》(*The Tao Teh King or Tao te Ching*)、《庄子》(*The Writings of Kwang—Tze*)以及《太上感应篇》(*The Thai-Shang Tractate of Actions and Their Retribution*)。比照将理雅各与翟理斯二者的作

---

① 关于这些论争,许多论文专著中已有很详细的论述与资料。如王绍祥:《西方汉学界的"公敌"——英国汉学家翟理斯(1845—1935)研究》(福建师范大学博士学位论文,2004年,第151—182页);王国强:《〈中国评论〉与西方汉学》(复旦大学博士学位论文,2007年,第90—100页);孙轶旻:《近代上海英文初版与中国古典文学的跨文化传播》(北京大学博士学位论文,2009年,第185—211页)。

② 蔡元培先生就庚子赔款一事至英国商谈时,便会见了翟理斯,试图通过翟氏的影响力促使英国政府允诺,见高平叔:《蔡元培年谱长编》,北京:人民教育出版社,1998年。又:中华民国政府曾于1922年向翟理斯授予"二等大绶嘉禾章"。

品，不难发现当后者循着前者的足迹在汉学领域探寻的同时，也开垦出了一片处女地——对于文学领域的关注，或者至少说使得中国文学的研究在英国汉学领域中所占的一席之地更加明确化。①因此，翟理斯这种"注重文学作品本身的翻译②（理雅各是在译介儒家经典时才翻译《诗经》的），并注重译介的选择性和系统性"③的倾向为英国汉学中的中国文学研究的专业化向前推进了一大步。以翟理斯为转折点，英国汉学开始比较全面关注中国的文学。

霍克思曾说："韦利出版了36部长篇汉学著述，这种产量只有在那些随意删改的译者或者侦探小说家那里才有可能。……此外，韦利还有大量涵盖面广、形式各异的文章，他的成就着实令人吃惊。"④

韦利既不是传教士，也没担任过外交官，且从未踏足过中国，未受聘于大学做过汉学教授，缺乏传统汉学认同的身份资格，而其译文平实的追求与传统汉学研究的精英化策略明显相左，尤其是对格律体翻译方法的摒弃，与传统格格不入。围绕译诗应该高雅化还是通俗化的问题，韦利还就翻译法等问题与传统汉学家翟理斯展开过一场长达四年的笔战。作为游离于汉学主流体系之外的一名他

---

① 理雅各的主要汉学著作包括最重要的《中国经典》以及《佛国记》、《西安府大秦景教流行中国碑考》、《孟子生平及其学说》、《孔子生平及其学说》等，与文学有关的只有《中国文学中的爱情故事与小说》而已。参阅岳峰：《架设东西方的桥梁：英国汉学家理雅各研究》，福州：福建人民出版社，2004年。而翟理斯的主要汉学著作则较庞杂，包括：《中国概要》、《历史上的中国及其概述》、《华英字典》、《古今姓氏族谱》、《中国文学史》、《中国的文明》、《中国和满人》、《中国和满人》、《中国文学瑰宝》（诗歌卷、散文卷）、《聊斋志异》（选译）、《洗冤录》、《佛国记》等。

② 庄子的散文在战国时期诸子散文中文学色彩应属最浓厚的，翟理斯于诸子之中选择了庄子，在一定程度上应当是认识到了这一点。

③ 李岫、秦林芳主编：《二十世纪中外文学交流史》，石家庄：河北教育出版社，2001年，第81页。

④ David Hawkes: "Obituary of Dr. Arthur Waley", *Asia Major*, Volume 12, part2, 1966, p.145.

者，韦利的汉学研究方法、研究倾向与目的与传统汉学大相径庭。

韦利汉学研究的成就可分为三个方面，中国诗歌、小说的翻译，中国诗人传记，中国古代哲学思想的译介与研究。诗歌的译本有《中国诗歌》(Chinese Poems, 1916)，《170首中国诗》(A Hundred and Seventy Chinese Poems, 1918)，《中国诗文续集》(More Translations From the Chinese, 1919)，《庙歌及其他》(The Temple and Other Poems, 1923)，《中国诗集》(Poems From the Chinese, 1927)，《诗经》(The Book of Songs, 1937)，《中国诗文译作选》(Translations from the Chinese, 1941)，《中国诗选》(Chinese Poems, 1946)，《大招》(The Great Summons, 1949)，《九歌》(The Nine Songs, 1955)。小说的翻译有《西游记》的节译本《猴子》(Monkey, 1942)，1944年儿童版《猴子历险记》(The Adventures of Monkey)，1973年韦利的妻子艾莉森·韦利(Alison Waley, 1901—2001)将原译本予以删节，以《可爱的猴子》(Dear Monkey)为题再次出版。此外韦利还节译过《红楼梦》、《金瓶梅》、《封神演义》以及《老残游记》的一些章节。

韦利的文人传记作品有《诗人李白》(The Poem Li Po A. D. 701—762, 1919)，《白居易生平及时代》(The Life and Time of Po Chü—1772—846A. D., 1949)，《李白生平及诗集》(The Poetry and Career of Li Po 701—762 A. D., 1950)，《十八世纪中国诗人袁枚》(Yuan Mei: Eighteen Century Chinese Poet, 1956)。此外他还翻译了元人李志常的《长春真人西游记》(The Travels of an Alchemist: The Journey of the Taoist Chang Chun from China to the Hindukush at the Summons of Chingiz Khan, 1931)。1952年出版的《真实的唐三藏及其他》(The Real Tripitaka and Other Pieces)一书中，详细介绍了玄奘生平及西行取经的过程。此外他还著文介绍过唐代诗人韩愈、岑参，明朝话本作家冯梦龙、清代小说家刘鹗等人的生平事迹。1958年出版的《中国人眼中的鸦片战争》(The Opium War Through Chinese

Eyes)翻译了林则徐在鸦片战争期间著写的大量日记,也有史传性质。

韦利著译的中国古代思想著作有孔子的《论语》(The Analects of Confucius),老子的《道德经》(Tao Te Ching)。1997年北京外语教学与研究出版社首次将这两个译本在中国出版印行。《论语》译本初版于1938年,由伦敦乔治·艾伦和昂温公司出版。《道德经》的译本初见于1934年乔治·艾伦和昂温公司《方法和力量——〈道德经〉及其在中国思想史上的地位研究》(The Way and Its Power: A Study of the Tao Te Ching and Its Place in Chinese Thought)。此外,韦利还翻译过《孟子》、《庄子》、《韩非子》、《墨子》,这些译文主要集中在《古代中国的三种思维方式》(Three Ways of Thought in Ancient China, 1939)中。此外,佛教也是他关注的重点。在为大英博物馆馆藏的斯坦因(Aurel Stein, 1862—1943)盗取的敦煌文献残片作编目的时候,韦利开始研析中国禅宗与艺术的关系,1922年完成了《禅宗及其与艺术的关系》(Zen Buddhism and Its Relation to Art),该书由伦敦Luzac公司出版。

1953年,因其卓著的译述成就,韦利荣获该年度的女王诗歌勋章(Queen's Medal for Poetry)[①]。《牛津英国文学词典》称之为"诗人及中日文学的权威译者。"[②]张弘称其为"英国第二代汉学家中最杰出的人物。"[③]他的译著如此畅销,主要在于其非凡的翻译才能。谈及这一才能如何培养时,美国当代汉学家白牧之(Brace E Brooks,

---

[①] 女王诗歌奖章又名为皇家诗歌金奖,因奖章刻有女王的画像而命名为女王诗歌奖章。该奖创办于1933年,奖励本年度英国诗歌创作界成果卓著的诗人。1985年,奖励的范围扩大到英联邦。

[②] Margaret Drabble, *The Oxford Companion to English Literature*, Oxford University Press, 北京:外语教学与研究出版社,2005年,第1070页。

[③] 何寅、许光华:《国外汉学史》,上海:上海外语教育出版社,2002年,第556页。

1936—)认为:不断地阅读及极强的文学敏感性是韦利具备的特殊技能,这一技能既不容易获得,更于学生。①正是这一技能,才使韦利的汉学成就达到了登峰造极的地步。

由上可见,阿瑟·韦利以其译述的宏富而著称于世。就翻译策略而言,韦利继承传统汉学侧重中国古代经典译介的思路,主要选择唐及唐前的诗歌、哲学著作为译介的对象。然而在译法的选择上,则表现出其对传统汉学的背离,如散体翻译法及跳跃性诗歌节奏的运用。这一颠覆性还表现在其解读汉学经典时采用的文化人类学视角。

就传记策略来看,他秉承传统汉学对唐代诗人李白的推崇,翻译了李白的许多诗作,还为其作传。但传统汉学只重文本翻译,很少将其置于历史的维度对其文学地位做相应的研究。即使是文学史的梳理,也仅限于作家作品的简单罗列。作为一种叙事方式,传记创作本身就是对英国汉学研究方法的超越。韦利以其掌握的丰富史料,按照历时的逻辑,完成了《李白的生平及诗集》(*The Poetry and Career of Li Po*)、《白居易生平及时代》(*The Life and Times of Po Chu—I*)、《十八世纪中国诗人袁枚》(*Yuan Mei, Eighteenth Century Chinese Poet*)三大传记,为欧美汉学界的李白、白居易、袁枚研究开拓了新的研究视域。然而,深受母语文化的影响,韦利始终以英伦文化为研究的参照系,以致其对诗人的理解出现了较大的偏差。和欧洲其他国家汉学发展的轨迹相似,英国汉学也经历了传教士汉学向学院派汉学的转型的发展过程。传统汉学遵从维多利亚时期的文学传统,采用归化的译介策略,学院派汉学则以科学的学术研究为旨归,注重异域文化因素的原生态表现,以异化见长。作为英国汉学转型期的代表,阿瑟·韦利是以传统汉学的颠覆者形象荣膺英国

---

① Brace E Brooks: "Arthur Waley", http://www.umass.edu/wsp/sinology/persons/waley.html.

文坛的。

范存忠先生曾在《中国诗及英文翻译》("Chinese Poetry and English Translations")一文中，详细介绍了英美几位著名的中诗译者，包括理雅各、翟理斯、庞德、阿瑟·韦利等人。他认为"在对中国诗文翻译的各种尝试中，阿瑟·韦利的翻译最为著名。与其他译者不同，韦利把东方研究当作自己一生的事业。"①韦利确实是一名东方文化迷。直到临终时他念念不忘的是佛教对冥界的称谓"幽途"，②这种痴迷在汉学界极为罕见。

韦利的译诗对英国的传统诗歌产生了很大的冲击作用。他与休姆、艾略特、叶芝（William Butler Yeats，1865~1939）等一起推动了英国现代诗的发展。就韦利在英国新诗中的地位，汉学家大卫·霍克思认为："20世纪初，英美诗人才读到柔迪特·戈蒂耶（Judith Gautier, 1845—1917）的《玉书》（Le Live de Jade）③，中国诗在英语国家的接受与它对西方诗坛的影响是同时进行的，二者为不可分割的整体。事实上，直到20世纪20年代，庞德这位杰出的诗人与韦利这位伟大的学者出版他们的译作，中国诗才真正对英国产生了影响。"④英国BBC广播电台的知名主持劳埃·弗勒（Roy Fuller，1912—1991）1963年曾对韦利有过一次专访，在这次专访中，弗勒坦言："韦利先生，这次访谈重在谈论你对东方经典的翻译，尤其是中诗英译。说是译诗，我更乐于把它们当作英国诗歌。在我看来，尽

---

① 范存忠："Chinese Poetry and English Translations"，《外国语》，1981年第5期，第17页。

② Ivan Morris, *Madly Singing in the Mountains: An Appreciation and Anthology of Arthur Waley*, London: George Allen & Unwin LTD, p. 26.

③ 《玉书》是柔迪特·戈蒂耶在1867年出版的一本中诗法译读本，在欧洲早期的中诗译本中，该诗的影响很大，它以散体语言翻译而成，成为自由体式译法的典范。

④ David Hawkes, "Chinese Poetry and the English Reader", Edited by John Minford Siu-kit Wong: *Classical Modern and Humane*, Hong Kong: The Chinese University Press, 1989, p. 80.

管这些诗歌已经出名40多年了,在英国也没有得到重视,但它们还是一战前英国诗坛反驳丁尼生①抑扬格诗体改革运动的一部分。"②伊文·莫里斯认为没有韦利的翻译,远东的文学典籍就不可能成为英国文学遗产的一部分。③韦利的挚友阿克顿(Harold Acton)则将韦利归入学者的范畴,强调翻译的精确:"学者往往写不出好的散文,更不用说好诗,韦利以其学术的精确而震撼文坛。……就像白居易或紫式部的灵魂附着在他身上指导他创作一样。"④瓦尔特·德·格罗斯比(John Walter de Grucby)则断言韦利是通往远东文化及社会的一扇窗。⑤

霍克思成长在英国汉学逐渐由学院式汉学向专业汉学转变的二战时期,他是斯卡伯勒报告的第一批受益者。他的汉学生涯正好活跃在英国整个专业汉学时代。作为英国第一代专业汉学家代表,他见证了英国专业汉学的预备期(二战后至20世纪50年代末)、黄金期(20世纪60年代)、停滞期(20世纪70–80年代末)直至如今的重建期(20世纪90年代至今)。霍克思对汉学研究、中国文学文化以及汉学翻译均有自己的看法与主张。在他看来,英国汉学应该摆脱历来与宗教、政治和经济的密切瓜葛,以学术为本位,坚持以文学为研究与教学的基础。他顺应二战后英国汉学日益明显化的专业性特征,完成了汉学家身份从传教士外交官、汉学业余爱好者到学者

---

① 丁尼生(Alfred Tennyson Baron,1809—1892),19世纪英国著名诗人之一,维多利亚诗风的主要代表,代表作有《轻骑兵进击》、《抒情诗集》、《亚瑟王之死》等,他的诗作题材面广,想象奇特,形式规整,辞藻华丽,且注意诗歌铿锵的节奏。

② Roy Fuller, "Arthur Waley in Conversation, BBC Interview with Roy Fuller", Ivan Morris, *Madly Singing in the Mountains, An Appreciation and Anthology of Arthur Waley*, p. 140.

③ Ivan Morris, "The Genius of Arthur Waley". *Madly Singing in the Mountains, An Appreciation and Anthology of Arthur Waley*, 1970, p. 67.

④ Harold Acton, *More Memoirs of an Aesthete*, London: Hamish, 1986, p. 26.

⑤ John Walter de Grucby, *Oriental Arthur Waley, Japanism, Orentalism and the Creation of Japanese Literature in English*, Honolulu: University of Hawaii Press, 2003, p. 4.

背景专事汉学研究的专业汉学家的转换。

霍克思在1955年书评《汉语翻译》中对自己的翻译理念有明确的表述:"我觉得,译者应该谦卑,更多关注原著的忠实传译与接受效果,而不是自身创造力的发挥或是个人更大声誉的获得。"①秉执这一理念,他赞赏韦利的译诗称之为"最优秀的翻译"②,因为在他看来韦利是"既是语言学家也是诗人"(philologer-poet)③。诗人能保证诗歌神韵的传达而语言学家能保证诗义的转换到位,两者的结合才能保证译作的成功。

汉诗中包含数量繁多的典故,以往汉诗英译在处理典故问题上多不约而同地采取回避、隐去或者简单概括的策略,从翟理斯、韦利、克莱默—宾、弗莱彻、艾思柯、雷克斯罗思等汉诗的主要英译者均是如此。韦利对典故多的诗歌从来不试图翻译,在他看来:"传统典故一直以来都是中国诗歌的缺点,是它最终毁了中国诗歌"④。

霍克思提出了与前辈学者完全不同的思考,在他看来,"这一成了许多西方学生在理解中国诗歌或实际上任何一种中国的文学形式时最大的拦路虎的典故问题,更多的是由于他们自己的文化疏离而不是中国诗的朦胧性造成的"⑤。霍克思认为,任何诗歌的欣赏都需要一定程度的共鸣,而这只有通过认真的努力才能达到。霍克思因而建议"译者应在这些传统意象一出现时就为读者指出并加以解

---

① David Hawkes: "Translation from the Chinese", David Hawkes: *Classical, Modern and Humane Essays in Chinese Literature*, John Minford & Siu-kit Wong ed. Hong Kong: the Chinese University Press, 1989, p. 235.

② Ibid. p. 231.

③ Ibid. p. 231.

④ Arthur Waley: *A Hundred And Seventy Chinese Poems*, New York: Alfred A Knopf Inc., 1918, p. 7.

⑤ David Hawkes: "Chinese Poetry and the English Reader", David Hawkes: *Classical, Modern and Humane Essays in Chinese Literature*, John Minford & Siu-kit Wong ed. Hong Kong: the Chinese University Press, 1989, p. 92.

释,以便读者更快地吸收"①。霍克思批评华生译著《寒山诗百首》的一个最大问题就是"注释太马虎"(the annotation is too capricious)。原本一个简注就能解决问题,可是华生却没有提供,这使得西方读者会错过很多知识。②

他的汉学研究从内容上看,以文学为基础主要涉及《楚辞》研究、中国诗歌研究、红楼梦研究、中国戏曲研究及中国现代文学个案研究。从方法论上看,霍克思作为专业汉学家有着与前辈学者不近相同的研究路径。他的研究在西方传统文献学方法的基础上,注重从比较思想视野阐释学术文献的意义,实现了由前辈学者的史迹考察向文献意义阐释的研究范式转向。他在中国文学研究中综合借助文献学、考古学、心理学、人类学及宗教等跨学科知识,对中外学者也不啻为一大启发。霍克思基于扎实研究基础上的文化阐释裨益于中国文学作品在西方的传播与接受。

由于在霍克思的三大汉学活动中,在中英文学交流上成就最大的是其翻译活动。《石头记》是霍克思享誉中外文学界与学术界的译作。《楚辞》英译是一种典籍翻译,杜诗英译是一种教材类翻译,而《红楼梦》翻译霍克思则尝试的是娱乐读者的文学翻译。从戏曲片段翻译到庆寿短剧《蟠桃会》的英译再到《柳毅与龙公主》全译,霍克思在中国戏曲翻译上也做出了一定的努力。

霍克思的汉学研究论文数量众多,散刊于《大不列颠及爱尔兰皇家亚洲学会会刊》、《伦敦大学亚非学院学报》、《亚洲研究》、《哈佛亚洲研究》、《美国东方学会会刊》、《中国季刊》、《太平洋

---

① David Hawkes: "Chinese Poetry and the English Reader", David Hawkes: *Classical, Modern and Humane Essays in Chinese Literature*, John Minford & Siu-kit Wong ed. Hong Kong: the Chinese University Press, 1989, p. 96.

② David Hawkes: "Cold Mountain", David Hawkes: *Classical, Modern and Humane Essays in Chinese Literature*, John Minford & Siu-kit Wong ed. Hong Kong: the Chinese University Press, 1989, p. 250.

事务》、《中国文学》及《泰晤士报文学增刊》等各大重要的海外汉学研究与评论期刊。从楚辞、汉赋、唐诗宋词到元杂剧、清代小说，再到近现代作家作品，他都有广泛涉猎与独到见解，为英语世界深入了解中国与中国文化可谓是鞠躬尽瘁。尤其是其中数量不少的书评更是见证了霍克思为促进中国文化的传播所做的可贵努力。他时刻关注西方汉学译介的学术前沿，撰写书评及时向西方世界评荐传播与研究中国文化的优秀译著。在培养西人阅读与研究风气的同时也促成了中西学术的讨论与互动。正如英国汉学家卜立德（D. E. Pollard）所言，"韦利是一个有待探究的现象，而我们只要读上几页霍克思的汉学论文选集就会明白霍克思的学识同样是惊人的"[1]。

三、比较文学视角与汉学研究思路

海外汉学研究属于中外文学、文化交流的研究领域，因而也从属于比较文学研究的学科范畴。以英国汉学在19世纪下半叶至20世纪上半叶发展为背景，从中英文学交流的角度来重新观照、审视三大汉学家的汉学经历、成就及影响。因而必须借鉴历史分析等传统学术研究方法，并综合运用西方新史学理论、接受传播学理论、文本发生学理论、跨文化研究理论、文化传递中的误读、误释理论等理论成果，从文学交流角度准确定位汉学三大家在英国汉学史上的地位，清晰勾勒他们如何通过汉学活动以促进中英文学、文化交流发展的脉络。这不仅有利于三大汉学家汉学面貌的清晰呈现，也裨益于中国文学与文化的域外传播，同时有助于我们透视西方人眼中的中国文化。

---

[1] D. E. Pollard. "(Untitled Review) Classical, Modern and Humane: Essays in Chinese Literature, by David Hawkes; John Minford; Siu-kit Wong". Book Review. *Chinese Literature: Essays, Articles, Reviews (CLEAR)*, Dec. 1991, 13 p.191.

因此，海外汉学研究作为中国比较文学学科的一个重要领域，必将成为在海外弘扬中华文化的一方重镇，它昭示的是中国文化的世界性意义。中国自公元1218年蒙古帝王成吉思汗铁蹄西征欧洲诸国所展开的初次"谋面"始，与西欧就有了或多或少的接触与交流。中西上下七百多年的交流史，同时也是英国汉学的发展史，在这一历史过程中，西方汉学家是一批研究与传播中国文化的特殊群体。他们在本国学术规范与研究传统下做着有关中国文化与文学的研究与翻译工作，在他们的辛勤笔耕下中国文学作品与中国文化来到了异域他国，他们所精心从事的中国文学与文化研究阐释工作也在其所在国产生了影响，并反过来对中国学术发展产生一定的促进作用。汉学家独特的"非我"眼光是中国文化反照自身的一面极好的镜子，正如陈跃红教授所说"那正是我们所需要的"①。从交流的角度挖掘一代代西方汉学家的存在价值给予其公正的历史定位，既有利于中国文化走向世界也有利于中国学术与世界接轨，但目前这一领域的工作在中国亟待拓展与深化。比如说关于霍克思研究，中国学人多关注其《红楼梦》英译，西方学者多肯定其汉学成就，鲜见从交流角度结合其整个汉学活动生涯对其展开个案研究的论文或专著。

其实，霍克思在接手牛津汉学讲座教授几年后，即从比较文学的视角正面回答了汉学学科这一安身立命的问题："我们至少可以指出中国研究对比较文学的重要性……对于比较文学来说，中国文学研究的价值在于它构建了一个独立完整的文学世界，一个与西方完全不同的文学世界。"②也就是说中国文学的价值在于其与西方的相

---

① 陈跃红：《汉学家的文化血统》，任继愈主编：《国际汉学》（第八辑），郑州：大象出版社，2003年，第31页。

② David Hawkes: "Chinese Literature: An Introductory Note", David Hawkes: *Classical, Modern and Humane Essays in Chinese Literature*, John Minford & Siu-kit Wong ed. Hong Kong: the Chinese University Press, 1989, p.72.

异性,作为世界文化的一个组成部分,其独特性使其有了存在与被研究的必要。霍克思认为对不同文学间主题、文类、语言表达与思想表达的差异的寻找等都是中西文学比较中可开展的话题。"实际上汉学研究者所处的境遇有些类似于语言学家被要求描述迄今为止还无记录的某种语言的具体情况时的处境。汉学家们一方面期望从中找出一些与自身文化相熟的东西,一方面又期望能找出一些新的、与自身过去经历无法相比的东西。"①这就是汉学,归根到底属于比较文学的一个分支,它在比较文学的领域下才能真正找到自己的意义所在。

在霍克思看来,汉学研究要以文学为基础。"我们必须始终坚持汉学科以文学研究为基础"②,这是霍克思就职演讲词中"人文"（humane）一词的含义所在。humane 通常理解为"人道的",但在霍克思的定义中是与牛津汉学教学传统的典籍阅读相对的,可中译为"人文（的）"。四书五经太过古远,纵使对于本国语读者来说都需要注释,更何况是异域读者？文学就是一个世界,它相当完好地记录下它那个年代的一切。霍克思对文学的重视,对人文的强调促使他一生汉学翻译与研究活动关注的都是中国文学作品。

霍克思主张在从事汉学研究时注意各领域成果、方法的相互借鉴与综合利用,反对实用主义的研究方法。霍克思发现二十世纪二十年代以来,考古学家（archaeologist）、古文书学家（palaeographer）、词源学家（etymologist）和文本批评家（textual critic）等的通力

---

① David Hawkes: "Chinese Literature: An Introductory Note", David Hawkes: *Classical, Modern and Humane Essays in Chinese Literature*, John Minford & Siu-kit Wong ed. Hong Kong: the Chinese University Press, 1989, p. 74.

② David Hawkes: "Chinese: Classical, Modern and Humane, An Inaugural Lecture delivered before the University of Oxford on 25 May 1961", David Hawkes: *Classical, Modern and Humane Essays in Chinese Literature*, John Minford & Siu-kit Wong ed. Hong Kong: the Chinese University Press, 1989, p. 23.

合作为西方描画古代中国增添了不少色彩。霍克思曾概括韦利汉学研究中的具体方法,认为面对新出现的汉学研究领域之外的辉煌成就,韦利所做的并不仅仅是调和所有这些发现的成果并以一种令人愉快的方式展现出来而已,"事实上,在研究中,韦利阅读了大量人类学资料及世界各地的文学(只要浏览一下他《诗经》英译的脚注就可明白其兴趣的广泛),从而能够在更加广阔的语境中研究古代中国。中国古代文化不再遥远得像是一种已被遗忘了的月球文化,而是我们自己文化遗产的一部分,它的国民就是我们的同胞。"①

霍克思的一生依靠这些语言广泛阅读各国的相关最新汉学研究成果,综合借鉴西方历史、宗教、语言学、人类学等领域的先进研究方法来进行他的文学研究。尤其是借用人类学研究文学上,霍克思与他的前辈韦利在英国汉学史上有开创意义。

霍克思在比较文学视域的研究框架下,为汉学研究指出了其独特的价值所在。在霍克思的汉学研究中,他也时刻不忘比较视域,其学术路径在传统语言学(文献学)研究方法基础上增加了比较思想视野下审视学术文献意义的步骤。对于霍克思而言,研究汉学既是为了了解中国,了解一个不同于西方的文学世界,也是为了中英互比、互识与互证。此中贯穿着比较,贯穿着两种文化的互识与交流,霍克思漫长的汉学研究之路自始至终都非常注重中西比较与汇通。在他看来"学习汉语不是仅仅学习一门外语,而是学习另一种文化、另一个世界,就如米歇莱所说的,'亚洲尽头的另一个欧洲'"②。他在《楚辞》的译研中深为伟大而又身遭噩运的楚国的艺

---

① David Hawkes: "From the Chinese", David Hawkes: *Classical, Modern and Human: Essays in Chinese Literature*, John Minford & Siu-kit Wong ed. Hong Kong: the Chinese University Press,1989, p. 246.

② David Hawkes: "General Introduction", David Hawkes tr. *Ch'u Tz'ǔ, the Songs of the South: An Ancient Chinese Anthology.* London/Boston: Oxford University Press/Beacon Press,1959/1962, p. 19.

术感染，他感到"楚辞中的早期诗作并不是孤立不可解的文学现象，而是一种杰出、迷人文化的精彩展现"①。在汉诗研究中，他也有着相似的感悟："透彻理解其中的'同与异'（用中国话来说）甚至有可能引导我们重新评估我们对自己诗歌所持有的一些看法"②。即使是在西方较为滞后的中国古代文论的汉学研究，霍克思认为比较文学的加入也能起到大大的刺激作用。西方学者需要了解大量的文学作品方可进入中国文论的研究，"然而一旦时机来临，在学术景观上比较文学的出现早已刺激了中国古代文论的研究，某种有利的发展条件可以说业已存在"③。正是秉承这样的观念，霍克思才会认为刘勰《文心雕龙》对文学概念的定义"虽然有些神秘，但也并不是真的与西方文学中的创造论有截然之别，从某种意义上说它类似于西方把作者比作上帝的说法"④。同样，站在比较文学的视域中霍克思也觉悟到西方文学是宗教性的，而中国文学则主要是世俗文学（secular literature），中国的社会也主要是世俗社会；封建帝制下的中国犹如没有基督教的中世纪欧洲社会，其中不仅是一半而是整个

---

① David Hawkes:"General Introduction", David Hawkes tr. Ch'u Tz'ǔ, the Songs of the South: An Ancient Chinese Anthology. London/Boston: Oxford University Press/Beacon Press, 1959/1962, p. 19.

② David Hawkes: "Chinese Poetry and the English Reader", David Hawkes: Classical, Modern and Humane Essays in Chinese Literature, John Minford & Siu-kit Wong ed. Hong Kong: the Chinese University Press, 1989, p. 99.

③ David Hawkes. "(Untitled Review) The Literary Mind and the Carving of Dragons. By Liu Hsien. Tr. With an Introduction and Notes by Vincent Yu—chung Shih". Book Reviews. The Journal of Asian Studies, May, 1960, 19(3): 331.

④ David Hawkes: "Chinese Poetry and the English Reader", David Hawkes: Classical, Modern and Humane Essays in Chinese Literature, John Minford & Siu-kit Wong ed. Hong Kong: the Chinese University Press, 1989, p. 77.

统治阶级都是社会的官员①。《楚辞》英译初版《招隐士》卷的导读文字中，霍克思在关于此卷作者、创作时间及史料价值的考辨中不忘提醒读者注意《招隐士》作者对自然的态度与英国十八世纪的新古典主义者惊人的相似："值得注意的有趣现象是《招隐士》的作者，远远早于中国山水画的创始时期，表现出对自然与英国奥古斯都文学如出一辙的态度：都极不喜欢未被驯化的严酷自然。"②而书评《雄浑的时代》（*The Age of Exuberance*,1983）在分析闺情诗集《玉台新咏》中中国女性的真正形象时，他指出诗中的形象更多是"中国男性诗人自我愿望想象的产物，现实中的中国女性总体而言霍克思比为普契尼《图兰朵》一剧中那傲慢无情的图兰朵而不是忠贞多情的侍女柳儿"。③霍克思比较视野下的文化阐释之例可谓举不胜举，此法应该说是贯穿其汉学研究始终的一大重要研究方法或者说研究理念。

四、年谱编撰的史料价值与学术意义

十年前，笔者曾出版《中英文学关系编年史》，因为此前国内学界尚未从编年史的角度全面系统地进行中外文学关系史的研究。业师钱林森先生在给该著所写序言中曾说"这本国别文学关系编年史具有开创意义，填补了这一学术领域的研究空白。假如所有国别

---

① David Hawkes："ChinesePoetry and the English Reader"，David Hawkes：*Classical, Modern and Humane Essays in Chinese Literature*，John Minford & Siu-kit Wong ed. Hong Kong：the Chinese University Press，1989，p.75.

② David Hawkes："Chao Yin Shih"，*Ch'u Tz'ǔ, the Songs of the South：An Ancient Chinese Anthology*. London/ Boston：Oxford University Press/Beacon Press，1959/1962，p.119.

③ David Hawkes："The Age of Exuberance"，David Hawkes：*Classical, Modern and Humane Essays in Chinese Literature*，John Minford & Siu-kit Wong ed. Hong Kong：the Chinese University Press，1989，p.310.

文学关系史的研究均从史料搜集、资料编年开始，在此坚实的基础上再撰著国别文学交流史，那该是一件多么有意义的学术工程。"①同样，国内学界从年谱编撰的角度，全面展示海外汉学发展或文学文化交流的著述也不多见，假如投入精力在资料普查的基础上，认真做数部海外汉学家的年谱或事迹编年，必会为海外汉学研究的拓展提供坚实的史料基础和值得研究的问题点，使得各种专题研究有一个汉学史发展的参照系。

年谱是一种编年体传记，它以谱主为中心，以时间为经，以事实为纬，按年月记述谱主一生及其相关的事迹，所谓"叙一人之道德、学问、事业，纤悉无遗而系以年月者，谓之年谱。"（朱士嘉《中国历代名人年谱目录·序》）。一般包括谱主的姓名、籍贯、家世、生平、交游、思想和著述等。年谱有考世知人的史料价值。编撰年谱，应当重要谱主所处时代的"风教"，应当"设身处境"。传主的身世直接或间接影响他们的汉学翻译理论、目的与策略，也影响他们对中国文化与文学的认识。

任何一个学术观点的总结，都必须建立在基础文献的整理和推进上。在作家作品的个案研究之之中，年谱的著录就属于这种沉潜式的学术根基研究。它对于深入观照该作家的文学活动、文学作品和创作心态，显得十分重要。三大汉学家的地位贡献显著，值得探讨研究的问题点颇多。如若不清晰地整理他们的生平行迹，这一学术目的恐怕难以达到。力求在真实客观真实的基础上，为进一步展开三大汉学家的汉学研究奠定坚实的文献基础。

在一般人文学者眼里，没有人怀疑史料的重要性，但史料工作的学术地位不高，认为史料工作简单而费力、有用而不讨好，只不过是服务于具体的专题研究工作。这样，在片面强调理论创新、多快好省制造成果的学术生态中，史料建设之类的基础工程得不到应

---

① 葛桂录：《中英文学关系编年史》，上海：上海三联书店，2004年，第1—2页。

有的重视。学者刘福春在思考新诗史料工作为何很难吸引更多的人并形成一支专业队伍时，总结过三点原因：1）史料工作细碎，需要积累，时间长，很难见成效；2）成果出版困难，工作见效慢；3）出版的史料成果学术地位不高或没有学术地位。但是，正如刘福春所提示的那样，"史料工作"自古就是"研究工作"的一部分，从汉代的朴学，到清代的乾嘉学派，目录、版本、训诂、考据、校注、辨伪、辑佚、考订等都是重要学问。史料工作应该有其独立的学科地位，有其研究范围、治学方法和独立的学术价值。有了一支专业队伍，以"发掘"与"求真"为特征的史料工作才有可能进入"研究"层次。没有翔实的史料占有，研究工作很难游刃有余。①

来新夏先生曾通过近三百年人物年谱的试探性检读，感到这种做法可以使别人得到方便，节省精力。他由此联想到，"如果对史籍的每个文类或小目类都有人分别去清查一下底数，并把结果写出报告，编制一些工具书。那么，人们在搜集资料工作上就不需要人人都从头搞起，而是已有少数人为多数人摆好了'梯子'，或者说作了'铺路石子'的工作了。"这种铺路工作，陈援庵先生曾感叹说："兹事甚细，智者不为，而不为终不能得其用。"（《中西回史日历·序》）来新夏先生体会到："这种作法不仅可以开拓目录学研究的实践领域，而且将使更多的学术工作者把主要精力用于剖析史料、论证史事、发现问题、扩大研究领域，使学术研究能更快地向前发展。"②

由此可见，年谱、编年史类的著述，是学术研究的基础建设工程，也是我国人文学科前辈学者治学的优良传统。它既是学科发展到一定阶段的产物，也是学科进一步可持续拓展的重要基础。因为

---

① 刘福春：《艰难的建设》（史料卷导言），载《百年中国新诗史略》（《中国新诗总系》导言集），北京：北京大学出版社，2010年，第398—399页。

② 来新夏：《近三百年人物年谱知见录》（增订本），北京：中华书局，2010年，第901页。

它能使大量原本纷繁复杂的中外文学与文化交流史料,经过系统的整理编排,呈现清晰可辨的脉络,为研究者深入探讨某一时段的文学与文化交流问题搭建一方宽阔的时空平台。

顾炎武有所谓"取铜于山"之说。西哲笛卡尔亦说:"拼凑而成、出于众手的作品,往往没有一手制成的那么完美。我们可以看到,由一位建筑师一手建成的房屋,总是要比七手八脚利用原来作为别用的旧墙设法修补而成的房屋来得整齐漂亮。"①"单靠加工别人的作品是很难做出十分完美的东西的。"②钱锺书也说过:"对经典第一手的认识比博览博士论文来得实惠",要有"第一手认识"③,就是要直接面对作品原著与原始材料,发现真正属于自己的东西。原始资料之所以值得重视,就在于它在史料的原始性,以及反映的主体事实方面有较高的可靠性。而年谱、编年史著述的史学意义最高的标准就是保持历史的真实,这些都需要原始资料的支撑。

年谱、编年史著述的价值与意义何在?首先可以还原文学交流历史时空的面貌。鲁迅先生讲到文学研究要"知人论世"时说:"分类有益于揣摩文章,编年有利于明白时势",并拿古人年谱,近世人时有新作的事,证明大家已经省悟这个道理。(《且介亭杂文·序言》)明白时势,就是希望能够最大限度地还原文学交互历史的场景,这是年谱、编年史著述体例的长处。试图展现中外文学交流的原生态面貌,是本领域研究者的一个学术理想。

与专题研究相比,年谱、编年史在展现文学交流历程的复杂性、多元性方面获得了极大的自由。专题史的写作,往往在材料的选择与阐释中丢弃了好多"例外",因而不容易看出思想史意义上的交流轨迹。采用年谱、编年体著述,更能展开具体而丰富多彩的历

---

① 笛卡尔:《谈谈方法》,王太庆译,北京:商务印书馆,2005年,第11页。
② 笛卡尔:《谈谈方法》,王太庆译,北京:商务印书馆,2005年,第12页。
③ 1981年10月24日信,见牟晓朋等编:《记钱锺书先生》,大连:大连出版社,1995年,第105页。

史流程。可以发现在同时代里的不同信息相向而视,历史的张力得以显现,历史的空间得以还原。将一个交流事实放在历史时段中看,它的起因、内涵及与周边社会文化的内在联系,才能辨别及合理解释。正如陈世骧《法国唯在主义运动的哲学背景》所说:"一株奇异生物的长成,不但表现自己本身的形色,而同时映射着一个特殊的季节,和一片变性的土壤。它放送的气息,代表着四周的氛围。"①受到跨文化交流洗礼过的文学事实,即如这样一株奇异的生物,蕴藏于其中的多重气息,置于年谱、编年史语境中才能昭然若揭。

汉学家的汉学年谱主要是通过编年的方式,展示谱主的汉学历程及其地位贡献。因而,汉学事迹编年是其中最重要的史述方式。汉学家年谱的编著,不仅可以为初学者及研究者提供必要的帮助,而且也能为普通读者了解中外文学、文化交往史,或者中国文学文化在海外传播的历程及影响,提供简明指南。

同样,汉学家年谱对于研究汉学著述的专题研究(创作情况、成书过程、流传和评论等)有所帮助,并能够关注重要汉学著述(诗文选译本)的纂辑过程、汉学界的交游掌故、汉学史上的观念之争(如理雅各、翟理斯之争,翟理斯、韦利之争)。

年谱的繁简之争所由起是因为"繁者每失于芜,简者又嫌于漏"(吴骞《初白先生年谱·序》)。梁启超所谓"附见的年谱须简切","独立的年谱须宏博"之说,有道理。(《中国历史研究法补编》)附于论著(学位论文)之后的年谱、或发表于学术刊物的年谱,多在一、两万字之间,以简切为上。独立编撰的一个谱主的专谱多在 20 万以上,有的年谱长编达百万余字。

本书选择三大汉学家合刊形式编撰,属于中型容量,每位汉学家年谱的字数 10 万左右。但他们之间又有前后传承关系,也做着同样的汉学事业,某种程度上也是 19 世纪中期至新世纪这一百五十余年,英国汉学史甚至中英文学交流史的缩影。

---

① 陈世骧:《陈世骧文存》,沈阳:辽宁教育出版社,1998 年,第 104 页。

H. A. 翟理斯：英国汉学史上总体观照中国文学的第一人[①]

翟理斯（Herbert Allen Giles，1845—1935）在英国汉学发展历程中，上承理雅各（James Legge，1814—1897），而下启韦利（Arthur Waley，1889—1966）。尽管他与后两者在相关问题上颇有争议，但恰好表明了英国汉学家对中国某些问题关注度上的一致性以及前后传承关系，这些特点也表现在其对中国文学的译介和研究上。

翟理斯的汉学著作颇丰，其所观照的中国问题既涉及民族、思想等大课题，也对中国的各种习俗，诸如女性裹脚等颇为用心。这也许在很大程度上得益于其童年及少年时代所受之教育。1845年，翟理斯出生于英国牛津北帕雷德（North Parade, Oxford）的一个具有浓厚学术氛围的家庭之中。在父亲的熏陶下，他涉猎了拉丁文、希腊文、罗马神话等，并接触到了历史、地理、文学艺术等各类学科。这种开阔的视野一直延续到了他与中国相遇之后，幼年时代的艺术熏陶以及由此而形成的艺术品位与修养，使他很快与中国文学结缘并对此有了某种独到的鉴赏力。

[①] 本部分内容曾刊于《中国古代文化经典在海外的传播及影响研究——"以二十世纪为中心"学术研讨会论文集》（大象出版社2014年版），署名葛桂录、徐静。徐静系笔者指导的硕士毕业生，参与过本文写作过程中的资料搜集及初步分析工作。

一

在中英文学交流史上，翟理斯译介中国文学方面的成就举足轻重。他的文学类译著主要包括《聊斋志异选》(Strange Stories from a Chinese Studio, 1880)、《古文选珍》(Gems of Chinese Literature, 1884)、《庄子》(Chuang Tzu, Mystic, Moralist and Social Reformer, 1889)、《古今诗选》(Chinese Poetry in English Verse, 1898)、《中国文学史》(A History of Chinese Literature, 1901)、《中国文学瑰宝》(Gems of Chinese Literature, 1923)等。除此以外，他的其余汉学著述，如《中国札记》(China Sketches, 1875)、《佛国记》(A Record of the Buddhistic, Kingdoms, 1877)、《翟理斯汕广纪行》[From Swatow to Canton(Overland, 1882)]、《历史上的中国及其他概述》(Historic China and Other Sketches, 1882)等，在内容上也涵盖了部分中国文学的内容。因此，在翟理斯的著作中，读者可以深深地感受到中国文化、文学的韵味。相对而言，英国汉学的功利色彩较强，翟理斯的汉学著述亦无法避免，不过那种流淌于其行文中的中国文学情趣则足以令人耳目一新。

《中国札记》是一本评介中国各种风俗、礼仪、习惯等方面的著作，涉及的问题非常广泛。在该书序言中，翟理斯反驳了这样一种在当时欧洲广为流行的观点，即认为"中华民族是个不道德的退化的民族，他们不诚实、残忍，以各种各样的方式来使自己堕落；比松子酒带来更多灾难的鸦片正在他们中间可怕地毁灭着他们，并且只有强制推行基督教义才能将这个帝国从快速惊人的毁灭中拯救出来。"[①]并且以自己身处中国八年的经历来说明中国人是一个勤

---

① H. A. Giles, *China Sketches* (preface), London: Trübner & Co., Ludgate Hill. Shanghai: Kelly & Co., 1876.

劳、清醒并且快乐的种族。①翟理斯此后的许多创作皆延续了该书所关注的中国问题,并着力纠正其时西方负面的中国形象,这成为他撰著许多汉学著作的最重要出发点。在《中国札记》中,翟理斯已开始显现出对中国文学的兴趣。其讨论的话题中,便包括"文学"(literature)和"前基督时代的抒情诗"(anti-Christian lyrics)。翟理斯以为当时的汉学家只是在诸如科学、历史及传记类著述中才稍微提及中国文学,这使得当时欧洲许多渴望了解中国文学的人失去了机会。②正是基于对中国文学英译现状的不满,翟理斯于此方面用力最勤,这在其后来的汉学著作里有充分体现。

《历史上的中国及其他概述》分为三大部分,包括朝代概述、司法概述以及其余各种概述。在叙述周、汉、唐、宋、明、清等六个朝代的历史演变中,加入了一些中国文学译介的片段。如在"唐"这一章节中,翟理斯插入了《探访君子国》(A Visit to the Country of Gentlemen),即《镜花缘》的片段节译。由是观之,《镜花缘》起初并非作为小说来向西方读者介绍,更倾向于其史料上的文献价值,目的是由此窥探唐代的中国。宋代则选译了欧阳修的《醉翁亭记》,清代选译了蒲松龄《聊斋志异》中的一篇短篇故事。这些文学作品大都被翟理斯作为史料或作为史书的一种补充而出现,起了一个以诗证史的作用。

翟理斯的一些涉及中国的杂论也多将文学作为一种点缀,如《中国和中国人》(China and the Chinese,1902)、《中国绘画史导论》(An Introduction to the History of Chinese Pictorial Art,1905)、《中国之文明》(The Civilization of China,1911)、《中国和满人》(China and the Manchus,1912)等。这些著述涉及中国的宗教、哲学、文

---

① H. A. Giles,*China Sketches*(preface),London:Trübner & Co.,Ludgate Hill. Shanghai:Kelly & Co.,1876.

② H. A. Giles,*China Sketches*,London:Trübner & Co.,Ludgate Hill. Shanghai:Kelly & Co.,1876. p.23.

学、风俗习惯等的介绍,并将文学视为了解中国人性格、礼仪、习俗诸方面的一个路径。

二

1880年,翟理斯选译《聊斋志异选》(Strange Stories from a Chinese Studio)二卷在伦敦 De Larue 出版公司刊行,以后一再重版,陆续增加篇目,总数多达160多篇故事。这是《聊斋志异》在英国最为详备的译本,也是翟理斯第一部真正意义上的中国文学译著。在初版的《聊斋志异选·说明》中,翟理斯指出自己的译本所依是但明伦刊本:"自他(指蒲松龄——笔者注)的孙子出版了他的著作(指《聊斋志异》)后,就有很多版本印行,其中最著名的是由道光年间主持盐运的官员但明伦出资刊行的,这是一个极好的版本,刊印于1842年,全书共16卷,小八开本,每卷160页。"① 翟理斯还提示"各种各样的版本有时候会出现诸种不同的解读,我要提醒那些将我的译本和但明伦本进行对比的中国学生,我的译本是从但明伦本译介过来,并用1766年出版的余集序本校对过的。"虽然余集序本现在已难寻觅,但仅从翟理斯个人叙述来看,其对《聊斋志异选》所依据的版本是经过挑选的。翟理斯选择了《聊斋志异》近五百篇中的164篇,但最初并非选译,而是将但明伦本共16卷一并译介。只不过后来他考虑到:"里面(指《聊斋志异》)的一些故事不适合我们现在所生活的时代,并且让我们强烈地回想起上世纪(指18世纪——笔者注)那些作家们的拙劣小说。另外一些则完全不得要领,或仅仅是稍微改变一下形式而出现的对原故事的重复"②,而他所最

---

① H. A. Giles, *Strange Stories from a Chinese Studio*, Vol. I, London: Thos. De La Rue & Co., 1880, Introduction xxiv.

② H. A. Giles, *Strange Stories from a Chinese Studio* (preface), Introduction xxix, 以下翟理斯观点的引文皆出于此,不再另注。

终选译的164篇故事则是"最好的、最典型的"。这些短篇故事也最具有中国特色，最富有中国民间风俗趣味的气息，其他作品除了翟理斯所言"重复"原因以外，也由于在观念、礼仪、生活习惯等方面的相似性而被排斥。

翟理斯译介《聊斋志异》的目的在于，"一方面，希望可以唤起某些兴趣，这将会比从中国一般著述中获得的更深刻；另一方面，至少可以纠正一些错误的观点，这些观点常常被那些无能而虚伪的人以欺骗的手段刊行，进而被当作事实迅速地被公众接受了。"他一再强调"虽然已经出版了大量关于中国和中国人的书籍，但其中几乎没有第一手的资料在内"，因而那些事关中国的著述就值得斟酌。他认为"中国的许多风俗习惯被人们轮流地嘲笑和责难，简单地说，是因为起传达作用的媒介制造出了一个扭曲的中国形象"。而试图纠正这种"扭曲"的中国形象，正是翟理斯诸多汉学著作产生的一个重要原因。为了说明这一点，他还引用泰勒[①]的《原始文化》一书，否定了那种荒唐的所谓"证据"："阐述一个原始部落的风俗习惯、神话和信仰须有依据，难道所凭借的就是一些旅游者或者是传教士所提供的证据吗？他们可能是一个肤浅的观察家，忽略了当地语言，也可能是一个粗心带有偏见的，并任意欺骗人的零售商的未经筛选过的话。"翟理斯进而指出自己所译《聊斋志异》包含了很多涉及中国社会里的宗教信仰及信念和行为的内容，并谈到自己的译文伴有注释，因而对欧洲的读者更具启发性，也更容易被接受。这就是说，翟理斯通过文本译介与注释说明两方面，来向英语世界的读者展示他亟欲真正呈现的中国形象。如此处理使得《聊斋志异选》不仅展现了中国文学的重要成就，而且也具有了认识中国的文献史料价值。

[①] 爱德华·泰勒(1832—1917)，英国最杰出的人类学家，英国文化人类学的创始人，代表作《原始文化》。

确实,《聊斋志异选》译本的一个显著特色就是其中有大量注释。正如当时的一篇评述文章所说,"并非只有正文才对研究民俗的学人有帮助,译者的注释也都具有长久的价值,译者在注释中体现的学识产生了很大的影响"①。在有些故事译介中,注释的篇幅比原文的篇幅还要长。这些注释内容涉及中国的各种习俗、宗教信仰、传说、礼仪等等,称得上是一部关于中国的百科全书。具体而言分为四大类:一是对中国历史人物的介绍,如关公、张飞等;二是对于佛教用语的解释,如"六道"、文殊菩萨等;三是对中国占卜形式的介绍,如"镜听"、"堪舆"等;四是对中国人做事习惯、性格的分析。这些注释对于西方人了解中国的各种知识信息具有很强的实用性,更重要的是,这种实用性与此前翟理斯所著之汉语实用手册一类的书籍已有所区别。翟理斯通过译介如《聊斋志异》这样的文学作品,承载着更多涉及中国文化的信息。读者既能享受阅读文学作品带来的情感趣味,又可获得大量关于中国的知性认识。

在《聊斋志异选》中,翟理斯全文翻译了蒲松龄的自序《聊斋自志》以及一篇由唐梦赉撰写的序文。蒲松龄在《聊斋自志》一文中引经据典,即便是当代的中国读者,倘使没有注释的帮助也很难完全理解其中的涵义。因此翟理斯关于《聊斋自志》的注释与其正文中的注释并不完全相同,《自志》中的注释看来更符合中国本土士大夫阶层的习惯,不把重点放在民风、民俗等习惯的介绍上,而是重点解释典故之由来。②如对于《自志》中最后一句"知我者,其在青林黑塞间乎!"中的"青林黑塞"的注解如下:"著名诗人杜甫梦见李白,'魂来枫林青,魂返关塞黑'③——即在晚上没有人可以看见他,意思就是说他再也不来了,而蒲松龄所说的'知我者'也相

---

① Books on Folk-Lore Lately Published: Strange Stories from a Chinese Studio, Folk-Lore Record, Vol. 4, 1881.

② 或许确实存在一位帮助翟理斯的中国学者,但目前并无这方面的明确记载。

③ 即杜甫的诗歌《梦李白》中的诗句。

应地表示不存在。"①除此之外，仅在《自序》注释中所涉及的历史人物及相关作品就包括屈原②（其作品《离骚》，并不忘记提到一年一次的龙舟节——端午节）、李贺（长指甲——长爪郎，能快速地写作③）、庄子④、嵇康（是魏晋时期的另一个奇才，是著名的音乐家、炼丹术士，并提及《灵鬼记》中关于嵇康的故事⑤）、干宝（提到他的《搜神记》）、苏东坡、王勃（有才华，28岁时被淹死）、刘义庆（《幽冥录》）、韩非子、孔子⑥、杜甫、李白、刘损⑦、达摩。此外，也有少量关于习俗传说的注释，如三生石、飞头国、断发之乡、古代孩子出生的习俗、六道等。可以说，这些注释皆有典可考，具有很深的文化底蕴。

事实上，翟理斯对《聊斋志异》的译介已经具备了研究性的特征。或许是受到了中国学者"知人论世"学术方法的影响，翟理斯在篇首便介绍了蒲松龄的生平，继而附上上文所提到的《聊斋自志》译文，并作出了详尽准确的注释。"为了使读者对这部非凡而不同寻常的作品能有一个较为准确的看法与观点，我从众多的序言

---

① H. A. Giles, *Strange Stories from a Chinese Studio*, Vol. I, London：Thos. De La Rue & Co. 1880, Introduction xxii.

② 对《离骚》书名的翻译显然是采用了东汉王逸的说法，即指"离开的忧愁"。

③ 李商隐《李长吉小传》："长吉细瘦，通眉。长指爪。能苦吟疾书"，翟理斯之注释当参考此文。

④ 翟理斯翻译了《庄子·齐物论》中的"女闻地籁而未闻天籁夫!"一句。依翟氏的译文为：你知道地上的音乐，却没听过天上的音乐。

⑤ 《太平广记》引《灵鬼记》载：嵇康灯下弹琴，忽有一人长丈余，着黑衣革带，熟视。乃吹火灭之，曰："耻与魑魅争光。"翟理斯注释的乃是此故事。

⑥ 翟理斯的注释提到了《论语·宪问》中"子曰：'莫我知也夫!'"一句。

⑦ 《南史·刘粹传》附《刘损传》："损同郡宗人有刘伯龙者，少而贫薄。及长，历位尚书左丞、少府、武陵太守，贫窭尤甚。常在家慨然召左右，将营什一之方，忽见一鬼在傍抚掌大笑。伯龙叹曰：'贫穷固有命，乃复为鬼所笑也。'遂止。"翟理斯注释的即是此事。

中选择具有代表性的一篇。"①翟理斯所选择的这篇便是唐梦赉为《聊斋志异》所做的序,翟理斯认同了唐序对于蒲松龄的文风的肯定,以及《聊斋志异》"赏善罚恶"的主旨。关于蒲松龄文风,唐序云:"留仙蒲子,幼而颖异,长而特达。下笔风起云涌,能为载记之言。于制艺举业之暇,凡所见闻,辄为笔记,大要多鬼狐怪异之事。"而翟理斯也认为在隐喻的价值和人物的塑造上只有卡莱尔可以与之媲美②,他评述蒲松龄的文字"简洁被推到了极致"、"大量的暗示、隐喻涉及了整个中国文学","如此丰富的隐喻与艺术性极强的人物塑造只有卡莱尔可与之相媲美","有时候,故事还在平缓地、平静地进行,但是在下一刻就可能进入到深奥的文本当中,其意思关联到对诗歌或过去三千年历史的引用与暗指,只有在努力地熟读注释并且与其他作品相联系后才可以还原其本来的面貌。"③而关于第二点,唐文中有云:"今观留仙所著,其论断大义,皆本于赏善罚淫与安义命之旨,足以开物而成务"。翟理斯对此亦表赞成,"其中

---

① H. A. Giles, *Strange Stories from a Chinese Studio*, Vol. I, London: Thos. De La Rue & Co. 1880, Introduction xxv.

② 对于这个对比是否恰当的问题,张弘的相关论述可以参考:"中国读者恐怕很少人会把卡莱尔同蒲松龄联系在一起,因为一个是狂热歌颂英雄与英雄崇拜的历史学家,另一个是缱绻寄情于狐女花妖的骚人墨客;一个是严谨古板的苏格兰加尔文派长老信徒的后代,另一个是晚明个性解放思潮的余绪的薪传者;一个是生前就声名显赫被尊崇为'圣人'的大学者,另一个是屡试屡不中的科场失意人;一个是德意志唯心精神在英国的鼓吹手,另一个是古代志怪小说在人心复苏的历史条件下的复兴者。如果硬要寻找什么共同点,唯一的相通之处就是两人都不用通俗的语言写作:卡莱尔有意识地破坏自然的语序,运用古代词汇,创造了一种奇特的散文风格,蒲松龄则在白话小说占据绝对优势的时候,重新操起文言文与骈文做工具。"参见张弘《中国文学在英国》(广州:花城出版社,1992年)第211—212页。而王丽娜则说:"翟理斯把蒲松龄与卡莱尔相比,可见他对《聊斋志异》的深刻理解。"参见《中国古典小说戏曲名著在国外》(上海:学林出版社,1988年)第215页。

③ H. A. Giles, *Strange Stories from a Chinese Studio*, Vol. I, London: Thos. De La Rue & Co. 1880, Introduction xxi.

的故事除了在风格和情节上的优点以外，它们还包含着很杰出的道德。其中多数故事的目的——用唐梦赉的话来说——就是'赏善罚淫'，而这一定是产生于中国人的意识，而不是根据欧洲人关于这个问题的解释而得到的。"翟理斯还强调了该作品的"文人化"特征，说他在中国从未看到一个受教育程度比较低的人手里拿着一本《聊斋志异》。他也不同意梅辉立的"看门的门房、歇晌的船夫、闲时的轿夫，都对《聊斋》中完美叙述的奇异故事津津乐道"①的论调。虽然《聊斋志异》的故事源于民间，但是经过蒲松龄的加工后，它并不是一本易懂的民间读物，而这一点恐怕也会成为英语世界的读者接受的障碍。因此，翟理斯一再表明："作为对于中国民间文学知识的一种补充，以及作为对于中国人的风俗礼仪、习惯以及社会生活的一种指导，我所译的《聊斋》可能不是完全缺乏趣味的。"②

综上，翟理斯对于《聊斋志异》的译介主要立足于两个基点。一是通过这部作品大量介绍关于中国的风俗、礼仪、习惯；二是基于对《聊斋志异》"文人化"创作倾向的认同。③正是这两点的结合，促使了翟理斯将其作为自己译介的对象。这样的立足点与其时欧洲读者对于中国文化、文学了解的状况也恰好相对应，因此受到了读者的青睐。

---

① H. A. Giles, *Strange Stories from a Chinese Studio*, Vol. I, London: Thos. De La Rue & Co. 1880, Introdution xxi.

② H. A. Giles, *Strange Stories from a Chinese Studio*, Vol. I, London: Thos. De La Rue & Co. 1880, Introdution xxi.

③ 在1908年重版本的"序言"里，有意识地将《聊斋志异》与西方文学作品比较："蒲松龄的《聊斋志异》，正如英语社会中流行的《天方夜谭》，两个世纪来在中国社会里广泛流传，人所熟知。""蒲松龄的作品发展并丰富了中国的讽喻文学，在西方，唯有卡莱尔的风格可同蒲松龄相比较。""《聊斋志异》对于了解辽阔的天朝中国的社会生活、风俗习惯，是一种指南。"

三

1882 年,翟理斯在《中国评论》(*The China Review*)上发表了一篇题为《巴尔福先生的庄子》(Mr. Balfour's "*Chuang Tsze*")的文章,评论当时著名汉学家巴尔福所翻译的《南华真经》(*The Divine Classic of Nan-hua*, 1881)①。开篇就说,"《南华真经》被翻译成一些蹩脚的三流小说,而不是中国语言中非凡卓越的哲学论著之一,我应该很乐意将上述提到的翻译者和评论者默默放在一起。正由于如此,我冒昧地出现在备受争议的舞台上。……后世的汉学家们绝不会断言,巴尔福先生的庄子翻译被 1882 年头脑简单的学生温顺地接受了。"②翟理斯批评巴尔福对于庄子著作中的一些核心概念的翻译很拙劣,并针对一些句子的翻译,列举巴尔福的译文与中文原著,以及他自己认为正确的翻译。可以说,翟理斯通过对巴尔福翻译的考察与批评,初步尝试了对庄子著作的译介。因而,他才有文中如此一段表述:"然而,尽管在这篇文章中提出了一些问题,但巴尔福先生翻译的准确性大体上是经得起检验的。我个人没有任何理由不感谢巴尔福先生翻译《南华真经》所做出的贡献。他的努力,也激发了我将从头到尾地去阅读庄子的著作,这是我在以前从来没有想过要这样做的。"③

1889 年,第一个英语全译本《庄子:神秘主义者、道德家、社会改革家》(*Chuang Tzu*, *Mystic*, *Moralist*, *and Social Reformer*)出版,正如翟理斯所说的那样,在理雅各博士的儒家经典之外,他发现了

---

① 巴尔福(Frederic Henry Balfour, 1846—1909)从 1879 年至 1881 年在《中国评论》第八、九、十期上发表了英译《太上感应篇》、《清静经》、《阴符经》等。其译著作为单行本在伦敦和上海出版的有《南华真经》和《道教经典》(1884)。

② *The China Review*, *or Notes and Queries on Far East*, Vol. 11, No. 1 1882, Jul, p. 1.

③ *The China Review*, *or Notes and Queries on Far East*, Vol. 11, No. 1 1882, Jul, p. 4.

另一片天地。《庄子》一书可以看作翟理斯对于两个领域的重视，即道家思想与文学性。也就是说，《庄子》之所以受到翟理斯的推崇，主要是因为庄子瑰丽的文风以及在这种文风中所体现出来的玄妙的哲学思想："……但是庄子为子孙后代们留下了一部作品，由于其瑰丽奇谲的文字，因此占据了最重要的位置"。①

翟理斯专门邀请当时任教于牛津大学摩德林学院与基布尔学院的哲学导师奥布里·莫尔（Aubrey Moore），对《庄子》的一到七章即内篇进行哲学解读。奥布里·莫尔在自己的论文中提出，"试图在东西方之间找出思想与推理的类同，可能对于双方来说都是有用的。这种努力可以激发那些真正有能力在比较中理解两者概念的人们，来告诉我们哪些类同是真实存在的，哪些类同只是表面的。同时这种努力也可能帮助普通读者，习惯于去寻找和期待不同系统中的相似之处。而这两种系统在早年的人们看来，只有存在差异，没有类同。"②曾经有一段时间，希腊哲学的历史学者过去常常指出哪些东西可以被认定为希腊思想的特征，同时将那么不契合这些特征的任何思想，都贬低地称为"东方的影响"。他指出，这种西方固有的偏见，直到1861年理雅各向英国介绍一系列以孔子为主的儒家著作，才开始有所松动。

奥布里·莫尔在文章中，也说"在不考虑两者之间是否有任何的盗版或抄袭他人作品的情况下，我们可以在庄子和一个伟大的希腊思想家之间，指出一些相似之处。"③他先是介绍了西方哲学传统中的"相对论"（relativity），接着说庄子的"对立面"（antithesis）包含于"一"（the One）之中，详细阐述庄子与赫拉克利特的比较："庄子是一个理想主义者和神秘主义者，有着所有理想主义者对实用体

---

① H. A. Giles, *Chuang Tzu*, *Mystic*, *Moralist and Social Reformer*, London: Bernard Quaritch, 1889.

② H. A. Giles, *Chuang Tzu*: *Taoist Philosopher and Chinese Mystic*, p.19.

③ H. A. Giles, *Chuang Tzu*: *Taoist Philosopher and Chinese Mystic*, p.20.

系的憎恶,也有着神秘主义者对一种生活作为纯粹外在活动的蔑视。……我们接触到了庄子神秘主义所构成之物。赫拉克特斯并非一个神秘主义者,但他却是一个悠久传统的创立者。这个神秘主义传统历经柏拉图,九世纪的艾罗帕齐特人狄奥尼西和苏格兰人约翰,十三世纪的梅斯特·埃克哈特,十六世纪的雅各布·伯麦,一直到黑格尔。"①

在《庄子》一书的说明中,翟理斯全文翻译了司马迁《史记·老子韩非列传》中庄子的传记。为了说明庄子的思想,翟理斯简要介绍了老子的主要思想——"道"、"无为","老子的理想主义已经体现在他诗歌的灵魂中了,而且他试图阻止人类物欲横流的趋势。……但是,显然他失败了,'无为'的思想无法使主张实用性的中国人接受。"②辜鸿铭曾经评价翟理斯"拥有文学天赋:能写非常流畅的英文。但另一方面,翟理斯博士又缺乏哲学家的洞察力,有时甚至还缺乏普通常识。他能够翻译中国的句文,却不能理解和阐释中国思想。"③当然,不可否认的是,翟理斯在汉学造诣的深度上与法国的汉学家相比,的确存在不少差距,但他的重点在于向英国人或者英语世界的读者普及与中国相关的诸种文化知识。这是翟理斯汉学成果的主要特征,但却并不能因此否认其对于中国思想的理解力。事实上,辜鸿铭所做的评论乃是针对翟理斯关于《论语》中的一则翻译而言的。而据笔者考察其关于《庄子》的译介,可以发现,对于庄子的思想,翟理斯的理解存在误读的现象还是比较少

---

① H. A. Giles, *Chuang Tzu: Taoist Philosopher and Chinese Mystic*, p. 23. 王尔德正是借助翟理斯译本中奥布里·莫尔的论文,把握住了庄子思想的要旨,如其中的对立统一的辩证法思想,以及其中的理想主义与神秘主义色彩,而成为其唯美主义思想的域外资源。

② H. A. Giles, *Chuang Tzu, Mystic, Moralist and Social Reformer*, introduction, London: Bernard Quaritch, 1889.

③ 辜鸿铭《中国人的精神》,黄兴涛、宋小庆译,海口:海南出版社,1996年,第121—122页。

的。除了对庄子文风的认同外,对于道家思想(如对于上文所述之老子思想)尤其是《庄子》中所体现出来的哲学思想已经有了较深入而准确的认识:"庄子尤其强调自然的情操而反对人为的东西。马和牛拥有四只脚,这是自然的。而将缰绳套在马的头上,用绳子牵着牛鼻子,这便是人为了。"①因此,在翟理斯看来,"《庄子》也是一部充满着原始思想的作品。作者似乎主要认同一位大师(指老子——笔者注)的主要思想,但他也设法进一步发展了这种思想,并且将自己的思考所得放进其中,他的这种思考是老子未曾考虑到的。"②翟理斯对于老子的《道德经》的真伪问题始终存在着疑问,但是对于《庄子》以及道家在中国社会中所占的地位以及所起的作用却认识得很到位:

  庄子,在几个世纪以来,他的确已经被定位为一位异端作家了。他的工作就是反对孔子所提倡的物质主义并诉诸具体化的行动。在此过程中他一点都不吝惜自己的措词。……词语的华丽与活力已然是一种受到承认的事实了。他也一直被收录于一本大规模的辞典《康熙字典》中。……但是,了解庄子哲学却无法帮助那些参加科考的读书人走上仕途。因此,主要是年纪稍大的人才学习庄子的哲学,他们往往已经赋闲或者是仕途受挫。他们都渴望一种可以超越死亡的宗教,希冀在书页中可以找到慰藉,用以反抗现存烦恼的世界,期望另一个新的更好的世界的到来。③

---

 ① H. A. Giles, *China and Chinese*, New York and Landon D. Appleton and company, 1923. p. 60.

 ② H. A. Giles, *Chuang Tzu, Mystic, Moralist and Social Reformer*, introduction ix, London: Bernard Quaritch, 1889.

 ③ H. A. Giles, *Chuang Tzu, Mystic, Moralist and Social Reformer*, introduction xiv – xv, London: Bernard Quaritch, 1889.

对于《庄子》的版本以及《庄子》的注释，翟理斯在翻译过程中亦有所思考。因此他引用了《世说新语》中说法，认为"郭象窃取了向秀的成果。向秀的庄子注已有出版，因此与郭象的庄子注一起流通，但是后来，向秀的注释的本子失传了，而只剩下郭象的本子。"①并于众多的庄子注释中选出了六种供欧洲读者参考。对于那些各家注释不一的地方，翟理斯说自己则"返回庄子所说的'自然之光'"②，从原典中找寻其中所要表达的真实内涵。这就是说，在对《庄子》进行译介的过程中，翟理斯下了一番苦工夫，并介绍了中国学者关于《庄子》内外篇的说法，认为"内篇"相对而言比较神秘，而"外篇"则比较通俗易懂。和"杂篇"相比，"外篇"具有一个较为统一易理解的思想内涵；而"杂篇"则包含了一连串截然相反且晦涩难懂的各种思想。"一般认为，'内篇'皆由庄子独立完成，但是，其他大多数章节显然都含有'他人'的迹象。"③翟理斯选取了《庄子》的三十三篇译成英语，并在英国颇受欢迎，成为当时英国人认识中国文学与文化的一个桥梁。王尔德正是通过翟理斯的译本得以了解道家思想并与之产生共鸣的。④而毛姆在翟理斯的译本中也找寻到了自己的心灵契合点：

    我拿起翟理斯教授的关于庄子的书。因为庄子是位个人主义者，僵硬的儒家学者对他皱眉，那个时候他们把中国可悲的

---

① H. A. Giles, *Chuang Tzu, Mystic, Moralist and Social Reformer*, introduction xii, London: Bernard Quaritch, 1889.

② H. A. Giles, *Chuang Tzu, Mystic, Moralist and Social Reformer*, introduction xiii. London: Bernard Quaritch, 1889.

③ H. A. Giles, *Chuang Tzu, Mystic, Moralist and Social Reformer*, introduction xiv. London: Bernard Quaritch, 1889.

④ 可参阅葛桂录《奥斯卡·王尔德对道家思想的心仪与认同》一文，收入葛桂录著《他者的眼光——中英文学关系论稿》（银川：宁夏人民教育出版社，2003年）。

衰微归咎于个人主义。他的书是很好的读物，尤其下雨天最为适宜。读他的书常常不需费很大的劲，即可达到思想的交流，你自己的思想也随着他遨游起来。①

虽然翟理斯对《庄子》瑰丽的文风赞赏有加，但这种青睐更多的是源于对中国社会"儒、释、道"三家思想的关注。正因为此，翟理斯在此后也完成了一系列介绍中国社会各种哲学思想（在某些时候这些哲学思想也被称为某种宗教）的书籍，这方面的著作除了上文所述及的《佛国记》外，还有《中国古代宗教》（*Religions of Ancient China*，1905）、《孔子及其对手》（*Confunism and its rivals*，1915）等。

总而言之，上述《聊斋志异选》与《庄子》选译本这两部著作，是翟理斯对于中国文学的译介中最具代表性的且较完整的两部文学作品。当然，从两部著作的具体译介情况看，翟理斯并未完全基于两部作品的文学性而选译的。通过《聊斋志异选》的译介，英语读者可以从中了解大量的风俗礼仪；而《庄子》的译介也在很大程度源之于翟理斯对于中国社会各种思想的关注。也就是说，两部作品的文学价值与文献价值共同促成了翟理斯的选择。

四

1884年，翟理斯译著的《古文选珍》（*Gems of Chinese Literature*）由伦敦伯纳德夸里奇出版公司与上海别发洋行分别出版，一卷本，

---

① W. S. Maugham, *On a Chinese Screen*. London：Heinemann, 1922, p. 95. 相关讨论参阅葛桂录《雾外的远音——英国作家与中国文化》（银川：宁夏人民出版社，2002年）之"'中国画屏'上的景象——试看毛姆的傲慢与偏见"一节内容。

1898年重版。①至此，翟理斯已经开始全面关注中国文学："对于英语读者来说，想要寻找可以借以了解中国总体文学的作品，哪怕只是一点点，都只是徒劳。理雅各博士确实使儒家经典变得唾手可得，但是作家作品领域却依旧是一块广袤的处女地，亟待得到充分的开发。"因此，翟理斯"选择了历史上最著名作家的一部分作品向英语读者来展示，这些作品得到了时间的认可。"这的确是"在新方向上的一次冒险"。②在这部译著中，翟理斯基本上按照历史的时间顺序分别介绍了从先秦至明末的共52位作者及其109篇作品。此外，该书亦附有一篇中文的序，是由辜鸿铭介绍的一位福州举人粘云鼎撰写的：

> 余习中华语，因得纵观其古今书籍，于今盖十有六载矣。今不揣固陋，采古文数篇，译之英文，以使本国士人诵习。观斯集者，应亦恍然于中国文教之振兴，辞章之懿铄，迥非吾国往日之文身断发、茹毛饮血者所能仿佛其万一也。是为序。岁在癸未春孟翟理斯耀山氏识。

可以说，翟理斯是第一个对中国总体文学进行观照的英国汉学家。这里的总体文学更主要的是指一种纵向历史上的脉络。

如果说《古文选珍》是翟理斯对于中国文学散文的一种总体概述的话，那么1898年《古今诗选》(*Chinese Poetry in English Verse*)的出版则是他在诗歌领域的首次尝试。这部诗选所涉及的时间范围与《古文选珍》类似，上迄先秦，下至清朝。既有《诗经》选译，

---

① 1922至1923年，这两家出版商又分别出版了修订增补本，分上下两卷。上卷为中国古典散文的选译与评介，与原一卷本之内容基本相同。下卷为中国古典诗词之选译与评介，乃新增部分。此二卷本1965年由美国纽约帕拉冈书局重印，在欧美有较大影响。

② H. A. Giles, *Gems of Chinese Literature*, London：Bernard Quaritch, 15, Piccadilly. Shanghai：Kelly & Walsh, 1884, preface

亦包括清代赵翼等人的诗歌。在该书卷首附有作者自己所撰写的一首小诗:"花之国,请原谅我从你闪闪发亮诗歌宝库中攫取了这些片段,并且将它们改变后结集为一本书。"①在这首小诗中,翟理斯表达了自己对于中国诗歌翻译现状的不满,诗歌这种体裁在中国像珍宝一样闪耀着光芒,但"庸俗的眼光"却遮挡了这种光芒,只有耐心的学人才可以在"迷宫般语言的引导中领会这种光彩。"②选入这本集子中的诗人共有102人,其中包括被认为在中国传统文学史上占有重要地位的文人,如张籍、张九龄、韩愈、贺知章、黄庭坚、李白、李商隐、孟浩然、欧阳修、鲍照、白居易、蒲松龄、邵雍、苏轼、宋玉、岑参、杜甫、杜牧、王安石、王维、王勃、元稹、韦应物、袁枚、赵翼等等。由此可见,翟理斯所选作家有较大的涵盖面,但所选译的诗作也并非完全为大家所公认的经典。

《古文选珍》与《古今诗选》两本译著的完成说明翟理斯对于中国文学的总体面貌已经有了较为全面的了解。事实上,在《古今诗选》完成之前,翟理斯先后完成了《华英字典》(Chinese-English Dictionary,1892)、《古今姓氏族谱》(A Chinese Biographical Dictionary,1893)、《剑桥大学图书馆威妥玛文库汉、满文书目录》(Catalogue of the Wade Collection of Chinese and Manchu Books in the Library of the University of Cambridge,1898)等三本具备工具书性质的著述,这对于学习汉学的欧洲读者来说具有很强的实用性。关于《华英字典》与《古今姓氏族谱》二书,翟理斯如是说:"从1867年算起,我主要有两大抱负:1.帮助让人们更容易、更正确地掌握汉语(包括书面语和口语),并为此做出贡献;2.激发人们对中国文学、历史、宗教、艺术、哲学、习惯和风俗的更广泛和更深刻的兴趣。如果要说

---

① H. A. Giles, *Chinese Poetry in English Verse*, London: Bernard Quaritch. Shanghai: Kelly & Walsh, 1898.

② H. A. Giles, *Chinese Poetry in English Verse*, London: Bernard Quaritch. Shanghai: Kelly & Walsh, 1898.

我为实现第一个抱负取得过什么成绩的话,那就是我所编撰的《华英字典》和《古今姓氏族谱》。"①的确,这两本字典性质的工具书在容量上可谓居翟理斯所有著作之首,其中凝结着翟理斯的许多心血。虽然正如翟理斯自己所言,这两部书籍的目的是为了使人们掌握汉语,但《古今姓氏族谱》的性质与《华英字典》却并不完全相同。在《古今姓氏族谱》中,翟理斯列举了中国历史及传说中的各类人物共2579条,其中不乏文学家,如屈原、曹植、嵇康、阮籍、王维、李白、杜甫、韩愈、白居易、欧阳修、黄庭坚、罗贯中、施耐庵、蒲松龄、曹雪芹等。此外,与文学相关的人物还包括一些古代的文学批评家如萧统及其《文选》等。凭借这部著作,翟理斯也获得了欧洲汉学界的"儒莲奖"。事实上,翟理斯主要选取了这些人物最为人所熟知的事迹进行介绍,这主要是一些脍炙人口的小故事等,这些故事或出于正史,或出于野史与民间传说,标准并不统一。

另外,1885年,翟理斯译《红楼梦,通常称为红楼之梦》(*The Hung Lou Meng, commonly called The Dream of the Red Chamber*),载于上海刊行的皇家亚洲文会北中国支会会报(Journal of the North China Branch of the Royal Asiatic Society)新卷20第1期。皇家亚洲文会北中国支会为近代外侨在上海建立的一个重要文化机构,在中西文化交流过程中做出了突出贡献。②1898年,其所著《华人传记辞典》

---

① H. A. Giles, *Autobibliographical*, etc., Add. MS. 8964(1). Cambridge University Library, p. 173. 转引自王绍祥《西方汉学界的"公敌"——翟理斯(1845—1935)研究》,2005年福建师范大学博士学位论文。

② 1857年9月24日,寓沪英美外侨裨治文(E. C. Bridgman)、艾约瑟(J. Edkins)、卫三畏(S. W. William)、雒魏林(W. Lockhart)等人组建了上海文理学会。次年,加盟英国皇家亚洲文会,遂更名为"皇家亚洲文会北中国支会":"所以名为北中国支会者,系立于香港的地位观之,上海居于北方故也。"(胡道静《上海博物院史略》,《上海研究资料续集》,民国丛书第四编,第81辑,上海:上海书店,1993年,第393页。)

(*A Chinese Biographical Dictionary*)由上海别发洋行（Kelly & Walsh）刊行。上文已提及的《剑桥大学所藏汉文、满文书籍目录》则是翟理斯在继威妥玛任剑桥大学汉学教授之后所作。事实上，剑桥大学设置汉学教授这一职位的初衷主要是为了妥善管理威妥玛捐赠给剑桥大学的这批书籍，因此，翟理斯在接触到这些书籍后，便列出了这批书籍的目录。这些书目不论是对学习汉学的剑桥大学学生，还是对于国内学界而言，都具有很重要的文献价值。并且，对于了解这一时期的英国汉学水平也具有相当大的参考价值。

五

从写作时间上看，在汉学界产生重要影响的《中国文学史》，出现于翟理斯汉学译介生涯的中后期，它是翟理斯关于中国文学研究成果的总汇。当然，《古文选珍》、《古今诗选》已为其写作这部文学史奠定了重要基础。同样，翟理斯在文学史料等方面的积累也不断向前推进，如于1923年刊行的《中国文学瑰宝》（诗歌卷、散文卷）中，作家的数量较之于《古文选珍》与《古今诗选》已经有了大幅度增加，其中许多已出现于《中国文学史》之中，在时间跨度上也从原来的明清时期延伸至民国。

翟理斯的《中国文学史》于1901年[①]由伦敦海涅曼公司（William

[①] 对于该书的初版时间存在的争议较多，主要集中于1900年与1901年之争上，王丽娜和熊文华的相关论著中认为是1900年，而后来的学者多认为是1901年。笔者并未见到1900年版的《中国文学史》，而1901年的版本则有，因此此处暂时采用1901年为初版时间。该书随后于1909年、1923年与1928年由纽约伦敦D.阿普尔顿出版社（New York & London D. Appleton and Company）再版，1958年、1967年由纽约丛树出版社（Grove Press；Friderick Ungar Publishing Co.）再版，1973年又由拉特兰郡查理斯E.塔特尔出版社（Rutland, Vt: Charles E. Tuttle Co.）再版。该书一版再版也从侧面说明了该书受英语世界读者的欢迎程度，翟氏于1935年离世，而该书至今可看到的版本已是出版到了1973年，足见该书的生命力。

Heinemann)出版社刊行。这是英语世界出现的第一部中国文学史。该书主要是应英国文学史家戈斯(Edmund W. Gosse)之邀,而作为其《世界文学简史丛书》(*Short History of the Literature of The World*)中的一种而作。翟理斯接受友人戈斯的建议,在书中尽可能纳入作品的译文,以便让读者自己感受与评判,同时引证一些中国学者的评论,便于西方读者了解中国人自己如何理解、评析这些文学作品。原作翻译在书中占据不小的篇幅,而这些内容绝大多数是由翟理斯自己动手翻译。翟理斯的英译以明白晓畅著称。他曾引托马斯·卡莱尔的话"还有什么工作,比移植外国的思想更高尚?"(《中国文学瑰宝》卷首引)来表明翻译异域知识的重要性。因而其译文颇能传达原作的神韵。①

《中国文学史》是 19 世纪以来英国汉学界翻译、介绍与研究中国文学的一个总结,在某种程度上代表了整个西方对中国文学总体面貌的最初概观。在该书序言里,翟理斯批评中国的学者无休止地沉湎于对个别作家作品的评价与鉴赏之中,由于认为要在中国文学总体历史研究上取得相对的成就都是毫无指望的事,他们甚至连想也没有想过文学史这一类课题。翟氏《中国文学史》一书实际上是当时英国汉学发展过程中取得的一个阶段性成果的总结。翟理斯前承理雅各、威妥玛等人,后启韦利,在英国汉学的发展过程中起着重要的衔接作用;同时也对中国文学和文化在英语世界国家包括西方世界的传播有着举足轻重地位。以"中国文学史"为题,在英语

---

① 此书面世后,郑振铎先生曾撰写书评《评 Giles 的中国文学史》,指出它存在着疏漏、滥收、详略不均、编次非法等缺点,并认为其根本原因在于作者对中国文学没有作过系统的研究。由于作者"对于当时庸俗的文人太接近了,因此,他所知道的中国文学,恐除了被翻译过的四书、五经及老庄以外,只有《聊斋》、《唐诗三百首》以及当时书坊间通行的古文选本等等各书。"(《中国文学论集》下册,开明书店 1934 年版)翟理斯的文学史将中国文人一向轻视的小说戏剧之类都加以叙述,并且能注意到佛教对于中国文学的影响。这两点可以纠正中国传统文人的尊儒和贱视正当作品的成见。

世界中属于开山之作，不论其所涉及的内容为何，此书的发行及其在西方英语世界的传播便向英语读者们传达了一个信息：中国文学的一个总体概貌在英语世界开始呈现了。

文学史作为文学研究的一个重要组成部分在欧洲已经有了较为成熟的发展，但是对于史学发达的中国来说，文学史却是舶来品。翟理斯的《中国文学史》是早期几本中国文学史之一，具有一定的代表性。这部中国文学史在西方一版再版，足见其受欢迎之程度，并且在一定程度上影响了中国学者在文学史上的写作。

翟理斯这部《中国文学史》全书共448页，以朝代的历史演变为经、以文学的各种体裁为纬，分为封建时期（西元前600—前200年）、汉朝（前200—200年）、小朝代（200—600年）、唐朝（600—900年）、宋朝（900—1200）、元朝（1200—1368年）、明朝（1368—1644年）、清朝（1644—1900年）等八卷。全书具有一定的"史"的意识，总体上将中国各时期的文学（此处"文学"不单指审美性的纯文学作品）作了详简得当的介绍。

根据每个时代所特有的文学特征，每一卷又分为若干章来叙述。第一卷题为"封建时期"的文学，即对先秦文学的总述，包括神话传说，以孔子为中心的四书五经，与儒家思想并存的其余各家以及诗歌等。第二卷题为"汉朝"文学，实际上则包含了秦与汉两个时期的文学概况，作为文学史上的一些重要事件（如"焚书坑儒"），翟理斯也没有忘记讲述，此外还涉及了史传文学（《战国策》、《史记》、《汉书》等）；而李斯、李陵、晁错、路温舒、扬雄、王充、蔡邕、郑玄、刘向、刘歆等人的相关作品也在翟理斯的译介讨论之中；还有贾谊、东方朔、司马相如、枚乘、汉武帝、班婕妤等人的诗赋亦包含在内。另加上关于辞书编撰与佛教传入中国为主题的两章，共同构成了翟氏《中国文学史》第二卷的主要内容。题为"小朝代"的第三卷涉及的主要时间段为国内文史学界所说的魏晋南北朝时期。翟理斯将这一时期的文学从文学（主要是诗歌)与学术(主要指经学)两方面来展开,前者为其介绍的重点,包括了当时的"建安七子"、陶渊明、鲍照、萧衍、隋朝的薛道衡以及我们习惯上认为的初唐诗人王绩。第四卷的唐代文学中,唐诗成为翟理斯着重介绍的文学体裁,在对中国的成熟诗歌形式作了简要介绍之后,分别选择了王勃、陈子昂、宋之问、孟浩然、王维、崔颢、李白、杜甫、岑参、常建、王建、韩愈、白居易、张籍、李涉、徐安贞、杜秋娘、司空图等人的一些作品;也从学术研究的角度出发简要介绍了魏征、李百药、孔颖达、杜佑等人。同时还介绍了诗歌以外的文学体裁,主要是散文,包括柳宗元、韩愈和李华的一些作品,这样构成了翟理斯心目中唐代文学的整体面貌。作为第五卷的宋朝文学,翟理斯将雕版印刷(主要是木板印刷)发明后对文学的影响放在了首位,其次论述了宋朝的经学与总体文学,分别介绍了欧阳修、宋祁、司马光、周敦颐、程颢、王安石、苏轼、苏辙、黄庭坚、朱熹等人;而关于宋朝的诗歌则主要选取了陈抟、杨亿、邵雍、王安石、黄庭坚、程颢、叶适等人的一些作品。除此之外,翟理斯还介绍了宋朝时所编撰的一些字典,主要有《广韵》、《事类赋》、《太平御览》、《太平广记》、《文献通考》以及宋慈的《洗冤录》等。第五卷的元代文学,除了介绍传统的诗歌作品(主要有文天祥、王应麟、刘因、刘基等人)外,翟理斯开始引入了文学中的新体裁即戏曲和小说,并对戏曲小说的起源阐述了自己的看法,收入的戏曲作品主要包括纪君祥的《赵氏孤儿》、王实甫的《西厢记》以及张国宾的《合汗衫》;小说则主要有《三国志演义》、《水浒传》,而以对《西游记》译介作为了该卷的收尾。第七卷的明代文学,翟氏将李时珍的《本草纲目》和徐光启的《农政全书》纳入了这一时期的总体文学之中,宋濂、方孝孺、杨继盛、沈束、宗臣、汪道昆等人的相关作品与上述的农政和医药方面的书籍一起做了相关的介绍。而小说和戏曲方面则选择了《金瓶梅》、《玉娇梨》、《列国传》、《镜花缘》、《今古奇观》、《平山冷燕》以及《二度梅》、《琵琶记》等。诗歌作品则将解缙、赵彩姬、赵丽华的一些作品选入了该文学史中。最后一卷的清朝文学，着重译介了蒲松龄《聊斋志异》中的一些篇目（包括《聊斋自志》、《瞳人语》、《崂山道士》、《种梨》、《婴宁》）以及《红楼梦》的故事梗概；简要介绍了康熙王朝时所组织编写的百科全书主要有《康熙字典》、《佩文韵府》、《骈字类编》、《渊鉴类函》、《图书集成》等五部，以及乾隆帝的一些作品；此外还介绍了顾炎武、朱用纯、蓝鼎元、张廷玉、陈宏谋、袁枚、陈扶摇、赵翼等人，并在该卷要结束时引入了新的文学式样——"墙壁文学"、"报刊文学"幽默故事以及谚语和格言警句等。

翟理斯以介绍文学作品自身内容为重点，而对文学作品本身的评论可谓一鳞半爪。他在序言中对此做出了解释："在翻译所能达到的范围内，由中国作家们自己说话。我也加上了一些中国学者的评论，读者通过这些中国人自己的评论也许可以形成自己的观点。"① 此前翟理斯所完成的《古文选珍》与《古今诗选》为这部《中国文学史》的完成准备了坚实的基础。当然，随着时间的推进与翟理斯自身知识的积累，选入《中国文学史》中的作家作品也有了适当的增加。

翟理斯这部《中国文学史》涉及的文学种类主要包括诗歌、散文、小说、戏曲等，以宋朝为分水岭，呈现出之前（包括宋朝）的文学史侧重诗文，宋之后的文学史侧重小说戏曲这样的面貌。并称"在元朝，小说和戏曲出现了。"② 不难看出，这种文类的架构已呈现出了现代文学模式中所包含的几种主要体裁即诗歌、散文、小说、戏剧。西方的文类发展正如艾布拉姆斯所说："自柏拉图和亚里

---

① Herbert. A. Giles, *A History of Chinese Literature*, (preface) New York and Landon D. Appleton and company 1923.

② Herbert. A. Giles. *A History of Chinese Literature*. New York and London: D. Appleton and company, 1923. p. 256.

士多德起，根据作品中说话人的不同，倾向于把整个文学区分成三大类：诗歌类或叫抒情类（始终用第一人称叙述），史诗类或叫叙事类（叙述者先用第一人称，后让其人物自己再叙述），以及戏剧类（全由剧中角色完成叙述）。"①中国文学史的书写在很大一段时期内所用的文学分类形式都是这种来源于西方的现代文学分类模式，而翟理斯的文学史可谓早期的尝试。

《中国文学史》里的诗歌文类具体包括赋、五言、七言诗等。但对于词这一在中国文学中有重要地位的文体，翟理斯只字未提。基于词在韵律方面的特点，将之划归于西方文体中的诗歌类应为较为妥当的一种方式。对于"词"的"缺场"，有学者援用一位研究词的加拿大汉学家的观点，认为："关键是词比诗难懂得多。如果没有广博的背景知识，外国读者面对词里众多的意象将会一筹莫展。"②还有人指出宋词由于"受格律形式的限制，译解难度比较大"，③因此才被忽略。从欧洲文学传统来看，并无词这种文学体裁，在中国传统的文艺观中词则被视为"诗余"，长期处于"失语"的状态，在此文学语境中，"词"这一诗歌文类要进入翟理斯的视野确属不易。

翟理斯对小说这一被传统视为"小道"的文体亦较为推崇，让其登上了文学史这一大雅之堂。不过他对中国小说的着眼点却侧重于其外部因素，即更看重小说在文献方面的价值，而对于内部美学方面的价值关注较少。这或许是翟理斯时代即维多利亚时代英国汉学的一个总体特征。比翟理斯略早的伟烈亚力（A. Wylie）曾经如此评价中国的小说："中文小说和浪漫传奇故事，作为一个品种，是太重

---

① Abrams. M. H.（艾布拉姆斯）. *A Glossary of Literature Terms*（《文学术语汇编》第7版），北京：外语教学与研究出版社，2004年，第109页。

② 张弘：《中国文学在英国》，广州：花城出版社，1992年，第152页。

③ 程章灿：《魏理眼中的中国诗歌史——一个英国汉学家与他的中国诗史研究》，载朱栋霖、范培松主编《中国雅俗文学研究》（第一辑），上海：上海三联书店，2007年，第51页。该文指出，魏理唯一翻译的一首词为李煜的《相见欢》。

要了,其重要性是怎么说都不为过的。它们对于不同年龄者的民族风格方式和习惯的洞见,它们所保留下来的那些变化了的语言的样本,使得它成为人们学习历史,获得相当部分历史知识的唯一通道。而且,它们最终形成了那些人物,实际上这些并非毫无价值可言,而这些根本就不应该遭到那些学者们的偏见轻视"。"而且,那些阅读这种类型的中国小说的读者将会发现,尽管那些故事中充满幻想,但却常常是忠实于生活的。"① 虽然翟理斯有注重文学性的倾向,但在这种总体汉学的氛围中,其突破也是相当有限的。中国典籍(包括小说)的价值更多地体现在文献价值上,这依然是这一时期欧洲汉学的主要倾向,② 但不能否认的是同时也蕴藏着一股从美学角度观照小说的潜流。在这股潜流尚未发展为主流之前,翟理斯《中国文学史》中的小说部分只能体现当时汉学领域小说的研究水平。翟理斯还喜欢将本土文学与异国文学进行比附。如将《聊斋志异》中的《孙必振》一篇篇名译为《中国的约拿》;将《婴宁》中某些细节的描写与吉尔伯特(W. S. Gilbert,1836—1911)《心上人》(Sweethearts)第一幕结尾处的相似,翟理斯认为吉尔伯特是"中国人的学生"。③ 翟理斯对中西文学进行总体的观照并不仅仅在小说中有所体现,对于诗歌,也在有意无意之间进行中西的比照。如将"平仄"与西方诗歌中的"抑扬"做类比,并向"欧洲的学生们"介绍说:"长诗对于中国人来说并没有吸引力,中文中也没有'史诗'(epic)这个词,但达到上百行的诗歌还是有一些的。"④ 不难推测,翟理斯对中国诗歌的观照是以西方传统的诗歌为参照对象的。

---

① The China Review, or Notes and Queries on Far East. 1897. Vol. 22. No. 6. p. 759.
② 如翟理斯的《聊斋志异选》就被当作民间故事或者民俗研究的材料来看待。
③ Herbert. A. Giles. A History of Chinese Literature. New York and London: D. Appleton and company,1923. p. 348.
④ Herbert. A. Giles. A History of Chinese Literature. New York and London: D. Appleton and company,1923. p. 145.

小而言之，这是一本由汉学家来完成的文学史著作，因此从整体上看，该书带有浓厚的汉学色彩，这主要体现在：

其一，受英国汉学水平及成果所限，收入《中国文学史》中的作家作品极其有限。加之该书仅有448页，在如此有限的篇幅内要容纳上迄公元前600年、下至19世纪末这一漫长时期的文学，实属不易。因此，郑振铎先生认为其存在"疏漏"的缺点。

其二，就翟氏《中国文学史》的具体内容而言，确有参差不齐等缺陷。翟理斯于中国的所见所闻成为了其写作的最重要依据。因此民间最底层的文学与政府（皇帝钦定）官方色彩最浓重的文学同时出现。却忽略了许多士大夫的作品，这些士大夫从属于上层贵族阶层，然其作品上未能进入政治权力的核心，下未能达于民间广泛传诵，因而难以进入翟理斯之视野。这样，那些为官方与民间普遍接受的文学最为翟理斯青睐，代表儒释道文化的文学作品遂成为其文学史内容的主导。此外，翟理斯自身对女性文化的兴趣亦成为其文学史内容重要的另一方面，由此构成了翟氏《中国文学史》的主体部分。

其三，驳杂的文学。英国汉学界巨擘理雅各关于儒家经典作品的译介已然成为了英国汉学家们绕不过的一块"石头"，翟理斯作为继理雅各后的又一较有成就的汉学家，虽然对于理雅各的译介间或总有批评，但不可否认在儒家经典的英语译介上，尚无人可以逾越理雅各。在如此强大汉学成果的影响下，翟理斯下意识地传承了这一成果，然而却又在另一层面上不自觉地企图超越这一成果，正如他在《古文选珍》中的序所说的那样：尚有一块广袤的处女地亟待开垦。正是在这两种思想力的共同作用下，《中国文学史》既大致呈现出了经学发展的脉络，又试图勾勒出中国文学发展的面貌。这样，中国文学便包括了四书五经、小说、戏剧、百科全书等。此外，对于自己既有的译介成果，翟理斯似乎也不忍舍弃，因此诸如宋慈的《洗冤录》、蓝鼎元的审判案例等也收入了该部文学史之中。这也是郑振铎对之不满的重要原因，即"滥收"与"详略不均"。但是，翟理斯却相当注重外界因素对于文学发展的影响，除了郑振铎所提到的重视佛教之于中国文学的影响之外，翟理斯还强调了文学文本在产生过程中生产方式的影响，如文字的发明、印刷术的发展以及统治者的提倡与庇护等。

因此，这部20世纪初用英文写作的中国文学史若以现代眼光视之，确实存在诸多缺陷。但如考虑到当时汉学尤其是英国汉学的总体状况，此部著述的写作达到如此水平已属不易。

从《古文选珍》、《古今诗选》到《中国文学史》，直至《中国文学瑰宝》，收入其中的作家作品逐步增加与完善。在1923年版的《中国文学瑰宝》中，翟理斯在诗歌卷中主要增加了几首白居易的诗，在散文卷中则主要增加了近代晚清时期的作品如曾国藩、梁启超等人的作品。从《中国文学史》与《中国文学瑰宝》（诗歌卷、散文卷）两部著作来看，由于翟理斯置身于"文学史写作"较成熟的欧洲，因此在译介中国文学的过程中具有一定的文学史意识，但由于英国汉学成果所限，尤其是文学史料的缺乏使其文学观又呈现出驳杂的一面。

晚年的翟理斯还译介了《中国神话故事》（*Chinese Fairy Tales*，1911）、《中国笑话选》（*Quips from a Chinese Jesbook*，1925）。《中国笑话选》选译了《笑林广记》中的几则笑话，使英国人看到了中国人及中国社会的另一面。

总而言之，翟理斯是英国汉学史上乃至整个欧洲汉学界对中国文学进行总体观照的第一人。英国汉学的功利性虽然令其汉学研究无法像法国汉学那样精深，但却并不妨碍其对于中国文学的关注。或许也正是这种相对的业余性质使得英国汉学对于中国文学的关注较于欧洲其余国家更多些。由于既有成果与条件所限，翟理斯并没有深入研究中国文学及作品,但是这种总体的观照与"总体文学"的提出,使英语世界的读者对于中国文学有了一个大致的了解,加之翟理斯流畅的文笔以及大众化的倾向,遂使传播面更加广泛,在中英文学交流史上起到了非常重要的作用。

一个吸食鸦片者的自白

——德·昆西眼里的中国形象[①]

英国文学史上吸食鸦片者并不在少数,但以自白的形式坦陈于众的作家唯有19世纪散文名家德·昆西。在他笔下,我们既看到了鸦片给吸食者带来的莫大乐趣,也深刻感受到了鸦片带给人们的无穷痛苦。这种痛苦有时是由一些稀奇古怪可怕的噩梦构成的,而这噩梦的来源却是东方和东方人。他说如果被迫离开英国住在中国,生活在中国的生活方式、礼节和景物之中,准会发疯;他宁愿同疯子或野兽待在一起,也不愿在中国生活。在他眼里,"中国是一个无生命力的国度,中国人是非常低能的民族,甚至就是原始的野蛮人",所以他不仅支持向中国贩运鸦片,而且主张依靠军事力量去教训那些"未开化"的中国人,因此他也成为19世纪英国为数不多的贬华派作家。

鸦片掌握着天堂的钥匙

1804年,20岁的德·昆西(Thomas De Quincey,1785—1859),就读于牛津沃斯特学院。这年秋天,德·昆西到了伦敦。关于接触鸦片的起因,他自己说:在幼年,我已习惯于用冷水洗头,每天至少一次。突然患了牙痛病,我就把它归咎于这种习惯的偶然中断所

[①] 本文原载《宁夏大学学报》,2005年第5期。

引起的反常,从床上跳下来,把头泡在一盆冷水里,并湿着头发睡着了。第二天早晨,一醒来,头部和面部都感到十分令人痛苦的风湿疼。一个阴雨而单调乏味的周日下午,为了逃避痛苦,德·昆西出门上了街,偶然碰到学院里的一个熟人。就在这位同学的建议下,他从伦敦牛津街一位药剂师那里买来鸦片治牙痛和神经痛。德·昆西从来也不会忘记他第一次服用鸦片的经历:

> 过了一小时,哦,天哪!发生了什么样的急剧反应啊!我内在的精神从它的最底层一下提高到何等程度啊!我的内部世界有了一种多么神妙的启示啊!我的已经消失了的病痛在我眼里已经成为微不足道的区区小事。这种消极的效用已淹没……在这样突然启示的神圣享受的深渊里。这里是医治人类的一切苦恼的万宝灵丹;这里是哲学家们争论了许多世纪而突然发现的幸福的奥妙所在……①

从此鸦片成为德·昆西生活的新追求。在他看来,与酒相比,鸦片不会扰乱人的智力,而为人们带来最完美的秩序、法规与和谐;鸦片不会剥夺一个人的镇静,只会使其大为增强;鸦片也不会搅乱、模糊饮者的判断能力,却会给全部官能(积极的或消极的)以

---

① *The Confessions of an English Opium-eater*, *Selected Writings of Thomas De Quincey*. Edited by Philip Van Doren Stern. New York: Random House, Inc., 1937, p.786. 中译文参考了刘重德先生的译文,下同,不另注。见《瘾君子自白》,长沙:湖南文艺出版社,1995年。关于鸦片的特殊效用,很早已有人提及。如被称为医学之父的希波克拉底(Hippocrates,前460?—前377)就认为鸦片可以作为泻药、催眠药、麻醉剂、止血药来使用,效果很好。而古希腊最后一个伟大的医生加仑(Galen)也赋予鸦片无所不能的属性,称之为万应灵药,因为鸦片不仅能抗毒和毒物的叮咬,还能治头痛、目眩、耳聋、癫痫、中风、弱视、支气管炎、气喘、咳嗽、咯血、腹痛、黄疸、脾硬化、肾结石、泌尿疾病、发烧、浮肿、麻风病、月经不调、忧郁症以及所有其他流行疫病。参见马丁·布思《鸦片史》,海口:海南出版社,1999年,第23页。

安静和平衡。伴随鸦片而来的比较温和的感情的扩张,绝不是那种高烧引起的发作,而是一种健康的恢复,恢复到心智在消除病痛的刺激之后就会自然出现的那种状态。

对于人们通常所说的那些看法,比如吸食鸦片产生精神兴奋后随之而来的必定是同样程度的意志消沉,还有说鸦片自然的,甚至直接的后果是肉体上和精神上的愚钝和呆滞。德·昆西均以其亲身体会加以驳斥:"在我稍有间隙地服用鸦片的十年期间,在我允许自己享用这种奢侈品的那一天之后的一整天,我总是精神焕发,心情舒畅。"①

德·昆西强调鸦片虽然没有创立什么新东西,但却美化了现在的生活,提高了人们对于潜在思想和想象的觉察力,就像他自己所说的:一个平时谈话三句话不离"牛"的人成了瘾君子,那么在鸦片的作用下,他就会(如果不是笨得根本不会做梦的话)三天两头梦见牛。他知道鸦片能够提高对外界刺激物的精神敏感度,能够把器官的声音的原材料变成心智的快乐。他经常用鸦片所引起的欣快情绪来扩充他的意识,来延续身在平凡世界而心觉超凡脱俗的快感,服用鸦片后,听歌剧近乎是一种完美的消遣,因为即使是观众席上年轻妇女说意大利语的声音也呈现出音乐的美感,通过鸦片,一曲十分和谐的合唱就像一块背景幕布一样,在他眼前展示他过去的全部生活,仿佛不是运用记忆把它召唤回来的,而是"仿佛就存在和体现在音乐之中",而过去生活的激情得到了振作、净化和升华。即

---

① *Selected Writings of Thomas De Quincey*. New York: Random House, Inc., 1937, p. 792. 琼斯博士(Dr John Jones)在《鸦片揭秘》(*Mysteries of Opium*, 1700)一书里,同样强调了服用鸦片所带来的身心愉悦。他说鸦片不仅给人带来愉快的想象、病痛的减轻、焦虑的解脱,而且能使人"在处理商业事务中敏捷果断,心情宁静轻快……自信、情绪高涨、富有勇气、蔑视危险、宽宏大量……兴奋或者易于做各种重活、旅行……满意、静默、满足、镇定"及其他许多方面。参见马丁·布思《鸦片史》,海口:海南出版社,1999年,第39页。

使是市场上小商贩的叫卖声和顾客戏谑嘲弄声听起来也像一曲神秘的音乐。鸦片还能泯灭时空意识，德·昆西常常走出了很远，却不知道自己到底走了多远。就在这个时候，德·昆西写下了著名的鸦片颂：

> 哦！公平的微妙的强大的鸦片啊！对于穷人和富人的心灵，你一视同仁，你为那些永远医治不好的创伤和"那诱使精神反叛"的苦闷带来了减轻痛苦的香脂。雄辩的鸦片啊！……你就在黑暗的中心，运用头脑幻想的心象建造了城市和庙宇……其富丽堂皇的程度超过了巴比伦和希卡托皮罗斯；"从杂乱无章的睡梦中"把那久埋地下的美人和亡故的家庭成员的面孔，在洗净了"坟墓的不光彩"之后，都召回到光天化日之下。只有你才能把这一切礼物赠给人，只有你才掌握着天堂的钥匙，哦！公平的微妙的强大的鸦片啊！①

德·昆西在此为鸦片大唱赞歌，很难为众人接受。果然他的这部《一个英国鸦片吸食者的自白》（*The Confessions of an English Opium-Eater*）第一版刊行后，就有不少人指出该书有赞同服食鸦片能带来快乐的思想观点。于是他试图在书中补写上第三部分（原书除《致读者》、《开场白》外，主要有鸦片带来的乐趣和痛苦两大部分内容），来反击他的批评家们的看法。然而，由于受到停药综合症所带来痛苦的严重折磨，德·昆西最终仍没有写好第三部分。他后来虽然成功地减少每天的剂量，但是无力彻底根除服食鸦片的嗜好。正如他自己所说，鸦片是他真正获得幸福的唯一法宝。

---

① *Selected Writings of Thomas De Quincey*. New York：Random House, Inc., 1937, pp. 801-802.

恐怖可怕的东方噩梦

　　鸦片能让人产生梦幻，有时甚至会是美好的幻觉，就像德·昆西以上说的那样，不过这一切只是暂时的。随着吸食鸦片所带来的瘾性的增强，他的梦幻的性质开始变化了，原先的愉快色彩让位于痛苦的景象，快乐感更为负罪感所取代。他后来说自己多年为这种如幽灵一样丑恶和可怕的幻象所迫害，常为那些不可名状的恐惧所困扰，不时发觉自己被禁锢在某处，或者受到轮廓模糊不清的可怕的追猎者所追逐，这样一些感觉令人不寒而栗。

　　于是，德·昆西首次以惊人的细节描述了这样一个可怕的梦境，其中可见他对东方(包括中国)的印象。事情还得从德·昆西曾经无意中遇到过的一个马来商人说起。这次会面为时甚短，但这件事却在他心中产生了影响，因为这个马来人竟然成为德·昆西想象中的梦魔。

　　有一天，一个马来人来敲德·昆西家的门。那人的吐鲁番式头巾使替其开门的英国小姑娘大为吃惊，以为是一个魔鬼。在德·昆西的眼中，"那位英国姑娘的美丽面孔，它的极端的白净，以及她亭亭玉立的姿势，同那个马来人的病黄色的、患肝胆病的、被海洋之风涂抹成的红褐色的皮肤，凶狠的、转来转去的小小的眼睛，薄嘴唇，卑屈的姿态和他的爱慕之情形成了鲜明的对照。"在这个马来人离去的时候，德·昆西送给他一丸鸦片。当他看到马来人把那丸鸦片分成三份，一口吞下去时，颇为吃惊，因为这个数量如此之大，足以能毒死三个骑兵和他们的马匹。马来人走了以后，德·昆西有好几天都放心不下，但由于他从没有听到有任何马来人被发现死亡的消息，也就相信他已经习惯于鸦片了；同时还相信自己必定是按其计划那样地帮了他的忙，使他得到了一夜的安眠，从而解除了漂泊流浪的痛苦。①而就是这个马来人，还随身带来了别的马来人，比他更坏，侵扰了德·昆西，引他进入了一个苦恼无尽的世界。尤其是1818年5月的一份记载②中这样讲到：

>那个马来人已成为一个可怕的敌人，达数月之久。每晚，我都是通过他被运送到亚洲的情景中去。我不知道别人是否对此与我有同感；但我常想：如果我被迫离开英国去住在中国，并生活在中国的生活方式、礼节和景物之中，我准会发疯。

德·昆西说对亚洲（包括中国）如此恐惧的原因根深蒂固，有的甚至连自己也说不清楚，当然部分原因跟别人是相同的。19世纪的西方人对东方的印象极其糟糕。他们用来表达对中国人看法的词一般都是："野蛮"、"非人道"、"兽性"。这些普遍的看法也就渗透进德·昆西的心灵深处，构成他理解亚洲（包括中国）形象的心理定势。

他虽然承认亚洲的人文、制度、历史和信仰方式等等的古香古色非常动人，觉得那个种族和名字的古老历史便足以征服一个青年人的感情。但德·昆西又与其他思想家站在同一个时空坐标上，把东方国家看作是停滞不前的、顽固落后的。早在18世纪，英国的亚当·斯密就从经济学角度从理论上探讨了中国社会长期停滞的问题。他说中国一向是世界上最富裕的国家，土地最肥沃，耕作最精细，人民最多也最勤勉，然而长久以来，它似乎就停滞于静止状态了。今日旅行家关于中国耕作、勤劳及人口稠密状况的报告，与五百年前视察该国的马可·波罗的记述比较，似乎没有什么区别。后

---

① *Selected Writings of Thomas De Quincey*. New York：Random House, Inc., 1937, pp. 809–813.

② *Selected Writings of Thomas De Quincey*. New York：Random House, Inc., 1937, pp. 853–855.

来德国思想家黑格尔更是竭力宣扬这种认为中国"停滞不前,没有历史,总是保持原状"的思想。德·昆西在这方面似乎也没有什么超前意识,他说亚洲的一切均古老而停滞,个人的青春累遭扼杀,以至于"一个年轻的中国人就是洪水时代以前的古人的再世",而"人在那些地区犹如草芥"。

中国的情况更是这样。德·昆西说在中国,除掉它具有同南亚其余地方相同的那些特点之外——他说过"南亚,一般说来,是最可怕的形象和联想的中心"——它的生活方式、日常礼节,还有莫名其妙、无从分析的冷酷无情,尤其使他恐惧不安。说到这里,德·昆西还提醒读者,这是理解他那些恐怖的东方噩梦及其所带来痛楚的前提。不仅如此,他还把所有热带地区的人、鸟兽、爬虫,以及所有的树木、植物、习俗、外貌都一股脑儿地放在中国或印度斯坦。同样出于类似的感情,也把埃及和它所有的神灵也统统归于这一个法统。而在那里,他感到自己受到猴子、长尾鹦鹉和大鹦鹉的瞪视、叫骂、嘲笑和谈论;闯进宝塔,被囚禁于塔顶或密室达数百年之久,成了偶像,变成僧侣,受到膜拜,做了牺牲品;同木乃伊和狮身人面像一起上千年地被埋在那永恒的金字塔中心狭室的石棺中,受到鳄鱼带癌毒的亲吻,在芦苇中和尼罗河的泥沙中同非言语所能形容的肮脏东西混杂在一起……所有这些噩梦般的感觉都可以置于中国的场景之中。

对这些梦幻中看到的东西,德·昆西感到与其说害怕,倒不如说令他憎恨和厌恶。因为每种形状、威胁、惩罚和模糊的监禁都使他产生了一种永恒和无限的感觉,而这种感觉驱使他进入一种仿佛属于疯狂的苦恼状态。有时他试图逃避,但发现自己在中国人的房子里,内有藤桌等家具。桌子、沙发等等的腿都即刻有了生命。再加上鳄鱼那可厌的头部及其睨视的双眼对着他,上千次重复着这种动作,这让他站在那里,不胜厌恶,且迷惑不解。后来这个可憎的爬虫时常出现在德·昆西的梦中,并与中国的场景叠映在一起,让他恐怖万分，厌恶无比。

刘重德先生在翻译这段文字时，加了一条注释说："在1818年5月的回忆里，德·昆西先后多次提到'中国'和'中国人'，似系误解，一因中国无种姓等级制度；二因中国不在他所说的南亚或东南亚，而是在东亚；三因中国一向被称为文明古国，礼仪之邦。"①这里有两点需要说明：一是西方人将中国称为"文明古国，礼仪之邦"，那大致上是17、18世纪的看法，德·昆西生活的19世纪则逐步走向了这种看法的反面；二是在英人眼里，中国不过是东方许多古老国家之一，他们当初对中国的兴趣是跟着对东方的一般兴趣浓厚起来的，同样19世纪以后对中国的厌恶也是与对东方（埃及到远东）的恶劣印象纠缠在一起的。可以说他们分不清，也不屑于分清这些国家之间的区别，把东方统统作为一个异己的"他者"（Other）来对待的。

根据黑格尔和萨特的定义，"他者"指主导性主体以外的一个不熟悉的对立面或否定因素，因为它的存在，主体的权威才得以界定。西方之所以自视优越，正是因为它把其他国家，特别是殖民地人民看作是没有力量、没有自我意识、没有思考、没有统治能力的结果。我们可以看到，那些形形色色的关于殖民活动的文字，均表明了那种西方世界体系是如何将其他民族的沦落视为当然，视为该民族与生俱来的堕落而野蛮的状态的。②

在19世纪的欧洲人看来，中国人都是些恶人：他们极不诚实，

---

① 刘重德译《德·昆西经典散文选》（英汉对照本），长沙：湖南文艺出版社，2000年，第181页。在另一中译版本的《译后记》里，刘先生也说"其中只有'中国'一词，根据上下文多提及南亚、东南亚以及印度斯坦，并根据中国没有种姓制度这一事实，一律纠正为'印度斯坦'"（Hindostan）。见《瘾君子自白》，长沙：湖南文艺出版社，1995年，第143页。

② 相关论述可以参见艾勒克·博埃默《殖民与后殖民文学》，盛宁等译，沈阳：辽宁教育出版社，1998年，第22页。

礼貌只是出于虚伪，微笑都是鬼脸怪相。如此普遍的弑婴和乞讨行为都证明了他们是些麻木、冷漠、自私并且毫无慈悲之心的人。他们的亲子之情是迫于帝国仅有的法律命令，而不是发自内心。他们对欢乐和痛苦一样地麻木不仁，因此他们富于耐力，能够忍受最深重的痛苦和最沉重的重负，也能够忍受最残酷的行为。①

在英国浪漫诗人笔下，中国及中国人的形象同样是消极的。拜伦眼中的中国人是受到蔑视的和嘲笑的。《唐·璜》(Don Juan, 1819—1824)第13章第34小节诗里提到"一个满清官吏从不夸什么好，/至少他的作派不会向人表示/他所见的事物使他兴高采烈"。这里已经出现了中国人用冷漠的面具掩饰真实情感的主题，而浪漫作家正是要发抒真情实感的。华兹华斯在《序曲》里提到中国人时，与拜伦一样，也仅是把他们称之为"来自遥远的/阿美利加的印第安猎手、摩尔人，/马来人、东印度水手、鞑靼人、中国人，/以及身穿白袍的黑肤女人"②中的一个民族。这首长诗尽管提到了被称为承德避暑山庄三十六景之二的乾隆的万树名园③，但华兹华斯歌咏的并不是"万树名园"这样的皇家园林，而是"大自然"！华氏在此不过是把中国名园当作是一种陪衬而已。我们还记得自坦普尔爵士开始英人(特别是18世纪)对中国园林狂热崇拜的情景，到了这时，情形则大相径庭。

还有诗人雪莱，同样是把中国当作"未驯服的"(unsubdued)的"蛮族"看待的。而他的文化理想全在希腊。1821年出版的抒情诗剧《希腊》(Hellas, A Lyrical Drama)可资为证。诗剧《序言》里说：

---

① 参见米丽耶·德特利《19世纪西方文学中的中国形象》一文，中译文收入孟华主编《比较文学形象学》，北京：北京大学出版社，2001年。
② 华兹华斯《序曲》第七卷"寄居伦敦"，219—228行。丁宏为译《序曲，或一位诗人心灵的成长》，北京：中国对外翻译出版公司，1999年，第175页。
③ 华兹华斯《序曲》第八卷"回溯：对大自然的爱引致对人的爱"，70—97行。丁宏为译《序曲，或一位诗人心灵的成长》，第205页。

"我们完全是希腊人。我们的法律、我们的文学、我们的宗教、我们的艺术,无不生根于希腊。如果没有希腊,那末我们祖先的老师、征服者或京城——罗马——就不可能用她的武器来传播启蒙的光辉,我们也许到今天还是野蛮人和偶像崇拜哩。也许更坏,社会弄到那种停滞而悲惨的境地,像中国和日本那样。"①

在诗剧《希腊》的倒数第二段还有这么六行:

> 萨吞和爱神将要苏醒,
> 从长睡中醒来,更光辉而善良,
> 较之所有倒下的和一个站起的神,
> 较之许多未驯服的偶像;
> 他们的祭坛不用黄金和血来点缀,
> 而用象征的花和发誓的泪。

这几行诗雪莱自己有个注释:萨吞和爱神属于那些真的或幻想的天真和快乐的一类神明。"所有倒下的",指希腊、亚洲和埃及的一些神明。"一个站起的"则是耶稣基督,他一出现,异教世界的偶像就不受人崇拜了。"许多未驯服的偶像",指中国、印度、南极诸岛以及美洲土著所崇拜的一些奇异的偶像。所有这些神明,没有什么疑问,一直联合或相继地统治着人的理智,自从他们统治以来,我们所知道的一切恶势力一直在起着邪恶的作用,而且这种作用不断地扩大,除非有一天学问和艺术复活了。而至于墨西哥、秘鲁和印度的迷信的恐怖是人所共知的。②

这些英国诗人心目中的东方(中国)印象,只不过是当时流行看法的点滴表现。我们可以从那份在英国家喻户晓的《笨拙》杂志上

---

① 雪莱《希腊》,杨熙龄译,上海:新文艺出版社,1957年,第3—4页。
② 雪莱《希腊》,杨熙龄译,上海:新文艺出版社,1957年,第69—70页。

体会到这种看法的典型展演。1858年4月10日《笨拙》上刊登了题为《一首为广州写的歌》的诗歌，还有一幅漫画，上面是一个未开化的中国人，背景是柳树图案。这首诗歌说：约翰·查纳曼(John Chinaman,中国佬)天生是流氓,他把真理、法律统统抛云霄；约翰·查纳曼简直是混蛋,他要把全世界来拖累。这些残酷而顽固的中国佬长着小猪眼，拖着大猪尾。一日三餐吃的是令人作呕的老鼠、猫狗、蜗牛与蚰蜒。他们是撒谎者、狡猾者、胆小鬼。约翰牛(John Bull,英国佬)来了机会就给约翰·查纳曼开开眼。①

有了以上这些共同背景，我们看德·昆西对中国的那些恶劣印象就丝毫不会感到奇怪。维多利亚时代的桂冠诗人丁尼生在一行诗里说："在欧洲住五十年也强似在中国过一世。"德·昆西没有这么谦虚，他声称"我宁愿同疯子或野兽生活在一起"，也不愿在中国生活，因为他的心目中，中国人不过是些未开化的野蛮人。

原始的中国人

辜鸿铭在《尊王篇》序言里讲："一个英国佬最近在上海对我说：'你们中国人非常聪明并有奇妙的记忆力，但尽管如此，我们英国人仍然认为你们中国是一个劣等民族。'"②中国是劣等民族，中国人是未开化的野蛮人，这可以说是19世纪不少英国人的一种"共识"。18世纪卢梭这样的社会思想家们因为对欧洲相当不满，认为当时的欧洲社会不能充分实现人道，于是他们开始探索欧洲之外的世界，就把异国民族看成是"高尚的野蛮人"。意思是这些人虽然没有什么文化，但心地善良，品行高尚。他认为恰恰是欧洲的文化把西

---

① 这首诗及漫画被雷蒙·道森引到了他的《变色龙》一书里，见中译本第188—189页，北京：时事出版社，海口：海南出版社，1999年。

② 《辜鸿铭文集》上卷，黄兴涛等译，海口：海南出版社，1996年，第12—13页。

方人变成了非人道的种群，而一些犹未开化、没有文明的社会才能满足他们心理上最基本的要求。

19世纪的欧洲人恰恰认为中国人在道德品行方面是未开化的，无可救药的。那位改变了英国对中国认识态度的马嘎尔尼，就认为英国或者更确切地说英格兰在世界上的优越是不容置疑的。他说"现在的英国人是世界上第一民族，不管他们在什么地方，只要在国外，这一点就得到承认。"他在自己的日记里称中国的普通民众"像俄国人一样野蛮"。那里的精英也具有野蛮人的一切恶习：他们是欺诈的、撒谎的，他们背信弃义，贪得无厌，自私、怀恨和怯懦。更概括地说，"尽管从我们掌握的有关他们的描述中我们估计他们是什么样的，我们必须把他们当作野蛮人。……他们是不应该同欧洲民族一样对待的民族。"①

对中国的这种另类看法，后来也成为英国向中国倾销鸦片的一种避免良心谴责的借口。对于鸦片的危害性，德·昆西深有体会，但这并不能使他良心上受到任何责备，成为英国对中国发动鸦片战争的一个坚决的支持者。他有一个儿子霍拉蒂奥(Horatio)就是侵华英军中的一员，并于1842年8月27日死在中国。

德·昆西应该是在1804年以前就已经知道鸦片了，这主要归功于他母亲一方的本生(Penson)家族。他的两个舅舅爱德华和托马斯都在侵略印度的英军中服役。爱德华早逝，托马斯后来晋升为孟加拉东印度公司的军事训练处的上校。孟加拉的这个东印度公司其主要任务就是生产鸦片，并大批量的有计划的向中国走私，结果遭到中国方面的查禁。本生家族与亨利·瓦森(Henry Watson)上校是亲密朋友，而后者则最早坚决主张东印度公司将孟加拉的鸦片向中国走

---

① 参见马歇尔：《十八世纪晚期的英国与中国》一文，中译文载张芝联主编的《中英通使二百周年学术讨论会论文集》，北京：中国社会科学出版社，1996年，第16—29页。

私。1781年9月，在孟加拉的瓦森写信给印度总督，提议将孟加拉鸦片直接运到中国去销售，并由东印度公司垄断中国的鸦片销售，还提议用他个人所有的铜壳战船"嫩实兹号"（Nonsuch）来运载鸦片。他的这些建议均得到应允。1782年，一条隶属于瓦森的船将鸦片第一次走私到澳门，瓦森当然也从公司赚得大量的酬金。

1803年夏，德·昆西花了好多时间，与他舅舅托马斯争论英国法律在印度公正与否的问题。通过这些争论，双方注意到假如不借助于鸦片生意，英国在印度的一切利益都将很难得到保证。这由此也引起了德·昆西对鸦片的好奇心。他还阅读了大量的游记文学和古代史著作，但为其所关注的核心内容还是鸦片。

1839年10月，英国内阁会议决定对中国发动战争。就在英国内阁决定对中国进行武力干涉并且从各地调兵遣将开赴中国沿海的时候，越来越多的英国人要求知道事情的真相，英国议会中的反对派则利用这次机会攻击自己的政敌。如此经过争论基本上形成了支持与反对两派意见。

战争的反对者从鸦片贸易不道德的角度批评英国政府的对华政策。他们坚持说鸦片是一种危险的毒品，中国人抵制的原因倒并不是由于对帝国侵略的厌恶，而是因为那些进口商品的不道德的本性。一个基督政府其责任应该是使中国人开化，而不是去毒害他们。1839年，有位任职于剑桥大学圣三一学院的牧师地尔洼（Algernon Thelwall）还出版了一本《对华鸦片贸易罪过论》（The Iniquities of The Opium Trade With China），产生了很大影响。书中叙述了鸦片贸易的史实，鸦片的危害性等，呼吁英国国会应该对鸦片贸易的情况进行调查，呼吁英国政府应与中国合作共同制止这种祸害。作者指出："这项贸易（鸦片贸易）很久以来就由东印度公司的属地向那个庞大的帝国继续不断地进行着。这个问题对我说来是一个完全新的问题，但同时也是一件十分严重的问题，因为这项贸易是给英国国旗带来了莫大的侮辱。……我们举国上下都应当对它加以密切的注意。国家的荣誉、社会的幸福以至宗教和人道的利益都与这个问题有密切的关系。"作者在书里说明中国人对英国人的轻视实由于英国人贩卖鸦片而起。因为一部分英国人做坏事而使得全体英国人挨骂,英国人应该起来反对鸦片走私。在此书以及其他报章杂志的鼓吹下,1839年底英国国内出现了一次包括工人、小资产阶级、工商业资产阶级以及人道主义者等社会各阶层人民的广泛的反鸦片运动。①

战争的支持者则说,中国人自己要吸鸦片,鸦片的危害性可能还没有烈性酒大;并大谈特谈中国政府对英国商人的残暴,坚持要让中国受到惩罚。1840年鸦片战争后,大批传教士趾高气扬地以征服者的姿态踏进中国的城镇。当时在华的基督教传教士的基本信条是:"只有基督教能拯救中国解脱鸦片,只有战争能开放中国给基督。"也就是说,鸦片危害于中国,英国政府及商人是没有什么责任的,也是无力解决的。基督教传教士都不反对这种罪恶的贸易,他们可以乘坐贩运鸦片的飞剪船到中国去,还从贩运鸦片的公司和商人的手中接受捐款。他们都说,鸦片对中国人是无害的,就像酒对西方人是无害的一样。他们认为只要中国人接受了基督,鸦片的危害也就自然会消失;而要使中国人接受基督,唯一的办法就是战争。这就是他们荒唐至极的侵略逻辑。②

后来,汉学家翟理斯(H. A. Giles)在1923年写的一本小册子《关于鸦片之事实真相》(Some Truths About Opium)里,也说远在鸦片战争以前,中国人就已知晓嗜食鸦片。民国以来,军阀都强迫人民种植罂粟作为税源。中国实际上已经自种自吸,英国人纵使禁止鸦片贩往中国,也难以受到实效。这就是说,如果中国决心禁烟,只能靠自身努力,英国本没有这种道义上的责任。

---

① 参见《岭南中外文化交流史》,广州:广东人民出版社,1993年,第184—185页。

② 顾长声:《传教士与近代中国》,上海:上海人民出版社,1981年,第48页。

概而言之，对于鸦片，战争的反对者认为它是一种致命的毒药，而支持者则把它看作是一种无害的醉人的兴奋剂，而且只不过是中国人大量需求的一种商品。德·昆西在1840年的那篇《关于中国的鸦片问题》的文章里非常详细地引述了相关的争论。他宣称中国人禁止印度鸦片仅是由于他们自己能够充足供应以满足自己的需求。这可以在毒品消费和渴求利润两方面刺激中国人的欲望。于是当第一次鸦片战争爆发后，德·昆西就搁下了有关鸦片消费的正义与否不谈，而走进对抗中国的战争支持派的阵营。他们认为中国人本来就是一些原始而野蛮的族类，只有与文明的西方（尤其是英国）接触，才是发展的唯一希望；同时，由于中国人的本性是欺骗奸诈的，所以这些接触必须由西方人在武力的保护下实施，这是能够让中国人明白的唯一制裁手段。德·昆西在写作《自白》时，就一贯有厌恶中国的思想，这时候更不愿意公平地检视那些争论意见，尤其是战争反对者的意见。①

德·昆西认为鸦片高昂的价格将会把中国劳工阶层排除在消费者以外，但又有点自相矛盾地认为，贫困将会带来广泛的嗜食鸦片。鸦片贸易能够在中国民众的贫困中得到繁荣，并能产生无法控制的欲望，而不管消费者的经济情况是否允许。

因此，鸦片可能会破坏中国人的家庭经济。德·昆西由此又继续推测中国人的命运：他说鸦片消费取代其他消费后，将会出现财富过剩的状况。因而那些连续生产以供中国人消费的英国人将会越来越富裕，而那些"生活在污泥里，吃着垃圾的"中国人，无法生产足够的产品供他们大量的人口消费。但是这种增加财富的经济模式仅仅在国外市场购买力增加时才会起作用。理论上对英国商品来

---

① Grevel Lindop, *The Opium-eater: A Life of Thomas De Quincey*. London: J. M. Dent&Sons Ltd., 1981, pp. 338 – 339.

说，中国是一个理想的消费市场，中国人的贫困给英国贸易提供了最好的根基。德·昆西的计划是英国停止进口中国茶叶。他认为尽管只是在相当小的程度上让这一计划获得实施，足以会对中国的整体经济造成毁灭性的后果。①

德·昆西考虑中国问题的角度，再也不是18世纪末、19世纪初那些令人好奇的浪漫想象，其衡量标准是出于战略意义的商贸利害关系。在《自白》里，他讲述了自己第一次购买鸦片的经验。那时他的眼中，鸦片只不过体现着一种交换，一种心旷神怡的诱惑。他说自己不愿意把任何世俗的回忆同第一次使他熟悉这种天国药物的那个人、地点和时刻相联系。然而，在德·昆西1840年以后的文章里，鸦片已经增加了经济的价值。由此他力求使大英帝国在中国的野蛮行径合法化。他写道:"我们要对中国这样的国家里行使权利，因为这种民族是没有能力达到真正文明程度的。尽管他们也有那种半文雅的态度和技艺，但是他们在道德方面的不开化是无可救药的。我们要在足够力量的展示下表明我们的意思。"他指的是通过战争所展示的军事力量。在他看来，中国是一个无生命力的国度，既没有值得一提的商业贸易，也没有海洋工业、兵工企业、造船业，同样也没有像利物浦、格拉斯哥那样的大城市。简言之，中国没有生机，没有器官，没心没肺。②

类似的看法也出现在德·昆西题为《中国》③的文章里。这篇文章开头引用诗人柯勒律治那种故作夸张式的义愤之句:"诸邦憎恨

---

① *Reviewing Romanticism*. Edited by Philip W. Martin & Robin Jarvis. New York：St. Martin's Press,1992,p.124.

② *Reviewing Romanticism*. Edited by Philip W. Martin & Robin Jarvis. New York：St. Martin's Press,1992,p.124.

③ Hsiao,Ch'ien(萧乾),ed.,*A Harp with A Thousand Strings*. London：Pilot Press Ltd.,1944,pp.37-47.

你!"（The nations hate thee）然后说，关于中国的事情，"（欧洲）诸邦憎恨你（中国）"这个说法无需正规投票就能一致通过。因为在那里存在着最可卑、最愚蠢的不人道的侮辱事情。假如一个人声称对莎士比亚笔下的伊阿古（Iago）表示敬重，那他将会成为令人厌恶和受人怀疑的对象。伊阿古不过是戏剧里的一个恶魔式的梦，而那些犯罪的中国人不仅是些活活生的存在物，一旦有机会就实施着他们那种残忍恶毒的无礼行为。德·昆西还说，两个世纪里英国的扩张，倒是将自己带进了一个痛苦不堪的境地。为什么呢？因为必须把英国人与那些自负的、最该被忽视的中国居民联系在一起。他回顾了中英交往的历程，指出从第一次的接触开始，其基础就是建立在极度恶意之上的，而且还持续不断地发生着一些不好客的粗鄙事情。这当然针对中国这一方而言的。德·昆西认为英国在广东的商贸活动是丢脸的。原因是中国人没有看到英国的雄伟壮观，没有看到英国的坚强实力，以及英国的开明而有坚实基础的制度，还有那些良好的信用、精妙绝伦又古色古香的文学、对人类任何一种形式的灾难所表现出的巨大同情心，另外还有那些能大大增加金钱能量的保险制度、巨大的造船企业、码头、兵工厂、灯塔、无论是私人还是国有的制造业，等等。德·昆西说除了这些以外还有很多东西，中国人无法明白，也无法看到；英国在广东的人太少，因而不能向中国人显示一个伟大国家的能量。

德·昆西在文中谈到了写过《环球旅行记》的安森在广州的遭遇。然后说，一个政府（中国）如此善于欺骗，而一国人民（至少在满清官员阶层）却通过数世纪以来的训导而不自觉地顺从其政府，这是不可思议的现象。他还提到了英使马嘎尔尼和阿米士德来华，因"叩头"礼仪而招致的失败，说这些东方人的堕落是骇人听闻的，而从妇女的境况上也同样可以发现亚洲国家的未开化程度。德·昆西进一步认为，中国人是一个非常低能的民族；他们的顽固的特性又是与其低能的大脑联系在一起的,同样也跟低能的道德能力相连。由此我们从他的这种种看法,再联系他在《自白》里的那些恐怖的东方(中国)噩梦,可以看到这是一个对中国和中国人极具成见和偏见的英国作家,他关于中国问题的著述正是忠实地展现英帝国殖民心态的自白书。

托马斯·卡莱尔对儒家政治的采撷与利用[①]

英国文学史上有两位"吐辞为经,举足为法"的一代"人师",一为约翰逊博士,他的风采我们已经领略过[②];另一位就是对维多利亚时代社会思想的形成独有建树,且无人可以替代的卡莱尔。卡莱尔一生著述丰厚,借古讽今,针砭时弊,倡导精神再生之路。他最具影响力的是英雄崇拜论,进步文人将他视为民主的对头,还有人说法西斯主义在他的思想里也寻得了支持。这位当时的文坛领袖谴责英国政府在中国的所作所为,表示了对中国文化的关注。他倡导文人英雄的智慧,对中国科举取士颇有感慨;而中国皇帝则是他心目中勤劳的伟人。他的友人称他为"东方圣人",传记作者比之以孔子,对其推崇备至的梅光迪也将之称为"中国文化的一个西方知音"。

"切尔西的贤哲"

18 世纪中叶以后,随着欧洲经济、政治、社会、思想的全面发展,欧洲深化了他们对中国的认识。在对早已为人所知的中国种种弊端进行由表及里的剖析之后,最终断然抛弃了一度被某些启蒙思

[①] 本文原载《国际汉学》第十五辑,郑州:大象出版社,2007 年。
[②] 可参见拙著《雾外的远音:英国作家与中国文化》(银川:宁夏人民出版社,2002 年)之"从'文明人'到'野蛮人'——约翰逊眼里的中国文化"部分的内容。

想家奉为楷模的中国理想,于是,欧洲的"中国热"迅速冷却。①直到19世纪中叶,百年之间,英国文学乃至欧洲文学中,提及中国者或语焉不详,或肆意贬斥。正当中国文化在欧洲的声誉步入衰落境地时,享有崇高地位的英国文坛领袖托马斯·卡莱尔(Thomas Carlyle,1795—1881),却屡屡称颂之,这不禁让喜爱中国文化的人们倍感欣慰。当然卡莱尔并非中国文化的专门研究者,更无详尽系统的论述。他对人生的基本态度,与我国古代圣哲多有相似。或许正因如此,他论及中国文化,往往信手拈来又中肯切要。比之于众多西方汉学家"见树不见林"来,要耐人寻思得多。

与约翰逊博士一样,卡莱尔亦因其高尚伟岸的人格,令众多崇拜者趋之若鹜。如同约翰逊有极富文采的苏格兰人鲍斯威尔为其作传一样,另一个苏格兰人威尔生(Davia alex Wilson,1864—1933)亦穷毕生精力撰成六册巨著《卡莱尔传》,尽显传主的生平功德和精神世界。威尔生曾在缅甸做英廷法官多年,深喜东方文化,尤其对孔子敬服有加。他把《约翰逊传》和《论语》作为给卡莱尔立传颂德的范本。因而传中常以卡莱尔比之于孔子,另对卡莱尔著述及言谈中所提及中国之处,均详加指明,由此我们方得以窥见卡莱尔的一段中西文化因缘。②

---

① 关于18世纪欧洲的"中国文化热"退潮的原因十分复杂,这方面的论述可以参见许明龙的文章《十八世纪欧洲"中国热"退潮原因初探》,载张芝联主编:《中英通使二百周年学术讨论会论文集》,北京:中国社科出版社,1996年,第104—124页,或者见其所著《欧洲18世纪"中国热"》,太原:山西教育出版社,1999年,第285—316页。

② 参见梅光迪:《卡莱尔与中国》,载1947年出版的《思想与时代月刊》第46期。本节内容写作得益于此文颇多。梅光迪对卡莱尔可谓推崇备至。他在文中这样说道:"先生为十九世纪英国首屈之文学家、思想家,而尤为人生之领导者。其雄才硕德,足以排倒一世之豪杰者,垂五十年。……虽其于中国,多凭理想,不免过情之誉。又以有激而言,借题发挥,夸人之长以箴己之短,不免改革家之通习。然非先生之与中国文化,脾味相投,能倾倒备至若是乎?"

卡莱尔在最早的一本书《旧衣新裁》(Sartor Resartus)中，就提及到了中国。该书1835年先刊于美国的波士顿，后才于1838年在伦敦出版，这主要是因为卡莱尔在1837年成功地写作了《法国大革命》(The French Revolution)一书，声名大震，这才促使《旧衣新裁》得以印行英伦。《旧衣新裁》是一部离奇的浪漫主义杰作，也是一部带有浓厚自传色彩的哲理作品，卡莱尔一生的主要思想见诸其中。书中假托德国魏斯尼赫图(Weissnichtwo，意为Don't Know Where"不知何处")大学的一般事物学教授第奥根尼·吐菲勒德洛克(Diogenes Teufelsdrockh，意为Devil's Dung"声名狼藉")的生平和论述，将自己35年的人生经历、感受和哲学思辨巧妙地注入书中。此人好学覃思，漫游过地球上的许多文明古国，见过中国万里长城。他说长城为灰色砖块所筑，墙顶则用花岗岩石头砌成，只不过它的筑城技术，最多只可称为二等。还说自己曾受业于各国的大学，只有中国的国学(大学)，没有进去过。这位教授还将当时我国嘉庆年间的白莲教起义，与意大利的一个秘密革命团体(卡波纳里，Carbonari)相比拟，另外还见到了中国的店铺一般多悬挂着"童叟无欺"的招牌。

《旧衣新裁》一书的重要性在于它显现出了卡莱尔一生的主导思想。书中所反映的那种"衣裳哲学"(Philosophy of Clothes)是卡莱尔从德国思想家那里学来的。这种哲学认为，事物的物质秩序仅仅是一种投影，用他的话来说，就是一种精神秩序的"象征"，只有作为物质秩序基础的精神秩序才是终极的实在。人本质上是一种精神的存在，是与精神秩序有着密切关系的。但是人又只有通过物质才能同精神发生关系。这样，人在世界上的作用就在于使物质世界同精神世界更加和谐一致，这一作用的实现要靠人的认真工作，在踏实的苦干中找到新的生活寄托。卡莱尔后来更是特别强调工作、劳动的重要性，这里有新教伦理的因素，亦与儒学思想相通。换一种比喻的说法，人的作用就是要使物质世界变得更加透明，从而使精神世界透过它而显现出来。这是人的本质赋予他的使命。任何人想逃避这一使命，都是对人本质的一种亵渎，并且最终只能导致自我的毁灭。①可是，物化的社会混淆了表象与本质的区别，使人们渐渐失去了洞察力，看不清隐藏在衣裳背后的人类灵魂，也不再信仰宇宙中那股神秘的力量。于是那位德国教授大声疾呼："能透过人的衣服看到人的本体；能窥透这样那样的霸权威仪，看出那不过就是个消化不太好的人而已；还能在最不起眼却目光敏锐的补锅匠身上看到不可解的神秘而肃然起敬，有这样能力的人才幸福呢！"②

《旧衣新裁》为卡莱尔铺就了一条通向文坛宝座的道路。1834年，为了让卡莱尔能写出一部传世之作，夫妇俩决定迁往伦敦，以接触更多的文化气氛和著书素材，并寻求更广泛的听众来倾吐他对那个时代日益切近的评论。于是，他们在文人名士聚居的伦敦切尔西区的切恩街上住了下来。三年后，《法国大革命》问世，卡莱尔一举成名，稳稳地坐上了文坛领袖的宝座。我们注意到他受《圣经》韵律节奏和那种预言式表达的影响极其深刻，而他本人也感到自己就是现代的耶利米，被赋予了一种在长老会讲道坛上大声疾呼的使命。崇拜者越来越多，他们聚在卡莱尔家中聆听他侃侃而谈——由此他被尊为"切尔西的贤哲"。

文人英雄的智慧

卡莱尔在《法国大革命》中塑造了米拉伯、拉斐特、拿破仑等体现他英雄崇拜思想的人物。这一思想在几年后出版的一本书里得到了更加清晰的阐述。

---

① A. L. Le Quesne, *Carlyle*. Oxford University Press, 1982, pp. 19–24.

② 《旧衣新裁》（东京：研究社英文丛书，1928 年），第 60 页。转引自徐晓雯《"切尔西的贤哲"托马斯·卡莱尔》，载《外国文学》，1998 年第 3 期，第 87 页。

为了谋生，卡莱尔曾在伦敦连续讲了几年课，1841 年出版的《英雄与英雄崇拜》(On Heroes, Hero-worship and the Heroic in History) 就是他在第四年讲课时的一个讲稿。此书强调英雄，无论他们是帝王还是先知、诗人、哲学家，均是传统和虚假的挑战者，是死亡和空虚的改革者。可见，卡莱尔在《旧衣新裁》里表达过的思想由此变得更加精深邃密了。

卡莱尔的英雄崇拜的观念最早来自费希特。费希特认为，只有通过"学识渊博"的人的解释，广大人民群众才能意识到"理念"的存在。后者自己是无法意识到"理念"的。在卡莱尔看来，"英雄"是传授神圣天意的使者，向无法自己倾听上天诫令的芸芸众生诏示永恒正义的原则。那些英雄的共同特点是，他们都出身微贱，都是所谓的知识界的精英分子。一个健康的社会就在于它有能力去识别这些英雄，并且愿意遵从这些英雄。由于英雄可能出自任何一个地方，因此，一个社会相对来说越富于变化，就越易于产生英雄人物。卡莱尔在"作为帝王的英雄"讲演中，提出了两个主要的代表人物——克伦威尔和拿破仑，而根本上没有提到任何世袭的君主。

卡莱尔在《英雄和英雄崇拜》里颂扬伟人在人类历史上的重要地位，对近代民主政治之流弊则痛加指斥。因而本书展现了他的反民主思想。卡莱尔不相信民主政治，不相信选举人具有同样的选举能力，也不相信民主政治是人类的基本需要。对此梅光迪在分析当时英人对民主政治所持的态度时说："大文家卡莱尔以人类多数愚玩，无自治之能，视民治主义如洪水猛兽，循此则人类将复返于野蛮，而深信统治人类者，端赖贤豪，如克林威尔拿破仑之流。其言曰：'民治主义，乃自灭之道，因其本性如此，终生零数之效果。'又曰：'高贤在上，伧父在下，乃天之定律，随时随地皆然者也。'"[1]

---

[1] 梅光迪：《安诺德之文化论》，载《学衡》第 14 期，1923 年 2 月。

卡莱尔列举北欧神话时代之统治者与教主穆罕默德、宗教革命家路德、诺克斯；政治革命家克伦威尔、拿破仑；诗人但丁、莎士比亚，以及近代文人约翰逊、卢梭等，为英雄之代表。认为凡英雄本质皆同，尽管他们在世间所建树的事业有殊，但那只不过是偶然环境的支配使然。卡莱尔如此的识见在当时倒颇有点惊世拔俗。

《英雄与英雄崇拜》一开题便展现了他的这种英雄历史观：

> 我要赞美一下英雄，赞美他们的名望和功德，赞美英雄崇拜和人类事务中的英雄业绩。……在我看来，世界的历史，人类在这个世界上已完成的历史，归根结底是世界上耕耘过的伟人们的历史。他们是人类的领袖，是传奇式的人物，是芸芸众生踵武前贤、竭力仿效的典范和楷模。甚至不妨说，他们是创世主。我们在世界上耳闻目睹的这一切实现了的东西，不过是上天派给这个世界的伟人们的思想的外部物质结果、现实的表现和体现。可以公正地说，整个世界历史的灵魂就是这些伟人的历史。……伟人是自身有生命力的光源，我们能挨近他便是幸福和快乐。这光源灿烂夺目，照亮了黑暗的世界。他不是一支被点燃的蜡烛，而是上天恩赐我们的天然阳光。……沐浴在这光辉中，所有灵魂都会感到畅快。……如果我们虔诚地看待他们，他们身上便会显示出几点耐人寻味的意义。如果我们很好地理解他们，我们就会瞥见世界历史的精髓。①

卡莱尔的英雄崇拜论一抛出便遭到进步文人的反对，将他视为民主的对头。其实，卡莱尔的英雄主要是指影响人类精神生活的政治及文化伟人，盛赞他们的功绩，旨在针砭现实，抨击欧洲现代化

---

① 卡莱尔：《英雄与英雄崇拜》，张峰、吕霞译，上海：上海三联书店，1995 年，第 1—2 页。

及议会民主制的诸多流弊。

卡莱尔批评现实主要是考虑到道德教育在近代政治中的委顿。他认为社会的进步祥和如果仅仅依靠那些外部的政治经济立法,是难以维系的,而其唯一的办法就是通过个人的道德教化。而目前的统治阶级彻底放弃了他们在这方面的领导作用,因而大众再也得不到他们生活上的指引。针对这些状况,卡莱尔倡议建立一个"有机的文士阶级",正如大多数英国作家一样,向域外的中国文化寻求思想认同,来印证并支持自己的立场。中国古代延续两千多年的"文人当政"统治模式,恰好契合了他的需要,成为他上述立场的支点。

《英雄与英雄崇拜》里的"文人英雄"一章,卡莱尔对中国的"文人当政"津津乐道:

> 我听说的有关中国人的最有趣的一个事例,是他们的确欲使他们的"文人"成为政府官员,虽然我们对这件事还不太清楚了解,但它激起了无限的好奇心。如果说一个人了解这件事怎么做,或它成功的程度如何,就太鲁莽了。这样的事必定是不能成功的;但一个点滴的成功也是可贵的;这种尝试多么可贵!在中国各地,好像都有或多或少的积极地寻找,以发现年轻一代中有天才的人。每个人都可以进学校:一种愚蠢的训练,但它总是训练啊。在较低学校中有杰出成绩的学生被提升到较高等的学校去,在高等学校中仍有杰出成绩者,便可一步一步往上升:官吏和初等阶段的官员就从这些人里面选拔。这些人会受到试练,看他们能不能管理政事。当然有最好的希望;因为他们是早已表现出智慧的人。试练他们:他们还没有管理政务或行政的经验;也许他们不能,但无疑他们都有某种理解力,——没有理解力,没有人能管理政事!但理解力绝不是,如我们所了解的,一种工具,"它是能操纵所有工具的手"。

试练这些人：他们是最值得试练的人。——据我所知道的，在这个世界上还没有任何政府、宪法、革命、社会机构或安排能像这件事这样，对一个人的科学的好奇给予希望。①

卡莱尔最后说："有才智的人居于高位，这是一切宪法和革命的终极目的，如果它们果真有目的的话。因为有真正才智的人，如我所说的和永远相信的，是心灵最高贵的人，是真实的，公正的，仁慈的，刚勇的人。能得到他做官，就得到了一切；不能得到他，虽然你的宪法丰如黑莓，每个村镇都有议会，还是一无所得！"这番话我们可以看到在辜鸿铭那里得到了回应。

卡莱尔和辜鸿铭都被艾恺称为浪漫的文化守成者。②据说辜鸿铭在爱丁堡大学文学院求学时，卡莱尔是其名誉导师，曾接受辜氏及其义父布朗的多次造访，解答各种文史问题。在辜鸿铭看来，如果世界上还有令中国人民向其他民族学习的东西，那一定不是统治之术。中国人民在统治上取得辉煌成就的秘密就包含在一句寻常的格言中：法人而不法法。也就是说，中国人之所以在统治事务上取得了巨大的成就，是因为他们不是使自己在宪法上费尽心力，而是找到了统治的根本，让中国人尽力使自己成为良民。我们拥有的立法人，所有伟大的立法人不是倾力于整治法律、法规和宪法，而是依赖与他们所挑选的合适的人。中国皇帝的真正任务就是选拔拥有良好精神与风范的合适的人才。中国官员的任务除了管理之外，主要是负责培养民族品格，以便使人民有一种自觉的精神而依赖于政府。③

---

① 卡莱尔：《英雄与英雄崇拜》，何欣译，沈阳：辽宁教育出版社，1998年，第190—191页。

② 参见艾恺：《世界范围内的反现代化思潮》，贵阳：贵州人民出版社，1991年。

③ 辜鸿铭：《孔教研究之二》，见黄兴涛等译《辜鸿铭文集》（上），海口：海南出版社，1996年，第542—543页。

尽管我国古代科举制度的内容以及具体实施情况，早已经过传教士们的著述流布欧洲，但似乎卡莱尔所知无几。或者他只是想从原则上着想，以阐明经世治国之大法，这一点倒与我国古代圣哲的设想相似。

卡莱尔和辜鸿铭对西方近代文明的谴责，对道德力量的呼唤，均抬出古典式人治理想，来指出西方近代政治中道德与情智因素的缺失。如果说当你利玛窦把文人当政作为中国不同于西方的重要标志，并表达了一份由衷的欣羡；那么作为浪漫的文化守成者，柏拉图《理想国》中提出的"哲人治国"思想，则又使他们的观点在西方古典传统中找到呼应。柏拉图坚决反对民族制，攻击它是"恶政府"。实现"理想国"的主要条件是"哲人之治"。因为根据苏格拉底知识即道德的观点，哲学家是爱知识和追求真理的人，是唯一能认识正义和真善美的理式的人，有权进行统治；而劳动者是没有知识，也就是没有道德的人，只能心甘情愿地接受统治。卡莱尔的相关思想同样可以在柏拉图这里找到源头。

至于如何选拔伟人而授之大权，卡莱尔以为并不是说可以通过召集民众用平等投票的法子能够解决的，因此特别赞赏我国的科举制度。卡莱尔还在《英雄与英雄崇拜》一书里举了西藏达赖喇嘛继承人之寻找方法："这些可怜的西藏人，他们相信天公总要给每一代人都派去一个他的化身。……西藏僧侣用他们自己的方法来发现什么人是最伟大的，应该高于他们。这是坏方法。但这些方法比我们的方法坏得很多吗？我们的方法是把这种最伟大的人物理解成某个家谱中最早诞生的。"①这就是说，卡莱尔认为西藏大喇嘛的选择法，虽然是个不太理想的法子，但终究远比王位之传于长子或长女那样的世袭法为好。

---

① 卡莱尔：《英雄与英雄崇拜》，张峰、吕霞译，上海：上海三联书店，1995年，第7页。

我们知道，中世纪英国官僚政治不发达，官吏人数不多，实行任命制。这种情况一直沿袭到17世纪。1688年以后，高级官员的任命权仍掌握在国王手中，中初级官员由枢密院或内阁选任。贵族子弟几乎垄断了各级政府的官职。政治政党发展起来后，官员开始由执政的党派任用，整个18至19世纪中叶，基本处于这样的政党分肥制时期。这种任命制均以门第、出身、党派和裙带关系为基础，贿赂、人身依附、卖官鬻爵等丑恶腐败行为公然行之。所任官员素质低下，庸碌无能者位居高官，晋升也不凭才学和职绩，而是凭后台或者资助。这种任官制度造成政府工作效率低下，大批官员饱食终日无所用心。18世纪30至40年代，英国一批政治撰稿人和一些匿名撰稿人认为，文人晋升制度和政府监察制度是中国两项源远流长的制度，颇值得英国仿效。当时有不少刊物提倡采用中国的文官科举制。比如1731年，《旁观者》的主要撰稿人巴杰尔（Gustace Budgell）在一封信里表达了对懂得通过考试来选拔政治人才的中国政府的无限赞美："显示出在中国，真才实学是适合一个职位的唯一资格。请允许我补充一句，英国在欧洲一直地位显赫，它能否受人重视与君主们是否遵循这条准则息息相关。"[①]1775年，一位英国作者从以下五个方面总结了中国竞争性科举制度的优越性："（首先），年轻人总是毁于游手好闲、懒懒散散，而持续不断的工作可以使他们避免误入歧途。其次，学习使他们睿智明察……第三，能人为官，即使他们无法杜绝因某些官员贪婪腐败而酿成的祸害，至少，他们也可以注意防止因无知无德造成的不良后果。第四，既然官职是授予的，皇帝就可以十分公正地黜退那些无能之辈……最后，无需为审议机构支付费用。"[②]

---

① 参见艾田蒲：《中国之欧洲》下卷，许钧、钱林森译，郑州：河南人民出版社，1994年，第268—269页。

② 参见艾田蒲：《中国之欧洲》下卷，第272页。

当然，与官爵的世袭制和鬻卖制相比，科举制既体现了公平竞争的原则，又为官员素质提供了一定的保证。但我们也应该看到，欧人看重的是科举制度的形式，而不是内容。他们发现，科举考试不要求考生掌握任何自然科学知识，只要求他们熟读官方指定的经书，并按官方认可的解释加以发挥。凡是想通过科举出人头地的书生，必须把全部精力用于钻研经书，丝毫没有学习任何自然科学的愿望，因而科举制度的恶劣影响不容忽视。①

中国皇帝：勤劳的伟人

卡莱尔看到了工业化的种种弊病，竭力反对把挣钱作为工作目的；同样他也看见并强调了现代工业的创造性。卡莱尔把"勤劳的贵族"和"懒惰的贵族"区别开来。他把前者称为"工业的首领"，是"一群整治混乱、满足所需、反对邪恶的斗士"（《过去与现在》）。他所崇拜的英雄包括了机器的发明者，他们的信条是"工作、工作，……不论你干什么，都要全力以赴地去做"（《旧衣新裁》），因此，他向那种"勤劳的贵族"致敬。

"劳动就是生命"，工作就能使灵魂得救。因而卡莱尔对劳动、工作非常看重。他说："因为工作里面便有一种垂之久永的高尚之处，甚至神圣之处。一个人尽管如何冥玩不灵，尽管忘记他的崇高使命，只要是踏踏实实，埋头苦干，这个人便不致没有救药，只有怠惰才会永无希望。……我们这个世界的最新福音则是，认识你的工作，并且努力去做。……试想即使在最卑微的劳动中，只要一个人一旦着手工作，他的整个灵魂将化为一种何等真实的和谐！……

---

① 关于科举之害，严复在译《法意》时的一段痛述可资为鉴："中国重士，以其法之效果，遂令通国之聪明才力皆趋于为官。百工九流之业，贤者不居。即居之，亦未尝有乐以终身之意。是故，其群无医疗，无制造，无建筑，无美术，甚至桑农之重，军旅之不可无，皆为人情所弗欲，而百日自绌。一旦其国入于天演之竞争，乃傶然不可以终日。"

劳动就是生命；一旦工作开端得当，一个工作者从他的内心深处是会迸发出他那天赐的力量的，那种全能的上帝所嘘入的超凡入圣的生命精华；从他的内心深处，他是会被引入到一切高尚之境。"①

　　这就是说，劳动、工作能使人改良向上。他在《黑人问题》(*The Nigger Question*, 1849) 中，就把劳动理所当然地看作一种改良作用，如果投资于土地，就能产生专利权。据此，他认为掌握了财产的白人完全有权驱使黑人在"他的"土地上工作。对此，英国学者艾勒克·博埃默在《殖民与后殖民文学》里说，在帝国主义形态完备的阶段，通过有益的工作兼及基督教的统治以"使本土人文明化"的目标，成了赞成殖民化的最常见的一个论证。因为"劳动只会带来文明"。②

　　让卡莱尔感到愤恨的是，英国贵族（指那些懒惰的贵族）作为英国的统治阶级，但是名不副实。这些人忝居高位，又无法履行其职责。因而他才提倡伟人（英雄）主义。在他看来，所谓"伟人"，就是能够明白上天所赐智慧的本意，不畏艰险，勇往直前，领导芸芸众生共赴光明前途的英雄。这样，卡莱尔又标举"勤工主义"（勤奋工作）。认为"勤工即宗教"，进而构成了他的主导思想。1843 年春出版的《过去与现在》(*Past and Present*)，可以说是卡莱尔所有关于社会问题的著作中内容最丰富、影响最大的一本。该书尖锐地把英国上层阶级归入"游手好闲者"和"拜金主义者"。前者指拥有特权和地产的贵族，正在变成一个无所事事的寄生阶级。后者指工业中产阶级。相比之下，卡莱尔更喜欢的是他们而不是"游手好闲者"。

　　正因为劳动、勤奋工作能带来文明，因而他在《过去与现在》一书里累有痛击英国贵族的言论："你们这些人身为英国地主，所共

---

① 楼肇明、天波主编《世界散文经典》（西方卷上），哈尔滨：北方文艺出版社，1995 年，第 461—464 页。

② 艾勒克·博埃默：《殖民与后殖民文学》，盛宁、韩敏中译，沈阳：辽宁教育出版社，1998 年，第 43 页。

同认识的职务,就是在满意地消耗英国的地租,猎杀鹧鸪小鸟,如若有什么贿赂和其他便利时,就盘游于国会里,或做地方法官。我们对如此懒惰颓废的贵族还有什么好说呢。我们对皇天后土,只有悄然惊疑,无话可说而已。这种阶级,有权取得土地中的精华,来享受其优越生活,而又允许毫无工作,以为报效,此乃我们星球上所从来没有见到过的现象。除非天道已亡,此种人绝对是暂时的例外而不能长久存在下去的。"① 卡莱尔于其他的挽救工作之外,又举中国为例。他说:

> 还是让我们看看中国的情况吧。我们的新朋友,那里的皇帝,是三万万人的大祭司,许多世纪以来,这些人在那里生活和劳作;他们至今还受上天威严的保护;因此他们肯定有某种"宗教"。事实上,这位皇帝大祭司有着关于上天的律法的宗教信仰;他以宗教般的热情,举行由睿智之士建立达六十代人之久的"三千威仪"(three thousand punctualities)——把他们看作是明白无误的规定,而上天也好像是这么说的,这倒不是完全错的(在我们看来)。这位皇帝祭司倒不强调什么仪式;最有可能的是,同那些老僧侣一样,他相信"劳作就是崇拜"。他的最为人知的崇拜法令,似乎就是在某一天,当上天刚刚终结死寂黑暗的冬季,再一次用绿芽来唤醒大地母亲的时候,在大地母亲绿色的胸脯上,他严肃地扶着犁把,开出一条醒目的红色犁沟——这象征着中国的犁都将开始犁地,同时就开始作崇拜活动!这是很壮观的。他,在上天的可见和不可见的力量鉴照之下,扶着犁把,踩着那醒目的红色犁沟,说着,祈祷着,用无

---

① Thomas Carlyle, *Past and Present*. New York University Press, 1965, p.180.

声的象征，表达许多最雄辩的东西。①

我们知道，在古代中国，每当立春之日，天子照例亲耕，以重农事，而这正是卡莱尔所一再颂扬的勤工的伟人英雄。西方传教士对此亦有记载，如1727年12月15日耶稣会士龚当信神父在广州写给另一个神父的信里就说过这样的话：中国人的治国箴言是，皇帝应该耕田，皇后应该织布。皇帝亲自为男子作表率，让所有的臣民都不得轻视农业生产。皇后为妇女们作表率，教她们最普通的手工劳动。吃、穿是生活中两大需要。中国人说如果男人勤于耕田，全家就有饭吃，如果女人勤于织布，全家就有衣穿。中国古代开国皇帝都遵循这个习俗亲自耕作，大部分的后继者也仿效他们。春耕仪式，不仅在于皇帝以身作则，激发百姓耕地的热情，还具有另一层含义，皇上像一个伟大的神长，亲自献祭，请求上帝(chang—ti)给他的百姓一个丰收年景。为亲自准备牺牲祭天，皇帝预先连续三天不进食。受命陪同皇帝耕作的人，也应该三天不进食。皇上播五谷：大米、小米、小麦、大豆和高粱，这是中国人必不可少的食粮。信里还详细描述了雍正皇帝主持的春耕仪式。②

卡莱尔在《旧衣新裁》一书中说过有两种人，最让他心折。一是像农夫那样的劳力者；一为智者那样的劳心者。相比之下他又更倾心于后者。在卡莱尔的书中，所谓伟人、智者、英雄、领袖、先知等，差不多是同一个意思。他说我们所见闻的有行之宇宙，为无形天道的外在表现。人生的最高责任，则在于效法天道，在于使上天的无形意旨通过我们勤奋的工作展现出来，这就是"勤工即宗

---

① Thomas Carlyle, *Past and Present*. New York University Press, 1965, p. 232. 此处采用程钢的中译文，下同，不另注。见柳卸林主编《世界名人论中国文化》，武汉：湖北人民出版社，1991年，第395—396页。

② 杜赫德：《耶稣会士中国书简集》第三卷，朱静译，郑州：大象出版社，2001年，第264—265页。

教"的意思。此亦即所谓的新教伦理。中国皇帝在卡莱尔眼中，可以说是一个同时能兼有劳力者和劳心者的人。他认为，这才是一个尽职的统治者，是真正的伟人、真正的英雄，而那些惰废旷职的英国贵族则无法与之相比。

正因为中国的文人当政如此开明，中国皇帝如此勤劳，"他以真正的热情，尽其所能，永无止息地从众多的百姓中寻找并筛选最聪明的人"，所以卡莱尔极力褒扬中国政治的成功，以此反证欧洲政治的失败。她说"他们（指中国人）不像其他几百万人一样，有什么'七年战争'、'三十年战争'、'法国大革命战争'，以及相互之间令人恐惧的战争。"而能够做到这一点，中国皇帝必然要对各派宗教表示宽容心态。比之欧洲历史上旷日持久的宗教战争及其所造成的祸患，中国此点尤其令西人称羡，卡莱尔也不例外。他说：

> 我们的朋友，祭司皇帝，轻蔑而又高兴的允许佛教徒、佛教僧侣、……和尚按照自愿原则建庙宇；用歌唱、纸灯混乱刺耳的喧闹的方式来崇拜；使黑夜令人恐惧；因为佛教徒从中得到享受。他既轻视，又高兴。他是一个比许多人所想象的要聪明得多的大祭司！他还是地球上的一个统治者或教士，他作了一个独特的、系统的尝试，想获得我们称之为一切宗教的最终结果，"实际的英雄崇拜"。[①]

卡莱尔将之归功于能使贤智在位的考试制度，及帝国对人民迷信的不加干涉，进而使其贫瘠的精神生活得以调节，因而安居乐业，无待求助于战争，以发泄其暴戾愤郁之气，这一方面反映出卡莱尔能够理会我国古代政治的意义，同时又再一次展现出他以理想

---

① Homas Carlyle, *Past and Present*. New York University Press, 1965, p. 233. 此处采用程钢译文。

的眼光看中国。因为虽然有通过科举选士出来的名卿贤相,但他所称颂的那种圣王,实际上寥寥无几。

卡莱尔主张那些人伦领袖和社会统治者必须要有高尚纯洁的灵魂,继而才会有深粹优越的智慧。为此,卡莱尔斥责当时的英国贵族为假领袖假统治者,因为他们一贯沉溺于物质享受,灵魂丧失,智慧亦无从获得。可是那些主张功利主义的自由派,正想从贵族手中攫取政权,误认为政治问题只是一个物质问题,因此标举着"最大多数人的最大幸福"这样一个信条。这一信条在他看来,与人生真谛毫不相干。他曾目睹当时数十万平民,颠沛流离,冤深无告,甚而出现父母毒死自己亲生的三个儿子,以获取政府之丧葬费而苟延残喘的惨状。他将人民之遭殃归咎于那些假领袖之得志,予以针砭痛斥,反响巨大。对于卡莱尔这些思想的影响,梅光迪说:"始则先生以伟人主义著声,保守派误信伟人主义,即贵族主义,欲引为同调。又其伟人主义,为不满于现状之革命主义,自由派亦欲奉之为党魁。其于《过去与现在》一书中,为平民呼吁,'工作须得相当之报酬',为其解决劳工问题之唯一原则。又言劳工须有组织,以求公平之待遇。故劳工运动者,又皆受此书之感化,而有目先生为社会主义者。实则先生皆非其俦也。嗣后貌似先生之说者繁兴,超人主义及最近之法西斯主义纳粹主义,尽破宗教道德之大防,复驱人群于弱肉强食之猛兽世界,论者竟有混先生之说为一谈者,更谬以千里矣。"①卡莱尔的真正意思,在于彻底改革人类,以涤荡其灵魂,使之归于高尚纯洁之境,而后才能有领袖可言。乃本于基督圣经之教义,不经意中,与我国修身治平之大道,倒颇有暗合之处。

在卡莱尔对中国文化的认同中,与孔子的心通神契尤值一提。他偏重实际,尤其不愿谈来世及灵魂不灭之说,爱引孔子"未知生焉知死"的理性态度来自勉。他晚年的时候,关于来世之有无的争

---

① 参见梅光迪:《卡莱尔与中国》,载《思想与时代月刊》,1947年第46期。

论，众说纷纭。有一份杂志请他撰文参加讨论，得到的回答却是"我们对死亡与来世，毫无所知，必须置之不谈"。有一次他与爱默生（R. W. Emerson, 1803—1882）论近代科学家侈谈人生以外之事，比之于孔子问童子。相传有一个童子，问孔子天空里有多少星辰，孔子答以不知；又问人头上的毛发有多少，孔子答以不知，而且也不想知道。孔子与童子可能是后人伪托。卡莱尔虽然受到德国哲学的陶冶，但不太喜欢它的玄想，虽笃信宗教，却不愿谈及来世，这与孔儒多有默契。①

卡莱尔不仅赞誉中国的古代文化，对当时中国的现状也深表关切，尤其不满于英国在华的所作所为。1857年，英军攻陷广州，翌年掳总督叶名琛以去。卡莱尔与朋友谈及此事时，对英帝国侵入中国痛心疾首，态度极为严肃地称英国当局误国，竟向人类三分之一开战。他对戈登（C. G. Gorden, 1833—1885）协助清政府镇压太平天国，也表示反对。1862年，有一个英国少校将至上海，招练水军，以供李鸿章驱遣，而被卡莱尔斥责为海盗。由此可见，卡莱尔对于19世纪英国的侵略行为，是深恶痛绝的。

卡莱尔如此为中国伸张正义，令人钦佩。他之了解中国，也得益与之交游的数名"中国通"。如后来曾为英国驻华代办的密得福（Mitford），以及曾著有《中国人及其叛乱》（*The Chinese and Their Rebellions*, 1856）的密迪乐（Thomas Taylor Meadows, 1815—1868）。后者这本书多袒护太平军，对卡莱尔的相关看法多有影响。

---

① 参见梅光迪：《卡莱尔与中国》，载《思想与时代月刊》，1947年第46期。

奥斯卡·王尔德对道家文化的心仪与认同[①]

正如儒家学说因17、18世纪耶稣会教士的传播得以登上欧陆，道、释两家也是靠他们的译介而进入西方文化圈。不过，儒道在近两百年的西行历程中，各自的境遇却冷热甚殊。如果说儒家学说经过耶稣会教士的倾慕推重、启蒙思想家的礼赞接纳，早已在西方思想界生根开花，成为当时构建知识、信念体系的重要思想资源的话；那么，道释两家则丝毫不受关注，与儒家学说所受到的隆遇相比，道家智慧在一段时间里仍处于未被"发现"的沉寂状态。惟其如此，当19世纪后期唯美主义者王尔德吸纳庄子思想才特别值得注意，因为它标志着庄子思想与西方知识阶层开始在精神深处进行对话，并成为唯美价值判断的有效资源。何况道家思想那特有的社会批判色彩，一旦被施诸现实，它所掀起的强烈冲击是人们始料未及的。

涉足东方哲学发现庄子思想

道家原典中，老子《道德经》最早被译成欧洲语言。1788年译成拉丁文后尚未付梓印行的《道德经》，作为献给皇家学会的礼物送到伦敦，标志着中国道家思想的欧洲之旅由此肇始。译文将"道"译作"理"，意为神的最高理性。法兰西学院的第一位汉学教

[①] 本文原载《国际汉学》第十二辑，郑州：大象出版社，2005年。

授雷慕沙成为欧洲研究道家思想的发轫者。他选译了《道德经》(第1、25、41和42章)并加以评论,认为"道"的概念难以翻译,只有"逻各斯"(logos)庶几近之,包括绝对存在、理性和言词这三层意义。雷慕沙的学生和继任者儒莲于1842年完成《道德经》的第一个加注全译本。他遵从原中文注释,将"道"译作"路",更贴近中文本意。在道家思想的西行历程中,他的注译不失为一项出色的开拓之举。欧洲的学界精英正是通过这个译本初步结识了道家学说,并惊讶于它的玄远深邃。例如谢林,他在《神话哲学》(1857)中提及雷慕沙和儒莲并写道:"'道'不是以前人们所翻译的理性,道家学说亦不是理性学说,道是门,道家学说即是通往'有'的大门的学说,是关于'无'(即纯粹的能有)的学说,通过'无',一切有限的'有'变成现实的'有'……整部《道德经》交替使用不同的寓意深刻的表达方式,只是为了表现'无'的巨大的、不可抗拒的威力。"①这段话表明道家思想的核心部分,如有无之辩,以及它那独特的哲学言说方式已经激起了西方学者的兴趣。

与这一学理性兴趣相伴出现的是老庄学说的大量翻译。从19世纪60年代到20世纪初出现了老子翻译热。英文译者有查尔姆斯、巴尔弗、理雅各、卡鲁斯和翟理斯,德文译者有普兰科纳、施特劳斯、科勒尔、格利尔和卫礼贤,法文译者有阿尔莱。最早的德语《庄子》译本也出现在该时期,接着翟理斯的英译《庄子》于1889年问世,1891年,理雅各的《庄子》及《道德经》英译稿一起发表在米勒主编的系列丛书《东方圣典》中,它们均为西方《庄子》接受史上最具影响力的译本。

19世纪后期,迅速发展的资本主义制度在极大地推动物质文明进步的同时,也在摧毁着许多传统观念的基础。根深蒂固的基督教

---

① 转引自[德]卜松山:《与中国作跨文化对话》,刘慧儒等译,北京:中华书局,2000年,第76—77页。

世界观，以及建立在其上的道德观念与制度观念不断受到质疑。在一片惶惑疑虑的气氛中，许多知识分子深感严重的精神危机，对社会现状极端不满，于是纷纷寻找各种心灵出路。正是在这样的期待之下，人们试图从新的思想源泉中汲取力量以弥合社会变革带来的精神断裂。

对这一期待，王尔德(Oscar Wilde, 1854—1900)是这样描述的：

> 在这动荡和纷乱的时代，在这纷争和绝望的可怕时刻，只有美的无忧的殿堂，可以使人忘却，使人欢乐。我们不去往美的殿堂还能去往何方呢？只能到一部古代意大利异教经典称作 Cilla Divina(圣城)的地方去，在那里一个人至少可以暂时摆脱尘世的纷扰与恐怖，也可以暂时逃避世俗的选择。①

在唯美主义者看来，人们的岁月都消逝在对生命奥秘的追求中，生命的奥秘则在艺术之中。而东方艺术被看作是与西方艺术相对立的艺术理想，是"美的殿堂"，是用来抨击西方艺术传统的有力武器。正是在这理想化的东方景观的映照之下，唯美主义者的生存才获得了前所未有的意义和价值。作为一个典型的唯美主义者，王尔德向艺术和古典文明倾吐了强烈的心灵诉求。古老的东方及其精美的艺术、东方式逃离尘嚣的处世哲学，便在这一诉求的召唤中顺理成章地进入他的知识视野，成为批判现实的有力武器。与东方哲人庄子的邂逅相逢并一见倾心自然也成为情理之必然。

在唯美者眼中，艺术的纯美即是对丑陋现实的超越，心灵若流连于"美的殿堂"中，自然可以不染尘垢。所以王尔德的身着奇装异服，与中国花瓶、日本扇子、孔雀羽毛、向日葵、玉兰花为伍，

---

① [英]王尔德：《英国的文艺复兴》，《王尔德全集》(第4卷，评论随笔卷)，杨东霞、杨烈等译，北京：中国文学出版社，2000年，第27页。

亦无非刻意让美的氛围包裹自己以便与世俗隔绝。他用两个中国青瓷花瓶装饰房间，朝夕观赏，以至觉得自己越来越配不上它们的清雅了。因为这些精致器物本身的完美结构就象征着艺术世界——一个以形式美统治生活的超现实领域。

中国瓷器的莹润幽美征服了王尔德，他看中国人的生活也无处不散发优雅的气息。1882年，他应邀去美国巡回演讲，宣扬他的唯美主义理论，引起轰动。在其后所做的《美国印象》一文，他提到了中国人的生活：

> 旧金山是一座真正美丽的城市。聚居着中国劳工的唐人街是我见过的最富有艺术韵味的街区。这些古怪、忧郁的东方人，许多人会说他们下贱，他们肯定也很穷，但他们打定主意在他们身边不能有任何丑陋的东西。在那些苦工们晚上聚集在一起吃晚饭的中国餐馆里，我发现他们用和玫瑰花瓣一样纤巧的瓷杯喝茶，而那些俗丽的宾馆给我用的陶杯足有一英寸半厚。中国人的菜单拿上来的时候是写在宣纸上的，账目是用墨汁写出来的，漂亮得就像艺术家在扇面上蚀刻的小鸟一样。①

王尔德之所以偏偏对中国劳工所谓艺术化的生活兴趣盎然，因为他只注重艺术细节自身的独立性，也符合唯美主义原则。这种对东方国家的审美化、理想化是唯美主义"为艺术而艺术"以及"生活为艺术"理念的另一种表现。因为他们从东方艺术品看到的只是线条、色彩、结构、装饰性等纯形式美。王尔德对东方艺术的推崇也正是由于其装饰性和形式美，以及这种"装饰艺术"与当时现实主义艺术的对立。在《英国的文艺复兴》（1882）里，王尔德说：

---

① ［英］王尔德：《美国印象》，《王尔德全集》（第4卷，评论随笔卷），第35页。

我们现代骚动不宁的理性精神，是难以充分容纳艺术的审美因素，因而艺术的真正影响在我们许多人身上隐没了，只有少数人逃脱了灵魂的专制，领悟到思想不存在的最高时刻的奥秘。这就是东方艺术正在影响我们欧洲的原因，也是一切日本艺术品的魅力的根源，当西方世界把自己难以忍受的精神上的怀疑与其哀伤的精神悲剧加在艺术上时，东方总是保持着艺术最重要的形象条件。①

他认为东方艺术所代表的是一种"物质的美"，"一种绚丽多彩的表层"的美。这种风格与唯美主义所倡导的"纯美"、"形式美"以及"外在的品质"等审美理想正好是吻合的。②

唯美主义运动与东方文化有着千丝万缕的联系，不少著名的唯美主义作家、艺术家都把东方想象成"艺术乌托邦"。王尔德亦曾多次提到西方艺术的东方根源。在题为《一本迷人的书》（1888）的书评中，王尔德就反复提到："我们必须承认，所有现存的欧洲装饰艺术，至少在浓烈因素这一点上，是与亚洲的装饰艺术直接相关的。我们无论在哪里发现欧洲人历史上的装饰艺术的复兴，我想象，差不多经常是由于东方的影响和与东方民族相接触所致的。""不管怎样，一种清新的东方影响，贯穿到荷兰，到葡萄牙到著名的大英德斯公司。……而德·梅顿农夫人在枫丹白露的房间的挂饰品则在圣·西尔刺绣，描绘了淡黄色的长寿花遍地的中国风景。""路易十五和路易十六时期许多漂亮的外套都是受惠于中国艺术家那考究的装饰针线活。……中国和日本的丝绸长袍教给我们色彩调和的新奇

---

① ［英］王尔德：《英国的文艺复兴》，《王尔德全集》（第4卷 评论随笔卷），第19页。
② 参见周小仪：《消费文化与日本艺术在西方的传播》，《外国文学评论》，1996年第4期。

迹、精心设计的新奥妙。"①

其实,王尔德早就向往东方的中国文化。牛津求学期间他喜爱黑格尔的辩证法和矛盾律,以及早期希腊哲学家的对立统一思想。这促使他对中国道家思想兴趣盎然。因为老子认为一切现象都是在对立的状态下形成的,所谓"有无相生,难易相成,长短相形,高下相倾,音声相和,前后相随。"并认为相反相成的作用是推动事物变化发展的力量。王尔德对中国道家这种相反相成的观点十分推崇。由此可见,东西方思想在他的知识视界里可以轻而易举地进行着某种跨文化对话,而这正是他能够吸纳庄子思想的潜在基础。

如果说以中国瓷器为代表的东方艺术契合了唯美主义对西方艺术传统的厌弃、对纯形式美的爱好,那么,当王尔德跨出艺术的疆域,涉足东方哲学发现庄子思想时,后者则为他反叛传统观念、抨击社会风尚援以武器。而这两者之间多少存在些微妙的关联,不妨这么说,正是古韵悠然的东方艺术为王尔德跻身西方庄学研究的堂奥启户开塴。

"无为"思想与唯美者的精神追寻

1889年,汉学家翟理斯(H. A. Giles)翻译出版了他的著作《庄子:神秘主义者,道德家与社会改革家》(*Chuang Tzu: Mystic, Moralist, and Social Reformer*),并评论说:"庄子虽未能说服精于算计的中国人'无为而无不为',但却给后代一种因其奇异的文学美而永远占有首屈一指之地位的著作。"王尔德怀着极大的兴趣读完后,于1890年2月8日以《一位中国哲人》("A Chinese Sage")②为题,

---

① [英]王尔德:《一本迷人的书》,原载《妇女世界》,1888年11月号。译文参见张介明译《王尔德读书随笔》,上海:上海三联书店,2000年,第296—301页。

② [英]王尔德:《一个中国哲人》,谈瀛洲译,《王尔德全集》(第4卷,评论随笔卷),第273—280页。下文所引出自该译本,不另注。

在《言者》(Speaker)杂志第 1 卷 6 期发表书评,评论翟理斯译《庄子》。在这篇评论中,王尔德的思想与庄子哲学产生共鸣,他的一些社会批评与文艺批评观念也借此得以成形。

在这篇评论文章里,王尔德把庄子放在西方哲学传统的坐标上,在与西哲的比照中,指认他们的相似点。作为异质文化的接受者,认同是对话的第一步,王尔德亦不例外。比如,他认为庄子像古希腊早期晦涩的思辨哲学家那样,信奉对立面的同一性;他也是柏拉图式的唯心主义者;他还是神秘主义者,认为生活的目标是消除自我意识,和成为一种更高的精神启示的无意识媒介等等,因而在王尔德看来,庄子身上集中了从赫拉克利特到黑格尔的几乎所有欧洲玄学或神秘主义的思想倾向。王尔德借助于翟理斯的译本对庄子哲学的这些比附与意会,应该说还是把握住了庄子思想的要脉,如其所蕴含的对立统一的辩证法思想,所独具的理想主义与神秘主义色彩。评述中也流露出对博大精深的庄子哲学的赞赏与钦佩。当然,我们也不应该忽视,王尔德对庄子哲学的解释,又显然是以其自身所处文化境遇为依托的,不少地方难以契合庄子哲学的本意。①

与诸多译介者不同,王尔德的独到之处是不停留于表面的认同,而是心契于庄子"无为"思想这一神髓,将之运用于社会批评与文学批评中,成为一种新的思想准的。我们知道,王尔德对现实传统深恶痛绝,处身行事独立不拘。他在唯美主义的名义下,不断抨击维多利亚时期英国的社会现状。正因为如此,他才把对时代的灾难有痛切体会的庄子引为同道。于是发现在博学的庄子的文字

---

① 如《庄子杂篇·则阳》中提出的"安危相易,祸福相生,缓急相摩,聚散以成"的相对论观点,就被王尔德解释为"在他(庄子)身上没有一点感伤主义者的味道。他可怜富人甚于可怜穷人,如果说他还会可怜的话。对他来说富足和穷困一样可悲。在他身上没有一点现代人对失败的同情。他也没有建议我们基于道德的原因,总是把奖品发给那些在赛跑中落在最后面的人。他反对的是赛跑本身。"这样的解释评述已经偏离了庄子思想的内涵。

中，包含着一段时期以来我所读过的对现代生活的最尖锐的批评。可能正是由于这一点，才引起他的强烈兴趣。王尔德大概从一些传入英国的中国工艺品如屏风、瓷器上，目睹过缺乏透视学原理的中国绘画，以及前额光秃，骑着飞龙的庄子肖像，这必定在他脑海中打下深刻印记，于是他的想象空间得到进一步拓展：

> 庄子在耶稣诞生前四个世纪，他出生在黄河边，一片布满鲜花的土地上；这位了不起的哲人坐在玄想的飞龙上的图画，仍然可以在我国最受敬重的坐落在郊区的许多宅子里，在造型简洁的茶盘和令人愉悦的屏风上找到。拥有宅子的诚实纳税人和他的健康家庭无疑曾经嘲弄这位哲人穹隆般的前额，哂笑他脚下的风景的奇特透视法。要是他们真的知道他是谁的话，他们会发抖的。因为庄子一生都在宣传"无为"的伟大教导，指出所有有用之物的无用。

王尔德料定英国人不会接受庄子的"宣传"，因为一切有用之物的无用的教导，不但会威胁英国在商业上霸权，而且会给小店主阶层的许多殷实、严肃的成员脸上抹黑。如果接受这位中国哲人的观念，那些受欢迎的传教士、教堂讲演者、福音主义者，以及政府和职业政治家就会遭到致命的打击。所以，"很清楚，庄子是个极危险的作家；在他死后两千年，他的著作译成英语出版，显然还为时过早，并且可能让不少勤奋和绝对可敬的人身受许多痛苦。"这里，王尔德借庄子的态度，以揶揄的口吻调侃了英国社会种种竟奔营求之举，矛头直指19世纪末英国盛行的商业主义、功利主义以及虚伪的博爱主义。

庄子反对人为的营求，提出"自然无为"思想是有其时代背景的。战国时代"纷纷淆然"的社会现状，各政治人物的嚣嚣竞逐，弄得"天下瘁瘁焉人苦其性"。庄子洞察这祸乱的根源，认为凡事若能顺其自然，不强行妄为，社会自然便趋于安定。所以庄子的"自然无为"主张，是鉴于过度的人为（伪）所引起的。在庄子看来，举凡严刑峻法、仁义道德、功名利禄、知巧权变以及权谋术数，都必将扭曲自然的人性，扼杀自发的个性。"凫胫虽短，续之则忧，鹤胫虽长，断之则悲。故性长非所断，性短非所续"（《庄子外篇·骈拇》）。任何"钩绳规矩"的使用，都像"络马首，穿牛鼻"，均为"削其性者"。

"樕饰之患"（人为的羁勒），乃为造成苦痛与纷扰之源，凡不顺乎人性而强以制度者亦然。"乃至圣人，屈折礼乐以匡天下之形，悬岐仁义以慰天下之心，而民乃始岐岐好知，争归于利，不可止也，此亦圣人之过也"（《庄子外篇·马蹄》）。人类最不该被这些礼俗、法规和制度所拘囚。王尔德本人立身行事放达不羁，蔑视传统，无视道德伦理的检束。他高张唯美主义旗帜，彻底背弃维多利亚中期的生活和艺术方面的价值观，不断向现实社会发问。本着这样的心性，他惊喜地"发现"了庄子，旋即引为同道。于是王尔德唱出了和庄子一样的调子："它们（指人为）是不科学的，因为它们试图改变人类的天然环境；它们是不道德的，因为通过干扰个人，它们制造了最富侵略性的自私自利。它们是物质的，因为它试图推广教育；它们是自我表现毁灭的，因为它们制造混乱"，"随后出现了政府和慈善家这两种时代的瘟疫。前者试图强迫人们为善，结果破坏了人天生的善良。后者是一批过分积极、好管闲事的人。他们蠢到会有原则，不幸到根据它们来行动。他们最后都没有好结果。这说明普遍的无私和普遍的自私结果一样糟糕。这一切的结果使这个世界失去了平衡，从此步履蹒跚。"善意的矫造进取同样在戕伐人类纯朴自然的本性。

当王尔德将庄子笔下"甘其食，美其服，乐其俗，安其居，邻邑相望，鸡狗之音相闻，民至老死而不相往来"（《庄子外篇·胠

箧》)的"至德之世"[①]用来批判社会时,遂发出了对维多利亚时期乃至整个西方文明最尖刻的抨击:

> 那时没有竞争性的考试,没有令人厌烦的教育制度,没有传教士,没有给穷人办的便士餐。没有国教。没有慈善组织,没有关于我们时代对我们的邻居的义务的烦人训诫,完全没有关于任何题目的乏味说教。他(指庄子)告诉我们,在那些理想的日子,人们相爱却并未意识到慈善,或写信给报纸谈论它。他们是正直的,却从不出版论无私的著作。正因为所有人都对自己的知识缄口不言。所以世界逃脱了怀疑主义的诅咒;所有人都对自己的美德闭口不谈,所以没有去管别人的闲事。……人类的作为不留下任何记录,没有愚蠢的历史学家来使这些事证成为后人的负担。

可以说,正是依循庄子对人类文明以及社会批判的思路,王尔德自己的价值判断才变得更加清晰坚定,心目中理想的社会图景也变得愈加清晰。这些均与道家无为思想或"闻在宥天下,不闻治天下"的无治主义观念息息相关。

"一位中国哲人"

王尔德在"一位中国哲人"这篇书评中,对庄子无为思想的理解和评述,其思路非常清晰:

首先,王尔德将庄子的无为思想与老子的观念相连接,指出

[①] 《庄子外篇·天地》:"至德之世,不尚贤,不使能,上如标枝,民如野鹿。端正而不知以为义,相爱而不知以为仁,实而不知以为忠,当而不知以为信,蠢动而相使不以为赐。是故行而无迹,事而无传。"

"'无为而无不为'的教训,是他(庄子)从他的伟大导师老子那里继承下来的。把行为化解为思想,把思想化解为抽象,是他调皮的玄学的目的。"《老子》一书的中心思想乃"自然无为"观念,意即顺任事物自身的状况去自由发展,而不以外在的强制力量去约束它。"道"常无为而无不为。当然,老子所谓的"无为",并不是什么都不做,而是含有"不妄为"的意思。"无为而无不为",即不妄为,就没有什么事情做不成的。可见,老子很重视治世之道,而庄子却反对任何形式的统治,是个无治主义者。作为整个思想史上最深刻的抗议分子,庄子将人的精神从现实世界中提升到一种高度的艺术境界,可以说正契合着唯美主义者王尔德的精神追求。

第二,王尔德揭示出庄子无为学说的多重内涵。其一,顺其自然,不加人为,做一个静观宇宙的"至人"。他指出"自然的秩序是休息、重复和安宁。厌倦与战争是建立在资本基础上的人为社会的结果。"而只有与自然和谐地生活的人才能得到智慧,因为"真正的智慧既不可能被学到也不可能被传授。"对外在的事物,"至人"顺其自然:"没有一样物质的东西能够损伤他;没有一样精神的东西能够使他感到痛苦。他的心智的平衡使他获得了世界的帝国。他从来不是客观存在的奴隶。他在无为中休息,静观这个世界自然地为善。……他的心是'天地之鉴',永远处于宁静之中。"其二,强调人的自我修养与自我完善。王尔德说"被人告知有意识地为善是不道德的",借此表明自己对维多利亚后期英国盛行的说教陋习的不满。基于此,他自我修养和自我发展的理想看作是"庄子的生活模式的目的和哲学模式的基础。"并认为"在一个像我们这样的时代,多数人都急着教育教育自己的邻居,以致没有时间教育自己,他们也许真的需要一点这样的理想。"希望英国人"在喜欢自吹自擂的习惯上自制一点。"

第三,王尔德借他者来认知自身,同样看到了庄子无为思想的现实意义。不过他的话满含讽意:"如果他(庄子)能复起于天上,并来访问我们的话,他可能会和巴勒弗尔先生①谈谈他在爱尔兰的高压政治和勤勉的失败;他可能会嘲笑我们的某些慈善热情,并且对我们的许多有组织的救济活动摇头;地方教育委员会不会给他留下深刻的印象,我们对财富的追求也引不起他的钦佩,他对我们的理想可能会感到惊奇,并对我们已经实现的部分感到悲伤。"现代人的所作所为在庄子无为精神的映照下可悲可叹。正是借助于庄子无为哲学这一他山之石,王尔德对19世纪末盛行于英国社会的功利主义以及政府行为提出批评。在一篇谈社会主义的文章里,王尔德引用老庄学说,表明了"政府应该清静无为"的主张,展示了他反对权威和治理的观念。

王尔德说庄子的整个一生就是对站在讲台上说教的抗议,而他自己对英国社会的市侩哲学和虚伪道德更是深恶痛绝。因此他别出心裁地将"无为"思想运用到文艺批评上。用艺术之"美"同现实"丑"抗衡,反对艺术的功利目的,宣扬艺术不受道德约束。这些也都是对维多利亚时期各种道德说教的抗议,他说"一个艺术家是毫无道德同情的",这种"超道德"的艺术观既是唯美主义主张的自然延伸和具体化,更是本于他对庄子思想的深切感悟,是王尔德艺术哲学的重要组成部分。

王尔德的文艺评论中常常隐现着庄子的一些思想。比如他在《社会主义制度下人的灵魂》("The Soul of Man under Socialism",1891)里,认为人根本不该受外部事物的奴役;外界的事物对他应该是无关紧要的;人们有时候会问,艺术家最适合在什么形式的统治下生活,对这个问题只有一个答案,最适合艺术家的统治形式就是根本没有统治。这显然是"自然无为"式的文艺观,是庄子无治主义思想的体现。《庄子·应帝王》通过一则寓言,提倡"外王"之

---

① 巴勒弗尔(Arthur Balfour,1848—1930),英国保守党政治家,1887至1891年任爱尔兰事务大臣,1902至1905年任英国首相。

道，批评儒家形态的德治和人治，提出了无治主义的观念。庄子基本上反对任何形式的治理，认为人民要较多地依照他们的自然性、自由性、自主性而生活。这样一种处于人世间而表现为一种与现实保持一定距离的艺术性的游世态度，也正是王尔德那样的唯美主义者的人生态度。

《作为艺术家的批评家》("The Critic as Artist"，1890）是王尔德一篇非常重要的批评文章。这篇长文有两部分内容，分别有两个副标题"略论无为而为的重要性"、"略论无所不谈的重要性"。在这篇长文里，王尔德通过吉尔伯特（Gilbert）与厄纳斯特（Ernest）两人的对话，表明"无为而为才是世界上最艰难而又最聪明的事，对热爱智慧的柏拉图而言，这是最高贵的事业形式。对热爱知识的亚里士多德而言，这也是最高贵的事业形式。对神圣事物的热爱把中世纪的圣徒和神秘主义者也引入这样的境界。""我们活着，就是要无为而为。""行动是有限和相对的，而安逸地闲坐和观察的人们的想象和在孤独与梦境中行走的人们的想象才是无限的和绝对的。"①

这里王尔德提到了思想和艺术的最高境界问题。所谓有为即有限，无为即无限，那么无为即最高境界。正如庄子所说："道不可闻，闻而非也；道不可见，见而非也；道不可言，言而非也。"（《庄子外篇·知北游》）道是无限恍惚、无从捉摸之物，靠有限的理智与逻辑根本无从追攀，只有弃圣绝智，打通一切人为的壁障，宅心玄远，才能体道悟玄，精神活动臻于宏大而辟、深闳而肆的最高境界。其实，庄子悟"道"，与其说意在陈述事理，毋宁说是表达一种心灵的境界。若从文学或美学的观点去体认则更能捕捉到它的真义。说到底，悟"道"乃属感受之内的事，而感受本质上也是一种情意活动。王尔德将庄子哲学意义上的终极追寻拿来审视文学，认为情意活动的最高境界就是"安逸地闲坐和观察的人们的想象"

---

① [英]王尔德：《王尔德全集》（第4卷，评论随笔卷），第431页。

和"在孤独与梦境中行走的人们的想象"。这俨然如庄子所谓"涤除玄览"、"澄怀静观"一类的境界了。由此出发,他对文学受到道德之类人为刻意的干预大为不满。

王尔德在《作为艺术家的批评家》一文里还特别指出,所有的艺术创作都是完全主观的,作家无法超越自身,作品中也不能排除创造者的存在,一部作品越显得客观,实际上就是越主观。按他的理解,这就是文学创作中的"无为而为"。他举莎士比亚为例来说明"无为而为"的重要性,说莎翁创作上"无为而为,所以他能够无所不成",或者说"因为他在戏剧中从未向我们诉说他自己,他的戏剧才把他向我们表现得一览无余,并向我们显示他的本性和禀赋。"①通过客观化的"无为",事实上却展示出了主观上的"(有)为"。王尔德借了庄子的思想表述,传达出了这种艺术创作中的辩证关系。

文学创作要遵守"无为而为"原则②,反对各种律法限制的艺术批评家也应该标举这种无为精神。王尔德说具有这种精神的人,或者为这种精神支配的人,就会像兰陀③为我们描述的为蓝色水仙和紫色不凋花包围的那个可爱而忧郁的珀耳塞福涅一样,将得意地坐在深沉不动的安静之中,令世俗之人感到怜悯,而令神感到愉悦。在王尔德看来,具备这种无为精神的人能够洞察世界的奥秘,通过接触神圣的事物,自己也变得神圣起来,这样的生活将是最完美的。④可以说,王尔德追求生活和艺术的完美,才有如此别样的艺术批评

---

① [英]王尔德:《王尔德全集》(第4卷,评论随笔卷),第440—441页。

② 王尔德的文学作品中,不少人物,如亨利勋爵(《道雷·格雷的画像》)、哥林子爵(《理想丈夫》),重无为而轻有为,贵静而不贵动,整日高谈阔论,荒度时光,终生无所作为。当然,王尔德借文学作品表达的无为观念具有明显的消极、颓废色彩。

③ 兰陀(Walter Savage Landor,1775—1864),英国浪漫主义诗人、散文家。其主要散文作品是《想象的对话》(*Imaginary Conversation*,1824—1829)。

④ [英]王尔德:《王尔德全集》(第4卷,评论随笔卷),第460页。

理想。坎坷多变的人生经历又让他清醒，不得不承认要做到这样的无为而为确实是世界上最难的一件事。但他这种对道家无为思想的心仪和认同，让我们看到了一个唯美主义者的心灵诉求和精神追寻。

托马斯·柏克小说里的莱姆豪斯[①]

英国作家借用中国题材一般都是从某种观念出发,或假中国之名来反思、批判自身文化及社会现状,或借丑化、贬斥中国以凸显自我的优越感。他们往往出于某一先行的观念,利用中国这个他者,来表达自己的各种欲望。中国只是他们表述思想的一个工具,甚至是切入思考的一个对照物。故而,文化利用的特征在他们那里尤其明显,这也是绝大多数西方作家借用中国题材的总体趋向。不过,托马斯·柏克(Thomas Burke,1886—1945)这位英国描写"中国城"的小说家却不一样,[②]他对中国题材的兴趣来自童年时代与中国人结下的友谊,来自切实的生活经历,而非出于为印证某种观念的假想,所以柏克"中国城"小说以其客观真实的特性不时吸引着读者的注意力。

[①] 本文原载《贵州师范大学学报》,2006年第2期。

[②] 从改造国民性出发,曹鸿昭翻译了柏克的《弱者箴言》。柏克是现代英国作家,著有小说、诗歌、随笔数种,专爱描写伦敦东区和"中国城"的社会情形。译者选译的这篇,是鼓励青年人勇于冒险、勇于奋斗的。一个青年人处境多么糟糕,只要你敢于冒险,握住希望给予你的任何东西,不管是实体还是幻影,奋斗下去就有希望。一个勇于冒险的人永远不会老。柏克这篇文章对于30年代中国青年很有现实意义,对于中国民性是一个有益的刺激。译者附识:"中国人普遍的处世方针,可以'谨慎持重,安分守己'八字来包括。长者教训子弟,自幼就下了不要冒险的警告,并且常常以'少年老成'相劝勉,结果,原来很活跃的青年,都活生生地变成了毫无生气的奴隶。现在我们读读这篇文章,看人家怎样指教青年人。"[《弱者箴言》附识,《益世报·文学週栞》1934—03—07(1)]

莱姆豪斯：伦敦中国城的诱惑

一般所谓"中国城"小说多描写犯罪与历险故事，作品中总会出现一些中国恶棍，试图绑架侮辱白人妇女、诱惑白人男性，甚至征服全世界。最后，白人英雄出现，化险为夷，消灭了中国歹徒。恐怖解除，世界重见光明。此类作品都带有明显的种族主义偏见。尤其以美国的"中国城"小说最突出。正如美国学者哈罗德·伊萨克斯在《美国的中国形象》中说："拥挤的、蜂窝状的中国城（唐人街）本身，也很快在流行杂志上成为神秘、罪恶和犯罪的黑窝。任何罪恶加到中国恶棍头上都不为过，他们在黑暗的胡同里，通过隐蔽的小径潜随他们的牺牲品，他们拿着他们的鸦片烟管四处闲逛，走私毒品、奴隶、妓女，或其他中国人，或在帮会争斗中互相砍杀。"①柏克"中国城"小说也涉及了华人移民社会的混乱野蛮，但他的创作倾向则几乎不带多少偏见，而是美丑错综、善恶纠集，一如生活自身那样复杂而真实。不少作品还或多或少带上了柏克本人的感伤情调和忧郁气质。而这均与作者的身世经历密切相关。

柏克出生在伦敦东区。伦敦东区处于东端城门外与利河之间，自17世纪初，这里已成为贫民聚居区。19世纪石码头有了发展，提供了打散工的机会，成衣业和家具业发展起来，使越来越多的贫民为获得不固定的菲薄收入而展开竞争。19世纪后半叶，移民（包括中国移民）络绎不绝地涌来，除了贫困外，他们还遭受种族、宗教、排外等歧视的折磨。

其实，早在18世纪下半叶，伦敦的中国人就经常不断地遭到侵扰和挑衅。1782年7月27日《记事早报》刊登的一篇文章就记录了

---

① 哈罗德·伊萨克斯（H. R. Isaacs）：《美国的中国形象》，于殿利、陆日宇译，北京：时事出版社，1999年，第156页。

一个"衣冠楚楚"的人正在竭力招惹一个中国人生气:

> 他先用最不堪入耳的污言秽语向那个中国人挑衅,对此,后者以惊人的耐心忍受了;后来,他开始对中国人的衣着评头论足,对此,迅速汇拢过来的人报以鲁莽的哄笑,怂恿他继续说下去;继尔,他一把抓住那中国人的头发,尽管观众里一部分比较儒雅的人一再要求他松手,可他置若罔闻,竟拉扯中国人的头发继续粗暴地激怒他。此举终于使中国人大为恼火,他立即跑进门去,带出数十人来,而且一刹眼间,每人手里都多了一根短棍,这似乎是他们带着防身用的;棍的一端都有一个大圆头,用右手握着,另一头藏在袖子里,因此几乎看不出他们带着家伙;他们迅速将自己的头发盘在头上,然后一齐冲了上来,但他们并未想找谁的岔子,只是为两名格斗者立圈掠阵而已……①

那个时候伦敦的华人人数虽然不多,但职业的地域性却比较明显。比如,做司炉工、水手长和水手的一般是广州人,海南人做厨师,乘务员则来自宁波。到1881年时,中国人在英国各港口(利物浦、加的夫、布里斯托尔、格拉斯哥等)的人数上升到665人,并在1911年前增至1319人。当时许多挣钱度日的生计,竟是为日渐增多的中国水手提供服务,包括经营洗衣店、商店、杂货店、饭店和客栈,等等。

居住在伦敦的中国人集中在莱姆豪斯公路和潘尼弗尔兹。莱姆豪斯(Limehouse)是英格兰伦敦东区陶尔哈姆莱茨自治市邻近的一个地区。位于泰晤士河北岸,以水手旅店、教堂和酒店众多为地方特

---

① 转引自[英]潘琳《炎黄子孙——华人移民史》,陈定平、陈广鳌译,上海:上海三联书店,1992年,第89—90页。

色,散布着不少华人餐馆。那儿也是伦敦最大的华人聚居地,流动性也最大,就像纽约和旧金山的中国城。因此,莱姆豪斯后来成了"中国人"的代名词。这里至今仍然保留着诸如北京、南京、广州、明街之类的街名。在第二次世界大战中,这里的华人区曾遭受毁灭性的轰炸,破坏严重,但莱姆豪斯依然能在人们心中勾起生动的形象,并始终在新闻记者和小说家笔下以一种奇异的构思方式存在着,如关于鸦片馆和点煤气的神话等。柏克只有几个月大时父亲去世,因而被送到住在莱姆豪斯地区的叔父家寄养。

据英国约翰·西德(John Seed)《莱姆豪斯蓝调:寻找伦敦码头的中国城1900—1940》(*Limehouse Blues*:*Looking for Chinatown in the London Docks*,1900—1940)一文里的调查数据显示,莱姆豪斯是伦敦当时臭名昭著,声名狼藉的贫民窟之一,那里居住空间狭小,过分拥挤,公共卫生条件差,周围到处是锯木场、焦油场、煤气燃罩场之类的工厂,周围飘散着酸臭的味道,加上伦敦常常是大雾的天气,空气环境恶劣,生活条件比较差。莱姆豪斯还是伦敦儿童死亡率最高的地区,居住在那里的英国人,没有固定的收入或是收入过低,仅能维持基本的一日三餐。许多流浪汉、无业游民集中在莱姆豪斯,因而成为伦敦最贫困的一个地方。到达伦敦的中国移民由于语言、文化方面的原因,无法在英国找到合适的工作,只好与在英国的犹太人、爱尔兰人一样住在靠近码头的莱姆豪斯,形成自己的一个封闭小圈子。由于中国移民把自己封闭在莱姆豪斯地区,加之生活和文化习俗上的不同,莱姆豪斯在英国人眼里成了一个神秘的地方,让人恐惧又好奇。在作家作品的描写和英国媒体的大肆渲染与报道下,莱姆豪斯成了中国城的代名词,一提到莱姆豪斯在英国人和美国人脑海里就会浮现拖着长辫子,拿着烟枪的中国人,还有那烟雾缭绕的鸦片馆等充满神话色彩的故事或是报道,莱姆豪斯承载了一代西方人对中国人形象的想象。

那世上最奇妙的地方

童年时代的柏克对住处周围的码头环境非常熟悉,也常遇到中国人和其他外国人。对这些外国移民的艰辛生活,他一贯满怀同情和兴趣。在柏克的童年生活以及日后的创作中,孤独的老华人李琮是不能不提的,他是个经营杂货的小店主。尽管身边不乏亲朋熟人,柏克仍觉得孤独,唯一与之交往密切的人就是李琮。按柏克的说法,两人语言不通,无法交流,但在一起却觉得很快乐。

这位老人在柏克小说《窗下私语》(*Whispering Windows*, 1921)、《老琮的娱乐》(*The Pleasantries of Old Quong*, 1931)以及自传性作品《风和雨》(*The Wind and the Rain*, 1924)中都出现过,所以有评论者认为,李琮只是柏克见过的一个中国人,或者说是想象的产物。但这并不重要,重要的是,他对柏克的创作生涯影响极深,正是他刺激柏克提笔写作。在柏克的记忆中总会闪现在伦敦街上的那一幕:他站在李琮的店前向里张望,老人招手唤他进去。那一刻他仿佛变成了虔诚的信徒。此后他怀着惊喜,悄悄地光顾小店,肤色淡黄、说着单音节词语的老人激起了柏克对美梦的最初遐想。也正是这美梦鼓励他熬过许多炼狱般的时光。最后在这位中国老人的刺激和影响下,柏克以艺术创作的方式认识了自我,发现了上帝。他说:"我知道有人在天堂寻觅,而有人在小店寻觅",在那里他学到了"亚洲人灵魂里所有的美丽和所有的罪恶,它的残酷,它的优雅,它的睿智"。①

在20世纪初,柏克以集中描写伦敦生活而受人瞩目。恐怕除了19世纪中期的狄更斯外,没有哪个小说家像柏克这样热爱伦敦,将

---

① Edwin Bjorkman, "Thomas Burke: The Man of Limehouse", *Thomas Burke: A Critical Appreciation of the Man of Limehouse*, George H. Doran Company, 1929, p. 10.

伦敦的底层社会作为大半生的创作源泉。他以伦敦东区的中国城为背景创作了一系列散文、小说和诗歌等作品，这使他获得了"莱姆豪斯桂冠诗人"的尊称。柏克在工作期间翻阅积累的大量关于伦敦的历史、社会生活、风俗习惯等的资料，为他创作伦敦的文学故事、历史生活的散文提供了很大的帮助。柏克的勤奋和对伦敦的独特表现方式，使他在当时的英国文坛上获得了一席之地。

柏克在世时笔墨甚丰，写了四十多部中长篇小说和散文作品。其中尤其以描述伦敦莱姆豪斯地区的中国城、港区和货物区著称，这些作品最初结集为《莱姆豪斯之夜》(Limehouse Nights, 1916)[①]出版，其中大多是些通俗闹剧般的故事，描述了伦敦底层社会中的色情与谋杀，在评论界引起不小的震动。受到著名作家威尔斯、本涅特等人的好评，也引起相当大的争议。芝加哥《刻度》(The Dial)杂志1917年7月19日发表了塞尔迪斯(G. V. Seldes)的一篇题为《再现与罗曼司》的文章，文章指出这部小说里充斥着奇异可怕的情节。其他评论家对作品的意见也都相似。1917年9月份的纽约《书人》(Bookman)杂志上有人说这部小说有最率直而野蛮的现实色彩，这得到了《流行观念》(Current Opinion)杂志一位不署名评论家的附和。因而，柏克那些描写中国移民的小说在受到不少批评家们反对的同时，又遭到权力很大的英国租赁图书馆的查禁。尽管大多数英国人早已领略过斯蒂芬·克莱恩(Stephen Crane)的那些有暴力倾向的现实主义作品，但他们仍然一个劲儿地应和着那些针对柏克作品的肆意嘲讽，毫无宽容之心。

除了《莱姆豪斯之夜》以外，托马斯·柏克创作的系列描写莱姆豪斯中国城的作品还有：《城市之夜：伦敦自传》(Nights in Town: A London Autobiography, 1915)、《Twinkletoes：一个中国城的故

[①] Thomas Burke, *Limehouse Nights: Tales of Chinatown*, London: Richards, 1916; republished as Limehouse Nights, New York: McBride, 1917.

事》(Twinkletoes: A Tale of Chinatown, 1917)、《伦敦灯火：一本赞歌》(London Lamps: A Book of Songs, 1917)、《伦敦郊区附近：战时的伦敦手记》(Out and About: A Notebook of London in War-Time, 1919)、《莱姆豪斯的李琼之歌》(The Song Book of Quong Lee of Limehouse, 1920)、《窗下私语：水边的故事》(Whispering Windows: Tales of the Waterside, 1921)(又名《更多的莱姆豪斯之夜》More Limehouse Nights)、《风和雨：自白书》(The Wind and Rain: A Book of Confessions, 1924)、《老琼的快乐生活》(The Pleasantries of Old Quong, 1931)、《中国城的比利和贝里尔》(Billy and Beryl in Chinatown, 1935)等等。

与T·S·艾略特在《荒原》中将莱姆豪斯作为泰晤士河历史上的污点不同，柏克认为那是世上最奇妙的地方，他一生都没停止过写它。当然，他并没有因为对莱姆豪斯的兴趣而戴上玫瑰色眼镜来美化中国城，他时常发现中国人的道德一点也不好。所以有关莱姆豪斯中国城小说里的故事总是被安置在这样的背景中：破旧不堪的商店，低矮而摇摇欲坠的廉价公寓与小木屋，穿梭往来的船只，三三两两的外国人在船上出入……，那种惨淡败落暗示着生活在其中的诸多人物的命运。柏克基本上抱着自然主义创作心态，既直面生活的阴暗与丑陋，又要唤起人们的怜悯与同情。

黄种人，黄种人，你从哪里来？

本着这样的意图，柏克笔下的中国人形象大体不出两类模式。心地善良、淳朴温厚一类，如《中国佬和小孩》(The Chink and the Child)的程华。小说写中国男人程华与白人女孩露西的故事。孤独的程华在妓院发现露西——深受父亲虐待的12岁小女孩，把她带回家，纯朴地爱着她，仿佛她会转瞬即逝。但是女孩的父亲还是把她抓回去打死了。程华发现女孩的尸体后，先用毒蛇杀死了女孩的父亲，然后也自杀了。柏克的这部成名作给读者讲了虐待、谋杀、自杀等令人惊骇的事情。1919年被好莱坞导演格里菲思看中，改编成电影《落花》（*Broken Blossoms*），1936年再次改编①。尽管小说遭到一些重要报纸的无情攻击，认为中国男人对白人女孩淳朴无私的爱并不可信，作者把他们两人的关系弄得那么奇妙，恐怕只会助长有害倾向，导致不良后果。尽管如此，小说还是以它哀婉动人的力量打动了无数读者。

另一类人物俨然是些狡猾不端的市井细民。如《爪子》（*The Paw*），主人公想让妻子重新回到自己身边，但又懦弱畏怯，不敢面对她和她的中国情人，就转而虐待11岁的女儿。每时每刻提醒着女儿，是母亲的中国情人让她陷入困苦，必须杀了这个家伙。最后这个神经错乱的、被打得不成形的女孩杀死了自己的母亲。其中的中国情人也受到人们的道德指责。

《尤托的父亲》（*The Father of Yoto*）写的是一出粗野低俗的市井闹剧：三个中国男人和一个白种男人争论谁是玛丽格德将出世的孩子的父亲。柏克说这里没有圣徒，他们全是不道德的人。与之不协调的是开头："甜美的人性——故事里有月夜狂欢、海边的春潮、花开叶盛……故事是朋友邹琳告诉我的，她住在西印度码头路。它不是发生在被阳光抚爱的东方岛屿，而是在莱姆豪斯。尽管如此，它仍然是奇异的，因为充满人性。"毫无疑问，开头的颂美恰与闹剧的粗野低俗构成强烈的反差，所谓"甜美的人性"也只是作者的反讽而已。

---

① 后《落花》成了美国荧屏上表现中国人形象的代表作之一。格里菲思电影中对于柏克笔下莱姆豪斯位于角落的小咖啡馆、商店和酒吧等的细腻刻画给观众以遐想，并引发了莱姆豪斯蓝调的形成，成了爵士乐演奏者的保留剧目。随后，关于莱姆豪斯的唱片也取得了很大的成功，如《中国人的洗衣店兰调》（*Chinese Laundry Blues*）、《武先生的婚礼》（*The Wedding of Mr Wu*）等，都很受欢迎。继《落花》之后的几年里，托马斯·柏克的其他中国城故事也被拍成了电影，莱姆豪斯和伦敦的中国城在走上了世界的大舞台。

上述两类模式代表了柏克所有中国题材作品里中国人形象的基本类型。姑且不论这些小说造成的客观影响如何，它在多大程度上遵从了作者的主观认识，至少它们跳出了通常"中国城"小说的一贯套路，没有贴上"中国人都是恶棍"那样种族歧视的标签。

柏克小说里的相关描写，如中国男子与白人女孩的故事，并未助长当时不少英国人对此类事件（中国人与白人女人之间的私通）的震怒情绪。伦敦的一位中学校长罗宾逊小姐就曾两次指控莱姆豪斯地区的中国佬勾引英国未成年少女，激起了不少人的公愤。"莱姆豪斯的引诱"成了华人区罪恶的代名词。一名曾在莱姆豪斯里当过三年警察的侦探被派往那里展开调查，事后他认为，"中国佬要是与一位英国姑娘亲近上的话，就不会引诱她卖淫，只会娶她，待她好"。1920年，一位《新闻晚报》的记者经过调查也下结论说，做华人的妻子是一种好逸恶劳的生活，许多白人姑娘正是因此被引诱到中国城去的，因为伦敦东区的妇女没有一个像"中国佬张三的妻子或管家"那么悠闲的，丈夫甚至亲自下厨房。另一位女新闻记者也说"白人姑娘没有被催眠——她们是自觉自愿上黄种人那里去的。"当时嫁给华人的大多数是那些工人阶级出身的、来自外省的、"声名狼藉"英国姑娘，出身较好的妇女宁愿自己的丈夫是白人。由此可见，当时普遍存在着一种认为中国人属于劣等人的看法。①

在20世纪前20年，"黄祸论"的影响并未消歇，对有色人种的歧视仍很强劲，不少作家对黄种人（主要指中国人）始终抱有偏见，走不出种族歧视的樊篱。柏克的诗集《伦敦的灯火》（*London Lamps：A Book of Songs*，1917）里，有一些中国题材作品也像小说一样，基本不沾染上述那种狭隘观念，有时还流露出对中国人的淡淡同情。如：

---

① 参见[英]潘琳：《炎黄子孙——华人移民史》，陈定平、陈广鳌译，上海：上海三联书店，1992年，第98—99页。

> 黄种人，黄种人，你从哪里来？／来自令人神往的太平洋，／来自波光粼粼的太平洋，／那儿夜色碧蓝，白昼如银。／黄种人，黄种人，你在干什么？／可爱美丽的少女，我爱过二十个。／她们脸颊如紫罗兰，热吻如烈火，／怀着渴望，我纵情注目。／黄种人，黄种人，你为什么叹息？／为那鲜花零落成泥，／为清澈的流水带走光阴 异国的夜晚，／为淡忘的脸庞 那双失去的纤手。

诗人带着好奇的目光猜询那些来自遥远东方的异乡人。他们远在太平洋彼岸的故土，可爱多情的少女，还有漂泊异国的寂寞伤感。笔端蕴含着对他们的怜悯与关切。当然，诗集里也描写纷乱嘈杂、各方云集的西印度码头，那儿是华人移民的聚集地：

> 黑人，白人，棕色人，黄种人／白杨树还有中国城！／庄严高贵的残酷 五色斑斓的神秘，／那惊心动魄的事情 伦敦各界全没见过！／在邪恶的曙色里 玫瑰和星星还有白银——／谁悄然传唱 来自新加坡的古老歌谣；／馥郁的香料 缭绕的鸦片，／中国人和乌头素，印度大麻。／帆船、阜头和烟囱 辗转就到莱姆豪斯，／诱惑、污垢和香味 还有满身风尘的男人和黄金；／东方的蓝月在莱姆豪斯斜斜落下——／似年轻阿拉丁斯人的灯 勇敢者的长刃。①

中国城的各方移民携带着"五色斑斓的神秘"汇集在一起，纷呈迭出的异国意象，摹画出混合着善恶美丑的驳杂图景，"诱惑、污垢和香味"就是那儿独有的气息。柏克的这首诗就如同莱姆豪斯小说的诗歌版，诗人只写出了眼中的直观印象，却不肯轻易表示自己

---

① 以上两首诗转译自：Milton Bronner, "Burke of Limehouse", in The Bookman, New York, Vol. XLVI, September, 1917, pp. 16–17.

的态度。

人们通过柏克的"中国城"小说及诗作,看到了伦敦底层的生活。20世纪初的大英帝国仍雄心勃勃地统治着世界,伦敦号称世界经济的中心。柏克却抛开帝国的强盛与伦敦的荣华,去关注社会的黑暗面,几乎是无所顾忌地暴露伦敦的庸俗、贫困和罪恶,以及穷苦人和外国人错综复杂的关系,如英国本地打手、酒保和华人店主、水手之间的暴力冲突等。总之,柏克试图将莱姆豪斯与伦敦的体面雄夸形成对照的用意是毋庸置疑的。

尽管柏克本人对华人移民社会的态度比较折中,甚至有些晦暗不明朗,有时还持有一种同情式的理解,但鉴于总体上的写实倾向,作品在相当程度上客观再现了华裔移民圈内的混乱、野蛮和诡异。

如小说集《窗下私语:水边的故事》,写底层人物,小偷、酒鬼和娼妓,他们每个人都以自己的方式寻找快乐,但都失之交臂。小说的主题是复仇和被扭曲的爱、性以及变态的感情,这些都强烈刺激着读者的神经。值得一提的是,柏克凭着漂亮的文字、温厚的怜悯,使这些熟烂老套的故事颇有些读头。其中《蓝衣大男孩》,写李珊的父亲阿肥希望警察停止对他的调查。他让李珊给男孩(警察)送去一杯毒茶,结果李珊把它喝了,以牺牲自己来控告他父亲有罪,结果发现两只杯中阿肥均投了毒。《红鞋》里,狄运与美丽的女孩相爱,女孩的父亲李业是个酒鬼,把她的床租给了贫穷的水手,让她流落街头,无处安身。狄运给了她一些红色的鞋子,并没法将水手赶走。李业发现后将女儿推到河里淹死。小说中柏克安排了一段荒诞的情节,让重新回来的鞋子去召唤狄运走向死亡。

另外,在小说集《老琮的娱乐》(1931)中,老琮(即上文的李琮)讲的故事大多是讽刺或困惑于观察到的人性中的阴暗面。其中有篇讲主人公经历了12年的不幸婚姻。当她的丈夫被判入狱两年后,她给他寄信，以致丈夫感动得悔过自新。但他被释放回家时，却惊讶地发现，原来她正等着杀掉他。①

很明显，这类作品展现的正是变态的心理，被仇恨扭曲了的人性。正如一些评论家所说的那样，虐待孩子，以及背叛与复仇，是包括《莱姆豪斯之夜》在内的柏克小说常见的题材。尽管这类故事很容易处理成罗曼蒂克，喜剧或是悲剧，但柏克对题材格调的处理总是显得审慎而诚实，为的是避免他的故事在人看来通通污秽病态。他目光犀利、洞察入微，但在某种程度上，又怀着怜悯、同情和仁慈来对待人性中的美丑、善恶。的确，他的人物画廊里不是虐待者，就是窃贼或杀人犯、同性恋一类，大多并不可爱，而柏克试图理解他们，让人意识到他们良知未泯，在丑恶中发现刻骨铭心的情感，或者抗恶除暴的英雄气概，在丑恶中发现美丽的恶之花。他试图在善恶难辨的人性中披沙拣金，以凸显人性中美好的一面。作者在小说开头表白了这一用意：

> 这是从堤岸上听来的关于爱情与情人的传闻，那堤岸从西方一直延伸到水尽处的黑色荒野。而我猜这传闻在遥远的太平洋，在新加坡、东京、上海也一样被说起……这是一个催人泪下的故事。你可以从黄种男人的诉说中听到。它会唤起你的同情。在我们单调乏味的评述中，它听起来一定很悲惨。不过，在同情和想象的提升与净化下，它那卑劣的气息渐渐褪去，变得美丽而凄凉起来。②

不过就客观效果看来，作者的良苦用心已被过多重复的凶杀暴

---

① Thomas Burke, "The Ministering Angel", in *The Pleasantries of Old Quong*, London: Constable, 1931.

② Thomas Burke, *The Chink and the Child*, in *Limehouse Nights: Tales of Chinatown*, London: Richards, 1916, p. 58.

力所遮没，以至于严厉的批评者断言，柏克的中国城小说从未成功过。

柏克1945年9月22去世。像许多两次大战之间的作家一样，被人们逐渐遗忘了。可以说他是公认的第一位写亚洲移民，也是第一位写女子同性恋的英国小说家。他描写吸毒、女子同性恋、婚前性行为、虐待儿童、种族仇恶等等，现在已经不再是什么令人震撼的题材。尽管他写了太多太滥，以至于流于平庸的俗套，但柏克的优秀作品仍有生命力，当人们回忆起往昔伦敦的生活时，也不时为他作品的爱憎之情所感动。

西方的中国叙事与帝国认知网络的建构运行

——以英国作家萨克斯·罗默塑造的恶魔式中国佬形象为中心①

一、西方殖民帝国关于中国认知网络的建构与维护

在西方殖民帝国对中国的认知网络上,中国往往被看作是一个沉溺于鸦片梦幻中的最具有东方性的非现实的国度,野蛮而残酷,堕落又愚昧,诱人且恐怖。这就是关于中国的一般知识,也是一种话语权力结构,构成了帝国殖民体系的认识论基础。

大英帝国的战略家们(由传教士、驻华商务、教育和外交机构所交织而成的网络)企图创造一整套与虚构作品(如中国城故事)一致的特定事实,并依靠对于整体知识的幻觉(假作真时真亦假)来维系它们。而来自中国的真实的知识混杂其中,会引发对网络信息质量的质疑,其结果是污染甚或颠覆大英帝国的认知网络,最终可能使帝国殖民体系难于幸免。于是,制止这种"污染"(展示出的也是对文化、种族混杂的焦虑与隐忧),对维系帝国认知网络的统一性(健康运转)至为重要。整个 19 世纪中后期,就在大英帝国将中国操控

---

① 本文原载《文学评论丛刊》,2010 年第 1 期。

于股掌之中时，种族混杂（华人移民大量增加）、中国复仇，①以及俄国在东亚的大战略（与大英帝国争夺亚洲），都像鬼魂般威胁侵扰着英国的在华利益，并为流行小说中"卓越的张"和傅满楚等"东方幽灵"式的噩梦提供了想象的基础。②

与之相连的另一问题是帝国认知网络的空间分布。为了使帝国殖民意识更广泛地传播，让所有阶层的人都"了如指掌"，调动各种媒介手段实属必要。于是，公共图书馆、博物馆、新期刊、附有插图的报纸与儿童读物、电影胶片、戏剧舞台等，传播着以帝国意识为主题的小说，也包括中国城小说。

1907年，英国作家尼姆（L. E. Neame）发表《英殖民地面临的亚洲危险》（*The Asiatic Danger in the Colonies*）一书，这是一本讨论亚洲人可能侵吞整个英国殖民地的专著。③他在书里忧心忡忡地预言："任何国家一旦把大门对着东方敞开，一旦大批接受亚洲人，其所承受的包袱只会越来越沉重。"这样一种对东方亚洲人的忧心与恐慌在当时以"黄祸"恐惧最为典型。

在一些欧洲思想家看来，皮肤的颜色与智力和道德水准有关系，"肤色愈深，智力愈差"。康德就认为东方人不具有道德和审美

---

① 根据种族中心主义的"投射"理论，一个民族会利用"妄想狂的投射"方式，把本民族不能接受的欲望归罪于其他民族或他者。中国人就是这样一种遭人仇视，被视为不可接受的他者。在他们的臆想中，中国人在中国曾受到西方人的虐待，因此要以恐怖行为对白人实行报复。傅满楚就是如影子一样尾随西方人的报复典型。这种对中国人毫无根据的恐惧心理直到新千年，还不断在"中国威胁论"里得到呈现。

② 参见[美]何伟亚：《档案帝国与污染恐怖：从鸦片战争到傅满楚》，载李陀、陈燕谷主编《视界》第一辑，石家庄：河北教育出版社，2000年，第100—102页。

③ 19世纪八九十年代的澳大利亚文坛，也曾出现过一批以中国人侵略澳大利亚为主题的"侵略小说"，如《黄种还是白种？公元1908年的种族大战》（1888）、《黄潮》（1895）等。这些小说既是"东方主义"思维观念的产物，也表现了澳大利亚政治话语中的恐外症或恐华症。参见欧阳昱：《表现他者——澳大利亚小说中的中国人（1888—1988）》，北京：新华出版社，2000年，第41—43页。

能力，而与之同时代的历史学家奥格斯特·施罗泽则明确认为，中国人是世界上最笨的民族。这样一种带有种族偏见的理论当时在欧洲很有市场。在他们眼中，中国的愚昧落后、道德低劣，要依靠欧洲文明才能获得教化与救助，但是另一方面又担心随着欧洲技术的秘密传授给中国人，在他们掌握了同样的武器装备之后，在与白人的战争中，黄种人残忍、冷漠，对死亡无动于衷的性格就具有绝对的优越性，于是来自"黄祸"的恐惧与日俱增。

"黄祸"恐惧与种族主义偏见紧密相连。这种对中国人的种族主义偏见比较典型地呈现在英澳作家，如盖伊·布思比（Guy Boothby，1867—1905）、威廉·卡尔顿·道（William Carlton Dawe）、玛丽·冈特（Mary Gaunt，1861—1942）等人的笔下。[①]

这几位作家笔下的中国题材作品具有明显的种族主义偏见，东方主义特征比比皆是。那些身处中国土地上的英国人或西方人均无所不能，而中国人则是些难以同化的他者或异类，凡是投合西方文化标准道德规范的、肯与西方合作的就受到颂扬，否则就是不能接受的异类。

盖伊·布思比的"尼科拉医生"（Doctor Nikola）系列小说中，那位梦想在中国能找到传说中长生不老药的英国医生尼科拉，他在中国的冒险经历就出于西方人典型的东方主义想象。这些人物往往被赋予超人的能力，不时有英雄壮举。因为中国到处充满险恶，外国人在中国旅行有如冒险，这样掩人耳目的办法就是假扮成中国人。小说里就说"尼科拉化装得天衣无缝，除非有超人的聪明才智，否

---

① 这几位作家虽出生在澳大利亚，但后来均移居伦敦，在英国度过了文学生涯里的绝大部分时间。而且他们都以英国为主要市场而写作，对这一时期英国人中国观的形成有不可忽视的影响，他们作品中表现出的种族主义和帝国主义思想，也与英帝国对中国的统治思想一致。澳大利亚籍华人学者欧阳昱在其所著《表现他者》一书里将这三位作家做了详细介绍。本部分对他们的讨论，受欧阳著作启发颇多，采用的资料也多转引自该书，特此致谢。

则别想识破他。他在所有的细节上都像一个真正的天朝人。他讲中国话的口音听不出半点瑕疵,他的穿着跟地位很高的中国佬毫无二致,就连最爱挑刺的人从他装扮的行为举止上也找不出丝毫差错。"①书里两位英国主角就是凭着这种超人的假扮能力冒充汉口大主教和他的弟子,一直安然无恙地来到西藏的一家寺庙,最后诡计被人戳穿而逃跑。超人的伪装能力其实说明了以种族主义为基础,企图以强权凌驾于中国和中国人之上的帝国主义和东方主义欲望,这也是19世纪欧洲表现东方的游记中的一个典型现象。而英国主角的语言能力当然是虚构出来的,也与西方人长期以来对汉语的轻视与无知有关系。

卡尔顿·道《北京密谋》(*Plotters of Peking*,1907)写一个叫爱德华·克兰敦的英国人如何在中国为光绪皇帝作"皇帝监察人",专门对付那些密谋策划反对清政府的人。克兰敦所负有的象征意义使命是按照英国方式使中国西化,使中国"得到新生","成为一个伟大的国家,令东方震慑,西方尊敬"。主人公在从搭救皇帝,到一次次逃脱中国人对他的谋杀企图,深入中国黑社会,活捉黑社会头领,到帮助政府平定外国人的暴乱等,均是无所不能。就是说,中国人是低劣民族,需要西方的治疗和解救,对于中国的芸芸众生,英国人魔力无边,可以任意操纵摆布。②

与高大无比的英国人形象相比,中国人在这些作家笔下就被丑化成道德败坏、品质低劣的异类,必欲征服而后快。

中国人在布思比的尼科拉医生系列小说里是以邪恶的面目出现的。他们总是千方百计地阻挠英国医生的寻药之行。其中有个"中国恶棍"是"一个面目狰狞,缺了半边耳朵的蒙古人。"肆意丑化中

---

① Guy Boothby, *Doctor Nikola*, London, 1896, p. 68. 转引自欧阳昱《表现他者》,第48—49页。

② 相关详细阐述参见欧阳昱:《表现他者》,第53—56页。

国人并不是布思比的创造。其实17世纪德国哲学家赫尔德就对中国怀有一种想当然的歧视，认为中国人属于蒙古部落人种（Mongolian），极其丑陋——小眼睛，塌鼻子，平额头，胡须稀疏，大耳朵，大腹便便等。布思比在小说里也通过英国医生的口说："这是我所见过的最丑陋的蒙古族人。他的眼睛斜角得厉害，鼻子有一部分不见了。这种脸只有在噩梦中才可能见到，尽管我这个职业的人习惯了各种恐怖的景象，但我得承认，我看见他时差点呕吐了"。①这里，丑陋的中国人与英国人的高大形象强烈对照。

与布思比一样，卡尔顿·道作品里的中国和中国人均以"丑"著称。他以为丑陋是"蒙古族的共同遗产"，广州是一座"臭气熏天的城市，到处是脏兮兮的人"，"大街上活跃着川流不息的丑陋、肮脏的中国佬"，形成了一道"绵延不绝的丑陋的队列"。《北京密谋》里说："大街上的中国人是一道由污垢和丑陋汇合的可怜的洪流……那是深度的污垢，是最不可妥协的丑陋。"②《满大人》(*The Mandarin*, 1899)里广东的一个道台，不仅经常给英国人制造各种各样的麻烦，而且荒淫无耻，对英国少女心怀鬼胎。而他的形象则就被描写成有两道缝似的丑陋眼睛，而那保养良好、差不多是丰满的面容使他具有一种确切无疑的女性气质，这与他坚固的鼻子和讨人厌的眼睛形成了一种奇怪而令人不快的对照。他贪婪、冷酷、好色，还对外国人仇恨。短篇小说《苦力》(*Coolies*)里一个带头闹事的中国领袖被表现成"一头独眼猪"，最后被征服而"受到法律的极端制裁。"船上的其他中国苦力则一律是"人类的垃圾，而且比垃圾还要糟糕"。这种视中国人为丑类的描写当然得自于大英帝国主义和殖民主义的种族优越感。

---

① Guy Boothby, *Doctor Nikola's Experiment*, London, 1899, p.55. 转引自欧阳昱《表现他者》第50页。

② William Carlton Dawe, *Plotters of Peking*, London, 1907, p.86. 转引自欧阳昱《表现他者》第53页。

玛丽·冈特也不断在作品里肆意揭露鞭挞中国人的"暴行"。她笔下的中国人一般都被边缘化处理成一群以骚扰外国传教士为目的而杀人放火的暴民。短篇小说《白狼》里所出现的中国人是一群把外国传教士团团包围起来、大喊"杀死洋鬼子，杀死洋鬼子"的中国暴徒，他们面目"残忍、狰狞、愤懑不平、可怖"。《无所谓的女人》里中国人是一股由"狂喊乱叫的恶魔"组成的邪恶势力，他们唱着"野蛮的"战歌，以极其残忍的手段把传教士的眼睛剜出，以惩罚其从事传教活动。作者以中国为背景的短篇小说基本上都是以这种凄惨、残酷而黑暗的格调为背景，以强调炽热的排外情绪，证实她对中国的一个看法，中国是"一片血与火和异教的国土"。而"这一大伙臭气熏天、糊里糊涂、专抽大烟的中国佬对任何人都没有一点用处。"长篇小说《荒野之风》（*A Wind from the Wilderness*, 1919）里，作者也写了一个不同于一般人的"长得凶神恶煞的中国佬"形象。这是一个欧亚混血儿，是一个好色成性、冷酷无情的兽性人物。他骗取了英国女性丝苔娜的爱情，并与之结婚，但这桩婚事遭到了同行所有人的反对，大家一致认为不能下嫁"这种人！一个中国佬！一头野兽！一个魔鬼！"他可是"一条毒蛇"。果然丝苔娜很快就感到了幻灭，愤怒地说："本来我厌恶所有的中国人，除了凌以外。但当我意识到他怎样恶意地欺骗了我，我对他的仇恨和恐惧超过了所有的中国人……"。①中国佬不仅淫荡好色，而且心狠手辣。他曾当场砍掉一个女乞丐的手，将一个外国传教士剜眼割鼻活埋。

　　以上以消极方式处理中国人形象的做法反映出不少作家持有很深的种族主义偏见。他们在这种文化帝国主义心态下，将中国和中国人边缘化降低到一种劣等地位，同时也是为了衬托英国人或西方

---

① Mary Gaunt, *A Wind from the Wilderness*, London: Laurie, 1919, p.229. 有关玛丽·冈特的论述可参见欧阳昱的《表现他者》，第111—115页。

人的"英雄"形象。如玛丽·冈特《白狼》中被围困的一对英国恋人就是因为"野蛮的人群"在四周喊杀而在冬天齐腰深的水里走到一起，产生了深挚的爱情。当时相关小说的一般模式，即把中国视为英国的殖民地，中国人为任人宰割的殖民羔羊，凡与英殖民主义对抗的就是反动落后，而与之合作就是开明人士。而那些关于远东（中国）题材的故事往往充斥着诱拐、绑架、谋杀、鸦片走私等犯罪活动，笔下的中国男人均道德堕落、丑陋不堪、邪恶无比，女人则充满着性的诱惑力，但同时又充满着危险，隐藏着杀机，令白人冒险者难以满足欲望、生命受到威胁。

这种故事模式得以风行，也是为了投合英国民众的阅读期待。比如，玛丽·冈特在中国旅行过，她所看到的并不都是中国人恶劣的一面。不过丑化中国人，贬低有色人种为时尚所趋，而她的写作目标是瞄准英国市场。把中国人写得很糟糕，会迎合一些读者的兴趣，借此赚钱恐怕不难，她自己对此并不讳言："我写作就是为了挣钱。"正因有此大众心理为基础，黄祸恐怖与种族偏见得以充斥每一个角落，甚至形成某种文化心理积淀，在不同时期都会听到它的回声。

二、萨克斯·罗默笔下的恶魔式中国佬形象[①]

玛丽·冈特为投合英国民众的阅读期待而塑造丑恶中国人的写作策略，与英国作家萨克斯·罗默创造傅满楚这样一个恶魔式中国佬形象相似。

傅满楚形象之所以被塑造成"黄祸"的化身，因为他符合当时通行的中国观以及对中国人的普遍看法，但是这一形象并不能代表

---

① 本部分对萨克斯·罗默笔下傅满楚形象的阐释，笔者指导的硕士生刘艳参与了这一问题的讨论，并提供了初步的解读文字。

罗默自己关于中国人的真正看法。在 1938 年的一次采访中，罗默吐露了自己真实的想法。他反驳布勒·哈特创造的阿新形象①。他说"我完全不同意布勒·哈特的结论……中国人是个诚实的民族，这就是西方人认为他神秘的原因……作为一个民族，中国人拥有平衡、和谐，这正是我们日渐失去的东西"。②采访中罗默还谈到了另一个神秘、高贵的中国人 Fong Wah，也许他才是傅满楚的真正原型。Fong Wah 在唐人街开餐馆和杂货铺，受到周围中国人的尊重和爱戴。很多年以后罗默才知道他也是一名堂会的官员。Fong Wah 待罗默非常友善，他经常向罗默讲述自己早年的生活。Fong Wah 的宠物——獴，也立刻让我们联想到了傅满楚的獴，它们都是神秘而诡异的，瞪着圆圆的眼睛，匍匐在主人的身旁。在 Fong Wah 身上笼罩着一种神秘色彩，某天，他送给罗默一把精致的匕首后，突然消失了……

罗默心目中的中国人是诚信的、友善的，而傅满楚形象的主调却是邪恶与恐惧。如果说这仅仅是罗默的艺术想象，那么这样的傅满楚形象为什么会在西方社会受到广泛的认可？一个人的想象只能写成一本书，大众共同的想象才能使一本书变成畅销书。因而，傅满楚是迎合大众想象的创作结果，是那个特定的文化背景、历史际遇使得中国人形象被如此的妖魔化、丑恶化。

20 世纪初，傅满楚这样一个在西方世界家喻户晓、广为人知的恶魔典型的出现，预示着中国人作为"黄祸"的形象，已经在西方的文学想象中逐渐固定下来。如果说义和团是本土中国人代表的"黄祸"，那傅满楚则是西方中国移民代表的"黄祸"。可以说后者是西方文学中对中国人形象最大也是最坏的"贡献"。这些傅满楚式的野蛮的中国佬，在西方人看来，丑陋肮脏、阴险狡猾、麻木残

---

① 阿新是 19 世纪下半叶一个非常著名的中国人形象。1870 年，美国作家布勒·哈特创作了这个狡猾、贪财的中国人形象。

② "Pipe Dreams: The Birth of Fu Manchu", *The Manchester Empire News*, Sunday January 30, 1938.

忍:"他们中大多是些恶棍罪犯,他们迫不得已离开中国,又没有在西方世界谋生的本领,就只好依靠他们随身带来的犯罪的本事。"可见这是中国"黄祸"威胁西方文明的象征。

1911年,英国通俗小说作家阿瑟·沃德(Arthur Henry Ward,1883—1959)以萨克斯·罗默(Sax Rohmer)笔名受命写一部惊险小说,描写中国人在莱姆豪斯罪恶底层社会的情形,于是虚构了一个最有能耐的"中国佬"恶棍,并以《狡诈的傅满楚博士》(1913)之名出版,构成傅满楚系列小说的起点。罗默后来说,那是一个雾沉沉的黑夜,他在莱姆豪斯公路上偶然遇见一个衣着讲究、异常高大的华人,当时这个华人正一头钻进一辆豪华轿车。他就从这个华人身上产生了灵感。而对毒品(鸦片)的恐惧则成了普通民众阅读中国城犯罪故事的心理基础,同时也制约着作家对华人形象的创造。在随后的45年间,罗默陆续写了其他十二部关于傅满楚等中国罪犯的长篇小说。写于美国的最后一部《傅满楚皇帝》,傅满楚已经从一个自私自利的恶棍转变成一个坚定的反共分子。

罗默在第一部小说《狡诈的傅满楚博士》里把傅满楚描述为亚洲对西方构成威胁的代表人物:

> 你可以想象一个人,瘦高、干瘦,双肩高耸,像猫一样地不声不响,行踪诡秘,长着莎士比亚式的额头,撒旦式的面孔,头发奇短的脑壳,还有真正猫绿色的细长而夺人魂魄的眼睛。如果你愿意,那么赋予他所有东方血统残酷的狡猾,集聚成一种大智,再给予他一个富有的国家的所有财富。想象那样一个邪恶可怕的生灵,于是对傅满楚博士——那个黄祸的化身,你心中就有了一个形象。[①]

---

① Sax Rhomer, *The Return of Dr. Fu Manchu*, From *Four Complete Classics by Sax Rohmer*, Castle, 1983, p. 94.

罗默在这段描述中赋予了傅满楚智力超人、法力无边的特征。他将东方所有"邪恶"的智慧全部集中在傅满楚一人身上，并让他随心所欲地调动一个国家的所有财富。而且，傅满楚的长相也可谓东西合璧：西方莎士比亚的额头，象征着才能超群者的智慧；想象中撒旦的面孔，暗指邪恶狰狞而又法力无穷；猫一样的细长眼，这是西方人对东方人外貌特征的典型想象，见出傅满楚这个人物本身所被赋予的丰富的隐喻含义。对于西方人来说，这种既带有本土特征，又具有异国情调的形象，是黄祸观念具体化的一幅心像，迎合了19世纪末至20世纪最初20年风行一时的排华之风。

在罗默笔下，傅满楚首先是一个残忍、狡诈的恶魔。他领导着东方民族的秘密组织，杀人、绑票、贩毒、吸毒、赌博、斗殴无恶不作，意在"打破世界均衡"，"梦想建立全世界的黄色帝国"，他们是来自东方的梦魇，来自地狱的恶魔，"黄色的威胁笼罩在伦敦的上空，笼罩在大英帝国的上空，笼罩在文明世界的上空"。①

为了实现他的"邪恶目标"，即征服白人世界，建立黄色帝国，傅满楚绝不放过任何一个敌手。任何阻碍这一伟大进程的人都会被毫不留情地除去。大英帝国派驻远东的殖民官、著名的旅行家、熟悉远东的牧师甚至是美国总统，"如果一个人掌握了对傅满楚不利的资讯，只有奇迹可以帮助其逃脱死亡的命运"。②他杀害泄密者，谋害对抗者，祸及无辜者，凡是对抗、妨碍傅满楚计划的人都会落得凄惨的下场。皮特里认为傅满楚的残忍完全来自他的民族和种族。"在傅满楚的民族，直到现在，人们还是会把成百上千的不想要的女婴随手扔到枯井里。傅满楚正是这个冷漠、残忍的民族刺激下的

---

① Sax Rohmer, The Hand of Fu Manchu, From Four Complete Classics by Sax Rohmer, Castle, 1983, p.1、p.9、p.40.

② The Return of Dr. Fu Manchu, From Four Complete Classics by Sax Rohmer, Castle, 1983, p.135.

犯罪天才。"①

傅满楚既是危险邪恶的，也是法力无边的。他的强大更来自于那不可思议的天才。在罗默笔下，傅满楚可谓一个前所未有的、全知全能的天才，而且已经成功地入侵大英帝国的中心伦敦，使得英国人很少有安全感。尽管史密斯、皮特里痛恨他、仇视他，立志消灭他，但根本无计可施。他们无奈地承认傅满洲是"撒旦式的天才"、"恶魔天使长"。②傅满楚"拥有三个天才的大脑，是已知世界的最邪恶的、最可怕的存在……他熟练地掌握一切大学可以教授的所有科学与技能，同时又熟知所有大学无从知晓的科学与技能"，③傅满楚的武器库里品种繁多，威力无穷。不仅有蝎子、蜘蛛、毒蛇等颇具东方色彩的武器，更有西方生物学、病理学、化学等最新发展而衍生的高科技武器。两者结合使他具有超自然的能力，成为那片神秘土地——中国所产生的最不可捉摸的人物。傅满楚有各式各样的实验室，并在其中进行大量的科学试验，研制毒品和新的杀人机器。

在伦敦，他刺杀任何对他起疑的人，并将那个时代最伟大的科学家绑架回他的"总部"，然后设法取得他们的知识。他采用先进科学方法从事毁灭活动，专门采用白人所不齿的"阴毒"手段，如以扎亚吻、绿色氯气、毒品、毒针等手段杀人。除了神秘的催眠术外，傅满楚还有许多神秘而恐怖的杀人手段。如"湿婆的召唤"（The Call of Siva）、"沉默之花"（The Flower of Silence）、"金石榴的毒刺"（The Golden Pomegranates）、"扎亚的吻"（The Zayat Kiss）、"燃烧的手掌"（The Fiery Hand）……对于傅满楚来说，谋杀不仅仅

---

① *The Return of Dr. Fu Manchu*, From *Four Complete Classics by Sax Rohmer*, Castle, 1983, p.174.

② *The Return of Dr. Fu Manchu*, From *Four Complete Classics by Sax Rohmer*, Castle, 1983, p.93、p.103.

③ *The Insidious Dr. Fu Manchu*, New York：Mcbride, Nast, 1913, Chapter II, p.9.

只是为了达成目的,谋杀手段本身也经过了精心的选择和筹划。每一次行动看上去都是神秘莫测,无迹可寻。这使得伦敦变为古怪可怖的异域,他通过其黑暗而神秘的能力将他的打击对象诱入可怖的幻境,而人们似乎对此无能为力。他在谋杀列昂纳尔勋爵时,仿佛是"东方的一股气息——向西方伸出一只手来"。这象征着傅满楚博士所体现的阴险狡诈、难以捉摸的力量。博古通今的傅满楚还能将自己的身体变形,他那硕大无比的头颅和翡翠绿的眼睛便是他变异的标志。他操控着鸦片和其他对大脑有影响的药品并用它们来增强他已经不同凡响的脑力,他突变的大脑不仅能破解自然中的秘密,更被用来制造和他自己一样可怕的怪物。他要先同化俄国和大英帝国的亚非领地,最终创建"全球性的黄色帝国。"①

  傅满楚身上蕴含着某种神秘恐怖的力量。他的眼睛最使人费解、恐惧。那仿佛不是人类的眼睛,就像是一个邪恶、永恒的精灵。狭长、微斜的眼睛覆盖着一层类似鸟类的薄膜(这使得他在黑暗中也能够看清一切)。白天好似白内障患者,混浊不清;夜晚却像猫头鹰一样熠熠生辉,射出祖母绿似的阴冷的光芒。傅满楚的魔力就凝聚在这双眼睛中。它仿佛可以轻而易举地窥视人类的心灵,催眠、控制任何人。在《神秘的傅满楚博士》中,他绑架并催眠了一位著名的科学家,轻而易举地让他泄漏了军舰制造的核心资料。在《傅满楚的手》中,他催眠了皮特里,使他产生幻觉,误把史密斯当作傅满楚并开枪射击。在《傅满楚总统》中,他又故技重施,催眠了美国总统候选人的保镖赫曼·克罗塞特(Herman Grosset)

  在西方的文化想象中,中国是最遥远的东方,也是最神秘的东方。那儿有难以计数的财富,又隐藏着不为人知的威胁。从浪漫主义文学开始,西方人就开始勾勒一个怪诞、奇异、阴森恐怖的东

---

① 参见何伟亚:《档案帝国与污染恐怖:从鸦片战争到傅满楚》,载《视界》第一辑,石家庄:河北教育出版社,2000 年,第 104 页。

方。傅满楚来自古老中国最神秘的地方——思藩（Si-Fan）①，自然弥漫着最神秘的气息。伴随傅满楚出现的是阴森的场景，若有若无的黄雾，浓郁神秘的东方气息。他如幽灵似的无所不在，从伦敦到加勒比海，从纽约到缅甸，他的足迹遍布世界，但很少有人能够觅其行踪，窥其真容。在伦敦、在纽约，他隐匿在中国城里。那是一个黑暗、幽闭的世界，是在西方文明、法制管辖外的另一个独立的世界。傅满楚就藏匿在这样神秘、黑暗的中国城里，这儿没有西方世界的力量和秩序，有的只是华人的统治以及衍生其中的各种神秘、邪恶而见不得人的勾当。赌博、抽鸦片、绑架、杀人，这就是神秘、恐怖的东方的缩影。在这儿傅满楚策划、发动所有的袭击。

因此，傅满楚成了笼罩在西方社会的不散的阴云。傅满楚及其领导的庞大的犯罪组织对整个白人种族和文明世界带来了巨大威胁。他们身上都带有不可更改的东方性。他们相貌丑陋，衣饰古怪，匿藏、滋长于阴森、杂乱、见不得光的黑暗角落，过着腐朽、堕落的生活。男人们沉迷堕落，流连于地下赌馆、酒馆、鸦片馆。女人们妖冶、放荡，既让人向往，又使人恐惧。傅满楚神秘、恐怖，狡猾而又残忍，是来自神秘东方的最大威胁。犯罪集团的其他成员力大无穷、野蛮残忍，带着先天的嗜血性，残忍的执行谋杀、绑架等犯罪行为。

与傅满楚对抗的是大英帝国驻缅甸的殖民官、著名的侦探奈兰德·史密斯。他瘦高、坚毅，有着古铜色的肌肤与铁一样冷峻的目光，在他身上有着强烈的种族优越感和责任感。一出场他就庄严地宣称：有一股邪恶的力量，有一个巨大的阴谋正在酝酿："我千里迢迢从缅甸赶回伦敦，绝不仅仅是为了大英帝国的利益，而是为了整个白色种族的利益。我相信我们种族能否生存将在很大程度上取决

---

① 思藩即西藏，也有人称之为香格里拉，是西方社会了解得最少，最神秘的地方。

于我这次的行动能否成功。"①

对于史密斯来说，与傅满楚的对抗从来不是简单的中英对抗，而是以中国人为代表的东方世界和整个西方世界的对抗，较量的结果将直接影响种族和文明的存亡。在系列小说中，傅满楚渗透到西方社会的心脏地带，阴谋策划一次次的袭击，他的计划一次比一次周全，手段一次比一次诡异，但总在最后关头被史密斯粉碎。罗默既提醒着西方社会来自东方的威胁，又坚信"高人一等"的西方社会一定能够战胜"黄祸"，取得最终的胜利。

罗默表现出了明显的种族歧视以及对亚洲的敌意。他通过傅满楚小说里的人物，直接表示对华人的蔑视。傅满楚及其助手作为亚洲人的代表，种族低下，行为狡诈；正面人物如皮特里，不仅公开称华人为"中国佬"，而且不断提醒读者，"这些黄种游牧部落使白人陷于困窘失措境地，也许这正是我们失败的代价。"

而且，在罗默笔下，傅满楚不只是"黄祸的化身"，他还体现了为数众多的黄种人、黑人，以及棕色皮肤人蜂拥入西方后，对整个白人种族和文明世界所带来的威胁。这一形象比较复杂。正如上文所分析的那样，他颓废堕落、鸦片成瘾、狡诈残忍、老于世故、傲慢、对自己和他人的痛苦也无动于衷；同时，又聪明、勤劳、有教养、风度翩翩、言而有信、超然离群。但是，傅满楚又和传统的中国统治阶级以及一般的"中国人"不一样。他是一个聪明的科学家，通晓现代西方科技，又掌握着隐秘的东方知识，这两者结合使他有着超自然的能力，"是那片神秘土地——中国——所产生的最不可捉摸的人物"。正是这种东西方的组合使傅满楚比欧洲人幻想中的东方野蛮人入侵更可怕，也比廉价的华工在欧美的泛滥更有威胁力，因为这种东西方知识的融合蕴涵着极大能量，它使推翻西方、

---

① Sax Rohmer, *The insidious Dr. Fu Manchu*, NewYork: Mcbride, Nast, 1913, Chapter I, p.2.

破坏帝国结构乃至全球白人统治成为可能。

三、西方殖民帝国认知网络的运行：形象的传播与再创作

萨克斯·罗默创造的傅满楚形象，典型地展现出西方关于东方中国的那种神秘而恐怖的心理状态，而这一形象的多元化传播也体现出西方殖民心态下关于中国的认知网络的运行轨迹。

傅满楚形象的独特性吸引大众媒体的广泛参与，印刷媒介、电子媒介等均加入了傅满楚形象的传播与再创作，范围之广、形式之多样，持续时间之长都是令人惊讶的。傅满楚系列作品问世之初主要以报纸、杂志连载的方式在西方世界进行广泛传播，《柯立叶》(Collier)、《侦探故事》(Detective Story)、《新杂志》(The New Magazine)等三十余种杂志相继刊载了傅满楚系列故事。一部傅满楚小说往往被分为几十个故事，每周一期，持续刊载半年到一年。在那个年代，不接触傅满楚系列作品几乎是不可能的。借助大众媒体的广泛参与，傅满楚形象从一个文学形象变成了一个媒体形象，更加的无所不在。广播、电影、电视等新的传播方式出现以后，傅满楚的形象更加形象、生动，栩栩如生地出现在西方观众眼前。

广播剧呈现给听众的是听觉幻想，尤其是当人的有声语言与自然界的一切音响和音乐组合在一起时，其感染力就更加惊人。同样题材和内容，人们读小说时可能平心静气，置身事外；而一旦付诸于声情并茂的广播剧，就会产生出神入化的效果。傅满楚广播剧的制作和播出单位都是世界著名的媒体集团，听众遍及全国甚至欧美。傅满楚广播剧多安排在晚上黄金时段播出，且多次重播，收听人群非常庞大，傅满楚形象产生的广泛影响可想而知。

傅满楚形象最早出现在荧屏上是1923年，那还是默片时代。英国Stoll电影公司拍摄了首部傅满楚系列电影《傅满楚博士的秘密》，一年后，Stoll公司又摄制了《傅满楚博士的秘密II》，均非

常轰动。当时伦敦的每一个地铁站都张贴着巨大的傅满楚电影海报。在大笨钟的上空，天气阴霾，乌云密布，隐约中透出一个中国人的脸。绿色的眼睛闪闪发光，露出不怀好意、阴森森的笑。电影剧照还被印成了系列卡片，广泛派发。此后，好莱坞电影公司相继出品的傅满楚系列作品使得傅满楚成了家喻户晓的中国恶魔形象。1929 年，美国派拉蒙电影公司（Paramount Pictures）拍摄了首部有声的傅满楚系列电影《神秘的傅满楚博士》，随后两年间又相继出品了《傅满楚博士的归来》(1930)、《龙的女儿》(1931)。傅满楚成了侦探电影中最为著名的角色。1930 年，在派拉蒙电影公司影展上，电影公司还特意设计了一个短剧，由两位著名的侦探福尔摩斯侦探和费洛·范斯（Philo Vance）侦探联手对付傅满楚。①三四十年代，梅高美电影公司（MGM）先后拍摄了《傅满楚的面具》、《傅满楚的鼓》和《傅满楚的反攻》等三部电影。由于好莱坞的"世界电影工厂"的广泛影响力，傅满楚系列电影在英、法、德、意、西等主要西方国家公映，造成了非常大的影响。1942 年由于国民党政府的正式抗议，好莱坞暂停傅满楚系列电影的拍摄。但傅满楚形象已经深入人心，无法抹灭。

新中国建立后，伴随着"红色威胁论"②的兴起，西方社会又掀起了新一轮拍摄傅满楚系列作品的热潮。1949 年，英国广播公司（BBC）率先制作了两部电视短剧——"红桃皇后"和"恐怖的咳嗽"（取材自《傅满楚博士的归来》）。1952 年 Herles 公司拍摄了《扎亚的吻》（选自《神秘的傅满楚博士》）。1955—1956 年，好莱

---

① 费洛·范斯（Philo Vance），活跃于 20 世纪 20—30 年代，是当时最受欢迎的推理小说人物。许多专家学者论及美国推理文学黄金时期的兴起之议题时，必定会追溯至 1926 年的《The Benson Murder Case》。这本由范斯出马破奇案的作品，销售成绩之好让人诧异，据说该书还帮助出版商 Scribners 渡过经济大萧条的难关，免于负债的窘况。

② "红色威胁"是 20 世纪下半叶，西方社会对社会主义中国的主观臆想。受到传统中国形象以及冷战思想的影响，西方社会总是担心中国会发动对其的毁灭性打击。

坞电视公司拍摄了一系列十三集的傅满楚电视短剧,在美国全国播放,仅1956年间就在纽约重播三次。1965—1969年,英国Harry Alan Towers电影公司连续推出了五部电影《傅满楚的脸》、《傅满楚的新娘》、《傅满楚的报复》、《傅满楚的血》和《傅满楚的城堡》。关于傅满楚题材的电影一直持续到了20世纪80年代。1980年最后一部《傅满楚的奸计》中,家喻户晓的傅满楚才被电影安排"死去"。但傅满楚形象始终深藏在西方人的心里。当1999年土生土长于美国的华裔科学家李文和被指控为间谍时,一家美国报纸所用的标题就叫做"傅满楚复活"。

傅满楚形象自诞生以来,至少在几十部影视作品中出现,在欧美世界反复公映,受众面非常广。电影、电视以其声、光、电合一的独特魅力,形象再现了那个身穿长袍、面似骷髅、目光如炬的傅满楚形象。在阴森的气氛里,在恐怖的音乐中,傅满楚一次次地伸出了留着长指甲的枯爪,一次次将观众拉入死一般幻境。在恐惧、挣扎、反抗之间,观众经历了一场生与死、善与恶的搏斗。在与傅满楚的较量中,深切地感受到致命的威胁以及危机过后的酣畅淋漓,在幻想的世界里成就了白种人的英雄史诗。傅满楚恶魔形象是如此的深入人心。2000年,西班牙导演亚历斯·艾格列斯还曾计划开拍千禧版本的《傅满楚》电影,最终因为种种原因未能成型。广播、电影、电视等媒体的广泛参与,扩大了傅满楚形象的受众面。借助新媒体形式特有的生动性、形象性,更加渲染、强化了观众业已形成的傅满楚形象。傅满楚形象成为了一个标志性的形象。

总之,经过一系列广播系列剧和好莱坞影片等多媒体的传播,傅满楚很快变成了一个在西方家喻户晓的名字,并把一整套关于中国人的严刑、无情、狡诈和凶恶的陈腐框框传遍了大半个世界。几乎对它无知的英美儿童也从关于傅满楚的电影和故事中获得了关于华人品性的概念。拿好莱坞制片宣传材料中的话来讲,傅满楚"手指的每一次挑动都具有威胁,眉毛的每一次挑动都预示着凶兆,每一刹那的斜眼都阴含着恐怖"。①在傅满楚系列电影的宣传海报上，也总是傅满楚的人像高高耸立，白人男女主角被傅满楚的巨影吓得缩成一团。傅满楚令西方世界憎恨不已而又防不胜防。他如此邪恶，以至于不得不定期地被杀死；而又具有如此神秘的异乎寻常的能力，以至于他总是奇迹般地得以在下一集的时候活灵活现地出现。在西方人看来，傅满楚代表的"黄祸"，似乎是一种永远无法彻底消灭的罪恶。

在欧美世界妇孺皆知的傅满楚形象，甚至也波及日常生活的方方面面。比如，以傅满楚形象为原型的茶壶、笔筒、火柴、糖果种类繁多，一种罕见的兰科植物因为垂着类似傅满楚胡须的枝条而被命名为傅满楚兰，在美国、加拿大、澳大利亚、苏格兰等国甚至还有傅满楚主题餐厅、傅满楚研究会。傅满楚形象极大地影响着西方世界的中国观。傅满楚这个精心打造的脸谱化形象，成为好莱坞刻画东方恶人的原型人物。这个"中国恶魔"的隐秘、诡诈，他活动的帮会特征，以及作恶手段的离奇古怪，都被好莱坞反复利用、修改、加工。直到今天，任何力图妖魔化中国的好莱坞电影，都不断地回到"傅满楚博士"这个原型人物，鲜有偏离和创造。

傅满楚系列的广为流传也催生了大量的模拟创作。任何力图妖魔化中国的作品，都不断地在"傅满楚博士"这个原型人物身上寻求创作灵感。时间之长、范围之广都是颇为惊人的。最早的模仿作品是1914年纽约未来电影公司制作的一部名为《神秘的吴春福》(*The Mysterious Wu Chun Foo*)的四节默片电影。尽管作者从未公开承认模仿、抄袭，但是傅满楚形象的影响清晰可辨。影片的主人公吴春福是一个神秘的中国商人，与傅满楚一样，他也有个智慧、坚毅的西方对手——侦探李斯特爵士(Lord Lister)以及他的朋友查理斯·

---

① 哈罗德·伊萨克斯(H. R. Isaacs)：《美国的中国形象》，于殿利、陆日宇译，北京：时事出版社，1999年，第157页。

布兰德(Charles Brand)。吴春福绑架了许多美国人,把他们关押在地窖中,迫使他们从事繁重的劳作。一次偶然的机会,李斯特和布兰德发现了失踪者写在钞票上的求救信息。他们顺藤摸瓜找到了吴的巢穴。与《神秘的傅满楚博士》一样,吴春福也有一位美丽的女儿,她钟情于布兰德,在她的帮助下,李斯特成功地解救了所有被囚禁的人。此后还有大量的模仿之作。如《蓝眼睛的满楚》(*The Blue-Eyed Manchu*, New York: Shores, 1917),《黄蜘蛛》(*The Yellow Spider*, Grossep and Dunlap, 1920),《骷髅脸》(*Skull Face*, by Robert. E. Howard, 1929)《生命巫师》(*The Wizard of Life*, by Jack Williamson, 1934)等。这些作品中都有一位恶魔式的中国人,他们都有傅满楚某一或某些方面的主要特征。他们或者是出身名门,受过高等教育,精通各种语言和各类高科技;或是有着傅满楚标志式的长袍、高额、绿眼、枯爪;或者是掌控着庞大、邪恶的国际犯罪集团,热衷于绑架、勒索、暗杀,以颠覆西方社会,重建黄色帝国为目的。[①]

四、知识与权力:维护帝国秩序的防火墙

萨克斯·罗默臆想中塑造的傅满楚形象,在西方世界家喻户晓,从传播学角度讲,极好地承担着传播西方殖民帝国意识的作用。这样一种关于中国的叙事,包括文本与影像资料,是一种关于中国的知识,背后隐含的是一种关于中国的话语权力。

20世纪法国大哲学家、思想家福柯通过阐释权力与知识的关系消解了知识或真理的"客观性"、"纯洁性"。在"五月风暴"之后,他开始关注知识的话语与社会的机制尤其是权力运作之间的关系,

---

[①] 笔者指导的硕士学位论文《萨克斯·罗默笔下的傅满洲形象》(刘艳著,福建师范大学比较文学与世界文学专业,2007年),对这一形象在欧美世界产生轰动的原因,作了较详细的分析。

揭示了权力与话语的不可分离。权力产生知识,知识展示权力。他指出:"权力和知识是直接相互连带的;不相应地建构一种知识领域就不可能有权力关系,不同时预设和建构权力关系就不会有任何知识。"可见,知识从来与权力密不可分,任何权力关系都与特定的知识相关,而任何知识都在创造一种权力关系。这样看来,西方之中国叙事的东方主义话语,首先确定了中国作为西方的对立面"他者"的形象。而构筑文化他者的真正意义是把握与控制他者,这个把握包括知识上的理解和解释,以及权力意义上的控制与征服。[①]

可以说西方文化正是在自我确认的过程中,凭借其二元对立的思维模式,构筑了中国这一他者形象。萨赛义德的说法,任何一种文化的发展和维持,都有赖于另一种不同的、相竞争的"异己"(alter ego)的存在。自我的构成最终都是某种建构,即确立自己的对立面和"他者",每一个时代和社会都在再创造自身的"他者"。[②]对于西方来说,中国正是永恒的他者。无论西方文化感到得意或是失意,需要自我批判或自我确认的时候,中国形象这一"他者"都会自然浮现出来,帮助西方文化找到自我。西方的中国形象是西方文化的表述,自身构成或创造着意义,无所谓客观的知识,无所谓真实或虚构。西方的中国形象,真正的意义不是认识或再现中国的现实,而是构筑一种西方文化必要的、关于中国的形象。在中国形象的延续和变化中,我们看到的不是现实中国的变化,而是西方的文化精神与中西力量关系的变化。

东西文化相互认识、交流对话的过程中,外向型的西方强势文化对于内向型的东方弱势文化总是充当探险家、探宝者的探求角色。中世纪寻找圣杯的传奇故事伴随着近代殖民化历史的展开,而

[①] 参见周宁:《鸦片帝国》,北京:学苑出版社,2004年,第111页。
[②] [美]爱德华·萨义德著,王宇根译,《东方学》,北京:三联书店,1999年,第426页。

兑现为寻找财富与新知的现实冲动。西方知识分子眼中的东方异族也只有随着文化误读的节奏效应，而在乌托邦化与妖魔化之间往复运动：文化期待心理的投射作用，总是把文化他者加以美化、理想化；而真实的接触和霸权话语中的偏见，又总是将乌托邦化的他者打翻在地，使之呈现丑陋的妖怪面目。

回顾西方人表述中国的历史，总的来说可以分为两个阶段。早期多为赞美、倾慕的态度，18世纪中后期，随着欧洲启蒙运动的高潮，西方现代性的确立，西方世界的中国形象发生了根本改变。启蒙大叙事构筑了一系列建立在二元对立基础上的范畴，诸如，西方与东方、自由与专制、进步与停滞、文明与野蛮。首先是孟德斯鸠和黑格尔两位文化巨人推动了贬斥中国的浪潮。[1]鸦片战争以后，越来越多的西方人在枪炮的庇护下以主人的姿态来到中国，越来越多的游记、信件、教科书、研究著作、文学作品、纪实作品和档案新闻报道，以自己的方式参加了中国形象的话语构建，不断地论证、强化中国这一他者形象。在西方与东方、西方与中国之间划定了一条想象的界限。西方文明、理智、进步，东方野蛮、迷信并停滞；西方人优越、文明而善良，中国人低劣、野蛮而邪恶。19世纪中期，西方的中国形象基本成型。它主要表现为两个层面的混合存在。中国既是"黄"的代表，一种让人鄙夷、唾弃，反证西方优越性的异己存在；又是"祸"的代表，一种压迫、威胁西方秩序，使人恐惧的客观存在。

这种丑陋、狡猾、残忍、爱报复的"中国形象原型"，不断重复

---

[1] 孟德斯鸠认为：中国是专制国家，只有暴政的恐怖与被奴役的胆怯、愚昧与沮丧，中国从皇帝到百姓，都没有品德。参见孟德斯鸠：《论法的精神》，张雁深译，北京：商务印书馆，1994年，第316页。黑格尔则从自由精神的角度，谈到了中国人的奴性，认为普通中国人没有自卑，没有自重，而自卑的意识一旦占统治地位，就会转化为堕落。"中国人的道德败坏与这种堕落有关。他们以只要有一点儿可能就欺骗而闻名……"参见黑格尔：《历史的哲学》，王造时译，上海：上海书店出版社，1999年，第136页。

出现在不同时期不同作者的不同文本里,诗人、哲学家、传教士、商人,他们有着不同的知识与经验背景,有不同的动机与方法,但他们表现的中国人形象却有着惊人的相似性。特定的中国人形象并不是某个文本的发明,而是该时代社会文化内在结构的产物,体现并维护着那个时代的权力关系。任何个别表述都受制于这个整体,这是所谓的话语的非主体化力量,任何一个人,哪怕再有想象力、个性与独特的思考都无法摆脱这种话语的控制,只能作为一个侧面重新安排已有素材,参与既定话语的生产。①中国人形象已经变成一种话语,除非你不涉及它,只要你参与表述,就一定得在既定的话语体制和策略下进行。

比较历史话语中的中国人形象与萨克斯·罗默笔下的傅满楚形象,我们就可以理解作为话语的中国形象的强大规训力。正如罗默在书中一再提醒我们的:傅满楚的狡猾是整个东方民族狡猾的总和,傅满楚的残忍来自其惯于杀害女婴的民族,傅满楚的嗜食鸦片来自其奇怪的民族性。作者一再地暗示我们,傅满楚形象、傅满楚集团中的中国人形象并不仅仅是其个人的独特创造,而是承袭了由来已久的"中国形象"原形。在傅满楚的长袍、秃脑袋、长指甲、猪辫子中我们清楚地看到以叶名琛为代表的满大人的影子,在唐人街的赌场里我们立刻可以找到鸦片瘾君子、赌徒以及形形色色卑鄙下流的中国人,在傅满楚的犯罪计划里,我们又可以深切地感受到中国人的狡猾与残忍。总之,罗默笔下的傅满楚形象是对已有的"中国形象原型"的继承,即使有些许的调整,也只能在傅满楚性格的某些侧面加入个人的理解,罗默无力颠覆传统的中国人形象。

西方文化传统的东西方二元对立的世界观念秩序,也是一种帝国秩序。在文化内涵上,西方意味着理性、健康、民主、自由、进

---

① [美]爱德华·萨义德:《东方学》,王宇根译,北京:三联书店,1999年。相关观点见"绪论"与"第一章"。

步、繁荣;东方则表现为非理性、病态的堕落与专制暴政、贫困与混乱。然而,与欧洲大陆比较靠近的土耳其、埃及,东与西的界限变得模糊,似乎有重合的可能,这一点令西方人困惑、讨厌,也令西方人担忧。1844 年,英国著名作家,《名利场》的作者萨克雷到地中海地区旅行,感觉非常失望。他发现土耳其苏丹看上去竟像是一个法国青年,而土耳其到处都是一片混乱、衰败的景象。1850 年,英国旅行家伯顿到埃及,发现这些法老的奴隶的子孙们,也开始坐在椅子上,用刀叉吃饭,谈论欧洲政治,实在让人无法忍受!欧洲人希望东方就应该像他们想象中(也即认知系统)的东方一样,埃及就是金字塔与法老,土耳其就是苏丹与苏丹的后宫、浴室,波斯就是宫廷阴谋与舞女,印度就是吃树叶的苦行僧,崇拜怪神的撒谎者,中国就是抽鸦片、留辫子、缠小脚的国度。①如果现实中的东方与他们想象中的不一样,或者竟然有些类似西方,他们就会感到失望甚至恼怒。因为这些东方现实世界的"真实",有可能像病毒一样侵入帝国的认知网络系统,瓦解甚至颠覆西方帝国的既有观念秩序(东、西二元对立秩序)。

因此,西方的中国叙事,既展示西方的东方主义文化观,同时也在制造或维护着西方的中国认知,这是一道维护帝国秩序正常运转的防火墙,维护着西方的帝国心态与观念视角。任何试图冲击西方帝国秩序的外来知识档案(来自东方的真实的知识信息),均被其规避、解码、重新编码,以增强帝国认知网络系统的免疫力。免疫力之强,西方殖民帝国时代的中国叙事"功莫大矣"。然而,在全球一体化的国际文化语境中,这道"防火墙"成了阻碍东西方跨文化交往的障碍之"墙"。这堵"墙"能否拆除,拆除到什么程度,以近年来的国际形势、外交关系,以及文化交流情形观之,希望能给予一个令人满意的答复与预测。2006 年 3 月 7 日,英国广播公司国际

---

① 参见周宁:《鸦片帝国》,北京:学苑出版社,2004 年,第 138—139 页。

广播电台(BBC 国际台)曾公布一项在全球 22 个国家进行的民意调查，显示在各国民众心目中，中国的国家形象良好。中国明显赢得了世界的尊重，因为它有杰出的经济成就，而且世界上绝大多数人都希望中国能继续保持这种经济成功的势头。其中，对中国看法最消极的国家是日本，最不希望看到中国军力增长的国家也是日本。从受访者年龄层次上看，年轻的受访者更倾向于对中国发展持积极态度，从受访者受教育程度上看，越是受过高等教育的人越积极看待中国的经济发展，而受较少教育的人则对中国发展持负面看法。2007 年，美国《时代》周刊也公布了一项全球最新民意调查，亦表明中国已经成为全球最受敬重的前五个国家之一。在 26 个受调查国家中，中国获得的正面评价率为 42%，负面评价率为 32%。对中国评价最高的国家，主要分布在非洲国家和部分中东国家。对中国持负面评价的国家，主要集中在欧洲和美国。在 9 个接受调查的欧洲国家中，有 6 个国家认为中国形象负面。

  一个国家形象的塑造，其本身也是一种以文化为内容的政治信息的传播，文化信息背后隐含的是意识形态和核心的价值观。过多负面的国家形象，也说明那堵"防火墙"仍在不断发挥作用。在这方面，通过持续开展的中外文学与文化交流，希望能够最大限度地消解这堵阻碍东西方正常交往的"防火墙"，以实现人类平等、自由、进步的良好愿望。

范存忠先生的中英文学与文化关系研究[①]

范存忠先生(1903—1987),字雪桥、雪樵,1903年12月22日生于上海崇明县。中学时代接受五四革命思潮影响,积极组织学生游行、宣传,成为学生运动骨干。1920年考入交通部上海工业专门学校(今上海交通大学前身)附中,1923年升入大学部工科。在此前后,对英美文学产生浓厚兴趣。1924年他舍工从文,以优异成绩考入东南大学(原南京中央大学前身)英国语言文学系,为本科插班生。1926年冬毕业,翌年考取公费留美。一年后在伊利诺大学获文学硕士学位,后入芝加哥大学,学习暑期课程。1928年转入哈佛大学学习,并于1931年获得哲学博士学位回国,在中央大学外国语言文学系任教。历任中央大学外国语言文学系教授、系主任和文学院院长。1944年应邀赴英,在牛津大学讲学一年。新中国成立后一直在南京大学工作,任南京大学副校长、图书馆馆长、文科学术委员会主任、一级教授、博士生导师。同时任第三、第四、第五、第六届全国人大代表,江苏省人大常委,民盟中央委员、江苏省副主任委员、南京市主任委员,江苏省文联委员,南京市政协委员、副主席等多种社会职务,以及兼任中国外国文学学会理事、中国语言学会顾问,中国英国史研究会名誉会长,江苏省比较文学学会名誉会长,江苏省翻译工作者协会名誉会长,江苏省高校外语教学研究会

[①] 本文是笔者为范存忠著《中国文化在启蒙时期的英国》一书所写的导读文字,曾刊于《中外比较文学名著导读》,杭州:浙江大学出版社,2006年。

名誉会长,南京大学比较文学研究会顾问等多种学术职务。

这么多的学校职务、社会职务和学术职务,范存忠先生始终兢兢业业地为祖国、人民,以及他所挚爱的学术、教育事业奉献着他的聪明才智。1987年8月,南京大学比较文学研究会成立,他当时身体相当衰弱,背都挺不直了,仍然慨允坚持参加,并与国际比较文学学会主席、著名文学理论家佛克玛先生见面畅谈,作了10分钟的发言,讲到比较文学在国外的发展情况,讲到比较文学在改革开放后的中国又兴起了,何等感慨和幸福的事情。与南京大学几位德高望重的老先生何如、张威廉、程千帆、陈瘦竹教授等一起担任学术顾问。在这次会议上,赵瑞蕻先生担任研究会名誉会长,钱林森教授担任会长。这是范先生最后一次出外活动。1987年12月22日夜,以84高寿辞世。60多年来,范先生将一生心血和精力献给祖国的文教事业,功勋卓著,其人学界忠魂,其文典范长存。①

一

范存忠先生是中国比较文学事业的奠基者之一。在谈到何以对比较文学产生兴趣时,范先生说:"我一向学的是英国文学,原来对比较文学这个名词是不熟悉的。1928年转到哈佛大学读书,接触到比较文学。我在别的学校读过英国浪漫主义作家的课程,哈佛的比较文学系有类似课程,范围较大而且重点也不一样。他们的'浪漫

---

① 范存忠先生在英国文学、比较文学、英语教学、翻译及词典研究等方面取得了丰厚的成果。主要著作有《英语学习讲座》(1940—1941年商务印书馆初版,1985年广西人民出版社修订再版)、《英国史提纲》(1952年编著英文稿,1982年四川人民出版社正式出版并附中文译文)、《英国文学史提纲》(1954年编著英文稿,1983年四川人民出版社出版并附中文译文)、《英国语言文学论集》(1979年南京大学学报编辑出版)、《英国文学论集》(1981年北京外国文学出版社出版)、《中国文化在启蒙时期的英国》(1991年上海外语教育出版社出版,1995年国家教委首届全国高校人文社科研究优秀成果一等奖)。

主义运动',纵谈这个运动在全欧洲的来龙去脉以及当时各国作家之间的关系与影响。我于是选了这门课程,觉得目光比较远大,思路比较开阔,不论听课或参加讨论,颇受教益。我就是这样开始对比较文学发生兴趣的。"①正是出于对比较文学的浓厚兴趣,范先生在此后的学术生涯中,对比较文学影响研究,尤其是在中英文学与文化关系研究领域做出了突出成就,某些方面至今仍是我们难以企及的范本。

中英文学与文化关系的研究领域是由我国一些学贯中西的前辈学者,如陈受颐、方重、范存忠、钱锺书等人开辟的。我们注意到,他们在国外著名学府攻读学位期间,大都不约而同地选择了中国文化在英国的影响或英国文学里的中国题材这样的研究课题。他们对17、18世纪英国文学里中国题材及中国形象的研究是我国早期比较文学研究的代表性作品,至今仍然是这一研究领域的经典之作。

在这些前辈学者中,范存忠先生对中英文学与文化关系研究用力最多,成果也最丰富。早在30年代初期,他就开始研究17、18世纪,特别是启蒙运动时期的英国文学及中英文化关系问题,其研究成果很快为中外学术界所瞩目。1931年在哈佛大学获得哲学博士学位,其博士论文题目为《中国文化在英国:从威廉·坦普尔到奥列佛·哥尔斯密斯》(*Chinese Culture in England from Sir William Temple to Oliver Goldsmith*)。其后在《金陵学报》一卷2期发表长篇论文《约翰生,高尔斯密与中国文化》(1931),以及其他文章,如《孔子与西洋文化》(《国风》第3期,1932)、《歌德与英国文学》(《歌德之认识》,宗白华编,1932)、《卡莱尔论英雄》(南京《文艺月刊》四卷1期,1933)、《一年来的英美传记文学》(南京《文艺

---

① 范存忠:《也来说一点比较文学》,《中国比较文学》,1984年创刊号,杭州:浙江文艺出版社,1984年,第11—12页。

月刊》八卷3期，1936）等等。

20世纪40年代以后，他这方面的成果更是精彩纷呈。如《十七八世纪英国流行的中国戏》（《青年中国季刊》2卷2期，1940）和《十七八世纪英国流行的中国思想》上下篇（《中央大学文史哲季刊》1卷第1—2期，1941），论17、18世纪中国戏剧对欧洲的影响和诸子百家等所代表的中国思想对欧洲的影响。另还发表有《鲍士韦尔的〈约翰逊传〉》（《时与潮文艺》1卷1期，1943）、《卡莱尔的〈英雄与英雄崇拜〉》（《时与潮文艺》二卷1期，1943）、《斯特莱奇的〈维多利亚女王传〉》（《时与潮文艺》二卷3期，1943年）等精彩文章。

1944年，范存忠先生应邀赴英国，在牛津大学讲学一年，提交论文多篇，系统地介绍了中国古代哲学、政治、经济、文化、艺术等对西方的影响。这些成果陆续在《中国文献目录学季刊》（*Quarterly Bulletin of Chinese Bibliography*）、《英国语言文学评论》（*The Review of English Studies*）等英文期刊，以及《文史哲季刊》、《青年中国季刊》、《思想与时代》等刊物发表后，影响很大。如"Dr. Johnson and Chinese Culture"（《约翰逊博士与中国文化》，1944）是他在伦敦中国学会的演讲词，该文在《中国文献目录学季刊》发表后，即由伦敦《泰晤士报》文学副刊以及《札记与问题》（*Notes and Queries*）介绍评论。以往的学者往往只谈到约翰逊鄙视中国的一面，范先生当时搜集了一点材料，足以说明约翰逊对中国文物也有他向往的一面。其他还有"Percy and Du Halde"（《珀西与杜哈德》，载《英国语言文学评论》1945年10月号）、"Sir William Jone's Chinese Studies"（《威廉·琼斯爵士与中国文化》，载《英国语言文学评论》1946年10月号）、"Percy's Hau Kiou Chuaan"（《好逑传的英译本评论》，载《英国语言文学评论》1947年4月号）、"Chinese Fables and Anti-Walpole Journalism"（《中国的寓言与18世纪初期反对沃尔波的报章文学》，载《英国语言文学评论》1949年4月号）等文章，在英伦文学批评界引起很大反响。

新中国成立后，范存忠先生继续在中英文学与文化关系领域辛勤耕耘，先后发表了《〈赵氏孤儿〉杂剧在启蒙时期的英国》（《文学研究》1957 年第 3 期）和《中国的思想文物与哥尔斯密斯的〈世界公民〉》（《南京大学学报》1964 年第 1 期）两篇重要文章。文章在前人研究的基础上补充了新的材料，提出了一些具体事例，并结合当时的历史条件和思想倾向，从历史唯物主义观点出发对所论及的问题做出完整而具体的综合性论述。其中，《〈赵氏孤儿〉杂剧在启蒙时期的英国》一文收录进《比较文学论文集》（北京大学出版社 1984）、《比较文学研究资料》（北京师大出版社 1986 年）、《中外文学因缘》（南京大学出版社 1989 年）等多种著述。该文集中地展示出范先生的一贯治学特色：资料丰富、视角独特、立论扎实。作者查阅大量的英文原典资料，又能选择运用得左右逢源，不给人掉书袋之感，并带着自己的人文关怀来考查作为文化使者的《赵氏孤儿》杂剧，从中国译介到法国，又从法国译介到英国的有趣历程，详尽地描写了在翻译接受过程中的误会与偏差，而在误会与偏差中又不乏真知灼见，这些无不折射了当时的时代氛围和欧洲人的接受心态。从比较文学的角度，更是学习到比较文学研究应该运用怎样的方法，应该怎样梳理资料等，难怪被学界称为"影响研究的典范之作"。

新时期以后，范先生又相继发表 "Chinese Poetry and English Translations"（《谈汉诗英译问题》，载《外国语》1981 年第 5 期）、《中国的人文主义与英国的启蒙运动》（《文学遗产》1981 年第 4 期）、"The Beginnings of the Influence of Chinese Culture in England"（《中国文化影响英国之始》，载《外国语》1982 年第 6 期）、《中国园林和十八世纪英国的艺术风尚》（《中国比较文学》1985 年第 1 期）、《中国的思想文化与约翰逊博士》（《文学遗产》1986 年第 2 期）、《威廉·琼斯爵士与中国文化》（《南京大学学报》

1989年第1期)、《珀西的〈好逑传及其他〉》(《外国语》1989年第5期)等多篇重要文章。

其中,《谈汉诗英译问题》原系1979年5月20日南京大学校庆纪念的学术报告,当时《光明日报》曾对这篇文章有过专题报道。在该文中我们可以看到作者试图用历史唯物主义的观点对两百多年来英美有名的汉诗英译家作出科学的、历史的评价,并结合自己的看法试译了白居易、范成大、韦庄等唐宋诗人的诗作数篇。该文首先介绍最早的汉诗英译家是18世纪英国梵文学家、诗人、近代比较语言学的鼻祖威廉·琼斯爵士。他翻译我国《诗经·卫风·淇奥》时,均有散文本和韵文本。如果按照17世纪英国诗人兼批评家德莱顿将翻译分为直译、意译和拟作三类的分类法,琼斯的韵文译本介于意译和拟作之间。因此,在范存忠先生看来,琼斯的韵文译本是18世纪英国作家在中国古诗影响之下为18世纪的英国读者所写的诗,严格地讲,不是翻译。19世纪中期理雅各翻译《诗经》,"比较拘泥",用维多利亚时代冗长累赘的词句翻译《诗经》简朴的诗行。19世纪末期的翟理斯译作有其独特风格,再现了中国诗的忧郁、沉思和"言有尽而意无穷"的含蓄之美,表达了中国诗的神韵。美国印象派诗人艾米·洛厄尔用英诗自由体翻译中国诗,带有印象派的特征。庞德译中国诗则更加"自由",只是随意仿效而已。20世纪的汉诗翻译家阿瑟·韦利试图在翻译中再现原诗的格律,并通过对汉、英诗韵学的比较研究,建立自己的翻译理论。"但是,尽管韦利对历代汉诗都很熟悉,翻译时不免失误,亦未能免于作出不正确的评论。"①通过范先生细致地剖析点拨,英美有名的汉诗英译家的优长与缺憾一目了然。

另一篇宏文《中国园林和十八世纪英国的艺术风尚》同样也是

---

① 范存忠:《"Chinese Poetry and English Translations"》,《外国语》,1981年第5期。

作者在南京大学作的学术专题报告,原文是一篇英文:"The Chinese Garden and the Tides of English Taste in the 18th Century",刊于广西大学比较文学中心编辑的英文刊物《文贝》1985 年第 1 期。范先生在文中仔细考察了 18 世纪英国风尚与中国园林艺术之间的关系,考察了中英两国之间的文化接触如何在 18 世纪英国掀起了一股广泛的中国热。当时的学者怎样利用中国园林的"师法自然"、"不规则的美",来抨击英国园林和艺术中的对称规则美和人工之斧凿之风,但英国学者们又不可避免对中国园林带有很大的误解甚至是偏见。范先生文中明确提出:"很明显,大多数仿效中国的园林家对于他们力图引进的工作只是一知半解。他们对中国艺术只知其形式而不知其精神;只知其装潢细节而不知其含意深远的手法;只知其异国情调的结构而不知赋予其生命的气韵。不管怎样,当时仿效的中国园林并不是中国所能贡献的真正艺术,而是一种不规则的、畸形的、甚至是奇形怪状的东西。但它自有一种妙处,一种难以言喻的意味———种难以捉摸的东西。人们嘲笑它,但又无法抵制它的魅力。"①分析如此透辟入理,令人拍案叫绝,该文真正称得上是比较文学领域的跨文化研究精品。

我们读范先生的那些著述,常常发现他从不孤立地去观察问题,而是将研究对象置于历史语境之中,由表及里,探究了特定的文学文化现象发生的原因,彻底理清楚了错综复杂的文学关系,这使他的比较文学研究很有深度。范先生去世后,上海外语教育出版社于 1991 年出版了由范夫人林凤藻教授作序的范先生遗著《中国文化在启蒙时期的英国》。这本集大成的中英文学与文化关系研究的经典著作,详细探讨了英国古典作家乔叟、莎士比亚和弥尔顿笔下的中国,孔子学说对英法两国哲学家和作家的影响、元曲《赵氏孤

---

① 范存忠:《中国园林和十八世纪英国的艺术风尚》,《中国比较文学》,1985 年第 1 期。

儿》与英法戏剧家的关系等。还提到女王安妮、诗人蒲伯、作家约翰逊等人对中国名茶和古瓷的喜爱、坦普尔和钱伯斯对中国园林的推崇、小说家笛福对中国的偏见、哥尔斯密《世界公民》对中国文化的钟爱、珀西对《好逑传》的翻译以及威廉·琼斯翻译《诗经》，向英国人推荐中国文化等。内容极其丰富，涉及中国文化的方方面面，引证有关中外文资料300多条，文字简洁生动，深受海内外学者的好评，充分体现了他"明确而具体"的研究风格。已故南京大学名誉校长匡亚明教授称该书为"研究中英两国文化交流的不朽之作"。因而本书一直是目前国内学者继续本课题研究的必备参考书。范先生通过该著针对中国哲学、文化、艺术对英国文艺思潮和文学创作产生的影响所做的发掘和论证，为比较文学影响研究作出了成功的范例，成为我国比较文学界一部划时代的学术著作。1995年获得国家教委首届全国高校人文社会科学研究优秀成果一等奖。

二

作为我国中英文学与文化关系研究的主要开拓者，范存忠先生在比较文学影响研究方面，为我们树立了治学研究的范本。其代表性著作《中国文化在启蒙时期的英国》系统地论述了孔子学说、中国科举制度、宗教、园林、文物，尤其是元曲《赵氏孤儿》对启蒙时期英国社会政治和文化生活的影响，具有显著的学术价值和思想意义，深受海内外同行的好评。全书共十章。第一章"认识中国的开始，坦普尔爵士与中国"，梳理了从14世纪乔叟时期到17世纪坦普尔时期，乔叟、弥尔顿、莎士比亚等著名作家与中国的文学因缘，并重点介绍了坦普尔对孔子学说的喜爱与推崇。第二章"孔子学说与中国的自然神论"，介绍了17世纪末18世纪初，围绕"中国人事件"，欧洲展开的有关中国宗教信仰问题的激烈争论。西方自然神论学者，如柯林斯、博林布鲁克、蒲伯、伏尔泰等正是以此为契机展开了对基督教的猛烈抨击，开始了思想启蒙的步伐。第三章"揄扬声中驳论与嘲讪"，展现了17世纪末到18世纪中期西方关于中国的不同声音。其中笛福、安逊最为突出。他们分别在《鲁滨逊漂流记续编》、《环球旅行记》里对中国大肆批评、猛烈攻击。笛福笔下的中国人"贫穷与骄傲合在一起，构成所谓的苦难"，他还大谈中国的宗教迷信、科学落后，总之，"中国没有一样东西是值得称道的"。第四章"杜赫德的《中国通志》"，介绍了《中国通志》在英国的译本与传播、约翰逊与《中国通志》的接触和对中国的评价，以及英国人如何在政党斗争中运用"来自中国人的议论"的。第五章"室内装饰与园林布置"，简要介绍了英国人对中国茶、瓷器、室内装饰的爱好，重点讨论了中国园林对英国的影响。艾迪生、蒲伯、钱伯斯等都极为欣赏中国园林艺术，推崇不规则的造园风格，中国园林在英国兴盛一时。第六、七章"中国戏剧（上、下）"，详尽地疏证了《赵氏孤儿》传入欧洲的情况、英法文艺界的反应以及哈切特、谋飞、伏尔泰等英法剧作家对其的改编、创作。十八世纪后期《中国孤儿》在英国舞台继续上演，不久又走上了爱尔兰、美国的舞台，中国文化对欧美的影响更广泛了。第八章"珀西的《好逑传》及其他"，讨论了《好逑传》英译本的资料来源、珀西对《好逑传》的改写和对中国文化的认识等问题。第九章"哥尔斯密的《世界公民》"，围绕《世界公民》里的中国人形象和"中国人的议论"，讨论哥尔斯密对中国思想文物的认识，以及籍此产生的对英国社会的批评。范先生认为，从中国思想文物与英国启蒙运动的关系来看，《世界公民》应该说是一个值得注意的里程碑。最后一章"威廉·琼斯爵士与中国文化"，介绍了18世纪英国第一位研究汉学者——威廉·琼斯学习汉语，翻译《诗经》的情况。作者认为，虽然琼斯关于中国民族起源问题的研究结论是荒谬的，但其研究的热忱，开朗的胸襟还是值得佩服的。

《中国文化在启蒙时期的英国》一书每个章节均值得我们细致深入地研读。比如，书中论述"坦普尔爵士与孔子学说"一节，范存忠先生在原典文献的基础上，着重探讨了坦普尔思想与孔子学说的契合，以及坦普尔对孔子学说的推崇问题。指出坦普尔与当时一般英国人不同，具有世界的眼光，他较早地接触到中国儒家经典《大学》、《中庸》、《论语》（拉丁版），欣赏孔子学说，钦佩孔子为人，将孔子与希腊思想家相提并论，称赞孔子是"极其杰出的天才"。坦普尔称颂中国文化，赞叹"中国好比是一个伟大的蓄水池或湖泊，是知识的总汇"。更为可贵的是，坦普尔在政府学说等方面与孔子思想达成了共识。在《政府的起源及其性质》中，坦普尔提倡政府起源"父权说"，主张"凡是由最好的人管理的政府是最好的政府"，这些观点都与孔子学说十分相似，可在儒家经典中找到充分的表现。虽然坦普尔对中国文化并无多少独到的见解，但正是由于他开阔的胸襟和远大的眼光，正是通过其轻松、流畅的散文，十八世纪，越来越多的人开始关注中国，他的名言"从中国到秘鲁"，成了文人的口头禅。再如，在讨论"哥尔斯密与中国的思想文物"关系时，范存忠先生着重探讨了哥尔斯密对中国思想文物的了解与认识问题。指出哥尔斯密与启蒙思想家一样，赞扬中国的政治与道德。在哥尔斯密看来，中国是一个泱泱大国，有悠久的历史、完整的传统、高度发达的文化，而没有欧洲历史上绵延不断的战争，字里行间充满了对中国的理想化描述。在《世界公民》中存在着大量"中国人的议论"。但由于哥尔斯密选用的不是一手资料，而是第二手、第三手资料，不少批评家认为系凭空杜撰，否定其与中国思想文物的联系。范存忠先生考证、推断了"中国人的议论"的中文来源，指出哥尔斯密的材料尽管混乱、破碎，但还保持着原有的轮廓与中国气氛。《世界公民》中既有儒家的材料，又有墨家、道家的材料；既有出自历史事件的，又有来自民间传闻的，还有完全虚构想象的。总的来说，哥尔斯密对于中国文化的了解是极其浅薄、极其不完整的。但哥尔斯密仍然据此对当时西欧歪曲中国文化提出批评，这是非常难能可贵的。

范存忠先生类似的精彩论述在书中比比皆是，真不愧为一部新时代的学术经典。其中，特别是范存忠先生弘扬并身体力行的学术思想、治学方法："明确而具体的阐述"，至今仍然是比较文学研究者应当效仿的榜样。阅读本书时，如能在全面深入地了解中英文学与文化交流历程及其精神实质的基础上，领悟到从事比较文学学习、研究的治学理念与学术规范，会受益无穷。

其一，重视原始文献资料。

一般来说，在文史研究里面，非常讲究文献资料的提供。判定一部著述的学术意义，其中重要的一条就是看你是否给本领域、本学科提供了新资料、新文献？比较文学研究，特别是影响研究、中外文学与文化关系研究，当然离不开原始文献资料的搜集、鉴辨、理解与运用，这是一切研究工作的基础。因此，严谨的治学者均将文献资料的搜罗、辨别，当作第一等的大事情。许多研究思路和设想就出之于那些看似零星的材料之中。

范存忠先生的治学在充分重视原始文献资料方面，给我们做了一个无懈可击的榜样。他的所有论述都是建立于大量的中外文原典资料基础上有感而发的。范先生知识渊博，学贯中西。早在少年时代就喜欢中国古典诗文。在东南大学期间更是广泛涉猎中英文史著述。留美期间潜心钻研英国古典文学。与此同时，他在出国前即已学习的英、法语更臻于纯熟，另外他还学习了德语、拉丁语以及与现代英语有关的古英语、古法语、古德语和哥特语等。他在美国攻读博士学位期间，对中英文学关系尤感兴趣，接触到大量的一手资料，深入挖掘下去，就发现比较文学其实和比较文化有很大的关系。所以，学习、研究比较文学，除了外语要好之外，国学功底要好，文化基础要扎实。正是这样的中外文文史功底，才让范先生的学术研究左右逢源，举重若轻，得出一个又一个令人信服的结论。

《中国文化在启蒙时期的英国》由上海外语教育出版社刊行后，范先生的遗孀林凤藻（当时在美国）教授曾希望外交学院吴景荣教授、国际关系学院曹惇教授译成英文，由商务印书馆刊行。由于范先生遗著中有大量引文出自英、法、德文原著的汉译。如要获取确切的原文，势必要从国外收藏最丰富的图书馆书刊中搜索，工程之巨大可想而知，因此不得不忍痛放弃了英译的意图。这样一种遗憾也从侧面说明范先生著述对原始资料的占有与利用何其丰富，其著也才何其厚重。

其二，研究需有心得体会，不必人云亦云。

范先生认为学习一定要有重心，要层层递进，要下踏实的工夫，要像"一石激起千层浪"那样。切忌好高骛远，心猿意马。他常说"学习一定要有心得体会。小到一孔之见，大至发明创造，总要有自己的心得才好。"①这方面，范先生深受他的老师的启发。比如，哈佛大学的克特里奇（G. L. Kittredge）教授在课堂上总是就关键性的一段话或几个字着重发挥，弄清脉络层次，领会"言外之意"或"弦外之音"。范先生在东南大学时的老师，骈文家李审言讲解《楚辞》，就声言，书上有的都不讲，只讲书上没有的。遇到关键性处则尽量发挥，一堂课只讲六七句，但句句都是心得体会，引人入胜。

作为我国几位颇有影响的比较文学研究的拓荒者和奠基者之一，范先生凡事需有个人体会的研究理念为后来者提供了一把高高的标尺。其著述厚积薄发、立论精当。学术论文植根于长期的深入钻研，每篇末尾都有大量的注释，那些往往是引自卷帙浩繁的论著，足见先生读书之广泛和深刻。从范先生的治学方法中，可窥见老一辈学者深厚的基本功，注意以事实立论，绝不捕风捉影和妄下断语，即使在"极左思潮"泛滥的20世纪五六十年代，亦持论公

---

① 范存忠：《我的自述》，《文献》，1981年第7期。

允,所以其论著能经得起时间的考验。对此范先生认为,"要对作品作出正确的评价必须走自己的道路,切忌盲从。这就要求我们一方面要深刻领会马列主义的精神实质,另一方面又要对原著作全面而详尽的研究和分析。"①可见,真正有为的学者要有所不为,不在于写几部多厚的著作,而在于能够有所挖掘与创见,有自己的思考才是极其重要的。

其三,重视注意关系的梳理,由表及里,从文学表现深入到文化层面。

范存忠先生认为,一个民族某一特定时期的文学并非孤立现象,而是与该民族社会历史文化传统密切关联。他的研究并不止于对某些作家之间或某些作家之间的比较,更多的是由表及里,到彼此民族的社会文化背景中去寻根溯源。

范存忠先生治学严谨,任何结论都是建立在对材料的具体分析的坚实基础上面。他后来在一些文章中多次说道:

> 我认为在比较文学的研究中,历来谈两国文化的关系时,往往难于具体,是一个缺陷。因此,在上述这些论著中,探讨中英两国文化交流和互相影响的历史时,我力图作出明确而具体的阐述。②

> 我们对关系和影响可以做更全面、更深入的研究。这里有三个问题值得注意:一是什么?二是怎样?三是为什么?譬如谈关系,不光是谈什么关系,也要谈关系是怎样发生的,以及为什么有这样或那样的关系。只有这样,才能把所研究的东西讲得深透些。③

---

① 范存忠:《我的自述》,《文献》,1981年第7期。
② 范存忠:《我的自述》,《文献》,1981年第7期。
③ 范存忠:《比较文学和民族自豪感》,《人民日报》1982年10月5日。

在此思想指导下，范先生就《赵氏孤儿》怎样传入英国，传如英国后引起怎样的批评，经过怎样的改编，改编本子怎样上演以及上演后取得怎样效果等问题，逐一寻本探源。他为回答"为什么"的问题，结合当时的历史条件和思想倾向，指出上述种种事例的意义，从而具体说明这本中国戏剧在启蒙时期英国的影响。再如，欧洲启蒙时期，中国的儒家思想在西欧传播，为何有些人热情赞赏，有些人死命反对？经过范先生的深刻细致分析，知道反对派多半是相信神的启示的正统基督教徒，而赞赏者则是像伏尔泰那样崇拜理性、反对宗教神秘的启蒙运动家。很明显，中国古代的人文主义在西欧发生了破除迷信、解放思想的作用。又如，18世纪中期，中国的园林艺术在西欧到处流行。为什么一向讲究整齐、对称的英法式园林布局的人一反常态，对中国在园林构造方面曲径通幽的"不对称之美"发生兴趣？这是西方艺术观、美术观的巨大转变。范先生由表及里的分析，以及令人信服的结论，让我们体会到了比较文学研究的深度与魅力所在。

其四，重视治学的灵魂——"民族自豪感"。

范存忠先生的关于中西文化相互渗透、相互影响的观点在民族虚无主义盛行的三、四十年代具有特殊意义，对于学术界那些妄自菲薄、盲目崇拜英美的人来说，也是一剂良药。特别是他就中国哲学、文化、艺术对欧洲文学思潮产生过的影响所做的发掘和论证，在我国比较文学史上具有开拓性质。他说，中国的思想文物对西方的影响很多。"那末，是什么东西在推动我的这项研究工作？是仅仅因为个人对比较文学有所爱好？不，这里还有工作中逐步发展起来的民族自豪感。"①

范先生既是一位杰出的精通西方语言文学的大学者，也是热爱中国文化并对中英文学文化交流史作出独特贡献的大学者。1937年

---

① 范存忠:《比较文学和民族自豪感》,《人民日报》1982年10月5日。

卢沟桥事变日本发动侵华战争直到新中国成立，战乱频仍，大学里的图书设施、科研条件极差。解放初期，在高级知识分子中进行思想改造运动，从西方进口的图书资料受到一定限制，而范先生五六十年如一日，始终不渝地研究英国语言文学，研究中国文化对英国文化的影响，广泛涉及中英历史、宗教、哲学、文学、艺术、戏剧、园艺、茶道、瓷器、市内装饰等各个方面，而且论证确凿，令人肃然起敬。

范先生是难得的对中外文化有深邃思考与洞见的学者，尤其在那么多人崇洋媚外的风气之下，他早就具有远见卓识，傲然不群，从约翰逊对中国文化的仰慕谈起，谈到中国文化对西方文化的冲击，既给我们开阔的视野，又让我们对自己国家文化有傲骨的气概，既不盲目封闭又不自轻自贱。范先生的国学功底，独特的哲学、思想功底，让他既能深入第一手资料，又能生发出来，引出他真切的人文关怀。他在学术上花的是"慢"工作，对资料的掌握扎实、详细。在范存忠先生身上可见一个人文学者的精神气质：一种扎实、踏实的学风，一种为人的境界和气概。

《曼德维尔游记》中译本序言[①]

我们在此向读者译介的是欧洲中世纪一部极富想象力的散文体虚构游记《曼德维尔游记》（以下简称《游记》）。几个世纪以来，对该《游记》价值的评判颇多差异。它曾被15世纪的航海家哥伦布引为环球旅行的证据，其作者既被17世纪著名的游记探险作品的编纂者塞缪尔·珀切斯称为"世界上最伟大的亚洲旅行家"，又被18世纪的文坛领袖约翰逊博士誉为"英国散文之父"；该书在19世纪也曾被讥讽为剽窃之作，20世纪中后期，又重新被定位为"幻想文学"的代表作。

现在看来，《游记》具有多方面的价值是毫无疑义的。作为游记文学，它展现给基督徒们以许多陌生世界的生动图画；作为地理资料，它使欧洲的探险者坚信环球旅行的可能性和必要性，与《马可·波罗行纪》一起首次真正激发了欧洲人对东方中国持久而浓厚的兴趣。可以说，在地理大发现之前，马可·波罗写实的游记与曼德维尔虚构的游记，就是欧洲人拥有的世界知识百科全书。但人们拒绝相信马可·波罗的描述，朋友们在他临终时请求收回他传播的所谓谎言，以拯救他的灵魂。人们把他当作取笑对象，吹牛者的代名词，却丝毫不怀疑曼德维尔那本虚拟游记的真实性，真可谓假作

[①] 《曼德维尔游记》中文译本由笔者与解放军理工大学郭泽民教授合译，上海：上海书店出版社，2006年9月初版，2010年再版。该序言增改后的长文曾以《欧洲中世纪一部最流行的非宗教类作品——〈曼德维尔游记〉的文本生成、版本流传及中国形象综论》为题，刊于《福建师范大学学报》，2006年第4期。

真时真亦假。确实，曼德维尔把关于东方的诱人镜像吹嘘得眼花缭乱：那世间珍奇无所不有的蛮子国，那世界上最强大的大汗君王，以及他那布满黄金珍石、香飘四溢的雄伟宫殿，还有那遥远东方的基督国王约翰……在这般神奇斑斓的幻景里，历史与传奇难以分辨，想象与欲望紧密相连，共同构造出人们心目中的乌托邦世界。

时至今日，这本《游记》仍然活力未衰，不仅能供专家学者研究参考，而且也满足了各类读者的欣赏需求。不过，盛名之下，人们对它已是疑窦丛生：作者究竟是谁？他旅行过哪些地方？它性质驳杂，到底是游记、地理书还是历史书？最初以何种语言问世？即便这一连串的问题都陆续得以揭晓，它仍旧云遮雾掩般，令人好奇之心欲罢不能。

《游记》作者的生平境遇在该书的不同文本中歧说纷纭，且多有矛盾之处。关于这方面的情况，我们在英文本的编注者《序言》中基本可了解其来龙去脉。当代研究者们对此的争论集中于他是"生活在英国的英国人"，还是"生活在法国的法国人"？两位研究欧洲中世纪游记的著名学者贝内特（J. W. Bennett）与西摩（M. C. Seymour）各执一词。贝内特认为游记作者是生活在英国的英国人。他说"证明该书源于英国的最明显证据是该书的诺曼法语（Norman-French）风格，那时期的法国人一致认为这种法语是粗俗的、野蛮的。该书的韵律和字序更具英国特色而不是法国特色"。[1]对于究竟谁是作者，贝内特提出了三种可能性，1）确实有一位曼德维尔先生，他是一位学者也是一位旅行家，他写作了此书；2）确实有一位名叫曼德维尔的旅行家，一位游记文学的学者以他为原型创作作品；3）一位游记文学的学者凭空创造了曼德维尔这一形象和游记。[2]

---

[1] Bennett, Josephine Waters. *The Rediscovery of Sir John Mandeville*. New York：MLA, 1954. p.179.

[2] Bennett, Josephine Waters. *The Rediscovery of Sir John Mandeville*. New York：MLA, 1954. p.182.

西摩反驳了贝内特的观点。他总结出来了该书匿名作者的五个特征，勾画出了作者的形象：1）他是一位法国人，于1357年在一家大型的富藏同时代资料的图书馆里收集写作资料，这个图书馆很可能是位于法国北部或佛兰德斯的教会图书馆；2）他是一位教会人员，对圣经知识非常了解；3）他能够熟练地阅读拉丁文，但是缺少有关阿拉伯和希腊的知识；4）他有渠道获得描写圣地和异国情调的书，相信环球旅行的可行性；5）他从未去过他所描写的地方。据此，西摩认为真正的作者应是一个"生活在法国的法国人"。①

学者们的研究争论让我们渐辨渐明。一般认为，《游记》中的曼德维尔是英国散文始祖须约翰（John the Beard）的托名。约翰本人是博洽多闻的学者、医生、语言学家及虔诚的基督徒，他对周遭的世界和人类事务怀有强烈的兴趣。从某些方面看，他是阔步于时代前面的人。当时基督教相信地球是平的，他则坚信是圆的。他想象力强健丰富，天性卓荦不凡，所著《游记》相传为英国世俗文学中最初的散文著作，因为"它首次或几乎是首次尝试将世俗的题材带入英语散文的领域"。②该书写成后辗转传抄，译本众多，有识之士莫不人手一编，其风靡程度丝毫不让《马可·波罗行纪》。虽然此书中所述关于蒙古和契丹的知识，基本上从鄂多立克的游记脱胎出来，但欧洲文学里的中国赞歌实由此发轫。

尽管约翰·曼德维尔爵士被珀切斯誉为继马可·波罗之后"世界上最伟大的亚洲旅行家"，但他充其量是个乘上想象的翅膀、身在座椅上的旅行家。游记自然为面壁之作，人们对此也不是没有逐步察觉，关键是读者已经不在真伪问题上多费周折，倒宁愿不明就里地跟着作者到那些奇异的国度里遨游一番。个中原委，似大可

---

① Seymour, M. C. *Sir John Mandeville*. Authors of the Middle Ages 1; English Writers of the Late Middle Ages. Brookfield, VT: Variorum, 1993. p. 23.

② Letts, Malcolm. "Introduction." In *Mandeville's Travels: Texts and Translations*. London: Hakluyt Society, 1953. 2 vols. 1: xlv.

探究。

关于该书的最初写作语言,学者们普遍认可为法语。因为在作者生活的那个时期,法语被广泛使用于英国受教育阶层中。起初,由于科顿(Cotton)英文版本里的一段话,人们通常认为曼德维尔使用拉丁语、英语、法语三种语言进行了写作。直到19世纪80年代,尼科尔森(E. W. B. Nicholson)证明了该书最初用法文写作,而拉丁文和英文的版本系由佚名人士翻译而成。①之所以选用法语进行创作,是因为在英国,法语比拉丁语更易好懂。为什么出现英语译本,则是由于14世纪下半叶以来法语在英国的统治地位日渐衰弱,英语开始被用于世俗题材的写作。

关于该书的写作时间,各抄本说法不一。1371年,作为最早版本的巴黎版《游记》中说,曼德维尔出发时间是1322年,返回时间是1357年。科顿版本中出发时间也是1322年,返回时间则为1356年。而在埃杰顿(Egerton)版本中,出发及返回时间都推迟了10年,分别为1332、1366年。因此,根据三种主要版本的手稿,曼德维尔创作的时间可能是1357、1356、1366年。学者们经过反复考辨,希望能够窥其创作的准确时间,目前普遍得到认可的是在1357年。不过问题依然存在,既然书中的很多情节都是虚构的,我们又如何能相信这个归来的时间,并据此推断创作时间呢?还有一个问题引起了人们的兴趣。鄂多立克的旅行时间是1317—1330年。如果1322年是曼德维尔出行时间的话,那他是在鄂多立克回来前离开的。曼德维尔是否想以此掩盖他援引别人资料的事实。埃杰顿版本中,出发时间改为1332年,或许是译者发现了作者的抄袭行为,以行程的变化暗示作者的剽窃举动呢?②

---

① Letts, Malcolm. *Sir John Mandeville: The Man and his Book*. London: Batchworth, 1949. p. 22.

② Koss, Nicholas. *The Best and Fairest Land: Images of China in Medieval Europe*. Taipei: Bookman Books, Ltd, 1999. p. 153.

关于《游记》的所属文类问题，长久以来，学术界颇多争议。大家普遍认可该书难以归属传统文类，但对其准确定位又众说纷纭。贝内特坚持认为它属于"美文学"（belles lettres）之列，"从该书中我们不但能够获取知识信息，而且能获得愉悦之情。该书不仅可与描写东方的著述放在一起，而且可与那些充满想象的作品、旅行浪漫故事及社会批评类的作品等量齐观。换句话说，从一开始，该书就在美文学之列"。①莱茨认为该书属于欧洲基督徒亚洲纪行。②当然还有不少学者认为该书属于有特殊风格的游记文学或属于混合型文类。

19世纪下半叶，人们逐步认识到该书并非一次真实游历的记录。根据学者们的研究考辨，曼德维尔所讲故事的资料来源有以下几个方面：马可·波罗（Marco Polo）的《东方行纪》，博韦的文森特（Vincent of Beauvais）的《世界镜鉴》，柏朗嘉宾（John de Plano Carpini）的《蒙古行纪》，鄂多立克（Odoric of Pordenone）的《东游记》，海敦亲王（Haiton the younger）的《东方史鉴》，以及流传甚广而实系他人伪造的祭司王约翰的信（The Letter of Prester John）。其中像文森特那部大百科全书性质的《世界镜鉴》，就是他主要的常备物，该书收录了古代和中世纪许多有关地理学及自然史的学说。而柏朗嘉宾，尤其是鄂多立克的东方游记更是他的重要参考读物。相比较而言，马可·波罗的东方游记并未被大量援引，或许马可·波罗的游记在此之前已得到了广泛传播，为避嫌，它不在该书作者的引用之列。

对于使用以上资料的评价问题，19世纪后期的人们觉得它应该属于剽窃范畴，最多只不过加入了作者自己的一些构思和改写。比

---

① Bennett, Josephine Waters. *The Rediscovery of Sir John Mandeville*. New York: MLA, 1954. p.84.

② Letts, Malcolm. *Sir John Mandeville: The Man and his Book*. London: Batchworth, 1949. p.141.

如，对《游记》资料来源颇有研究的学者博韦斯肯(A. Bovenschen)和沃纳(G. F. Warner)就将《游记》定为抄袭之作，甚至连作者的身份、国籍也受到了质疑。

直到20世纪中后期，人们的评价标准有所变化，重新认定该书为幻想文学(Imaginative Literature)的代表作。最先持此观点的贝内特就认为，《游记》不仅属于人们对未知世界探险的历史，更属于文学世界。正是在与英国文学经典的比较中，该书的质量和影响得以充分的体现。[①]于是，研究者们普遍认为如同乔叟、莎士比亚等伟大作家的作品一样，《游记》的价值不在于它使用什么样的资料，而在于作者是如何选择并运用这些资料的。作者运用娴熟的艺术技巧，用一条迷人的叙事线索，汇聚那些千头万绪的资料，富有魅力，令人称奇。确实，我们阅读这部游记时感受到，曼德维尔有一种将其他书里并非那么神乎其神的记述，达到一种戏剧化效果的本领。如鄂多立克告诉人们大汗宫廷的变戏法者如何让金杯盛满酒在空气中飞行，并使之自行到达赴宴者嘴边时，曼德维尔认为这尚不足以激动人心，转而引入了能够把白昼变成黑夜、把黑夜变成白昼的巫师，他们还能创造出娇媚可人的少女翩翩起舞、英武豪侠的骑士厮杀比武。

曼德维尔爵士至少通晓四种语言，在汲取各方材料时常常旁绍远求、左右逢源。加之平时留意收集那些道听途说的信息，各种传闻以及旅行者的故事等，以备征选。更由于他有移花接木、添油加醋本领，种种信息一经他重新组合，便变得头头是道、活灵活现，仿佛是他耳听目遇、亲身经历一样。所以，这本书更像是各种历史、地理、旅行等知识的大杂烩，佐料当然是他自己个人的想象力，并以假乱真地添加一些意在让读者相信他确实到过那里的次要

[①] Bennett, Josephine Waters. *The Rediscovery of Sir John Mandeville*. New York: MLA, 1954. p. 259.

细节。如《游记》里说他和同伴们及大汗军队共同作战有 15 个月之久，进攻蛮子王国，目的是想见识一下大汗富丽堂皇的宫殿。"我们想知道这一切是否像我们所听说的那样。事实上，我们发现它比传说中的更完美、更富有、更令人惊叹不已。如果不是我们亲眼所见，我们简直不敢相信这一切。虽然也许有人不相信我们，但我不得不告诉你，在我已经见识过那一切之后，不管有没有人愿意相信我，这一切都不会改变。"（中译本第六章"契丹王国"之"大汗"部分）作者还自称该书是前往圣地朝圣的最好的导游书，其中的记述都以其本人亲身体验为基础，手稿曾经教皇本人审阅，教皇也宣布说"其中所载的一切内容都正确无疑"。这种自称也有点以偏概全、以假乱真的宣传效果。

　　曼德维尔关于中国部分的叙述，尽管材料主要来源于鄂多立克，但是他们表现出来的风格完全不同。两部作品中，叙述者曼德维尔的仁慈、宽容与鄂多立克的刻板、正统形成了鲜明对照。一个充满热情和活力，另一个蹒跚而行；一个进行着奇异的精神漫游，另一个进行着艰难的肉体跋涉。鄂多立克组织作品材料似无选择，凡是他经历的以及能够回忆起来的都记录无遗；而曼德维尔则进行了文学的筛选和创造。两者在形式、物质和意图方面存在着较大差异。[①]与鄂多立克显示的排外心态相比，曼德维尔更具包容性。展现在我们面前的游记主人公形象——曼德维尔，他诚实、谦恭、敬畏上帝；他眼界宽阔，幽默风趣并富有探索精神；他坦率、自省，引发读者的深思及自我审视：欧洲是否具有对真理、知识、宗教等的垄断权？

　　研究中世纪欧洲中国形象的著名学者康士林（Nicholas Koss）教授认为，中世纪欧洲人关于中国形象的建构主要有三种模式。一是通

[①] Bennett, Josephine Waters. *The Rediscovery of Sir John Mandeville*. New York: MLA, 1954. p. 39.

过亲身游历构建中国形象,如鄂多立克;二是通过改写原有的欧洲文本建构中国形象,如曼德维尔;三是通过亚洲或中国人的叙述话语构建中国形象,如马可·波罗。①相比较而言,曼德维尔笔下的中国形象与鄂多立克眼中的中国形象就有较大的差别,两者的侧重点不同。鄂多立克作品中的中国形象侧重表现物质层面,如城市的宏大、人口的众多以及食物的充足。他在其作品中提到 10 个城市,均有整段描写。曼德维尔作品中仅列出了 6 个城市的名字,其中只有 3 个城市有较详细描写,而且描述的城市规模均比鄂多立克作品中的小很多。曼德维尔在鄂多立克文本的基础上做了不少改进,发挥了不少想象。其中特别注重于中国人的方方面面,如对中国男人的胡须、中国女人的裹脚、中国人的宗教活动、侏儒及中国富人的生活方式表现出了极大的兴趣。

《游记》的几个主要版本在中国形象的重塑方面并非如出一辙。在法文本《游记》中,曼德维尔刻意拉开了读者与中国的距离,这与鄂多立克的做法有别。鄂多立克的作品往往使用第一人称的叙述方法,还不断拿中国与欧洲比较,例如城市的大小、人口的众多、女人的美丽等,读者犹如伴随鄂多立克共同游历中国。曼德维尔的做法完全不同,他采用的是第三人称叙述方式,拉开了读者与中国的距离,同时较少将中国与欧洲作对比,只是说中国的女人是那个地区更加美丽的,中国的乳酪在那个地区更大、更便宜。曼德维尔显然拒绝接受鄂多立克试图传达给读者的信息——中国在许多地方是世界上最好的,他仍然想象西方的社会、文化是世界上最优秀的。

科顿英文版本的作者经常通过增加一些单词和短语,使得关于中国的描述更加确切。比如,曼德维尔描写中国是"best land and

---

① Koss, Nicholas. *The Best and Fairest Land: Images of China in Medieval Europe*. Taipei: Bookman Books, Ltd, 1999. p. 136.

one the fairest",科顿版本的作者增加了"in all the world"。关于侏儒的活动,该版本中不仅说他们在生产棉和丝,而且说他们在生产金和银。类似的例子很多。科顿版本在原有文本的基础上加入了他对中国的想象,强化了中国的魅力。关于富人生活的描写,在鄂多立克和法文版《游记》中都描写了其奢华与富有,只是程度略有不同。而在科顿版本中还写到了富人们的私生活,负责伺候富人的少女们要陪寝。这可能是出于翻译过程中的误读,法语"coher"有陪同打猎的意思,这里被理解成为陪寝。与法文版一样,科顿版本的作者也一样厌恶富人的生活方式以及女人裹脚的行为。

另外,科顿版本的作者很可能是一位僧侣,因为他非常关注宗教方面的问题,并对原有的《游记》版本中宗教叙述部分作了一些补足,对非基督教的宗教信仰也表现了一定程度的宽容与开放性。总体上说来,科顿版本的作者仔细、忠实地传承了原版本的中国形象并作了细微的改进。

与科顿版本不同,埃杰顿英文版本对中国形象的建构,没有做什么积极的推进。其对中国形象的主要贡献是采用一种更好的文学的形式描述中国。比起科顿版本,埃杰顿版本的翻译更为灵活,更加赏心悦目。为了清晰表达,翻译者常常毫不犹豫地调整语序,其用词亦更加简洁。书中对中国富人生活的描写更为具体,还加了一些作者的评论,鄂多立克笔下对富人奢华生活的艳羡之情在此转为批判之意。总的说来,埃杰顿版本更多地试图从西方的价值观念出发评价中国的问题,这表现在宗教、轮回等问题的评价上。比起科顿版本,这里中国形象的异域化色彩更为明显。[1]

曼德维尔的《游记》之所以极富吸引力,其主要原因是书中对

---

[1] 以上几个《游记》版本里关于中国形象塑造的差异,可参见: Koss, Nicholas. The Best and Fairest Land: Images of China in Medieval Europe. Taipei: Bookman Books, Ltd, 1999. pp. 171–185.

大汗和祭司王约翰等几章内容的描述。曼德维尔不仅用奇迹,而且用过多的黄金和珍石润饰着前人对大汗宫殿的记述。同样他又将大汗的来历置于基督文化传统的背景里,再次满足着西方人的心理渴求:原来大洪水过后,诺亚(Noah)三个儿子中的一个"含"(Cham)占有了世上最好的一块地方——亚洲,因而最强大也最富有,加之又征服了一些民族,因此被尊为"汗"与"天下的君主"。

读罢《游记》中契丹大汗的故事,我们分明看到了基督传奇的影子。由此显示着传统文化对异文化强大的归化与认同功能。当两种文化展开最初的接触时,首先总会在自身文化传统视野内对异域文化进行简化、改造,这符合人们接受异文化的基本心态。于是,当中国形象进入欧洲文化视野内时,也便会遭到基督教神话的改造变形。因为,"在文化接受视野内,期望之中或欲望改造过的信息往往让人印象深刻,因为它已经过自身文化传统的组构、编码,变成信息准确,有说服力的东西了。"①曼德维尔正是在基督教义与骑士道视野内改造了契丹大汗的形象,同时展现着欧人集体记忆中的传统欲望。

在曼德维尔看来,契丹大汗作为一个伟大的君主,他可以随心所欲地挥霍、享乐,因为他并不是用金银做钱来花费,而是用纸钞当作金钱。纸钞流通全国,他用金银来建造他的宫殿。大汗用纸币而不用金银消费,实在让当时的欧洲人羡慕不已。呈现在读者面前的大汗的大都城更是流光溢彩、珠动玉摇,叫人眼花缭乱,心驰神往。或许正是这童话王国般的幻境强烈地刺激着人们的神经,满足了他们心理上对权势、财富、珍宝的贪恋与企羡。所以,尽管曼德维尔的游记经不起明眼人的推敲琢磨,但时人仍视之如奇文,为之洛阳纸贵,其深层的人性期待欲望当是不言自明的。

---

① 参见周宁《跨文化的文本形象研究》一文,载《江苏社会科学》,1999年第1期。

曼德维尔还利用那些伪造的祭司王约翰写的信件(尽管他自己并不知晓),加上出自其他方面的材料(如马可·波罗的游记),共同建构起一幅神奇无比的令人神往的东方世界。就这样,曼德维尔在《游记》里重现着欧洲关于祭司王约翰的神奇传说,再次把人们的目光引向了遥远东方的那片神秘的乐土。而这一最为强大、最为圣洁的人间统治者,以及他的奢华、仁慈,他那为数众多的仆从,他那幸福的臣民以及他那繁忙的城市,必定会给西方许许多多暗淡无光的城市带来生气和斑驳的色彩,为世界上成千上万被战争喧嚣闹得头晕脑涨的人,带来新的勇气和希望。这或许正是《游记》具有诱人魅力、历久不衰的原因所在。

一种文化语境内异域形象的变化无不暗示本土文明的自我调整,其中展示的是他们对异国的想象、认知,以及对自身欲望的体认、维护。曼德维尔对蛮子国、大汗王国的虚构传奇,以及祭司王约翰的神奇传说,无不展示着中世纪晚期人们的想象欲望,他们需要有一个物质化的异域形象,以此作为超越自身基督教文化困境的某种启示。这当是我们观照《曼德维尔游记》时,所不应忽视的阅读策略。

最后简要交代一下该书的版本情况。曼德维尔著成这部《游记》后,在欧洲中世纪迅速流行。到1400年前后,该书拥有了欧洲各主要语言的版本,1470年前,已广为欧洲大多数阶层的读者所知晓,成了名噪一时的畅销书。据统计,现存的《游记》版本、手稿有300余种之多,涉及法语、英语、拉丁语、德语、荷兰语、丹麦语、捷克语、意大利语、西班牙语、爱尔兰语等众多语种。与《马可·波罗行纪》版本77种,《鄂多立克东游录》版本76种相比,曼德维尔的《游记》称得上是欧洲中世纪最流行的非宗教类作品。

研究者们将现存的《游记》版本分为两大类,一为源自英国的岛内版本,二为源自法国的大陆版本。其中源自法语的比较常见的英语译本有三个,分别是瑕疵(Defective)版本、科顿(Cotton)版本和埃杰顿(Egerton)版本。瑕疵版本为岛内版本的英语翻译,该译本缺少了第二帖(共24页),即关于埃及的很长的一段描写。这样一个节略本又有另两个名称,一叫"派森"本(the Pynson version),因为其基于15世纪后期派森的印行本;一叫"公用"本(the Common version),因为它在16至17世纪的英国广为刊行。科顿版本在瑕疵版本的基础上参照岛内版本进行了扩充,埃杰顿版本结合了瑕疵版本和一些皇家(Royal)版本(岛内版本的拉丁文翻译),并参照了岛内版本。埃杰顿版本的编译本似乎充分占有了法语资料,因为他并未重复瑕疵版本和科顿版本中的某些说法。莱茨认为这三个英语版本的排序应该是科顿版本、埃杰顿版本和瑕疵版本。他认为前两个版本的时间是1410—1420年。贝内特也认为科顿版本最早,但把时间提前到1400年前。西摩则认为瑕疵版本最先,该版本就在1400年后,而有些人证明了该版本出现在14世纪90年代。迈(May)甚至认为该版本出现的时间更早,在14世纪80年代早期,还曾经被乔叟阅读过。莫斯利认为最早的英语版本不可能早过1377年,因为其中插入了曼德维尔在罗马拜访教皇的情节。①

  我们翻译所选择的英语译本为源自于科顿版本的英文简编本。正如英文简编本的编注者在该书序言中所说,"对于那些有志于在废弃过时的英语中作长途跋涉的读者,不用费多大力气就可以得到其全本,不过由于当时的文风所致,全本显得冗长累赘,琐碎繁芜,重复啰嗦,且辞藻浮华。眼下的这个版本收纳了原著近三分之一的文字(我们认为也是最精致的部分),是专为那些怯于大量苦读死啃,而又愿意对曼德维尔有所了解的读者所备。"我们觉得这个简编本既忠实传达了原书的整体风貌,更保存了曼德维尔的独特风格和

---

  ① 关于《游记》中世纪英语版本的时间讨论,可参考: Koss, Nicholas. *The Best and Fairest Land: Images of China in Medieval Europe.* Taipei: Bookman Books, Ltd, 1999. pp. 166 – 167.

神韵精髓。尽管英文本编者对全书作了很大减削且章节安排也进行了变更（原著共34章，现译本为9章），所引段落却基本上未加改易，并未伤及原著文学风格，而且使《游记》更具可读性，值得选择此英文本向读者推荐译介。

关于这部中译本的翻译情况。全书由郭泽民、葛桂录合作完成。具体分工是：郭泽民翻译英文本序言、第一章至第四章、第八至第九章。葛桂录翻译第五章至第七章，并给全书注释，撰著中译本前言。英文简编本的正文和评注分别以不同的字体加以区分。同时，为让对该书产生兴趣的读者，进一步阅读和理解作品全本及其相关著述，我们参考康士林的著述，将《游记》几种通行的英文文本，以及几部重要的英文研究论著附录如下，以资检索参考。

中世纪英语译本：

The Travels of Sir John Mandeville：*The version of the Cotton Manuscript in modern spelling*. Edited by A. W. Pollard. 1900.

"The Egerton Text." In *Mandeville's Travels*：*Texts and Translations*. Vol. I. Edited by Malcolm Letts. London：Hakluyt Society,1953.

现代英语译本：

The Travels of Sir John Mandeville. Trans. by C. W. R. D. Moseley. London：Penguin,1983. The Egerton text in modern English.

值得参考的研究论著：

Bennett, Josephine Waters. *The Rediscovery of Sir John Mandeville*. MLA Monographs Series 19. New York：MLA,1954.

Higgins, Iain Macleod. *Writing East*：*The 'Travels' of Sir John Mandeville*. Philadelphia：U Of Pennsylvania P,1997.

Howard, Donald R. "The World of Mandeville's Travels." *Yearbook of English Studies* 1(1971)1 – 17.

Koss, Nicholas. *The Best and Fairest Land*：*Images of China in Medieval Europe*. Taipei：Bookman Books, Ltd,1999.

Letts, Malcolm. *Sir John Mandeville: The Man and his Book*. London: Batchworth, 1949.

Moseley, C. W. R. D. "The Availability of *Mandeville's Travels* in England, 1356 – 1750." Library 30(1975): 125 – 132.

Seymour, M. C. *Sir John Mandeville*. Authors of the Middle Ages 1; English Writers of the Late Middle Ages. Brookfield, VT: Variorum, 1993.

Thomas, J. D. "The Date of *Mandeville's Travels*." *Modern Language Notes* 72(1957): 165 – 169.

葛桂录 2005 年 5 月 28 日于福建师范大学

《跨文化语境中的中外文学关系研究》代后记

——研究中外(中英)文学关系的十年回顾与体会①

10年之前的1997年,我所在原单位学校的学报曾给我编了一个"学术专辑"。那之前的几年时间,我所做的是所谓比较文学的平行研究。1990至1993年我硕士阶段读的是文艺学专业,比较文艺学研究方向,做的是中西诗歌形式系统研究方面的毕业论文。后来那六万余字的硕士学位论文,经过修改发表了论文6篇,其中3篇被中国人民大学报刊复印资料《文艺理论》专题全文复印转载,另有2篇被上海《高校文科学报文摘》转摘。但我对这些平行比较的做法渐渐失去了兴趣,总觉得离心目中的所谓学术研究相去甚远,期求在学术思路及研究方向上有所突破,然而客观条件阻碍了这种愿望的实现。这一期学报上发表的《西方文化视野中的中国形象及其误读阐释》,是我向1996年8月份在长春东北师范大学召开的中国比较文学学会第五届年会暨国际学术研讨会提交的一篇学术论文,应该也是我学术研究的一个转折点。这篇论文对中国形象误读的三个原因的分析,部分受到了南京大学钱林森教授刊于《南京大学学报》1996年第1期上的一篇论文《智慧与偏见的混合——孟德斯鸠的中国文化观》的启发和影响。在我学术道路的彷徨期——尽管也在不断写文章、发文章,但难以构成一定的学术面目——我选择了

---

① 葛桂录:《跨文化语境中的中外文学关系研究》,上海:上海三联书店,2008年。

去南京大学，跟从钱林森教授做访问学者，研究中外文学关系。这次选择事实上在我的学术研究道路上是幸运的，重塑了我的学术路数，也比较切合我对学术研究的期盼。

在拙著《他者的眼光：中英文学关系论稿》的序言中，钱先生曾提到在那段时间里让我"从积累原始材料入手，查阅民国初年以来的杂志、书报相关资料，先调查、梳理，再写读书报告，最后再择题试练。"大概因为一年访学结束后，提交了八万余字的论文稿，让钱先生"感到由衷的欢喜，并引以为同道。后来这些成果陆续见诸各种学术刊物，产生了良好的影响，真没有想到这一坚实的举步，便引领他走入了他今天所倾心奋斗的学术路子。"这八万字的论文稿，包括三位英国作家（威廉·布莱克、威廉·华兹华斯、查尔斯·狄更斯）在中国的传播与接受轨迹。为做这些文章，我几乎花了一年左右的时间，在南京大学中文系资料室及校图书馆老馆，一本一本地仔细翻阅近现代报刊、著作，眼界大开，收获颇丰。记得某天临近中午的当儿，在翻阅1925年3月出版的《学衡》第39期时，不经意发现了华兹华斯一首诗的八种不同译文，颇感惊讶与欣喜。当时凭直觉感到这里头一定有文章可做，于是下午不惜错过了周宪教授精彩的20世纪西方美学课，将那些译文抄录下来，仔细研读，不多久写成一篇探讨文学翻译中的文化传承的论文，后刊于西安外国语学院主办的核心期刊《外语教学》。就在那众多洒落尘埃但又充满诱惑力的出版物上，不时会瞥见一些十分精彩的文章，至今不为人所知。比如，1929年《新月》月刊第二卷八至十号上连载的邢鹏举三万余字的长篇论文《勃莱克》等，其学术水平远远超过了目前国内学界对威廉·布莱克的研究水准。如今我常向我的研究生提起，学术研究一要有原始材料的原始积累，就像鲁迅先生谈到自己著述《中国小说史略》在文献史料上"都有我独立的准备"一样，二要关注该课题的学术史研究，大概亦是那时我读这些刊物时留下的印迹。有人说你整天翻阅那些故纸堆，不辛苦吗？不枯燥乏味吗？

其实，在你愿意翻阅这些材料时，你感到的并不是枯燥无趣，而是发现的乐趣。通过那些原始出版物，你可以一下子进入当时的历史情境，真可谓精彩纷呈，目不暇接。有位网民在其博客里提到拙著《中英文学关系编年史》搜集材料时，说"最震撼的事实是他在一年的时间里竟然阅读了几乎所有建国以前出版的近现代报刊和图书，摘抄了20多万字的文献材料。进行这样大量脑力工作的同时，作者竟然只是用学校门口小吃店里的面条来犒劳自己。"其实，不只是我有这样的读书经历，当年不少人都是这样的生活状态，特别是已在高校里工作多年的人，非常珍惜进一步深造的机会。

总之，进入中外文学与文化关系研究领域后，我仿佛发现了一大片有待开拓的处女地。钱先生是研究中法文学与文化关系的专家。在考虑自己未来的研究方向时，受之于语言的限制，我只能在中英文学关系方面有所涉猎。这种信心与兴趣确实得益于那在南京大学访学的一年，尤其是初步做了一些资料的原始积累。后来继续跟随钱先生攻读中外文学与文化关系方向的博士学位，有心于这一领域的学术探讨，勤于耕耘，不敢懈怠，才有了点滴收益，主要是出版了几本书，发表了几十篇论文。

宁夏人民出版社2002年8月出版的《雾外的远音——英国作家与中国文化》，写于我读博期间，是我的第一学术专著，也是我在该领域学术起步的写照。相对于其他博士生，我在南京大学读博三年，承受着外在与内在的压力。内在的压力是积极的，希望通过读博，能够让自己"脱胎换骨"，造就自己学术上的一方水土，特别看重这样的读书机遇。外在的压力是无形的，又是强烈的，有时也是无奈的，不过这也是一种推动力，即如靡菲斯特成就了浮士德的事业一样。钱先生在《他者的眼光·序》中亦曾提及："我感到欣慰的，他顶住了压力，一如既往地刻苦钻研，走自己的路。工夫不负有心人，三年苦读中，他取得了更多的成绩：几度获得南大的研究生大奖，发表了10多篇学术论文，并参加我主持的'十五'国家重点图书《外国作家与中国文化》丛书的撰著。"

  《雾外的远音》大约写了两年。这套丛书其他数卷的作者都是我的老师辈，是我所敬重的学者、教授、博导。作为唯一的尚在读博的后学，来承担重要的《英国卷》，现在想来着实冒险。当时凭着一股朝气，一种闯劲，一份信心，硬是最终完成了预先的写作计划，在2002年8月份第一批出书。在《雾外的远音·后记》里写到："《英国作家与中国文化》的撰写，对我来说既是个机遇，更是个挑战。能否读到相关原文资料，是我写作的关键。2000年底的北京之行，收获很大。在那近一个月的时间里，我住在北大附近一个简陋而便宜的小旅馆，为的是能充分利用北大图书馆和中国国家图书馆，检阅了所有关于英国作家涉及中国文化的著作，结果几乎所有重要的英文著作都有收藏。正是通过对这些原文资料的阅读，我心里踏实了许多。记得元旦那天我坐在国家图书馆外文第二阅览室里，《英国卷》的写作思路似乎一下子清晰了。于是我带着复印的数千页的英文材料，返回南京。"如今那个地处北大南门外的小旅馆（其实是个地下室旅馆）早已拆除，上面建起了高架路。后来到北京出差，经过这里时，总要深深地瞥上一眼，尤忆那当儿每天早上在刺骨凛冽的寒风中，路边上买两根油条，匆匆去赶公交车到国家图书馆查阅资料，傍晚回来又在路边小饭店吃点饭，穿过马路进北大，到图书馆读书的情景。那是多么充满希望的日子。

  这本书共写了六部分22小节，试图比较全面地考察英国作家与中国文化的多重关系。第一部分为英国作家感知中国文化之始，论述了《曼德维尔游记》里的历史与传奇、英国作家笔下的契丹和契丹人形象；第二部分阐述了英国作家的两种中国文化观，具体分述了17世纪英国作家对中国文化的"解剖"、威廉·坦普尔对孔子学说与园林艺术的推崇、笛福眼里的中国形象、英国作家对中国文化的嘲讽与批评；第三部分介绍了英国作家与中国文化热，包括英国作家与中国园林艺术，约翰逊眼里的中国文化，艾狄生、斯蒂尔对中国文化的利用，英国作家对"中国戏"的改塑等；第四部分阐述了英国作家浪漫之梦里的中国文化，如柯勒律治残篇里的神奇国土、兰姆美文里的中国景观、德·昆西笔下的梦魇中国等；第五部分介绍了英国作家"中国梦"的实现与回味，如迪金森对中国文化的理想信念、毛姆的傲慢与偏见等；第六部分阐述了英国作家跨文化对话的理念与尝试，具体介绍了罗素对中国文化的忧思与期望，以及李约瑟试图重塑西方人关于中国的信念。全书目标在于通过英国作家与中国文化关系的梳理，试图展现中英文学与文化双向交流的历程，在跨文化对话中，把握中英文化相互碰撞与交融的精神实质。在英国作家与中国文化关系史的回溯中，这本书试图展示出不同时代、不同作家，或一个作家的不同阶段，在不同场合都有可能对中国文化说出不尽相同的看法。英国作家对中国文化的理解、接受或排拒，所展示的是他们对异国的想象、认知，以及对自身欲望的体认、维护。本书沿着前辈学者陈受颐、方重、范存忠、钱锺书等开拓的道路上，力求拓展与推进该课题的研究领域，成为当时国内学界有关该课题研究涉及面最广，内容比较丰富的一部学术性著述。

　　由于这本《雾外的远音》写于攻读博士学位期间，而按规定著作书稿是不能作为博士学位论文提交的。完成本书的写作任务后，立即全力投入毕业论文《英国文学里的中国题材：1793—1945》的写作，当然搜集到的不少英文资料均可以在毕业论文中派上用场。但是，当将十多万字的毕业论文初稿交给钱先生审阅时，他非常不满意，说了句"你怎么连论文都不会写了"。这是他少有的批评我的话。记得当时我一下子懵了。是啊，在此之前我不是已经写过30余篇论文了吗？而且还有10多篇被《新华文摘》、人大复印资料等刊物转载复印。怎样一下子写的东西不像论文了呢？现在想来，这是写作思路转换的问题。写完一本著作后，身心没有时间休整，立即进入长篇论文的写作，可能一下子很难进入学术论文的写作氛围。

其后的论文修改是相当艰难的，身心疲惫，有段时间思维似乎是僵滞的，加之论文提交答辩在即，压力不断增大，内分泌失调，导致身体皮肤部位多处出现不适。如今再看到我的博士毕业证书上的照片（临毕业之前拍的用于学位证书电子注册的照片），那是一张多么疲惫、憔悴又略显呆滞的脸！那当儿内子陈斌起到了无法取代的作用，她不仅要照料未满周岁的幼儿，细心安顿我的生活，调养我的身心，特别是协助我整理头绪，理清思路，最终闯过了那一难关。现在想来并不怎么复杂的论文修改思路，在当时特定的情况下，就容易被卡住。所以我不断提醒我的研究生，让他们尽早完成毕业论文初稿，为反复修改赢得时间，其实这也是从自己的教训中所领悟的经验。如今这段时间，我爱人也在为最后修改打磨自己的博士学位论文，而多日整晚熬夜拼时间，近日又到上海图书馆查考明代的古籍善本抄本，总希望在论文最后的面世出版之前少留一点遗憾。

《雾外的远音》的出版，以及博士论文的顺利完成答辩，让我稍稍松了一口气。当2002年8月份，在南京召开的中国比较文学学会第七届年会暨国际学术研讨会上，看到自己的第一本学术著作，与全国众多知名专家学者的著作一起摆在书展的展台上，颇为欣慰。几年的汗水，总算结了一点果实。会议期间，在专题圆桌会议上，丛书（先期出版的六卷）得到包括佛克玛、叶维廉、乐黛云、严绍璗等多位中外学者的关注与好评。中国比较文学学会会长、北京大学乐黛云教授称其为"创新之作。它承前启后，具有无可取代的现实意义和历史意义。必将成为中外文化交流史的一个里程碑。"同样在全国知名的南京先锋书店举行的首发式上，包括本书在内的丛书亦得到时任国际比较文学协会主席的日本东京大学资深教授川本皓嗣先生的高度评价，称其为"既是中国比较文学的成果，也是亚洲比较文学研究全体值得自豪的成果。" 2003年获得第18届北方十五省市区哲学社会科学优秀图书奖，后经出版方推荐，参加第36届英国伦敦国际书展（2006年3月），向海外推介，获得好评。

同样，这本书的写作，也让我体会到中英文学与文化关系的研究空间如此之大，对一个学人来说，充满着无尽的诱惑力。经过一段时间的身心调整，我又找回了以往擅长的写论文的感觉。在比较繁重的教学之余，不敢懈怠，收益也比较丰厚，加上以往刊发过的同类专题的论文，于2003年12月结集出版了23万字的《他者的眼光——中英文学关系论稿》(宁夏人民教育出版社)。

本书为国内首部双向集中探讨中英文学关系的学术著作。全书上编重点研讨"英国文化视域里的中国形象"，其中从总体上评述了数百年间英国作家心目中的中国形象，结合典型个案具体评价了奥斯卡·王尔德对道家学说的借鉴；托马斯·柏克的"中国城"小说及中国人形象；萨克斯·罗默笔下的中国佬傅满楚形象；哈罗德·阿克顿小说里的东方救助主题。下编则从另一个角度讨论了英国作家在中国文化语境里的接受问题，通过大量原始文献，详尽描画了20世纪中国人眼中的威廉·布莱克、威廉·华兹华斯、查尔斯·狄更斯等三位英国重要作家的形象，同时评述了王国维介绍英国文学家的一批重要文献的史料价值及学术价值。附录部分研讨了中国文化的外播轨迹及产生的重大影响，探析了西方文化视野里的中国形象误读的诸种原因。

全书内容论述力求以大量的中、英文原始材料为基础，佐之以相关理论方法，试图拓展中英文学关系研究领域的学术空间。导师钱林森教授在为本书所写的序言中，称本书上编涉及的四位英国作家与中国文化的关系，"均为国内学界首次论及"，"著者在书中对这样一种他者想象与文化利用的关系作了比较充分而富有见地的阐述"；而本书下编涉及的几位英国著名作家"在20世纪中国的流播与接受，全都是国内首次集中论及，其基础均为大量的原始文献，及对这些文献的梳理、分析和总结。"本书部分章节曾作为学术论文发表，并产生较多反响，被全文复印转载或转摘5篇6次。2005年经过数轮筛选评审，荣获福建省人民政府颁发的福建省第六届社科优秀成果三等奖。

《他者的眼光》原先计划还要加上一个附录，即英国作家在中国大事编年(1919—1949)，约三万余字。待将这些资料编年文字与整部书稿对接时，一个学术念头兴起了，何不在此基础上尝试写一部编年史著述。于是在大半年的时间内，将以往手头摘抄自一些原始报刊的材料，整理编年，并做了大量的研究性注释，便形成了一部初具规模的国别文学关系编年史著述。这就是于2004年9月出版的26万字的《中英文学关系编年史》（上海三联书店），第二年该书重印过一次。

本书为国内第一部国别文学关系编年史，对中英早期接触至20世纪中叶长达六百余年的文学与文化交流史，作了比较系统的资料整理，以年代先后加以编排，使大量纷乱繁杂的文学交流史实，有了一个清晰的线索，为研究者深入探讨这一时段的文学与文化交流问题搭建了一方宽阔的时空平台。全书按照公元纪年先后顺序编排，编年时间自公元1218年成吉思汗西征引起欧洲诸国震撼始，至1967年梁实秋译《莎士比亚戏剧全集》出版止。每年史实前均标出中英文学与文化关系之重要事件。全书编录内容包括：1) 中英双方早期文化交往史实；2) 中国文学（文化）在英国的流播与评价，英国文学在中国文化语境里的译介和重要评论；3) 英国作家笔下的中国题材及其中国形象，中国作家眼中的英国形象；4) 中英作家之间的交往，中国作家在英国、英国作家在中国的生活游历史实等等。为进一步解释说明相关文学交流史实，全书附有三百多个注释，以供读者研究参考。全书所引资料，多出自中、英文原始或早期出版物。书末附录有二："中英文学关系研究史述"，以及截至2003年底的国内"中英文学关系研究目录索引"，为读者了解与把握本领域学术研究积淀及现状，进入学术研究前沿，减少摸索的困惑，做了必要而有益的工作。

中外文学关系史研究的基础是文献资料的搜集整理编年工作。

作为一部有学术价值的编年史著作,对中、英文原典文献的寻觅考辨、分析研讨则成为本书的首要任务。在本书附录一"中英文学关系研究史述"里,著者亦首次总结了从事本领域研究的几个理论问题。指出从事中英(或中外)文学关系课题研究,可以在两个层面,即文化交流史,以及哲学精神与人类心灵交流史层面上展开。具体探讨通过文学而引发的中英(中外)文化接触、文化碰撞、文化关联等诸种交流类型。而在深层次上,中英(中外)文学关系命题则是中英哲学观、价值观交流互补的问题,是某一种形式的哲学课题。著者认为可以从四种不同角度阐明中英文学、文化相遇的历史。即1)现代性(Modernity)视角,包括研讨英国文学的引进对中国本土文学现代性的形成与拓展产生何种作用,以及在某些具体问题上,中英作家、思想家的同步思考及其对文学现代性问题的启示,等等。2)他者(the Other)形象模式,即英国作家笔下的中国,本非事实的中国,而是描述的或想象构造的中国。中国对于英国作家的价值,是作为一个他者的价值,而不是自身存在的价值。3)译介学模式,即对跨文化译介中的误译、误释及其文化根源的探讨。误译无论有意或无意,均涉及"文化模子"问题。4)编年史模式,以线性时间为发展线索,展示中英文学(文化)双向交流的历史进程,充分借鉴西方传统史学理论,以及法国年鉴史学学派等西方新史学的某些方法,如总体史、精神心态史的研究视野,还原产生文学交流现象的历史、社会、文化氛围。借鉴这些方法最大限度地逼近中英文学交流的现时性特征,在丰富多彩的史料基础上,将中英文学关系的专题研究不断推向深入。

　　本书出版不久,即得到来自国内比较文学界、外国文学界诸多专家同仁的褒扬与鼓励。一本资料性的编年史著述出版后收到的关注,出乎我的意料。每当参加国内的一些学术会议,不少与我相识与不相识的人,碰到我时多提及过这本书。不少论著、论文援引书中的资料,一些高校将本书作为研究生参考书,一些研究生从中发现了论文选题。2005年我应邀加盟外国语学院英语语言文学专业申博梯队，担任比较文学与英美文学研究方向第一学术带头人，在申报材料中，这本编年史著述也发挥了应有的作用。在网络博客里，有位网友写了篇题为"一个真正的学者"的文章，谈了翻阅本书后的感想。当前网络上还比较热闹的针对北京师大于丹教授在中央电视台百家大讲坛解读《论语》《庄子》，而引发的批评声音中，也有网民在讨论中将这本《编年史》与其他史学著作一起，作为批评的证据之一，亦颇让我不解。复旦大学陈思和教授在给他的弟子段怀清教授所著《〈中国评论〉与晚清中英文学交流》一书写的序言中，提到过拙著。这一些都使我感觉，就学术研究而言，基础性的资料整理、编年出版，是非常重要的，这也引发了我对中外文学关系史料学的思考。2005年8月在深圳召开的中国比较文学学会第八届年会上，我提交并发言的论文《中外文学关系史料学研究的学科价值与阐释策略》，差不多是目前比较文学界尚无暇关注的重要问题之一。其实，从事这方面的研究不仅是必要的，也是可行的，已经有了一定的研究基础，重要的是下工夫去做。钱林森教授在为本书所写的序言里，亦充分肯定了该著的学术价值及开创意义："中外文学关系一直是比较文学研究的重镇。据我所知，国内学界尚未从编年史的角度全面系统地进行中外文学关系史的研究。桂录这本国别文学关系编年史具有开创意义，填补了这一学术领域的研究空白。假如所有国别文学关系史的研究均从史料搜集、资料编年开始，在此坚实的基础上再撰写国别文学交流史，那该是一件多么有意义的学术工程。"钱先生还说"对文献资料的搜罗、梳理、甄别、选择，可谓费时费劲，消磨精神，但这一直是我国先辈学者治学的优良传统。只是当今学界并非任何人都愿意潜心寂行，坐冷板凳，尽管这本是真正的学术研究绕不过去的一环。"并评价本著是"一本以精慎翔实、严密丰富为旨归的编年史著作。它不是简单的资料汇编，书中着实显示出著者敏锐的史料辨识力以及捕捉重要历史细节的洞察力,仅从该著那么多富有学术价值的注释便可清晰地看到这一点。"这本编年史著述最近获得了福州市人民政府颁发的福州市第六届社会科学优秀成果二等奖。

在研究过程中也深深感受到文学交流史上的一些英文名著同样值得向国内读者推介。正巧钱先生主编"走进中国"文化译丛,就将《曼德维尔游记》列入译丛计划。这本书在欧洲中世纪非常流行,我在《雾外的远音》第一章曾着重探讨过该书展示的中国形象。这本游记最终由我与解放军理工大学外语学院的郭泽民教授合译,上海:上海书店出版社,2006年9月出版。我参考相关资料,特别是台湾辅仁大学外国语学院院长康士林(Nicholas Koss)教授的著述,撰写了中译本序言。这篇序言经过修改,以《欧洲中世纪一部最流行的非宗教类作品——〈曼德维尔游记〉的文本生成、版本流传及中国形象综论》为题刊于《福建师范大学学报》2006年第4期。2006年10月份在浙江大学外语学院主办的"当中国与西方相遇——海外汉学与中西文化交流国际研讨会"上,我有幸遇到汉语讲得非常地道的康士林教授。他对我在会议上报告的论文《I. A. 瑞恰慈与中西文化交流》颇感兴趣,而他从版本学角度研究译本流传的方法也大大启发了我。

除了以上论著,在中英文学与文化关系研究领域发表了40余篇论文。其中不少篇什涉及的是国内学界较少探讨的问题。其中,《奥斯卡·王尔德与中国文化》(《外国文学研究》2004年第4期)集中探讨了王尔德与中国文化的关系。王尔德早就向往东方的中国文化。牛津求学期间他喜欢黑格尔的辩证法和矛盾律,以及早期希腊哲学家的对立统一思想。这促使他对中国道家思想兴趣盎然。东西方思想在他的知识视界里可以轻而易举地进行着某种跨文化对话,而这正是他能够吸纳庄子思想的潜在基础。如果说以中国瓷器为代表的东方艺术契合了唯美主义对西方艺术传统的厌弃、对纯形式美的爱好;那么,当王尔德跨出艺术的疆域,涉足东方哲学发现庄子思想时，后者则为他反叛传统观念、抨击社会风尚援以武器。因此，这篇文章认为，19世纪后期王尔德对庄子思想的吸纳是一件值得注意的事情，它标志着庄子思想与西方知识阶层开始在精神深处进行对话。王尔德没有停留于对庄子思想的表面认同，而是心契于庄子"无为"思想这一神髓，将之运用于社会批评与文艺批评，成为一个新的思想准的。正是依循庄子对人类文明以及社会批评的思路，王尔德自己的价值判断才变得更加坚定，心目中理想的社会图景也变得愈加清晰。王尔德对道家无为思想的心仪和认同，让我们看到了一个唯美主义者的心灵诉求和精神追寻。该文发表后颇受好评。后经编辑部结合读者的推荐进行初评，刊物主编组织相关专家组成评审委员会进行复评，最后由我国外国文学界五位权威专家组成的终审委员会投票表决（一票否决制），本文获得2004年度《外国文学研究》优秀论文奖（FLS Prize）（共4篇论文获本年度优秀论文奖）。《外国文学研究》是大陆被世界三大收录系统之一的美国A&HCI收录的第一份中文核心学术期刊，也是我国唯一一份可以在国际权威学术数据库中被查阅引用的艺术与人文科学类学术期刊。

发表于《外国文学研究》2006年第1期的论文《论哈罗德·阿克顿小说里的中国题材》，也是自认为写得比较满意的一篇文章。本文差不多在国内外学术界首次探讨英国作家哈罗德·阿克顿笔下的中国题材及中国形象问题。阿克顿是英国艺术史家、作家、诗人，曾受业于伊顿、牛津等名校。1932年起他游历欧美、中国、日本等地。20世纪20、30年代，他在北京大学教授英国文学，宣讲欧美现代派文学，与中国现代作家关系密切，翻译过中国现代诗的第一本英译《中国现代诗选》，最早将中国新诗介绍给西方读者。本文通过细读英文文本指出，英国作家哈罗德·阿克顿痴迷中国文化，在其小说《牡丹与马驹》（*Peonies and Ponies*. Oxford UP, 1941）里，通过主人公菲利浦·费劳尔在中国的精神探索历程，形象地展现了东方文明拯救西方危机这一时代命题的诸多内涵。菲利浦怀着一份倦游归乡的挚诚,把北京当作安身立命的归宿、栖息灵魂的家园,苦心孤诣地渴望在中国得到抚慰与庇护。然而,他又不愿正视中国正在发生的一切变化,而是借着一种怀旧的情绪,对中国的历史和传统发出一种"但恨不为古人",或"但恨今人不古"的感慨。同时,从孔子的信徒,到道家思想的追随者,再变为遁世的佛教徒,菲利浦的哲学思考行踪几乎浓缩了整个西方世界对东方哲学接受和利用的历程。其实,东方救助是西方文明危机下的一种精神诉求,是西方意识下的文化利用。它先天带有的理想化色彩,就决定其对文化与文明的反思批判比提供实际可行的策略更有意义。后来据编辑部告知,这篇论文在匿名审稿时获得专家的颇高评价,发表后亦被人大报刊复印资料《外国文学研究》2006年第6期全文复印转载。

除以上中英文学与文化关系研究系列论著与论文外,在中外文学与文化关系领域,尚涉及一些中意文学与文化关系研究专题。出版有《神奇的想象:南北欧作家与中国文化》(与清华大学外语系王宁教授合著,宁夏人民出版社,2005年12月版),执笔撰著的"意大利作家与中国文化"部分,涉及意大利作家笔下的中国题材与中国形象,及20世纪中国作家对意大利文学的接受问题,亦试图开拓该研究领域的学术空间。

经过几年的研读与著述,我深深感受到中外文学与文化关系研究有非常深厚的学术内涵,当然它也考验着一个学人的意志力与学术潜质。其中有以下几点体会,略述如次:

其一,史料积累及对史料学的研讨。文献史料的日积月累是各个专题研究的重要前提,而自觉的史料学建构则是本研究领域长足进展的必要基础。这种认识与体会主要得益于我独撰《中英文学关系编年史》,以及与人合著《新时期中国比较文学编年史稿(1978—2004)》(中国档案出版社,2005年),借此逐步熟悉了史学研究方法与史料学研究的学术规范。中外文学关系研究属于交流史的范畴，因而充分借鉴历史学等其他学科比较成熟的研究方法与研究观念，实属必要。

其二，学术研究规范的把握与自觉运用。严谨认真、细致踏实，是从事这一领域研究的必备素质。尽可能检索原始文献，通读消化原典材料，尚可有据可依，构成立论的基础。国内某高校老师在其论文中，把歌咏中国瓷器的一首蹩脚的法文诗（艾田蒲语）的古体与语体汉语译文，当成了两首不同的诗，在文章之中先后援引。在审读一些博士、硕士学位论文的过程中，也时有发现表述欠严谨，材料援引有误的情况。因而材料核实与文字的打磨，是于人于己负责的体现。当然，在引证他人成果时的失范现象亦不少见。我就发现自己的一些论文，还有论著中的内容，整段被一些研究者或研究生过度借鉴，又不注明出处的情形。

其三，学术引路人的重要性。如果说我在学术研究上尚有些收益的话，其幸运在于遇到了一个真正的学术引路人。钱先生对学术有股无畏的执着与忠诚，这让我等后学颇感惭愧。他在学术研究上是个完美主义者，精益求精，不尚空论，善于把握论题神髓。我特别佩服他的著述在行文上的厚重感觉与流畅的文采，这可能得益于他在著名的苏州高级中学、北京大学中文系、北京外语学院法文系的磨炼。钱先生是用生命的热情写作着，用学者的良知生活着，并不断感染着他的旧朋新友。目前主持着惶惶18卷的国家"十一五"重点图书《中外文学交流史丛书》，对他的学术雄心，业内人士无不钦佩有加。这样的雄心与实干，无疑是指引我前进的宝贵精神财富与无尽动力。

其四，一个学术领域的开拓有待于一批有志者的加入。在中英文学与文化关系领域中，近几年来出现了一些有学术价值的成果。目前我所指导的10余位研究生，也鼓励他们加入这一研究领域，从一个个专题个案研究做起。今年毕业的三名硕士生的毕业论文《想象的家园——吴宓与英国文学》、《萨克斯·罗默笔下的傅满楚形象》、《擦肩而过——萧伯纳与中国现代文学三十年》等,均已在前人的基础上将各专题研究向前推进了一步。其中有的做得还比较出色,特别是初步掌握了从事本领域课题的研究思路与基本方法,显示出了治学的潜质。学术的未来应该寄希望于他们。

  学,然后知不足。这是十年前那篇谈自己研习比较文学的文章《新视野、新观念、新方法——学习和研究比较文学的一些体会》中最后的话。当时接近而立之年,朝气犹显。而今时近不惑之年,再提起这句至理隽语,颇为忐忑不安。不惑之年,困惑却不减当年。这十年的中外(中英)文学与文化关系研究,在我的学术研究道路上,也许只是一个小小的逗号。但通过自己的零散梳理,希望它是一个留有清晰印迹的逗号。假如没有了它,未来的学术之路如何走,当是一个更大的问号。几分耕耘,能有一点收获,是幸运的。感谢过往,执着今朝,相信未来。正是有了这样的逗号,生命之源永不枯竭,精神家园欣欣向荣。

2007 年 5 月 18 日深夜于康山里寓所

《雾外的远音：英国作家与中国文化》增订本自序[①]

探讨英国作家与中国文化的多重联系，是中英文学与文化关系研究的重要内容。该领域是由我国一些学贯中西的前辈学者，如陈受颐、方重、范存忠、钱锺书等人开辟的。我们注意到，他们在国外著名学府攻读学位期间，大都不约而同地选择了中国文化在英国的影响或英国文学里的中国题材这样的研究课题。他们对17、18世纪英国文学里中国题材及中国形象的研究是我国早期比较文学研究的代表性作品，至今仍然是这一研究领域的经典之作。

陈受颐作为我国最早研究中国文化在欧洲的传播与影响的著名学者之一，于1928年以其学位论文《18世纪英国文化中的中国影响》而获得芝加哥大学的博士学位。回国后即在《岭南学报》发表一系列文章，如《十八世纪欧洲文学里的〈赵氏孤儿〉》（《岭南学报》1卷1期，1929年12月）、《鲁滨逊的中国文化观》（《岭南学报》1卷3期，1930年6月）、《〈好逑传〉之最早的欧译》（《岭南学报》1卷4期，1930年9月）、《十八世纪欧洲之中国园林》（《岭南学报》2卷1期，1931年7月）。后来又相继在《南开社会经济季刊》、《中国社会政治科学评论》、《天下月刊》等国内的英文刊物发表了多篇中英文学与文化关系方面的论文。其对原始资料的详尽占有与细致解析，以及丰富的研究成果和严谨的治学风格均给我们

[①] 葛桂录：《雾外的远音：英国作家与中国文化》（增订本），福州：福建教育出版社，2014年。该书收入《比较文学名家经典文库丛书》（杨乃乔主编）。

留下了深刻印象，为后学者从事本领域的研究工作起了示范和标杆作用。

方重在斯坦福大学的博士论文是《十八世纪英国文学中的中国》(1931)，后来该文的中文本在国立武汉大学的《文哲季刊》2卷1—2期上发表，并收入作者的《英国诗文研究集》（商务印书馆，1939）之中。这是继陈受颐之后我国学者研究中国文化对英国文学影响的有相当分量的文章。材料丰富，考证翔实，分析透辟，富有说服力，是这篇长文的主导特色。该文详细记录了英国人对契丹(Cathay)的热忱幻想以及当时英国作家对中国题材的取舍利用，体现了著者非常扎实的研究功力和以实证材料见长的影响研究特点。其贡献在于第一次为我们勾画了18世纪英国作家借鉴中国题材的脉络，提供了一幅英国的中国观念图。

以博学睿智著称的钱锺书先生在中英文学与文化关系研究方面同样取得了令后学叹服的成绩。他从清华大学毕业后，作为庚款留学生，直接进入牛津大学。用了一年左右的时间，写出了一篇极见功力的长文《十七、十八世纪英国文学中的中国》，通过毕业考试，于1937年获得牛津大学的文学士(B. Litt.)学位。该文后来在《中国文献目录学季刊》(*Quarterly Bulletin of Chinese Bibliography*) 1940年第1卷和1941年第2卷上发表。这篇洋洋数万言的长篇英文论文，一如钱锺书所有著述，旁征博引，左右逢源，通过书信、游记、回忆录、翻译、哲学思想史著作，以及文学作品等无数的材料，最翔实系统地梳理论述了至18世纪末为止英国文学里涉及的中国题材，并对其中的传播媒介、文化误读以及英国看中国的视角趣味的演变等都作出深入的剖析，而成为我国比较文学影响研究的经典个案。关于这两个世纪里英国作家涉及中国题材的材料，均被钱锺书先生搜罗殆尽，为我们继续深入研讨这一课题，提供了最详尽的英文文献资料来源线索。钱先生在全面考察17、18世纪英国文学里中国题材后得出的诸多令人信服的结论，更值得我们关注，它们揭示出了这两个世纪里中英文学关系最本质的特征。

在这些前辈学者中,范存忠先生对中英文学与文化关系研究用力最多,成果也最丰富。早在 30 年代初期,他就开始研究 17、18 世纪,特别是启蒙运动时期的英国文学及中英文化关系问题,其研究成果很快为中外学术界所瞩目。1931 年在哈佛大学获得哲学博士学位,其博士论文题目为《中国文化在英国:从威廉·坦普尔到奥列佛·哥尔斯密斯》(Chinese Culture in England from Sir William Temple to Oliver Goldsmith)。其后在《金陵学报》一卷 2 期发表长篇论文《约翰生,高尔斯密与中国文化》(1931),以及其他文章。四十年代以后,他这方面的成果更是精彩纷呈。如《十七八世纪英国流行的中国戏》(《青年中国季刊》2 卷 2 期,1940)和《十七八世纪英国流行的中国思想》上下篇(《中央大学文史哲季刊》1 卷第 1—2 期,1941),论 17、18 世纪中国戏剧对欧洲的影响和诸子百家等所代表的中国思想对欧洲的影响。1944 年,范存忠先生应邀赴英国,在牛津大学讲学一年,提交论文多篇,系统地介绍了中国古代哲学、政治、经济、文化、艺术等对西方的影响。这些成果陆续在《中国文献目录学季刊》(Quarterly Bulletin of Chinese Bibliography)、《英国语言文学评论》(The Review of English Studies)等英文期刊,以及《文史哲季刊》、《青年中国季刊》、《思想与时代》等刊物发表后,在英伦文学批评界引起很大反响。新中国成立后,范存忠先生继续在中英文学与文化关系领域辛勤耕耘,先后发表了《〈赵氏孤儿〉杂剧在启蒙时期的英国》(《文学研究》1957 年第 3 期)和《中国的思想文物与哥尔斯密斯的〈世界公民〉》(《南京大学学报》1964 年第 1 期)两篇重要文章。新时期以后,范先生又相继发表中英文学与文化关系方面的多篇重要文章。在范存忠先生去世后,上海外语教育出版社于 1991 年出版了由范夫人林凤藻教授作序的范先生遗著《中国文化在启蒙时期的英国》。这本集大成的中英文学与文化关系研究的经典著作,内容极其丰富,涉及中国文化的方方面面,引证有关中外文资料300多条，文字简洁生动，深受海内外学者的好评，充分体现了他"明确而具体"的研究风格。已故南京大学名誉校长匡亚明教授称该书为"研究中英两国文化交流的不朽之作"。

毫无疑问，以上这些著述奠定了中英文学与文化关系研究的坚实基础，无论是文献发掘整理还是在文本分析探讨方面，都取得很高成就，许多方面是后来的研究者难以逾越的。特别是这些前辈学者的研究套路至今仍然是我们应当仿效的榜样。不过，我们也注意到，上述这些研究成果有一个共同点就是，其研究范围都设定在18世纪及其以前的中英文学与文化交流关系，至于19世纪以来中英文学与文化之间更为丰富的撞击交流的史实却涉及甚少，甚至尚未触及。在此学术背景下，作为后辈学子，我对自己确定的学术方向是重点研讨19世纪、20世纪英国作家与中国文化的关系，希望能在前辈学者开辟的道路上有所拓展。

这种学术雄心的确立，当然离不开我在南京大学攻读博士学位时的导师钱林森教授的鼓励与指导。正好宁夏人民出版社邀请钱先生主持一套"十五"国家重点图书《外国作家与中国文化》，出于对我的鞭策和厚爱，钱先生让我撰写"英国卷"。对我来说既是个机遇，更是个挑战。我开始认真拜读上述前辈学者的著述，循着他们的学术思路，阅读着那些难啃的英文原著，同时就我所接触到的材料，补充了他们没有或涉及不多的内容。在此过程中，前辈学者那渊博的知识与睿智的分析均令我茅塞顿开、受益甚丰。写作过程中的艰辛，在我的另一本小书《他者的眼光：中英文学关系论稿》（宁夏人民教育出版社，2003年）的后记中有所记述。经过两年多的努力，如期完成撰著工作，于2002年8月以《雾外的远音——英国作家与中国文化》为题名出版。

该著原有六部分22小节。第一部分为英国作家感知中国文化之始，论述了《曼德维尔游记》里的历史与传奇、英国作家笔下的契丹和契丹人形象；第二部分阐述了英国作家的两种中国文化观，具体分述了17世纪英国作家对中国文化的"解剖"、威廉·坦普尔对孔子学说与园林艺术的推崇、笛福眼里的中国形象、英国作家对中国文化的嘲讽与批评;第三部分介绍了英国作家与中国文化热,包括英国作家与中国园林艺术,约翰逊眼里的中国文化,艾狄生、斯蒂尔对中国文化的利用,英国作家对"中国戏"的改塑等;第四部分阐述了英国作家浪漫之梦里的中国文化,如柯勒律治残篇里的神奇国土、兰姆美文里的中国景观、德·昆西笔下的梦魇中国等;第五部分介绍了英国作家"中国梦"的实现与回味,如迪金森对中国文化的理想信念、毛姆的傲慢与偏见等;第六部分阐述了英国作家跨文化对话的理念与尝试,具体介绍了罗素对中国文化的忧思与期望,以及李约瑟试图重塑西方人关于中国的信念。通过上述内容,试图较为全面地考察英国作家与中国文化之间那丰富而复杂的精神联系。

当然,由于这套《跨文化丛书》每卷有一个相对统一的字数要求,也由于交稿时间紧迫以及英文资料翻译消化等因素,原定的写作计划并未全部完成,不少内容只能暂且割爱。书里没有涉及或涉及不多的内容,在我的博士学位论文《英国文学里的中国题材:1793—1945》里有较详细的论述。加之在该书第一版刊行之后又有一些后续研究成果,所以想找机会收入全书,一并接受学界同仁和读者诸公的赐教。非常感谢杨乃乔教授和福建教育出版社,将我这本旧作,列入《比较文学名家经典文库》第一辑出版,让我能趁该书修订的机会,及早实现了十多年前研究英国作家与中国文化关系的完整思路,同时让我有机会再次回味当年写作本书时的学术青春岁月。

作为开启自己在中英文学交流研究领域垦拓的第一学术专著,我对该书寄予了更多的热情与希望,也知晓它有不少亟待完善之处。不过总算初步实现了自己的一些学术构想,花了一大半篇幅论及19世纪、20世纪英国作家与中国文化的关系,成为当年学界比较全面考察中英文学与文化关系的著述,展示出了中英文学交流色彩斑斓的历史画卷。

本书书前有季羡林、王元化、汤一介、杜威·佛克玛等学术大家的题词插页,以及乐黛云先生为丛书写的精彩《序言》、钱林森先生的长篇《前言》。这次修订时因《比较文学名家经典文库丛书》编辑统一要求,均不收录。

2002年8月,在南京召开的中国比较文学学会第七届年会暨国际学术研讨会所组织的专题圆桌会议上,《雾外的远音》及丛书先期出版的其他几卷,得到包括佛克玛、叶维廉、乐黛云、严绍璗等多位中外学者的关注与好评。中国比较文学学会会长、北京大学乐黛云教授称其为"创新之作。它承前启后,具有无可取代的现实意义和历史意义。必将成为中外文化交流史的一个里程碑。"同样在全国知名的南京先锋书店举行的首发式上,包括本书在内的丛书亦得到时任国际比较文学协会主席的日本东京大学资深教授川本皓嗣先生的高度评价,称其为"纵观这套丛书的内容,以平等对话的精神,把握世界各文化圈与中国之间'冲突与融合'的历程,我感慨很深……它们既是中国比较文学的成果,也是亚洲比较文学研究全体值得自豪的成果。"前国际比较文学协会主席,时任荷兰乌特勒支大学教授的杜威·佛克玛先生说:"这套丛书旨在继续中国文化同西方文化间的对话。它既强调差异性,也强调相似性。其内容显示出不同文化族群的某些类同性,或者说是不同的文学观念在不同的社会中有其共通的东西。"(2002年5月24日给丛书的题词)比较文学前辈学者叶维廉先生则以其关于不同文化间文化关系状态的精辟描述表达了他对"跨文化丛书"内在价值的认定与赞许。叶维廉先生认为:"两种文化的交往,应是各自保持一种张力,而不是一种征服一种……跨文学丛书的写作,体现的正是一种不同文化间平等对话的精神与气度。……这套丛书可以流传下去。"

确实,促进中外文化之间的互动交流,把陌生文化当作一面镜子,在双方的对话中更好地认识自己,更好地反省和完善自身的民族性格,这是人类文化交流的理想。这也正是本书撰著的目标所在。丛书的学术顾问季羡林先生为丛书题签:"我一向有一个看法:文化交流是推动人类社会前进的重要动力之一。如果没有文化交流,我们简直无法想象,人类今天的社会是一个什么样子。在精神方面的交流中,文学的交流实占有重要地位。"王元化先生亦曾为这套跨文化对话丛书题签"橐籥罔穷"。语出陆机《文赋》,意义深邃。陆机《文赋》用以论文:"同橐籥之罔穷,与天地乎并育"。丰富的文辞如同风箱鼓风(或,宇宙间的元气自然流通)一样,没有穷尽,与天地般同生命永存。《老子》第五章亦云"天地之间,其犹橐籥乎。"意即天地的空间就像一个大的风箱,一推一拉,一呼一吸,引申为太虚的元气在宇宙间自然流行。这就是说东西方的文化交流,你来我往,犹如风箱一推一拉,一呼(送出去)一吸(拿来),有如宇宙间的元气自然流行,不可阻挡。同为学术顾问的汤一介先生也写道:"不同文化之间的交流是人类文明进步的里程碑。"在人类文明交流发展互补共存的大背景下,对中外文学与文化关系进行整体研究及由此而对人类文明交流发展做总体历史审视,是今天的时代赋予文化研究者和出版者的历史使命。2003年丛书获得第18届北方十五省市区哲学社会科学优秀图书奖。后经出版方推荐,参加第36届英国伦敦国际书展(2006年3月),向海外推介,获得好评。

　　本次修订,除了对原书部分内容略加增补,并修正原书中明显的文字讹误以外,主要增加了5节新内容,这样全书调整为七章共27小节。增加的部分包括第五章涉及王尔德、托马斯·柏克、萨克斯·罗默与中国文化关系的3小节,以及第六章关于瑞恰慈、哈罗德·阿克顿与中国文化关系的2小节内容。原书"参考文献"未作更新,仍保留初版的模样。新增5小节内容在文中已有具体的注释,我的其他著述如《中英文学交流史》(山东教育出版社2014)等,也附录有中英文学交流方面的详细参考文献,有兴趣的读者可参看。

　　全书目标在于通过英国作家与中国文化关系的梳理，试图展现中英文学与文化双向交流的历程，在跨文化对话中，展示数百年来中英文化相互碰撞与交融的历史脉络，并把握英国作家与中国文化关系的精神实质。在英国作家与中国文化关系史的回溯中，本书试图展示出不同时代、不同作家，或一个作家的不同阶段，在不同场合都有可能对中国文化说出不尽相同的看法。英国作家对中国文化的理解、接受或排拒，所展示的是他们对异国的想象、认知，以及对自身欲望的体认、维护。研究"他者"的目的正是为了最终更好地理解和发展自己。英国对中国的认识如此，中国对英国的认识也是如此。

　　佛克玛教授前述题词中说"当我们遭遇由不同意识形态和哲学观念产生的混乱及困惑时，文学也许是最后的一种手段，一种精神的'生命浮标'——它保证了彼此间的精确表达和一种新的相互理解。"确实，从终极意义上说，文学交流是为了寻求人心的沟通、人的精神境界的提升。英国和中国，一个处于极西，一个位于远东，地理位置遥远。相对于欧陆国家，中英直接交往比较滞后，其程度（尤其是文化交流方面）也多不够深广，因而历史上英国对中国一直比较陌生。如今交通便捷，地理距离可以大大缩短，但克服心理上的距离则需多方努力。跨文化交往中的难题是由"误"而"悟"，互识互补。本书希求引导着读者倾听历史上那"雾外的远音"，思虑中英文化交流的行行足迹。以史为鉴，有益于中英两国人民的相互交往，互识互信，增进两国人民之间的友谊和感情，共同推动人类文明的健康发展。

　　在我问学研习之路上，诸多前辈学者与时贤同仁多年来对我的关心爱护、提携激励，我心存感激。感谢我所钦佩的杨乃乔教授将我学术生涯的这部处女作，收入他主持的《比较文学名家经典文库》。感谢文库责编董伯韬博士，他的才情与智慧能使拙著生辉。

董博士阅读了本书初版之后，在来函中称这是一部"unputdownable"的作品，多谢董博士的鼓励。想起以前也有一些未曾谋面的读者在博客或给我的邮件中说拙著"有趣又有益"，这倒是一个值得开心的评价。记得18世纪英国的约翰逊博士提倡过这种著述风格，范存忠先生的著述也是典型的"有趣而有益"之作。当年，这本《雾外的远音》出版后，恩师钱林森教授将之送给著名比较文学家叶维廉先生。叶先生翻阅后即说这是你们南京大学范存忠先生的研究路数。这让当时初涉中英文学关系研究的我既兴奋又汗颜。

初始阶段的收获总是值得留念，它是自己生命之流中的浮标，历久弥新，就像自己的孩子一样。当年撰著这部书稿时，犬子覃思的出世让已过而立之年的我和妻子陈斌欣喜不已，他长大过程中的聪明淘气、童稚慧语，也给我们当时紧张的生活增添许多乐趣。如今修订这本旧作时，孩子已经在福州一所最好的初中里读书。像全国所有的中学生一样，每天都要花大量时间完成课业，压力山大。他说自己将来想做一个外交官，像爸爸书中所说的那样沟通中外交流。我们为他请的英文老师彼得就是一个学识渊博的英国人，那一口地道的伦敦腔浑厚富有涵养。我们希望孩子将来能从事实务性的中英文化交流，未来的世界属于他们这一代。也希望将来的中外交往不再是过去那种"雾外的远音"，而是雾霾散尽后的清澈澄明。

葛桂录

2014年1月18日深夜于福州

后　记

如果从 1997 年我开始在南京大学从事中英文学交流史料的搜寻工作，1998 年发表第一篇中英文学关系方面的论文《威廉·布莱克在中国的接受》（人大复印资料《外国文学研究》1998 年第 5 期）算起，我介入中英文学交流研究领域差不多十五、六年了。中英文学交流也成为我研习著述以来投入精力最多、学术面目最清晰的一个研究领域。

这十多年来我先后主持过的课题大多围绕该学术领域设计，具体包括江苏省高校人文社科研究课题《英国作家与中国》、福建省教育厅人文社科 A 类项目《英国文学里的中国题材：1792—1945》、福建省社科研究"十五"规划重点项目《中英文学交流史》、教育部哲学社会科学重大课题攻关项目子项目《20 世纪中国古代文学在英国的传播与影响》、《中国古典文学的英国之旅——英国汉学三大家年谱：翟理斯、韦利、霍克思》、国家社科基金重大招标项目子项目《新中国英国文学研究 60 年》、国家社科基金一般项目《中英文学关系史料学研究》、国家社科基金重大招标项目子项目《百年来中国文学英语国家传播研究》等，除了后两个项目尚在研究以外，其他均已结项，相关成果已经或即将出版。这些课题覆盖了中英文学交流研究的诸领域，包括文献整理（史料编年、年谱编撰、史料学）、专题研究、英国汉学研究、中国的英国文学接受史及学术史研究等。

拙著《比较文学之路：交流视野与阐释方法》（上海三联书店 2014 年版）的代后记里，简要回顾了自己的比较文学研习历程及治学体会，并编录了自己从业 20 多年以来（自 1991 年发表第一篇论文算起）的学术成果，其中涉及中英文学交流方面的著述有专著 7 部（包括 3 部即将出版的）、译著（合译）1 部、论文 43 篇。已出版的 4 部学术专著全部获得省、市人民政府的学术奖励。包括：1)《雾外的远音：英国作家与中国文化》（"十五"国家重点图书），宁夏人民出版社，2002 年 8 月版。该著获得第 18 届北方十五省市区哲学社会科学优秀图书奖（2003 年），江苏省淮安市哲学社科优秀成果一等奖（2003 年），参加第 36 届英国伦敦国际书展（2006 年）。2)《他者的眼光：中英文学关系论稿》，宁夏人民教育出版社，2003 年 12 月版。该著获福建省人民政府颁发的福建省第六届社科优秀成果三等奖（2005 年）。3)《中英文学关系编年史》（上海三联书店 2004 年 9 月初版，2005 年 3 月重印）。该著获得福州市人民政府颁发的福州市第六届社科优秀成果二等奖（2007 年）。4)《跨文化语境中的中外文学关系研究》，上海三联书店 2008 年 4 月版。该著获得福州市人民政府颁发的福州市第七届社科优秀成果三等奖（2011 年）。

另有 3 篇论文获得相关学术奖励：论文《Shanghai、毒品与帝国认知网络：带有防火墙功能的西方之中国叙事》获得福建省哲学社科优秀成果二等奖（2011 年）；论文《思想史语境中的文学经典阐释——问题、路径与窗口》获得中国外国文学教学研究会优秀科研成果一等奖（2012 年），福建省第十届哲学社科优秀成果三等奖（2013 年）；论文《奥斯卡·王尔德与中国文化》获得 2004 年度《外国文学研究》优秀论文奖（FLS Prize）。

中英文学交流一直是我最重要的博士、硕士招生方向，以及博士后招收的学术领域。已指导中英文学关系方向的博士论文 4 篇、硕士论文 25 篇，其中 8 篇获得福建省优秀博士论文奖或福建师范大学优秀硕士论文一、二等奖。我前年指导毕业的一个博士生王丽耘的优秀博士论文《中英文学交流语境中的汉学家大卫·霍克思研究》也已经出版。在为该书(《文学交流中的大卫·霍克思》,燕山大学出版社2013年12月版)撰写的序言中,我颇为他们这批后学的学术成长感到欣慰,因为他们在某一专题研究上已经走入学术前沿,掌握了从事本领域课题研究的实学思路与有效方法,显示出较充分的治学潜质。学术的未来应该寄希望于他们。

拙著《比较文学之路》的"代后记",我选择的标题是"向无知与偏执挑战"。因为无知与偏执会闭塞人的精神世界,使人失去向上向善的动力。这种挑战跟比较文学的主体目标与基本精神息息相通。比较文学既是文学交流的产物,也是它的重要推动力,没有交流,人便会走向无知与偏执。中英文学交流源远流长,材料丰富,内涵深刻,影响深远。文学交流的目标是加深互相之间的了解、理解,消除历史与现实原因造成的各种成见与障碍,推动两国人民心灵和情感的理解与交流。在这个意义上,文学交流课题的写作就有了充足的现实意义,通过数百年的中英文学交流历程的呈示,我们能体会到贯穿人类文化交流史的基本精神走向就是理性、宽容与进步。

本书是我主持承担的国家社科基金项目《中英文学关系史料学研究》(10BWW008)的阶段性成果,也是我带领的福建师大文学院"中外文学关系研究"创新团队支持计划的学术成果之一。感谢为编发本书辛勤劳作的中央编译出版社邓彤女士及其同仁。感谢王向远教授相邀加盟他主持的"比较文学与世界文学名家讲堂"。向远教授一直是我所敬佩的优秀学者。他的勤奋与睿智有目共睹。他丰硕的成果,精辟的见解,以及对学术的忠贞,令我欣赏,被视为中青年学者学习的楷模。本书所编选的20多篇论文在我已刊发的成果中,具有一定的代表性,覆盖了迄今我研究中英文学交流的诸领域，也尽量减少与我其他著述中所收论文的重复率。值得一提的还有，这本论文集的标题"含英咀华"，还是向远教授的建议，称此书名一语双关，既融汇了英（英国）与华（中国）之间的交流，也寄予着对这部文集的祝愿。精炼深刻的文章，才值得人们含英咀华。收入本书里的论文写于我研习中英文学交流的各个时期，粗陋之处在所难免，敬请读者同仁批评指正。倒是中英文学交流这样一个内容博大精深的学术领域，其中的精华需要细密咀嚼体味，值得终生投入精力研究，以获致韩愈"沉浸浓郁，含英咀华"（《进学解》）的人文境界。

2014 年 1 月 20 日深夜于福州

图书在版编目(CIP)数据

含英咀华 / 葛桂录著. —北京：中央编译出版社，2014.5
(比较文学与世界文学名家讲堂 / 王向远主编)
ISBN 978-7-5117-2172-3

Ⅰ.①含… Ⅱ.①葛… Ⅲ.①文学-文化交流-中英关系-文集 Ⅳ.①I209-53 ②I561.09-53

中国版本图书馆 CIP 数据核字(2014)第 101671 号

含英咀华

出 版 人：	刘明清
责任编辑：	邓　彤
责任印制：	尹　珺
出版发行：	中央编译出版社
地　　址：	北京西城区车公庄大街乙 5 号鸿儒大厦 B 座(100044)
电　　话：	(010)52612345(总编室)　　(010)52612352(编辑室)
	(010)52612316(发行部)　　(010)52612315(网络销售)
	(010)52612346(馆配部)　　(010)66509618(读者服务部)
传　　真：	(010)66515838
经　　销：	全国新华书店
印　　刷：	北京瑞哲印刷厂
开　　本：	787 毫米×1092 毫米　1/16
字　　数：	297 千字
印　　张：	23
版　　次：	2014 年 5 月第 1 版第 1 次印刷
定　　价：	68.00 元

网　　址：www.cctphome.com	邮　　箱：cctp@cctphome.com
新浪微博：@ 中央编译出版社	微　　信：中央编译出版社(ID：cctphome)

本社常年法律顾问：北京市吴栾赵阎律师事务所律师　闫军　梁勤
凡有印装质量问题，本社负责调换。电话：010-66509618